Les Dames
du
Méditerranée-Express

La fière américaine

JULIETTE BENZONI

Les Dames du Méditerranée-Express

La fière américaine

Roman

France Loisirs
123, boulevard de Grenelle, Paris

Édition du Club France Loisirs, Paris,
avec l'autorisation des Éditions Julliard

ISBN 2-7242-6527-0

A Jean des Cars qui a réveillé ma passion des grands trains, j'ai dédié Les Dames du Méditerranée-Express *avec amitié et gratitude...*

PROLOGUE

Mars 1915 : Un cantonnement quelque part en Champagne...

Le brigadier sortit de la grange où son peloton était au repos depuis deux jours. Il cria :

– Tu viens, Bault ? Je t'offre une gnôle.

Il tapait des pieds dans sa hâte de retrouver le petit café toujours trop étroit pour ses consommateurs, la salle enfumée où remuaient de grandes ombres, où l'on parlait de tout en riant souvent, où il faisait bon chaud autour du poêle et où l'on oubliait un peu cette foutue guerre avec l'impression que tout était comme avant. Le brigadier trouvait même que ça lui rappelait son bistrot favori de La Chapelle : celui des parties de manille avec les copains.

Las d'attendre, il se mit en route embouquant la grande rue – presque la seule ! – au bout de laquelle pointaient le clocher de l'église, la demi-douzaine d'arbres encore debout et l'enseigne du café. Un homme grand et mince arriva derrière lui en courant. Un homme pas tout à fait comme les autres ; il avait cette distinction naturelle qui vient à bout de l'uniforme le plus mal coupé, un visage fin, des yeux gris rêveurs et un peu las.

– Va sans moi ! dit-il quand il eut rattrapé son camarade. Je te remercie pour l'intention mais je n'ai pas envie de boire.

– Qu'est-ce que tu veux faire alors ?

– Un tour de promenade.

– Par ce temps ?

– Oh, le temps ! S'il faut attendre qu'il change...

Il y avait bien deux semaines, en effet, qu'une espèce de crachin détrempait toute la région. On se serait cru en Bretagne.

Une lueur de malice s'alluma dans l'œil rond du brigadier.

– Me dis pas que tu vas encore à la gare ?

– Si. Je vais à la gare...

Depuis que Pierre Bault avait été affecté à l'escadron, sa manie des gares était passée à l'état de proverbe. Dès qu'on arrivait quelque part, il allait d'abord voir la ligne de chemin de fer s'il y en avait une et causer avec les fonctionnaires du rail. On le blaguait un peu, sans méchanceté parce qu'on savait que, jusqu'à la déclaration de guerre, il servait à la Compagnie Internationale des Wagons-Lits et que, parfois, il racontait une anecdote ou deux qui entraînaient pour un instant ses camarades dans un monde inconnu : celui des gens riches, des femmes du monde, des grandes cocottes. Il décrivait les beaux trains vernis et capitonnés comme des coffrets à bijoux, mais on sentait que tout ce qui roulait sur rail avait droit à sa tendresse. En plus, on l'estimait d'être parti comme les autres et d'avoir pris sa part de boue et de misère alors qu'il aurait pu se faire mobiliser dans les chemins de fer.

– Mais il y passe même plus de trains, dans celle-là ?

– Elle me plaît quand même. Et puis, les trains, ils reviendront un jour... A tout à l'heure!

– Sacré farceur!

Avec une bourrade amicale, le brigadier reprit son chemin tandis que Pierre Bault allait dans la direction opposée, les mains au fond des poches et le calot bien enfoncé sur l'œil...

Un moment plus tard, assis sur un banc du quai désert, à l'abri de la verrière encore intacte, il regardait la pluie tomber en longues raies liquides. Entre le double ruban d'acier qui se rouillait, elle formait des flaques d'eau où se reflétait le ciel gris-vert.

Il ne pouvait vraiment pas expliquer à son ami le brigadier pourquoi cette petite station de brique et de pierre blanche lui plaisait tant. Il aurait fallu lui dire qu'elle ressemblait un peu à celle de Beaune, en Bourgogne, lui parler d'une très belle dame, une blonde Américaine qui, à plusieurs reprises, avait traversé sa vie. Pas souvent pour sa tranquillité d'esprit, d'ailleurs, mais elle était la seconde de ces trois femmes dont l'histoire n'appartiendrait jamais qu'à lui-même et à son ami Antoine Laurens. C'était une sorte de trésor intime dans lequel, aux heures noires, il aimait à puiser.

Celle-là s'appelait Alexandra...

Et il resta là, jusqu'à la chute du jour, à se la raconter.

Première partie

DEUX AMÉRICAINES À PARIS...

(1904)

CHAPITRE PREMIER

EN MER

L'étrave noire de la *Lorraine*[1] taillait la longue houle de l'Atlantique. Devant elle, l'océan était vide et se perdait dans la nuit. Le long paquebot qui remontait vers le nord laissait derrière lui, comme un dernier souhait de bon voyage, le phare de l'île baleinière de Nantuckey en attendant d'apercevoir, plus tard, celui de Terre-Neuve. Le vent vif trouait le flot légèrement crêté d'écume et chassait les passagers qui, après le dîner, prétendaient faire une petite marche sur le pont-promenade. Presque tous se hâtaient de regagner le confort luxueux du grand salon dont les larges baies vitrées illuminaient le pont et d'y prendre quelques habitudes au son de la *Petite Musique de nuit* de Mozart jouée en demi-teinte par l'orchestre du bord. D'autres préféraient rejoindre leurs cabines pour achever de s'installer ou, tout bêtement, aller dormir. Personne ne s'habillait le premier soir d'une traversée : il fallait laisser aux femmes de chambre le temps de déballer les bagages et de repasser ce qui en avait besoin. Les dames, d'ailleurs, étaient en chapeau pour ce premier repas où l'on s'examinait avec plus ou moins

1. Jusqu'à une date relativement récente, les bateaux prenaient le genre de leur nom de baptême : la *Lorraine*, la *Provence*, le *Béarn*, ...

de discrétion en essayant d'évaluer la fortune du voisin. A moins que, sachant à quoi s'en tenir lorsqu'il s'agissait d'une célébrité, on n'ébauchât une stratégie pour se faire présenter...

Au-dehors, quatre hommes affrontaient la bise aigre avec détermination. Trois d'entre eux, les mains au fond des poches de leurs pelisses fourrées, le chapeau ou la casquette enfoncés jusqu'aux yeux, s'efforçaient de prouver qu'ils avaient le pied marin en discutant Bourse et valeurs cotées accoudés au bastingage. Le quatrième, un personnage grand et rouge enveloppé d'un lourd manteau écossais, arpentait le pont d'un pas solide en fumant un cigare. Il allait et venait entre les trois courageux et la seule chaise longue occupée comme s'il prétendait en interdire l'approche.

Ce manège amusa un moment celle qui s'y trouvait puis finit par l'agacer. En vérité, le cher oncle Stanley en faisait trop et elle l'appela d'un geste lorsqu'il se trouva au plus près.

– Votre vigilance n'est-elle pas un peu excessive ? Aucun de ces messieurs ne songe à m'aborder...

– Parce que je suis là ! Mais que je m'éloigne et ces « messieurs », je vous en fais le pari, se hâteront de venir tourner autour de votre siège. Est-ce cela que vous souhaitez ?

– Vous plaisantez, j'espère ?

– Bien sûr, bien sûr !... Mais pourquoi vous entêtez-vous à rester là alors que le temps menace ?

– Justement parce que j'espérais un peu de solitude. Je ne crains pas la mer, vous le savez bien, et j'aime assez même quand elle commence à se fâcher comme à présent...

– Une bonne tempête vous ravirait, en somme ?

– Peut-être... Vous aussi, d'ailleurs, inutile de le nier.

– Le vieux sang viking, je pense ? C'est vrai, j'aime le gros temps. Sauf quand j'ai trop mangé ! Nous n'aurions jamais dû embarquer sur un bateau français ! Ces gens-là font une cuisine sublime à laquelle je ne sais pas résister. Mais vous me semblez avoir fort bien supporté l'épreuve ?

Alexandra eut un rire léger que le mugissement du vent ne réussit pas à éteindre tout à fait et qui fit se retourner l'un des trois braves :

– Cela tient à ce que je me méfie, oncle Stanley ! Vous savez bien que je suis, avant tout, une femme raisonnable ? Asseyez-vous dans ce fauteuil et finissez votre cigare : nous rentrerons ensuite.

Il obéit et cala ses cent quatre-vingt-dix livres dans un fauteuil de pont qui gémit sous l'outrage cependant qu'Alexandra reprenait le fil de sa rêverie en toute quiétude : la voyant si bien gardée, les trois attardés choisirent de rentrer. L'un d'eux, en passant, salua la jeune femme avec un sourire. Aussitôt, le nez fleuri de Stanley H. Forbes vira bord sur bord :

– Vous le connaissez ?

Arrachée de nouveau à sa songerie, Alexandra sursauta :

– Qui ?... Oh, c'est possible ! J'ai dû le rencontrer dans le monde. Peut-être chez Ava Astor... Mais en vérité vous êtes insupportable et je crois que je vais voir ce que devient tante Amity ! Dormez bien ! Et ne vous avisez pas de m'accompagner ! ajouta-t-elle en le voyant esquisser le geste de se lever.

– Bon ! Voilà que je vous ai fâchée !

La jeune femme resserra autour d'elle sa grande mante à capuchon doublée de martre.

– Pas du tout, cher oncle ! Mais je voudrais que vous répondiez à ma question : est-ce Jonathan qui vous a prié de me surveiller ?

– Lui ? Dieu bénisse le cher garçon ! Une telle pensée ne l'effleurerait jamais. Il a en vous une confiance d'épagneul. Non, c'est moi qui ne suis pas tranquille !

– Et pourquoi s'il vous plaît ? Vous devriez me connaître ? Vous jugez cette confiance mal placée peut-être ?

– Non, mais je n'aime pas vous voir partir pour l'Europe sans votre mari et vous le savez bien. Vous êtes trop jeune...

– A vingt-deux ans ? Si l'on vous écoutait, une femme ne pourrait donc voyager avant la cinquantaine ?

– ... et surtout beaucoup trop belle ! Vous n'avez aucune idée de ce que sont les hommes de ces pays que vous voulez visiter. Ils vont se coller à vous comme des mouches sur un pot de miel !

– Que l'image est donc heureuse ! fit Alexandra en riant. Une bonne fois pour toutes, oncle Stanley, cessez de vous tourmenter ! Vous oubliez que j'ai déjà rencontré beaucoup d'étrangers. D'abord lorsque j'étais en Chine avec mes parents et ensuite dans la société new-yorkaise. Ils ne me font pas peur.

– Je sais que vous n'avez peur de rien mais certains sont séduisants...

– Pas pour moi ! dit-elle gravement. J'aime mon mari et, surtout, je suis américaine.

Même pour un fils de Philadelphie, la réponse avait de quoi surprendre. Mr Forbes leva un sourcil et ôta son cigare pour considérer la fille de son frère avec une sorte d'admiration :

– Est-ce que cela constituerait un certificat de vertu ?

– A mes yeux oui et surtout pour celles qui sont bien nées. Nous sommes avant tout loyales, franches et nous avons un grand sens de l'honneur. En outre, nous sommes fières de notre pays et nos hommes sont les meilleurs du monde : les plus intelligents et les plus courageux. C'est une chose dont je suis sûre et le Français, l'Anglais, l'Italien ou l'Espagnol le plus séduisant ne me fera jamais revenir sur cette opinion.

– Je le souhaite sincèrement pour votre mari. Néanmoins j'en connais qui, même bien nées, ne pensent pas comme vous. Je pense à Consuelo Vanderbilt, à Anna Gould...

– Pour Consuelo, le cœur n'y est pour rien : elle voulait être duchesse et planter sur sa tête les trois plumes d'autruche blanches pour aller faire la révérence à la cour de Saint-James. Il n'empêche que le duc de Marlborough est moitié moins grand qu'elle... Quant à Anna, lorsque je l'ai rencontrée à Newport l'été dernier, elle songeait sérieusement au divorce.

– Possible, mais c'est tout de même par amour qu'elle a épousé ce Castellane. Leur mariage a fait la fortune des fleuristes. Un vrai conte de fées !

– Cela ne veut pas dire qu'elle ait eu raison. D'ailleurs le « beau Boni » qui est venu la rechercher ne m'a pas plu du tout.

Une lueur de malice s'alluma sous les gros sourcils roux de Stanley Forbes :

– Un autre pourrait vous plaire ?

La jeune femme eut un haut-le-corps et gratifia l'impudent d'un regard noir :

– Oncle Stanley, je suis mariée et bien mariée. Si je vais en Europe, c'est pour m'amuser, acheter de jolies choses et visiter des sites exaltants pour l'esprit. Pas pour courir le guilledou. Bonne nuit !

Virant sur ses talons, elle se dirigea vers l'entrée des salons qu'elle traversa d'un pas rapide pour regagner le luxueux refuge où son époux et ses nombreux amis avaient entassé avant le départ bouquets de fleurs, paniers de fruits, confiseries et télégrammes. En dépit de cela elle se sentait mécontente de tout et de tous. On ne devrait jamais voyager avec un vieil oncle! Le sien venait de lui gâcher le plaisir de ce premier soir en mer et lui rappeler fâcheusement les droits d'un époux dont le stupide entêtement avait permis cette conversation.

Si les choses s'étaient passées comme on en était convenus depuis des semaines, Alexandra Carrington aurait effectué sa promenade marine au bras de Jonathan avant de retrouver l'intimité de leur appartement pour y échanger leurs impressions. Lui se serait assis auprès de la coiffeuse comme il aimait à le faire lorsque tous deux rentraient du théâtre, d'un dîner ou d'une quelconque réception. Il regardait sa femme ôter ses bijoux et les peignes ornés de pierreries qui retenaient la masse de ses cheveux chatoyants, nuancés de divers tons d'or. Lorsqu'elle les libérait, ils ruisselaient le long de son cou mince et gracieux, de ses épaules dont elle n'ignorait pas la perfection satinée, et l'enveloppaient d'une parure vraiment royale en complet contraste avec ses yeux d'un noir profond, son teint d'une blancheur mate et ses belles lèvres pleines ouvrant sur des dents sans défaut.

Alexandra, qui élevait la coquetterie à la hauteur d'un sacerdoce, appréciait ces moments intimes où elle pouvait lire une tendre admiration dans le regard de son mari. Ils stimulaient sa fierté d'être la femme d'un homme que beaucoup lui enviaient, bien qu'il eût plus du double de son âge.

Leur mariage, trois ans plus tôt, avait été l'événement mondain de Philadelphie où Alexandra Forbes avait vu le jour. Attorney général de l'État de New

York, Jonathan Lewis Carrington était aussi l'une des meilleures « têtes » du Parti Républicain et on le savait promis aux plus hautes fonctions. Il possédait de surcroît une grande fortune et, enfin, il n'avait rien de repoussant, au contraire : grand, maigre, bien que solidement bâti, son visage aux traits sévères, strictement rasé, s'éclairait d'un regard bleu-gris, froid et difficilement déchiffrable qui, dans l'exercice de sa profession comme en politique, était l'une de ses meilleures armes. Quant aux courtes mèches argentées qui striaient ses cheveux bruns, elles lui conféraient un charme supplémentaire selon Alexandra, qui le dépeignait en deux mots : c'était une « splendide créature ».

L'attention que, dès leur première rencontre à New York, dans un bal, le célibataire le plus convoité de l'État accorda à la radieuse miss Forbes, sonna l'alerte chez toutes les mères de filles à marier. Les langues s'en donnèrent aussitôt à cœur joie : on parla de la « Cendrillon de Philadelphie », ce qui était à la fois malveillant et entièrement faux car, sans être aussi spectaculaire que celle des Carrington, la fortune des Forbes n'était pas à dédaigner, pas plus que son origine.

Basée sur la construction navale et l'agriculture, c'était l'une des plus importantes de Pennsylvanie. Quant au clan Forbes, déjà connu en Aberdeenshire au XIIIe siècle – alors que les Carrington ne remontaient qu'au XVIIIe ! –, sa renommée se perdait dans les brumes d'Écosse et les neiges suédoises. Conclusion : Alexandra était mieux « née » que son prétendant même si les douairières de Park Avenue s'efforçaient de minimiser ce détail. En outre, elle possédait un titre supplémentaire au respect général : elle était une fille de la Liberté. Entendez par là qu'un de ses ancêtres avait, le 4 septembre 1776, apposé sa signature au bas de la

Déclaration d'Indépendance auprès de celles de George Washington, de Thomas Jefferson et de tous ceux qui levèrent alors l'étendard de la révolte contre l'Angleterre. Et Philadelphie avait été, dix années durant, la capitale des jeunes États-Unis, ce qui n'avait jamais été le cas de New York.

Parée d'une beauté remarquable, d'une intelligence certaine et d'une culture intéressante, Alexandra entendait n'accepter pour époux qu'un homme non seulement capable de satisfaire tous ses caprices mais encore apte à atteindre une situation de premier plan. Devenir un jour la première dame des États-Unis ne l'effrayait pas, au contraire, et elle se voyait très bien installée un jour à la Maison-Blanche.

Dès le premier regard échangé et bien qu'elle fût assaillie de soupirants la jeune fille jeta son dévolu sur ce haut magistrat. Elle lui trouvait davantage de charme et surtout plus de classe qu'aux jeunes sportsmen plus ou moins milliardaires qui faisaient la roue autour d'elle et aux intellectuels chevelus dont elle suivait les conférences et qui pétrissaient ses mains avec des paumes moites quand elle venait les féliciter. Celui-là était un homme qui pouvait devenir un monument historique. En outre, il suffit de peu d'instants à la fine mouche pour deviner qu'il était en son pouvoir.

Elle commença par jouer un peu cruellement avec lui mais elle avait assez de finesse pour ne pas aller trop loin et éviter de le faire fuir. Elle éprouva pour Carrington une grande admiration et, comme il arrive souvent chez les jeunes filles, elle décréta qu'elle l'aimait et se persuada que sa vie serait manquée si elle ne la liait pas à cet homme supérieur.

Lui, ébloui par cette blondeur, ce charme plein de vivacité et cette triomphante féminité, n'attendait qu'un encouragement et, en dépit des mises en garde de sa mère qui trouvait la jeune fille trop brillante et trop mondaine, malgré la réserve des Forbes qui le jugeaient un peu trop âgé, le mariage fut célébré le 20 octobre 1901, à Philadelphie, dans la belle demeure ancienne de Walnut Street où miss Forbes avait été élevée.

Celle-ci en éprouva un immense sentiment d'orgueil satisfait et de triomphe. Comblée de pierreries, de fourrures et d'une foule de choses aussi coûteuses qu'inutiles par un fiancé uniquement préoccupé de la parer et de la voir sourire, elle eut la gloire de voir le vice-président Theodore Roosevelt servir de garçon d'honneur à son fiancé dont il était l'ami le plus proche. Et si elle éprouva un pincement au cœur en quittant sa mère, sa tante Amity, ses oncles et surtout sa chère maison d'enfance, cela ne dura guère. New York n'étant pas bien loin de Philadelphie, elle pourrait revenir souvent. Enfin ne devenait-elle pas souveraine maîtresse d'une des plus belles demeures de la Cinquième Avenue, située en face de Central Park et qui, pour être moins imposante que les extravagants palais des Astor ou des Vanderbilt, n'en était pas moins fort enviable ?

Lorsque, au bras de son mari, elle en franchit le seuil flanqué de colonnes ioniennes, elle éprouva un frisson de joie : elle était désormais chez elle. Ce qui signifiait qu'elle allait pouvoir arranger à sa guise la vingtaine de pièces offertes à sa fantaisie. A l'exception, bien sûr, de l'appartement que se réservait Jonathan : chambre, fumoir et cabinet de travail voués définitivement au style anglais cher à la reine Victoria et hors duquel il estimait que sa pensée ne saurait s'épanouir.

– Tout le reste vous appartient, ma chérie, lui dit-il avec le courageux sourire de l'amour en lui faisant faire le tour du propriétaire. Vous pouvez en disposer à votre guise. Ce sera votre cadre et je veux qu'il vous plaise.

En réalité il ne risquait pas grand-chose car Alexandra possédait un goût très sûr aussi bien pour s'habiller que pour choisir son décor. Affamée de savoir, elle avait déjà étudié une foule de choses un peu hétéroclites comme le français et l'italien, la botanique, le jardinage, le bouddhisme et les religions ouralo-altaïques, l'ethnologie, les astres et la meilleure façon de tirer les cartes mais aussi l'histoire de l'art et la décoration à travers les siècles. Éprouvant une véritable passion pour la reine Marie-Antoinette, elle s'était surtout penchée sur le XVIIIe siècle français et elle entreprit de déverser son érudition sur les corps de métier soumis à ses ordres. Les rares antiquaires n'eurent pas de plus fidèle cliente et elle réussit même à se procurer, Dieu sait comment, une paire de flambeaux provenant d'un des Trianon, exploit dont elle tira une juste fierté et qui lui valut le respect de celles à qui elle les avait arrachés de haute lutte.

Bien entendu l'Europe l'attirait. Elle rêvait de visiter Versailles et Vienne mais elle découvrit très vite que son époux détestait voyager en dehors de l'Amérique du Nord. Ce haut magistrat qui travaillait énormément considérait sa fonction comme une sorte de sacerdoce. En outre, il se passionnait pour la criminologie autant que pour la politique. A ses yeux, les peuples latins ne comptaient guère que des gens peu recommandables – cela pour les Italiens, les Espagnols et les Français – qui, lorsqu'ils ne s'entre-tuaient pas pour leur religion, ne songeaient qu'à s'approprier les fortunes américaines. Les pires étant bien sûr les Français, rejetons douteux d'effroyables buveurs de sang ne connaissant plus ni foi ni loi depuis qu'ils avaient massacré leur noblesse au nom d'une liberté dont ils étaient venus chercher l'idée auprès des grands esprits américains.

L'Allemagne était peut-être un peu plus recommandable, encore que l'on y entendît un peu trop de claquements de bottes. Les Pays-Bas étaient d'une ennuyeuse platitude, quant à la Suisse, si elle possédait de belles montagnes, celles des Rocheuses ou de l'Alberta canadien ne lui étaient inférieures en rien. Bien au contraire...

Seule l'Angleterre planait sur ce désastre et tout ce que la jeune Mrs Carrington réussit à obtenir de lui fut un court séjour à Londres où Jonathan désirait visiter Scotland Yard et rencontrer quelques confrères. La seule consolation de la jeune femme fut de rapporter quelques bijoux anciens et une collection de ravissantes porcelaines tendres de Wedgwood car, en dépit de ce qu'elle espérait secrètement, il lui fut impossible d'amener son mari à passer la Manche. Il en rejeta la responsabilité, avec autant de gentillesse que de secrète hypocrisie, sur un procès important dont les ramifications s'étendaient jusqu'à Mexico mais qui, à présent, le rappelait d'urgence à New York. Quant à laisser Alexandra s'y rendre seule, il ne pouvait en être question.

Cette méfiance méprisante que l'attorney général montrait envers tout ce qui n'était pas américain ou anglais surprenait sa jeune femme. Elle n'arrivait pas à comprendre comment un homme aussi cultivé, une aussi belle intelligence capable d'embrasser d'importants problèmes humains ou politiques, pouvait se montrer si rigide et si aveugle sur ce point.

– Vous appréciez cependant l'art et la littérature de ces pays, remarqua-t-elle un jour. Comment se fait-il que vous ne souhaitiez pas mieux connaître ces berceaux de vieilles civilisations ?

– Parce que j'ai déjà sillonné toute l'Europe lorsque j'étais plus jeune et n'en ai pas retiré de vraies joies. A quelques rares exceptions près, les gens y sont superficiels, paresseux, pervers et trop amis du plaisir. Et puis, songez-y : nos musées rivalisent déjà avec ceux de l'Europe et leurs meilleurs artistes viennent se faire entendre ici. Pourquoi voulez-vous que j'aille perdre là-bas un temps qui m'est si précieux ?

– Pour me faire plaisir et voir de belles choses...

– Seule la première partie de votre phrase est valable, ma chérie, fit-il avec l'un de ses rares et d'autant plus charmants sourires. Pour moi, je vois évoluer chaque jour dans notre maison la plus parfaite des œuvres d'art. Vous étanchez plus que largement ma soif de beauté.

Que répondre à cela sans être blessante ? Alexandra eut beau assurer que toute sa famille appréciait les visites outre-Atlantique, deux longues années s'écoulèrent avant qu'elle ne réussît à arracher à Jonathan la promesse de l'emmener au moins en France et en Autriche. Non sans peine, mais il n'est pas encore né, du moins sur la terre américaine, celui qui saura dire obstinément non à sa femme.

En ce qui concernait Alexandra, ce refus qu'on lui opposait sous les prétextes les plus divers finit par l'exaspérer et elle en vint à poser un ultimatum à son époux : ou bien il l'accompagnait dans le voyage dont elle rêvait ou bien elle le ferait sans lui. Pas seule, bien sûr, mais chaperonnée par l'un des membres de sa famille : il y avait toujours à Philadelphie un ou une Forbes prêt à s'embarquer sur le premier bateau venu.

Comprenant qu'il causait une véritable peine à sa jeune femme et que le stade du caprice était dépassé, Carrington décida enfin que l'on partirait pour la France au mois de mars mais sur le *Majestic*, le paquebot vedette de la très britannique White Star.

Passant sur ce détail, Alexandra, enchantée, fit ses préparatifs, procéda à un tri sévère dans ses toilettes avec l'intention ferme d'en doubler ou d'en tripler le nombre chez les couturiers parisiens. Elle acheta le dernier Baedeker et y lut tout ce qu'elle put trouver sur les lieux qui l'intéressaient. Elle n'en continua pas moins à mener une vie mondaine des plus actives, ne manquant ni un bal, ni une soirée au Metropolitan Opera, ni un vernissage sans compter une multitude de thés, de conférences et de réceptions dans sa propre demeure. Elle glana durant ce temps quelques conseils, quelques adresses intéressantes et opéra, dans ses carnets, le recensement des quelques amies installées en Europe. Pendant quelques semaines, elle vécut cette sorte d'anticipation joyeuse qui ressemble un peu à des fiançailles. En dépit des critiques sévères qu'elle portait à son encontre, elle brûlait d'envie de connaître la noblesse française, descendant de ceux qui avaient servi Marie-Antoinette...

Et puis ce fut la catastrophe.

Comme tous les couples de la haute société américaine, les Carrington consacraient peu de temps à leur intimité en dehors du petit déjeuner toujours pris en commun et de l'heure, souvent tardive, où, revenant de quelque soirée, à moins qu'ils n'eussent eux-mêmes reçu, ils se retrouvaient tête à tête, le plus souvent dans la chambre d'Alexandra où Jonathan, en buvant un dernier verre, s'accordait le plaisir de contempler sa ravissante épouse avant de lui souhaiter une bonne nuit.

Ce soir-là, ils revenaient d'un dîner chez les Monroe qui avait été fort gai et Mrs Carrington, très en verve, commentait les menus événements de la soirée. Elle s'était bien amusée et ne prêtait guère attention à la mine contrainte de son mari quand, soudain, elle s'avisa d'une circonstance insolite : au lieu de s'asseoir contre le miroir, Jonathan, les mains au fond des poches, tournait en rond autour d'un guéridon comme un vieux sage chinois autour d'une idée essentielle.

– Vous ne m'écoutez pas ? reprocha-t-elle doucement. Avez-vous donc un souci ? Je vous ai observé quand nous étions à table, vous écoutiez à peine Lily Monroe.

– C'est vrai, soupira-t-il. J'ai un grave souci et je ne sais comment m'y prendre pour vous le faire partager. Vous allez devoir faire preuve de beaucoup d'indulgence, ma chérie...

Le mot fit rire Alexandra.

– Mon indulgence ? Quel drôle de terme dans votre bouche ! Auriez-vous commis une grosse bêtise ? Cela ne vous ressemblerait pas.

– Il ne s'agit pas d'une bêtise et ce qui m'arrive est tout à fait indépendant de ma volonté. En deux mots : je dois me rendre à Washington dès demain. Le Président m'a fait savoir qu'il m'attend. Il s'agit d'une affaire grave.

La jeune femme fronça les sourcils. Elle n'aimait pas beaucoup le titre officiel donné à un homme que tous deux appelaient simplement Teddy, même depuis que, parvenu à la magistrature suprême, il s'était installé à la Maison-Blanche. Il y avait là un signe pompeux qui n'augurait rien de bon.

– Ce n'est pas la première fois qu'il vous convoque d'urgence. Avez-vous une idée de ce que vous veut le... président Roosevelt ?

– Très vague mais je ne crois pas me tromper : il me réserve une mission importante... Je suis désolé, ma chérie, ajouta-t-il très vite en voyant s'assombrir le délicat visage, mais je crois que vous allez devoir me rendre ma parole. Je suis à peu près certain que nous ne pourrons pas partir dans huit jours.

Alexandra se leva brusquement. Dans son visage que la colère pâlissait, ses yeux sombres étincelaient.

– Voilà donc ce que vous mitonniez ? En vérité je suis trop bête ! J'aurais dû m'attendre à quelque chose de ce genre ! Car toujours vous avez trouvé de bonnes excuses pour éviter ce voyage mais je dois dire que, cette fois, vous faites vraiment donner la grosse artillerie. Le Président ! Rien de moins !... Et cela pour reprendre votre parole ? Oh, c'est indigne... indigne !

Jamais Jonathan n'avait vu sa femme si fort en colère. Jamais non plus ils ne s'étaient véritablement disputés et il se sentit un peu désorienté. Il voulut s'approcher d'elle mais elle fila d'un trait à l'autre bout de la pièce.

– Essayez de me comprendre, ma chérie, implora-t-il. Je n'ai aucun moyen de me dérober. D'autre part votre colère n'est pas justifiée : il ne s'agit pas d'annuler notre voyage mais seulement de le retarder...

– Jusqu'où ? Aux calendes grecques, voyons ! Mais ayez donc le courage de vos décisions ! D'autant que vous savez très bien pourquoi je veux partir en mars : une de mes amies s'apprête à épouser un baron vers la fin du mois.

L'excuse était mauvaise car le mariage n'avait pas lieu à Paris et Alexandra n'avait aucune envie d'y aller. En outre, elle constata qu'elle ne faisait qu'irriter Jonathan en voyant se froncer le profil romain de son époux qui ricana :

– Si vous voulez mon sentiment, c'est la meilleure des raisons pour retarder : être l'impuissant témoin du passage d'une belle dot américaine entre les mains d'un noble désargenté ne me cause aucun plaisir.

– Voilà le grand mot lâché ! s'écria la jeune femme en secouant sa chevelure dénouée comme une crinière de lion. C'est ce mariage qui vous tourmente ? Eh bien n'y venez pas mais moi je veux y assister. Conclusion : allez courir vos bien-aimées routes américaines pour le service de Teddy mais moi je pars pour l'Europe !

– Vous n'y pensez pas ! Je ne vous laisserai jamais voyager seule !

– Qui parle de cela ? Tante Amity qui adore l'Europe sera ravie de m'accompagner si même elle ne projette pas déjà de s'y rendre. Vous n'avez rien contre ma tante, j'espère ?

– Rien du tout. C'est une femme admirable... seulement j'ai annulé tout à l'heure nos passages sur le *Majestic* et alors...

– Sans même m'en parler ? De mieux en mieux ! Moi qui, tout à l'heure, délirais en compagnie de votre ami Russel Sage sur les plaisirs que j'escompte de cette traversée !

– J'en suis désolé, ma chérie, mais je ne pouvais pas vous dire cela au milieu du salon de Lily.

– Sans doute ! fit-elle sèchement. C'était tout à fait impossible mais, je vous en prie, ne vous tourmentez pas pour si peu. Je souhaite beaucoup voyager sur l'un des nouveaux paquebots français de la French Line, ainsi, je me trouverai de plain-pied dans l'ambiance que je recherche et ce n'est pas tante Amity qui s'y opposera : elle adore la France, elle !

– Réfléchissez un peu, Alexandra ! Tout cela est ridicule. Nous partirons... dans un mois.

– Et pourquoi pas l'année prochaine ? Non, Jonathan, ma décision est prise : demain je pars pour Philadelphie.

Jonathan réussit à rejoindre sa femme et à l'immobiliser en s'emparant de ses épaules.

– Vous m'en voulez tellement ?

– Oui... et plus que je ne saurais le dire. Vous me manquez de parole et c'est une chose que je ne supporte pas.

– La raison d'État ne peut-elle trouver grâce à vos yeux ?

– Non, car c'est l'une de ces notions périmées que l'Amérique refuse et qui faisaient partie intégrante de cette Europe qui vous déplaît tant.

Dans sa robe de brocart doré, sa beauté rayonnait à un tel point que Carrington sentit un désagréable pincement dans la région du cœur. Elle était une déesse et une déesse avait droit à toutes les exigences. Il voulut la serrer contre lui mais elle le repoussa doucement et il s'en trouva offensé :

– Vous pouvez vraiment accepter l'idée de partir sans moi ?

– Pourquoi pas dès l'instant où vous le pouvez vous-même ? Je ne vous ai pas entendu réclamer ma présence dans votre mystérieuse mission.

– Je ne sais même pas de quoi il s'agit...

– Ni combien de temps vous serez absent, bien entendu ?

– Bien entendu.

– En ce cas ne m'obligez pas à jouer pendant ce temps les femmes de marins guettant jour après jour l'entrée d'un navire dans le port. Notre vie est agréable parce que nous menons chacun l'existence qui nous convient.

– Sans doute... tant que le même toit abrite nos nuits. Qu'en sera-t-il si nous faisons continent à part ?

Il semblait si triste tout à coup qu'Alexandra flaira le danger : si elle se laissait attendrir, tout était à recommencer.

– Je pense que nous nous trouverons bien de quelques mois de séparation...

Il eut un haut-le-corps.

– Quelques mois ? Combien de temps pensez-vous donc être absente ?

– On ne va pas en Europe pour quinze jours. Vous ne m'avez emmenée qu'à Londres et j'ai tant de choses à voir ! Il me semble que trois ou quatre mois...

L'émotion de Carrington se dissipait. Il se savait battu et n'insista pas. Il alla se servir un verre dans la cave à liqueurs disposée sur une commode à son intention.

– Je sais bien que vous avez raison et moi je n'ai pas le droit de vous obliger à vous morfondre ici pendant une absence dont j'ignore la durée. Tout ce que je désire est que vous ne partiez pas seule... et pas trop longtemps ! Le mariage de Délia est fixé en septembre, ne l'oubliez pas !

– La laisser se marier sans moi ? Vous n'y pensez pas, dit Alexandra en souriant.

Elle aimait beaucoup, en effet, sa jeune belle-sœur Cordélia, née longtemps après Jonathan d'un second mariage de sa mère parce que, douée d'une nature joyeuse, un rien trop moderne peut-être mais d'une grande vitalité, celle-ci ne manquait ni de charme ni d'esprit. Telle qu'elle était, miss Hopkins tenait captif depuis plus d'un an déjà le cœur d'un jeune et brillant avocat, Peter Osborne, d'excellente famille, mais qu'elle avait parfois tendance à maltraiter pour mieux assurer sa puissance. Elle pensait lui avoir donné un gage suffisant en acceptant l'anneau de fiançailles et prenait un certain plaisir à faire durer cette période délicieuse où une jeune fille se voit choyée et adorée.

– A ce propos, reprit Carrington, je vous supplie de

lui laisser ignorer aussi longtemps que possible que vous partez sans moi...

– Vous craignez qu'elle ne veuille m'accompagner ?

– J'en jurerais, et au risque de retarder son mariage une fois de plus. Souvenez-vous que la date prévue a déjà été reportée pour une broutille.

Aussitôt Alexandra prit feu et brandit sans hésiter l'étendard de la solidarité féminine :

– En vérité, vous êtes inouïs, vous, les hommes ! Une broutille ? Alors qu'il s'agissait de leur future demeure ? Ce mariage-là, pour avoir attendu, n'en sera que plus réussi. Cela dit, Délia ne saura rien avant que je prenne le bateau. D'ailleurs, je pars demain pour Philadelphie.

Le hasard permit qu'Alexandra partît pour l'Europe sans revoir sa belle-sœur. Lorsqu'elle revint à New York pour s'embarquer avec son oncle et sa tante, la jeune fille séjournait à Boston chez une amie. Une circonstance à laquelle sa mère n'était pas étrangère. Quant à Jonathan, il était en route depuis la veille pour une destination inconnue.

Sans oser se l'avouer, Alexandra regrettait l'une et l'autre. Elle s'était trop réjouie de ce voyage en compagnie de son mari pour ne pas lui en vouloir de sa dernière dérobade et elle admettait volontiers qu'à défaut de lui elle eût aimé partir avec Délia dont la compagnie était des plus amusantes.

Dans sa cabine rangée par une habile femme de chambre, la jeune femme considéra un instant son lit sur lequel sa chemise de nuit était disposée auprès d'un déshabillé. Elle n'avait pas sommeil et regrettait que l'état de la mer rendît ce premier soir à bord si peu attrayant. Néanmoins, comme les regrets lui semblaient stériles, elle décida qu'une grande nuit de repos lui ferait le plus grand bien. En conséquence, elle ôta les longues épingles à tête de topaze qui fixaient son chapeau, fit bouffer ses cheveux d'un coup de doigts preste et s'en alla voir ce que devenait sa tante.

Elle la trouva au lit, buvant du vin de Champagne et relisant pour la énième fois les aventures du *Huckleberry Finn* de Mark Twain qui était son livre de chevet lorsqu'elle partait en voyage.

Aux approches de la cinquantaine, Amity Forbes, construite comme une maison, possédait de longs pieds qu'elle habillait de chaussures d'homme, telles qu'en portait jadis Thomas Jefferson dont, depuis l'enfance, elle était amoureuse à titre posthume. Sa chevelure aussi rousse que celle de son frère montrait de larges mèches blanches qui lui conféraient un curieux aspect bicolore. Dotée d'une voix sonore, elle arborait un profil impérieux qui aurait pu être celui d'une princesse indienne si elle n'avait eu le teint si rose et l'œil si bleu. Ses mains admirables recelaient un réel talent de pianiste dont elle n'usait cependant que pour bercer son humeur noire les soirs de pluie. Quant aux salons, elle en abhorrait les indigènes qu'elle déclarait barbares et totalement dépourvus d'intérêt. Elle cachait un cœur d'ange sous un caractère d'ours agrémenté d'un humour décapant et d'une gaieté souvent féroce qui en avaient fait, sur ses jeunes années, la terreur des mères de garçons à marier. Pour la plus grande satisfaction d'Amity qui, ne pouvant épouser – et pour cause ! – le défunt président des États-Unis, avait décidé une fois pour toutes de ne partager avec personne ses confortables rentes. Sinon avec ses chiens, ses chevaux, ses serviteurs, les oiseaux de son jardin et sa filleule Alexandra qu'elle adorait. Avec aussi quelques associations charitables et le cercle spirite de Philadelphie dont elle était l'une des adeptes les plus convaincues et les plus assidues.

Sans vouloir l'avouer, elle espérait réussir à entrer en relations avec l'âme du grand homme dont elle avait fait son idéal mais il fallut bien se rendre à l'évidence : Thomas Jefferson n'appartenait pas à la catégorie des âmes en peine. Néanmoins, Amity n'abandonnait pas.

Lorsque Alexandra vint lui demander de l'escorter en Europe, elle en était à boucler ses bagages dans l'intention de se rendre à Paris et, surtout, au cimetière du Père-Lachaise afin de s'y recueillir sur la tombe du grand Alan Kardec, qui était en quelque sorte le pape du spiritisme, au jour anniversaire de sa mort, c'est-à-dire le 31 mars. Mrs Carrington arrivait donc à point nommé.

Seule ombre au tableau, l'oncle Stanley, le gentleman-farmer de la famille Forbes, venait de décider d'accompagner sa sœur et si Alexandra admettait qu'une escorte masculine présentait de grands avantages pour deux femmes seules, elle se méfiait un peu des idées rigoristes de ce vieux célibataire qui, en dehors de ses terres, n'aimait guère que ses chevaux. C'était d'ailleurs pour eux qu'il traversait l'Atlantique : après avoir déposé Amity dans la capitale française, il devait se rendre en Normandie afin d'y visiter quelques haras célèbres et surtout en Angleterre où il comptait de nombreux amis dans le monde des courses.

L'idée de voir sa nièce se joindre à l'expédition ne l'enchanta pas vraiment. Il était fier de sa beauté et de son élégance mais, selon lui, la place d'une épouse était au coin du feu et non dans une ville aussi profondément dépravée que Paris.

Il se promit de veiller d'aussi près que possible à la

vertu de cette jeune femme qu'il considérait comme la fleur des États-Unis. Tout au moins pendant cette traversée insensée sur un navire français.

A l'entrée de sa nièce, Amity posa son livre, but une gorgée de champagne et considéra l'arrivante par-dessus ses lunettes :

– Vous en avez déjà assez des embruns ? Je croyais que vous vouliez profiter de ce que la moitié du bateau est déjà malade pour arpenter le pont-promenade ?

– La moitié du bateau, oui... mais oncle Stanley n'en fait pas partie.

– Et alors ?

– Et alors il me surveille comme s'il était un policier et moi un voleur à la tire.

Tante Amity s'étrangla de rire, ce qui l'obligea à se verser une nouvelle rasade. Tout à fait inhabituelle d'ailleurs car si, chaque soir, elle avait coutume de boire une coupe de champagne avant de se coucher, elle dépassait rarement cette unité.

– Vous en voulez un peu ? proposa-t-elle aimablement.

– Non, merci. Je ne bois guère.

– Ça viendra !

– En voilà une idée !

– Cela me paraît inéluctable. Il faut toujours se raccrocher à quelque chose. Or, vous êtes mariée depuis bientôt trois ans et aucun enfant n'étant encore en vue... Ce n'est d'ailleurs pas un reproche.

– Alors pourquoi en parlez-vous ?

La vieille demoiselle vida son verre et le reposa sur sa table de chevet où une embardée du navire le fit glisser. En conséquence elle le reprit ainsi que la bouteille et cala le tout entre ses genoux.

– Vous savez très bien pourquoi. Je n'ai jamais été

d'accord pour que vous épousiez Carrington. Un grand homme, sans doute, promis à de hautes destinées peut-être... si Dieu lui en laisse le temps. Un monument historique si vous préférez ?... Vous pouviez espérer tellement mieux !

– Vraiment ? Et... qui par exemple ?

– Est-ce que je sais ? Ils étaient plus d'une douzaine à bourdonner autour de vous. Tous jeunes, beaux, riches et vous êtes allée chercher à New York un homme de mon âge. Autant dire un vieillard !

– Vous êtes injuste. Autant pour lui que pour vous-même. Jonathan est...

– Une splendide créature ? Je sais. L'avez-vous assez répété ! Au point que je me suis demandé si vous n'étiez pas la première personne que vous souhaitiez convaincre. Alors dites-moi : combien de fois par semaine vous fait-il l'amour ?

– Tante Amity ! protesta la jeune femme scandalisée.

– Ne jouez pas les bégueules ! De quoi avez-vous le plus peur : du mot ou de l'acte ? Vous êtes une femme mariée, que diable ! Mal mariée peut-être mais vous devez être au courant de ce que l'on fait dans un lit ?

– Vous vous faites du mariage une étrange image. Entre Jonathan et moi il y a une communion d'esprit que je crois assez rare. Nous sentons, nous aimons les mêmes choses.

– Vous aimez Scotland Yard et les archives du crime ? C'est nouveau cela ! Alors, que faites-vous ici, avec moi et en pleine mer ? Je ne sais pas encore lequel des deux fait peur à l'autre mais je suis sûre qu'il y a là un petit problème...

– Qu'allez-vous imaginer ?

– La vérité. Je ne vous ai jamais demandé vos confidences, ma chère petite, mais je suis bien persuadée que vous ignorez encore tout des joies du septième ciel.

– Parce que, vous, vous les connaissez, souffla Alexandra suffoquée.

– C'est possible. Allons, ne me regardez pas avec ces yeux ronds! Je ne suis pas Messaline mais j'ai des souvenirs qu'un jour, peut-être, je vous confierai... quand vous aurez grandi. En attendant, oubliez tout ce que je vous ai dit et ne songez qu'à notre beau voyage! Je vous promets de veiller à ce que Stanley ne gâche pas tout!

– Vous pensez y parvenir! soupira la jeune femme. Je m'attends à le trouver couché en travers de ma porte.

– L'ennui c'est qu'il a le pied marin comme tous les Forbes. En pleine tempête il restera solide comme le rocher de Gibraltar. Néanmoins et puisque nos cabines communiquent vous pourrez toujours sortir par ici.

En rentrant chez elle, Mrs Carrington se sentait un peu désorientée. Elle savait sa tante fort originale. Pourtant ce qu'elle venait de laisser entendre était confondant. Se pouvait-il qu'entre deux séances de tables tournantes elle eût fait l'expérience de l'amour? C'était proprement ahurissant alors qu'elle-même...

L'épouse de Jonathan Carrington n'aimait pas attarder sa pensée sur sa vie intime. Sa nuit de noces n'avait rien eu de très exaltant. En dépit de quelques romans lus en cachette et de ce que sa mère lui avait murmuré au moment de leur séparation, elle se trouvait, au soir de son mariage, assez ignorante des accomplissements physiques mais, comme elle épousait un homme beaucoup plus âgé, elle lui supposait une grande expérience amoureuse et attendait de lui des merveilles.

Or, d'expérience, l'attorney général n'en possédait guère. Consacrée tout entière à ses travaux, sa vie passée jusqu'à sa rencontre avec miss Forbes comptait peu, bien peu d'aventures féminines. Il ne les avait guère recherchées, dédaignant les femmes faciles et attendant seulement de rencontrer un jour celle dont il ferait son épouse. Alexandra avait été celle-là mais, au lieu d'éprouver un sentiment doux, tendre, plutôt paisible, il s'était mis à brûler pour elle d'une passion sauvage qu'il ne devait jamais réussir à exprimer tant sa fiancée l'intimidait. En dépit de sa beauté flamboyante, il y avait en elle quelque chose de réservé, de froid, voire de distant qui le tenait en respect.

Au soir de leurs noces, dans la suite royale du Bellevue Hotel à Philadelphie, il connut une sorte de crainte quasi religieuse en découvrant la splendeur juvénile du corps qui se livrait à lui. Son goût profond de la beauté le poussait à s'agenouiller, à adorer cette exquise statue de chair vivante. Malheureusement, il ne trouva ni les gestes ni les mots capables de l'émouvoir. Il se contenta longtemps de la regarder sans oser la toucher, sans force et sans voix, humilié bientôt de lire l'étonnement dans les grands yeux noirs d'Alexandra. La colère alors s'empara de lui, générant une brutale montée de désir qui le sauva du ridicule mais, affolé à la pensée de la voir s'éteindre, il s'empara de la jeune fille avec une hâte fébrile qu'il éprouvait pour la première fois et qui, l'acte accompli, le laissa rompu et désolé.

– Pardonnez-moi ! balbutia-t-il. Je... je ne voulais pas...

– Oh, ce n'est rien, fit-elle avec le même sourire miséricordieux que s'il venait de renverser une tasse de thé sur sa robe.

Le reste de la nuit se passa dans le calme le plus absolu. Jonathan dormit comme une souche. Quant à sa jeune femme, elle pensait que les romanciers exagéraient beaucoup les plaisirs de l'amour mais elle éprouvait assez d'affection et de respect envers celui dont elle portait désormais le nom pour classer ce qui venait de se passer dans les obligations et les inconvénients de la vie de couple. Il y aurait, dans l'avenir immédiat, tant d'agréables compensations...

Cet état de choses ne varia guère par la suite. Chaque soir, au cours du voyage de noces qui les mena à Saratoga et dans les capitales canadiennes où Alexandra put acquérir un sublime manteau de zibeline, Jonathan, toujours habité par la crainte d'une défaillance, ne lui offrit que des étreintes rapides en négligeant de s'attarder à des préludes que le manque d'expérience et le mutisme résigné d'Alexandra n'encourageaient guère. Par contre, ils causèrent beaucoup. A défaut de leurs corps, leurs esprits communiaient sur l'art de vivre et l'art tout court, la littérature, le théâtre, la musique, les questions sociales et la grandeur de l'Amérique, ne différant que sur deux points : l'étude de la criminologie et l'utilité culturelle des voyages en Europe.

De tout cela il ressortit une hâte d'entamer le cours régulier de leur vie conjugale et, lorsque enfin ils regagnèrent New York en brûlant l'étape prévue à Newport, ils retrouvèrent avec joie des appartements séparés mais Jonathan instaura à titre définitif cette douce habitude qu'il avait prise de venir chaque soir contempler sa femme lorsqu'elle abandonnait ses parures de fête. Sans cependant s'attarder plus d'une ou deux fois par semaine : il se résignait à ne pouvoir posséder cette femme qu'il adorait aussi totalement qu'il l'aurait souhaité et savait bien qu'il n'oserait plus jamais prononcer les mots qu'il n'avait jamais risqués par crainte d'être ridicule ou, simplement, de la voir sourire.

En fait, après quelques semaines de mariage seulement, ils se trouvèrent installés dans le confort douillet d'un vieux ménage lié par l'affection, une estime mutuelle et de nombreux sujets d'intérêt communs. Jonathan retrouva ses travaux et Alexandra, se croyant initiée à l'amour alors qu'elle en ignorait encore à peu près tout, s'épanouit dans une vie mondaine intense qu'elle confondit vite avec le bonheur.

Ce soir-là, cependant, elle resta longtemps assise devant la coiffeuse à effectuer, avec une extrême lenteur, les gestes quotidiens pour lesquels jamais elle ne faisait appel à une femme de chambre. Elle aimait prendre soin d'elle-même : lisser longuement ses beaux cheveux, polir ses ongles, faire briller ses bagues, ôter le très léger maquillage qu'elle se permettait. Durant de longues minutes, elle contempla son image dans le miroir mais sans vraiment le voir, rêvant aux étranges paroles de tante Amity. Se pouvait-il qu'elle n'eût pas tout, elle qui se croyait comblée ?

Pendant ce temps, Antoine Laurens buvait un verre de vieux cognac dans la cabine du capitaine. Le commandant Maurras et lui se connaissaient depuis le voyage inaugural de la *Lorraine* et entretenaient des relations qui pour être espacées n'en étaient pas moins cordiales. Laurens avait patienté deux jours de plus à New York afin d'embarquer à bord de cette unité qu'il aimait. Il appréciait la détente après une longue et difficile mission secrète à laquelle le gouvernement du président Loubet se serait bien gardé d'admettre qu'il avait participé.

L'été précédent, en effet, Antoine, peintre de talent et surtout portraitiste estimé – ce qui lui permettait de camoufler d'autres activités beaucoup plus occultes –, quittait la France en compagnie de l'ingénieur Philippe Bunau-Varilla, ancien compagnon de Ferdinand de Lesseps dans le projet de percement de l'isthme de

Suez. Projet que tous deux s'étaient efforcés de mener à bien au milieu d'une incroyable gabegie. Bunau-Varilla se rendait à Washington pour y rencontrer le président Theodore Roosevelt et Laurens le suivait pour assurer plus ou moins sa sécurité. Sujet de la conférence : l'achèvement par les Américains des travaux abandonnés à la suite d'un énorme scandale politico-financier qui avait ébranlé les augustes assises du Palais-Bourbon et jeté de la boue sur quelques noms respectables.

Ce fameux canal, le président des États-Unis s'était juré de l'offrir à son pays. D'autre part, les Français lui apportaient une idée simple : faire souffler sur le Panama, alors sous contrôle colombien, le vent toujours si efficace de l'indépendance. Autrement dit, concocter une petite révolution qui ne ferait guère de dégâts puisque l'ennemi se trouvait de l'autre côté de hautes montagnes et, pendant ce temps, la flotte américaine pourrait croiser innocemment au large des côtes pour empêcher les Colombiens de passer par là.

Tout réussit au mieux et pratiquement sans effusion de sang : au mois de novembre 1903, la population de Panama se soulevait contre la Colombie, réalisant ainsi la révolution la plus paisible de l'Histoire. Un nouvel État fut créé sous la protection de la marine des États-Unis et la Colombie qui criait très fort reçut vingt-cinq millions de dollars qui l'enrouèrent singulièrement.

Au fond, la tâche d'Antoine Laurens avait été beaucoup plus simple qu'il ne le pensait. Pour la première fois de sa vie, on lui avait confié une mission de tout repos et qui, en outre, se révéla fructueuse car le nouveau gouvernement tint à le remercier pour la part active qu'il avait prise à la révolution.

Aucune tâche urgente ne le rappelant en France, il

décida de s'offrir quelques vacances d'hiver et de profiter un peu de cet argent si facilement gagné. Il prit donc, à Colon, un bateau pour La Nouvelle-Orléans où il séjourna quelques semaines, visita la côte est des États-Unis et finalement rejoignit New York où il pensait s'amuser un peu.

Sans y réussir vraiment.

Riche des générosités panaméennes qui comportaient quelques émeraudes il n'eut même pas envie de se livrer à son sport favori : le vol de joyaux plus ou moins célèbres pour leur histoire ou leur beauté. Dieu sait pourtant s'il en vit, des diamants, sur les dames américaines ! En colliers, en sautoirs, en bagues, en bracelets, en ceintures, en couronnes et presque en harnachements mais justement il en voyait trop et ce qu'il aimait c'était la rareté, la pièce exceptionnelle et aussi la difficulté. Les richesses américaines lui semblaient trop neuves, trop clinquantes et trop évidentes. A quoi bon se donner du mal dans ces conditions ?

C'est à New York, alors qu'il séjournait au Waldorf, qu'il apprit ce qui se passait à l'autre bout du monde : dans la nuit du 8 au 9 février, la flotte japonaise avait attaqué Port-Arthur dont la Russie s'était récemment attribué la possession pour avoir un débouché sur la mer Jaune. Cette information faillit le décider à rester encore quelque temps outre-Atlantique car il imaginait sans peine que le Deuxième Bureau français se ferait un plaisir d'envoyer là-bas quelques « observateurs » dont il pourrait bien faire partie si on le savait de retour. Néanmoins, le printemps approchait et il éprouvait une grande envie de le voir éclore à Château-Saint-Sauveur, sa propriété provençale.

Le désir de revoir son jardin l'emporta et il alla prendre passage sur la *Lorraine*. Il savait y trouver un ami, chose à considérer, mais comme il ne tenait nullement à rencontrer de ces gens qui peuvent faire un calvaire d'un honnête voyage en mer, il décida de prendre ses repas dans sa cabine. Il fallut l'invitation pressante du commandant Maurras pour qu'il sorte de son trou.

– Vous n'avez pas l'intention de passer toute la semaine entre ces quatre murs ? fit l'officier en lui offrant un supplément de Martel Trois Étoiles.

– Pourquoi pas ? Je suis un vieil ours, vous le savez, répondit ce vieillard de quarante-deux ans, et si je peux venir de temps en temps boire un verre avec vous, je serai le plus heureux des hommes. Les relations de voyage ne me tentent pas beaucoup.

– Pour cette fois je pense que vous avez tort. Nous avons quelques très jolies femmes assez courageuses pour affronter l'Atlantique en mars et comme je vous sais, mon cher peintre, sensible à la beauté féminine...

– Bof !... des jolies femmes, il y en a partout.

– Sans doute mais il en est peu d'exceptionnelles.

– Et vous en avez d'exceptionnelles ?

– Eh oui. Nous avons d'abord miss Lilian Russel, la célèbre cantatrice.

– Un admirable soprano, j'en conviens, mais elle n'est plus très jeune et sa célébrité tient beaucoup, à présent, à sa passion des hommes, des diamants et de la bicyclette. Vient-elle chez nous pour courir le Tour de France ?

Le commandant de la *Lorraine* se mit à rire et tendit le flacon de cognac à son hôte :

– Vous êtes impossible. Elle est toujours très belle... mais nous avons mieux.

– Et qui donc ?

– Une merveille ! Mrs Carrington, la jeune épouse du très respectable attorney général de l'État de New York. Vous ne la connaissez pas ?

– Mon Dieu non! Et... elle est comment?

– Éblouissante! Ne prenez pas cet air dédaigneux! J'ai rarement vu une femme aussi belle, aussi rayonnante...

– Hum!... On dirait qu'elle vous a séduit?

– Sur le plan esthétique seulement car elle reste assez distante. Vous auriez pu en juger, si vous étiez venu dîner avec tout le monde.

– Tiens donc! Et le mari, dans tout ça?

– Absent! Mais la belle dame voyage avec un oncle et une tante qui veillent sur ce trésor comme le dragon de Nibelungen sur l'or du Rhin. En outre, elle semble tenir parfaitement la mer car après dîner elle a été la seule femme à s'attarder sur le pont. A cette heure, bien sûr, elle est rentrée chez elle. Venez donc demain au déjeuner! Sur mon honneur, elle vaut le déplacement.

Le peintre vida son verre, le posa sur le bureau, se leva et tendit la main à son hôte:

– Je dois dire que vous piquez ma curiosité. Comment voulez-vous que je reste dans mon bocal quand Vénus en personne s'agite au-dessus de moi.

– Je suis bien sûr de votre opinion. Si vous venez, je ferai inscrire votre nom à ma table où je compte l'inviter, elle aussi.

– Dans ce cas je ne vois pas comment je pourrais résister. Bonne nuit, cher ami!

En fait, Antoine n'acceptait que pour ne pas désobliger celui qui l'invitait de façon si pressante mais il ne se faisait guère d'illusions sur la foudroyante beauté à bord. Les Américaines, il le savait, pouvaient être d'une grande beauté, néanmoins il leur trouvait toujours un petit défaut, un petit quelque chose d'inachevé, d'imparfait. Elles étaient trop sûres d'elles-mêmes alors qu'il aurait souhaité un rien de cette exquise patine dont est fait souvent le charme des Européennes. Une seule peut-être échappait, dans son souvenir, à cette espèce de condamnation générale : une jeune fille rencontrée en Chine dans des circonstances particulièrement dramatiques, mais celle-là, qui pouvait dire ce qu'elle était devenue et si même elle était encore de ce monde.

Aussi sa surprise fut-elle totale, quand, le lendemain, alors qu'en fumant sa pipe il arpentait le pont-promenade balayé par des rafales de pluie, il vit venir à lui cette même jeune fille. Enveloppée d'un grand manteau à capuchon en épais lainage vert et bleu, les mains au fond des poches de son vêtement, elle regardait le ciel gris dont les nuages, courant d'un horizon à l'autre, se gonflaient, noirs et menaçants, troués parfois d'une bande de lumière fuligineuse. Sous sa menace, l'océan faisait le gros dos et secouait comme un bouchon, à quelques encablures, un gros chalutier ventru.

Il n'eut même pas le temps de prononcer le nom qui lui montait aux lèvres : elle l'avait déjà reconnu et accélérait le pas :

– Tony ! s'écria-t-elle en lui tendant ses deux mains gantées. Est-ce bien vous que je retrouve en plein océan ?

– C'est bien moi, Alexandra... et infiniment heureux de vous revoir. D'autant qu'hier soir je pensais à vous.

– Comment cela ? Vous saviez que j'étais à bord ?

– Non. Je pensais à vous à cause du commandant...

– Vraiment ? Mais je n'ai fait que l'apercevoir ? Oh, Tony, marchons un peu s'il vous plaît ! Cela nous tiendra chaud...

Ils accordèrent leurs pas qu'il fallait balancer un peu et poursuivirent leur chemin.

– Alors, ce commandant ?

– Voilà ! C'est un de mes amis et nous avons bu un verre ensemble chez lui. Il m'a vanté l'insurpassable beauté d'une de ses passagères... une certaine Mrs Carrington, et moi, en esprit, je vous ai évoquée en pensant qu'il fallait venir d'une autre planète pour être plus belle que vous.

Elle éclata d'un rire joyeux et se serra un peu plus contre lui pour résister à une bourrasque.

– Perdez vos illusions, Tony ! Ce n'est pas sur ce bateau que vous rencontrerez une créature fabuleuse : je suis Mrs Carrington...

CHAPITRE II

SOUVENIR DE PÉKIN

Antoine eut à peine le temps de s'étonner; débouchant du grand salon, un personnage rougeaud fonçait sur eux à la vitesse d'une locomotive haut le pied. La fumée du cigare qu'il mâchonnait accentuait la ressemblance.

– Eh bien, Alexandra ? grogna-il. A quoi pensez-vous ?

– Votre mari ? fit le peintre aimablement.

– Tout de même pas!... Oncle Stanley, je vous présente un ami d'autrefois qui...

– Je n'ai jamais vu ce monsieur à Philadelphie!

– Moi non plus. Par contre, je l'ai beaucoup vu à Pékin où il m'a sauvé plus que la vie... Ne vous ai-je jamais parlé d'Antoine Laurens ?

– Et plus d'une fois! s'écria miss Forbes qui, sous un étonnant chapeau chargé d'énormes bouillonnés de mousseline grise piqués d'une plume-couteau rouge vif, effectuait son apparition avec la majesté d'une frégate entrant au port toutes voiles dehors. Où l'avez-vous trouvé, Alexandra ?

– Mais sur ce pont. Il faisait le tour du bateau dans un sens, moi dans l'autre, et nous nous sommes reconnus! N'est-ce pas une chance!

– Un grand morceau de chance! Antoine, cher, venez que je vous embrasse!

Et sans plus de façon, tante Amity prit le peintre aux épaules et lui planta sur chaque joue un baiser retentissant qui acheva la déroute de son frère, bien obligé dès lors de se mettre à l'unisson.

– Hello, old boy! rugit-il en broyant les phalanges du Français après lui avoir assené dans le dos une claque à assommer un bœuf. Puis estimant qu'il avait fait tout son devoir, il se hâta de rejoindre l'étage supérieur où deux salles de café étaient installées sous la passerelle de navigation pour y achever son cigare en compagnie du premier whisky de la journée. Contrairement aux femmes de sa famille, il n'aimait guère les Français mais dès l'instant où Amity chaperonnait leur trop jolie nièce, il n'avait plus à s'en soucier.

Pendant ce temps, Antoine commençait à regretter d'être sorti de sa cabine ainsi d'ailleurs que l'imprudente promesse faite au commandant. Se trouver seul avec Alexandra eût été délicieux mais la présence de sa tante enlevait beaucoup de charme à cette rencontre inattendue. Non qu'Amity Forbes fût désagréable, bien au contraire, mais elle posait tellement de questions! Quand par hasard elle n'en posait pas, elle s'étendait voluptueusement sur la vie fastueuse que menait sa nièce auprès d'un époux à qui elle n'avait jamais trouvé autant de qualités. Alexandra finit par trouver cette élégie suspecte. Quand l'heure fut venue d'aller s'habiller pour le déjeuner, elle réclama des explications :

– Qu'est-ce qui vous prend de chanter les louanges de Jonathan sur le mode lyrique? Je n'avais jamais remarqué que vous lui portiez une telle passion?

– Je suis de votre avis : cela se saurait. Je continue à penser que le jour où vous l'avez rencontré, vous auriez mieux fait de tomber de cheval et de vous fouler une cheville!

– Tomber de cheval dans un bal! De toute façon, vous venez de vous conduire en parfaite hyprocrite car vous n'avez jamais voulu admettre qu'il est une spl...

– Si vous me ressortez votre splendide créature, je hurle! Quant à ce que j'en ai dit à ce charmant Laurens, n'y voyez que mon désir de protéger votre ménage, que cela me plaise ou non. C'est une question de loyauté.

– Tony n'a pas la moindre envie de donner l'assaut à mon ménage. Je l'ai connu bien avant Jonathan.

– Il ne vous a jamais fait la cour?

– Pas vraiment... Un petit peu tout de même parce qu'il est français mais il a surtout été merveilleux, charmant... je ne sais trop comment dire... mais tout à l'heure, en le rencontrant, j'ai éprouvé une joie d'autant plus grande que j'ai quitté Pékin sans même lui dire adieu.

– Il n'a pas l'air de vous en vouloir et je peux vous prédire qu'il va se montrer des plus galants. J'ai vu la façon dont il vous regardait et je ne peux pas lui donner tort : sept jours en mer auprès d'une femme ravissante que son benêt de mari laisse partir seule à la conquête de l'Europe! Une véritable aubaine pour un homme séduisant. Car il l'est, l'animal!

– Vous n'oubliez qu'une chose : son âge qui atteint presque celui de Jonathan...

– Du diable si l'on s'en douterait! Et voilà la raison pour laquelle j'ai jugé de mon devoir de laisser entendre que vous êtes la femme la plus heureuse de tout New York pour avoir épousé un homme exceptionnel.

– Mais il est exceptionnel! fit Alexandra mécontente. Quant à être seule ici, j'espère que Tony ne s'illusionne plus guère ou bien ne vous a-t-il pas remarqués, vous et oncle Stanley ?

– Alexandra, je ne veux surtout pas gâcher votre beau voyage et je vous ai promis de tenir Stanley en bride. Néanmoins faites un peu attention tant que nous serons sur ce bateau ! Il y a ici une douzaine de personnes qui vous connaissent au moins de vue et la réputation d'une femme est chose fragile...

– Pas la mienne ! J'entends pouvoir bavarder avec un ami sans que l'on écarquille les yeux et que l'on chuchote. Cela dit, si j'avais dû tomber dans les bras de ce cher Tony ce serait fait depuis longtemps.

Miss Forbes se mit à rire :

– Vous appelez cela une raison ? Ce qui ne s'est pas produit un jour peut parfaitement réussir le lendemain. Vous étiez alors une jeune fille. A présent vous êtes une femme mariée. Cela tire beaucoup moins à conséquence.

Alexandra rougit violemment et, pour toute réponse, sortit avec dignité en claquant derrière elle la porte de la cabine. Tout cela était vraiment par trop stupide ! Et même offensant ! De tels soupçons portaient atteinte à son orgueil comme à l'image qu'elle se faisait d'elle-même.

Elle se jugeait en effet avec une certaine lucidité, confessait volontiers sa coquetterie et admettait que rien ne lui plaisait autant que tenir sous son charme une cour d'admirateurs mais cela n'allait pas bien loin car, profondément honnête, elle eût détesté blesser une épouse ou une fiancée et plus encore inspirer de l'inquiétude à Jonathan. Son credo personnel tenait en peu de mots : la Nature l'avait comblée et sa fortune lui permettait d'en mettre les dons précieux en valeur. C'eût été stupide de ne pas en profiter et elle y prenait grand plaisir. D'autant qu'elle joignait à ce raisonnement un brin de patriotisme : fière d'être américaine et d'appartenir à une jeune nation en plein devenir, elle entendait que le vieux monde reconnaisse en elle la suprématie des femmes d'outre-Atlantique. Ce rôle d'aristocrate, de fille « bien née » qu'elle assumait sans peine à New York, elle désirait en développer encore la portée au cours de ce voyage et Antoine tombait à pic pour lui servir de cobaye. Douée, en outre, d'un grand sens pratique, elle voyait dans cette rencontre tellement inattendue un signe favorable pour la suite de son voyage. Qui, mieux que cet homme de goût introduit dans la meilleure société, saurait lui présenter Paris et même la France sous leur jour le plus intéressant ? Elle l'imaginait très bien assumant le double rôle de chevalier servant et de guide hautement autorisé. Les deux Forbes devraient apprendre à considérer les choses sous le même angle.

Néanmoins, pour apaiser un peu leurs inquiétudes et leur infliger de surcroît une légère punition, elle décida de ne pas paraître au déjeuner. Quant à Antoine, cela ne lui ferait pas de mal d'éprouver une petite déception propre à corriger ce que son accueil, un rien trop enthousiaste, avait pu susciter d'espérances téméraires. Comme elle n'aimait pas mentir, elle ne donnerait aucune autre raison que son désir de rester tranquillement chez elle. Son apparition au dîner du commandant n'en aurait que plus d'éclat.

Cette attitude une fois arrêtée, elle échangea son costume du matin contre un élégant déshabillé puis sonna la femme de chambre pour lui demander de lui servir du café et des fruits.

– Madame ne se sent pas bien ? s'inquiéta la jeune fille.

– Si, mais comme il ne fait pas très beau, je préfère rester ici.

Quand miss Forbes, toute bruissante de soie améthyste et chapeautée d'autruche assortie, vint chercher sa nièce, elle la trouva étendue sur son lit dans un flot de batiste blanche et de rubans azurés, croquant une pomme et lisant avec application des poèmes de lord Byron.

– Eh bien, mais que faites-vous ? Est-ce que vous boudez ?

Alexandra posa son livre :

– Pas du tout, fit-elle avec un beau sourire. Simplement je n'ai pas très faim et j'ai eu tout à coup envie de me reposer.

– Et votre ami Tony ? Avez-vous décidé de l'oublier ?

– Non, mais nous avons encore beaucoup de temps devant nous avant d'arriver au Havre. Et puis, je préfère vous laisser vous faire une opinion sans mon concours.

– Et ce soir vous écraserez tout le monde de votre splendeur. Pauvre garçon ! Je ne suis pas certaine qu'il ait mérité cela !... Mais vous n'avez pas peur de vous ennuyer ?

– Jamais avec un livre ! Et vous savez comme j'aime les poètes romantiques anglais, ajouta-t-elle en reprenant l'ouvrage sur lequel tante Amity jeta un œil sceptique :

– Hum !... Ce lord écervelé m'a toujours prodigieusement ennuyée... Il est vrai qu'en le lisant à l'envers comme vous faites, il y a peut-être une expérience à tenter. Il faudra que j'essaie !

La jeune femme éclata d'un rire si joyeux que miss Forbes se sentit honteuse de sa mise en garde. Du coup, elle redoubla d'amabilité envers un Antoine qui s'efforça de ne pas montrer sa déception et que, finalement, ses reparties amusèrent beaucoup. Il la jugea un peu folle sans doute mais tout à fait charmante. Quant à l'oncle Stanley, l'érudition du Français en matière de chevaux anglais et de vins français fit fondre ses préventions et quand tous deux se retirèrent, après le repas, pour fumer leur cigare, ils étaient devenus les meilleurs amis du monde.

Pendant ce temps Alexandra, délaissant les pérégrinations de « Childe Harold » dont elle n'avait que faire, ouvrait pour la première fois depuis bien longtemps le livre de sa mémoire volontairement refermé sur les pages héroïques mais terrifiantes de cet été à Pékin où elle aurait trouvé une mort horrible sans le dévouement d'Antoine Laurens.

Elle n'aimait pas laisser son esprit retourner vers l'enfer de ces quelques semaines où la peur était incessante et où l'on en arrivait à penser qu'une balle dans la tête pouvait représenter le plus grand des bienfaits. Pourtant, tout cela venait de ressusciter d'un seul coup par la simple apparition d'Antoine et, parce qu'elle en éprouvait une véritable joie, il allait être possible, dans le calme de cette cabine luxueuse, de laisser défiler des images dont la poussière du temps mettrait sans doute beaucoup plus de quatre ans à estomper la gravure profonde.

Les premières étaient magnifiques et même exaltantes. Lorsqu'en 1899 le colonel Forbes, père d'Alexandra, accepta le poste d'attaché militaire auprès de son ami Conger, ambassadeur des États-Unis en Chine, l'imagination de la jeune fille s'enflamma. Beaucoup plus d'ailleurs que celle de sa mère pour qui vivre « là-bas » représentait une sorte d'exil en pays sauvage. Selon elle, toute région éloignée de Philadelphie de plus de trois cent miles se situait aux frontières de la barbarie, et quand la famille partit, les yeux de Virginia ne dérougirent pas tandis qu'Alexandra chantait : elle s'en allait vers un pays fabuleux sur lequel régnait une femme étonnante, l'impératrice douairière Ts'eu-hi dont on disait qu'elle savait conserver une éternelle jeunesse et que, dans sa Cité Interdite, immense palais aux murs rouges et aux toits d'or, elle menait l'existence fastueuse et secrète d'une idole au milieu de trésors inimaginables. En fait la jeune Américaine se représentait les Chinois, leurs souverains, leurs demeures et leurs paysages exactement semblables aux statuettes précieuses et au décor des ravissantes porcelaines rapportées jadis par un ancêtre aventureux et qui ornaient le salon de sa mère à Philadelphie.

Ce qu'elle ignorait, c'est que Ts'eu-hi exécrait les étrangers depuis qu'en 1860 et pour châtier les assassins de plusieurs missionnaires, la France et l'Angleterre avaient marché sur Pékin à laquelle d'ailleurs ils ne touchèrent pas, réservant leur fureur au fabuleux Palais d'Été construit jadis par Kien-long d'après l'idée qu'il se faisait de Versailles. Ils espéraient y trouver l'empereur, déjà réfugié à Jehol. Après un pillage en règle, lord Elgin donna l'ordre de raser le palais qui, aux yeux de Ts'eu-hi, représentait le suprême raffinement de la beauté sur terre. Elle ne pardonna jamais ce désastre.

Lorsque les Forbes arrivent à Pékin, l'impératrice est âgée de soixante-trois ans. Le peuple qui vénère en elle une sorte de mythe l'a surnommée « Le Vieux Bouddha » et lui voue de la tendresse, cependant cette année 1899 est dramatique pour les campagnes. Les provinces septentrionales, éprouvées par une terrible sécheresse suivie d'inondations, se laissent aller à une xénophobie grandissante et une secte qui va s'enfler comme un nuage de sauterelles est née de cette haine. Elle est composée de jeunes gens qui se distinguent au moyen d'un turban rouge et, parfois, de vêtements de la même couleur. Fanatisés au plus haut point, ils se croient invulnérables même en face des armes à feu et se nomment I-ho-tch'ouan, c'est-à-dire les Poings de Justice et de Concorde. Le monde entier les connaîtra bientôt sous le mot anglais : Boxers.

Leur chef déclaré, le prince Tuan, impitoyable guerrier mandchou, voue aux Occidentaux une sorte d'exécration et comme il touche à la famille impériale, Ts'eu-hi, à laquelle il a juré de ressusciter l'antique grandeur de l'empire, l'écoute avec plaisir et le soutient tout en jouant avec les « Diables blancs » ce double jeu qui n'a plus de secrets pour elle. Si les Boxers remportaient la victoire, tout serait pour le mieux ; dans le cas contraire, elle offrirait volontiers la tête de Tuan aux vainqueurs.

De tout cela, Alexandra Forbes n'avait pas la moindre idée lorsqu'elle découvrit Pékin. Tout ce qu'elle vit l'enchanta et conforta ses rêves même s'il y avait plus de poussière que dans son imagination. Au bout d'une longue plaine jaune, la ville impériale lui apparut comme l'une de ces cités du Moyen Âge vues dans des livres : enfermée dans de hautes murailles crénelées tombant à pic sur une campagne de maraîchers. A l'intérieur, un grouillement énorme et diversement coloré, celui de deux cités jumelles et cependant séparées : la ville chinoise au sud et la ville tartare (dont le centre était la Cité Interdite) défendue elle aussi par des remparts percés de trois portes géantes : Chou-tche-men, Tsien-men et Ha-ta-men. En fait trois lignes de fortifications successives.

Le quartier des Légations s'abritait à l'ombre de la Cité Interdite. Pour l'atteindre il fallait franchir la porte Tsien-men, une forteresse à elle seule percée de sabords carrés comme un ancien vaisseau de ligne et il se trouvait, en fait, coincé entre un redan du palais et la muraille est de Pékin.

Coupé à angles droits par le canal de Jade et la longue rue des Légations à laquelle on accédait en franchissant un gracieux portique, le quartier diplomatique se composait d'anciens yamens semant leurs pavillons à toits retroussés au milieu de jardins, et aussi de constructions plus récentes. Tout cela fleuri, pimpant, séduisant au possible et tout à fait séparé de la poussière et de la crasse qui affligeaient les bas quartiers. Les rouges murailles impériales où veillaient des guerriers en armure et des guetteurs munis de longues trompes assez semblables aux cors des Alpes ajoutaient au pittoresque même si certains esprits chagrins ne pouvaient s'empêcher de les trouver vaguement menaçantes.

L'ambassade des États-Unis s'encadrait, dans la large rue, entre la Banque Russe et le canal de Jade en plein milieu de ce quartier élégant.

Des demeures chinoises s'y mêlaient aux ambassades, habitées par de riches commerçants et surtout par des Chinois convertis. L'ensemble donnait une impression de gaieté qui séduisit les nouvelles venues et, durant les premiers mois de leur séjour, tout alla pour le mieux dans le meilleur des mondes diplomatiques. On se recevait beaucoup sous le moindre prétexte et, curieusement, cette cohabitation au milieu de contrées si vastes et si mystérieuses adoucissait les angles et gommait les différences, même entre pays aussi peu suspects de sympathie que la France et l'Allemagne, la Russie et le Japon.

L'éclat rayonnant de la jeune miss Forbes lui valut, tout de suite, un grand succès. Son carnet de bal, lorsque l'on dansait, était le plus international qui fût : l'Europe et l'Amérique s'y rencontraient. Elle flirta un peu mais du bout des lèvres, aucun de ceux qui se pressaient autour d'elle ne réussissant à la séduire vraiment. De ce fait, elle ne suscita pas de grandes inimitiés dans la gent féminine et se fit même une amie en la personne de Sylvia Conger, la fille du ministre américain. Toutes deux aimaient rire, danser, courir les boutiques, jouer au tennis et faire marcher les garçons. En outre, Sylvia possédait un vrai talent de pianiste qui rappelait à Alexandra sa tante Amity. Un talent tout à fait éclectique d'ailleurs car la jeune fille savait aussi bien interpréter un nocturne de Chopin que frapper les notes allègres d'un one-step ou d'une polka durant des heures sans jamais craindre de gêner les voisins, Pékin étant, en effet, la ville la plus bruyante du monde. Quand elle ne résonnait pas des hymnes nationaux, des marches militaires, des gongs géants des temples ou des mugissements des trompes des remparts, elle était traversée par les musiques assourdissantes des cortèges nuptiaux, les longues clameurs des familles en deuil escortant un cher défunt à sa dernière demeure ou par les tambours annonçant le cortège d'un haut personnage. Même les caravanes de chameaux qui apportaient le charbon de Tartarie ou des marchandises diverses s'accompagnaient de sonnailles, de tambourins et surtout de glapissements. Sans oublier les appels des marchands et les psalmodies geignardes des mendiants. Ce tintamarre amusait beaucoup les deux jeunes filles et quand elles sortaient escortées d'une gouvernante, elles prenaient plaisir à s'y plonger.

Au cours d'une de leurs expéditions, une bizarre

aventure advint à Alexandra. Tandis que miss Conger s'attardait dans une boutique de soieries sans parvenir à décider de son choix, son amie impatientée se rendit dans un magasin voisin appartenant à un aimable vieil homme, Yuan-chang, qui faisait commerce de ces « curios » dont raffolaient les Occidentales. Alexandra, qui s'était découvert une passion pour les objets en jade, le visitait parfois et, ce matin-là, justement, Yuan-chang lui avait envoyé un message signalant l'arrivage de quelques pièces intéressantes mais en lui recommandant le plus grand secret. Les hésitations de Sylvia tombaient à pic d'autant que sa gouvernante s'était endormie dans la voiture arrêtée à la limite des deux boutiques.

Yuan-chang accueillit la jeune fille avec son habituelle et souriante courtoisie.

– Ceci n'est pas digne de vos yeux, dit-il en la voyant s'intéresser à quelques éventails d'ivoire peint. Je ne me serais pas permis de vous déranger pour si peu de chose. Faites-moi plutôt l'honneur de passer à côté. Vous y verrez en particulier un médaillon de jade blanc...

– Du jade blanc ? Je croyais que seule la famille impériale...

Sans autre réponse qu'un sourire hermétique, le vieux marchand souleva, en s'inclinant, la lourde tenture brodée qui fermait son arrière-boutique. Alexandra pénétra dans une pièce éclairée seulement par une lampe dont la lumière tombait d'aplomb sur de ravissants bibelots de jade, de malachite et de quartz rose et aussi sur le médaillon annoncé : une très jolie pièce finement ciselée et sertie d'or représentant un lotus.

– Regardez ! fit Yuan-chang. N'est-ce pas digne d'une reine ? En outre, c'est un talisman.

La jeune fille prit le bijou dont la délicate matière laiteuse évoquait un rayon de lune.

– C'est bien joli, en effet!... Et vous dites qu'il porte bonheur ?

– J'espère sincèrement que ce sera le cas pour vous...

Un homme venait d'apparaître dans la lumière. Grand et très beau bien qu'il ne fût plus de première jeunesse, il portait une robe d'épais satin bleu nuit enrichie d'or au col et aux manches, dans lesquelles ses mains disparaissaient. Son chapeau de velours noir s'ornait d'un bouton de saphir et d'une plume de paon indiquant un haut personnage. Alexandra se souvint tout à coup de l'avoir vu à la réception que l'ambassadeur de France, Stephen Pichon, avait donnée pour la fin de l'année et le début du nouveau siècle : c'était le prince Jong-lu dont on disait qu'il avait été l'amant de Ts'eu-hi et, sans doute, l'homme le plus remarquable de la Cour. Néanmoins, elle fit semblant de ne pas le reconnaître...

– Pourquoi l'espérez-vous ? fit-elle d'un ton léger.

– Parce que je désire qu'il en soit ainsi. Achetez ce qui vous convient mais laissez-moi vous offrir ceci. C'est la raison pour laquelle j'ai demandé à Yuan-chang de vous prier de venir.

– Je n'ai nul besoin que vous me l'offriez, fit Alexandra sèchement. S'il me plaît, je suis assez riche pour l'acheter.

– C'est que justement il n'est pas à vendre. Vous l'avez dit vous-même : seule la famille impériale peut porter du jade blanc ou en faire don. Si je vous demande de l'accepter, ce n'est pas pour que vous vous en pariiez mais pour que vous le gardiez dans le secret de votre chambre. Il se peut qu'un jour vous ayez besoin de son aide.

– Son aide ? Comment une pierre, même précieuse, pourrait-elle m'aider ?

– Des jours sombres se préparent, jeune fille. A moins que vous ne quittiez ce pays sur l'heure, vous aurez besoin de la protection des dieux.

– A la légation des États-Unis nous disposons d'une protection tout à fait suffisante. Nous avons de bons soldats.

– Peut-être mais vous n'en avez pas beaucoup.

– Il y a ceux des autres nations...

– Et cela fait combien ? Quelques centaines ?... Autour de vous il y a des millions de Chinois et, dans le Nord, le nuage rouge des Boxers s'enfle chaque jour un peu plus. Bientôt l'orage éclatera ici et si les hommes d'Occident n'ont pas la sagesse de fuir à temps...

– Votre sagesse s'appelle chez nous de la lâcheté, fit la jeune fille avec dédain.

– Qui, sans être atteint de folie, peut espérer résister à un raz de marée ? C'est pourquoi je désire autant qu'il m'est possible vous protéger. Ce talisman le fera pour moi...

Sans répondre, Alexandra considéra tour à tour la fragile plaque opalescente et le visage empreint d'une grande lassitude de cet inconnu. Les masques asiatiques sont difficiles à déchiffrer, néanmoins celui-ci semblait sincère.

– Pourquoi moi ?

– Parce que vous êtes trop jeune et surtout trop belle pour mourir sous le couteau d'un paysan puant. Si jamais femme est née du soleil, vous êtes celle-là et la terre qui boirait votre sang serait à jamais maudite. Acceptez !

– Une jeune fille bien élevée n'accepte pas de cadeaux d'un étranger et encore moins d'un ennemi puisque vous prétendez que nous allons l'être. Je sais qui vous êtes, prince, et si vous souhaitez vraiment m'aider, vous me protégeriez mieux en détournant les coups de nos demeures.

– Croyez-vous que je n'aie pas essayé et que je n'essaie pas encore ? Je suis déjà vaincu. Les discours enflammés du prince Tuan sont une douce musique aux oreilles de notre divine souveraine. J'ai perdu beaucoup de mon pouvoir mais, si votre orgueil refuse un présent, il acceptera peut-être un prêt ?

– Un prêt ? Comment l'entendez-vous ?

– Simplement. Gardez cet objet jusqu'à ce que le danger s'éloigne en admettant que cela soit encore possible. Mais si la guerre n'éclate pas vous viendrez me le rendre vous-même...

– Moi ? Chez vous ? Ce serait impossible !

– Pas à vous, jeune fille. Vous êtes de ces femmes à qui rien n'est impossible... et si je meurs entre-temps, eh bien ! vous le garderez en souvenir d'un homme que vous avez ébloui et qui aurait tant voulu vous aimer...

La lumière jaune de la lampe allumait des reflets dans les sombres yeux obliques posés sur Alexandra avec une avidité qui la fit frissonner. En même temps, les doigts du prince refermaient ceux de la jeune fille sur le bijou. Sa voix grave se fit plus basse, murmure qui était presque une caresse :

– Chut !... Je pars ! Si vous souhaitez me revoir, dites-le à Yuan-chang. Il est mon serviteur dévoué.

La robe couleur de nuit se fondit dans les ombres de la pièce et Alexandra se retrouva seule, le talisman de jade serré dans sa paume. Après une courte hésitation, elle le glissa dans la bourse de soie blanche qu'elle portait pendue à son poignet par des rubans. A cet instant, le vieil homme reparut et s'inclina, les mains au fond de ses manches.

– Êtes-vous satisfaite de ce que vous avez pu voir ?

– J'ai vu plus que je n'espérais...

Elle acheta une exquise paire de petits poissons-voile en quartz posés sur des socles d'ébène et se hâta de quitter la boutique pour retrouver le grand jour et Sylvia, qui débouchait au même moment de son magasin de soieries suivie d'un coolie chargé de paquets volumineux.

– C'est la dernière fois que je viens, assura la jeune Américaine. Dès que j'entre ici, je perds la tête et je me ruine.

Le regard d'Alexandra croisa celui de Yuan-chang qui se tenait debout au seuil de sa porte :

– Vous avez raison. C'est sûrement l'endroit de toutes les tentations.

Alexandra ne devait plus revoir le prince. Néanmoins cette brève rencontre lui laissa une profonde impression car jamais encore elle n'avait approché d'aussi près le feu ardent d'une passion. Ce souvenir-là ne s'effacerait pas.

L'hiver se traîna interminablement, repoussant un printemps qui ne parvenait pas à éclore. Pékin étouffa sous les vents de sable venus du désert de Gobi qui s'infiltraient partout, aussi épais qu'un brouillard londonien mais cent fois plus pénibles. Avec eux reparurent les Boxers que la froidure semblait avoir engourdis mais qui se déchaînaient plus sauvages que jamais en se rapprochant de la capitale. Leurs bandes attaquèrent les missions chrétiennes et les villages isolés, pillant, brûlant, torturant et massacrant sans pitié. Les diplomates occidentaux apprirent qu'ils visaient à présent les concessions de T'ien-tsin et, surtout, les Légations où l'on cessa de danser.

Aux protestations indignées des diplomates, le Palais répondit en leur donnant vingt-quatre heures pour quitter Pékin. L'ambassadeur allemand, le baron von Ketteler, fut assassiné le lendemain.

Dès lors, il ne pouvait plus être question de discuter : il fallait se battre en espérant que les renforts ne tarderaient pas. D'ailleurs, comment abandonner à un sort atroce les milliers de chrétiens chinois qui venaient sans arrêt demander asile aux Légations ?

Le quartier fut mis en défense. On construisit des barricades, des casemates. La légation de France, à demi incendiée, obligea son personnel à rejoindre les Belges chez les Anglais. Il fut d'ailleurs décidé que les femmes et les enfants seraient regroupés avec les vivres et les réserves de munitions dans ce grand ensemble de bâtiments où Sir Claude et lady Macdonald les accueillirent de leur mieux. Cette fois, le siège commençait et, au-dessus des rouges murailles comme des gracieux palais, les corbeaux s'assemblèrent en tournoyant lentement. Quatre cents hommes allaient défendre deux mille personnes cependant qu'à l'autre bout de la Cité Interdite, complètement coupée des Légations, la grande mission catholique du Pé-Tang, sa cathédrale et son évêque, Mgr Favier, donnaient asile à trois mille chrétiens chinois avec pour seule protection quarante marins : trente Français aux ordres de l'enseigne Paul Henry et dix Italiens commandés par l'aspirant Olivieri.

Le pire fut atteint lorsque l'on apprit que la colonne de secours partie de T'ien-tsin sous les ordres de l'amiral Seymour avait dû rebrousser chemin. Les Légations ne pouvaient plus compter que sur elles-mêmes.

La lourde chaleur moite qui accablait Pékin ne cédait pas au coucher du soleil et rendait les nuits pénibles. Il était d'autant plus difficile de dormir que, bien souvent, l'ennemi attaquait au moment où l'on ne s'y attendait pas. Les assiégés soutenus par leur volonté de tenir vivaient l'espoir ou l'angoisse en alternance selon l'humeur superstitieuse ou les rêves de l'impératrice douairière. Parfois les Boxers grossiers et malodorants faisaient horreur à sa délicatesse mais, le plus souvent, elle voyait dans ces hordes enragées qui se prétendaient invulnérables les légions célestes chargées de rendre à la Chine sa grandeur perdue : elle invitait alors ses fidèles enfants à « manger la chair des Européens et à dormir sur leur peau »...

Dans les Légations, on ne savait plus rien de ce qui se passait à T'ien-tsin et sur l'estuaire du fleuve sinon ceci : lord Seymour, le comte du Chaylard et le colonel japonais Shiba avaient réclamé des renforts de troupes, mais le secours n'arriverait-il pas trop tard ?

Vers la fin de juillet, l'ambassadrice de France Mme Pichon rassembla autour d'elle toutes les femmes et leur distribua de petits sachets contenant une dose mortelle de poison qu'elle avait réussi à extorquer au docteur Matignon :

– Avalez sans hésiter si vous êtes prises, leur dit-elle. Cela vous évitera la torture : mieux vaut ne mourir qu'une fois...

Alexandra faillit refuser. N'avait-elle pas le talisman ? Mais à mesure que le temps passait elle perdait un peu confiance en lui. D'ailleurs Sylvia, qu'elle avait mise dans le secret, trouvait la chose plutôt amusante :

– Une histoire bien romantique à raconter plus tard à vos petits-enfants ! Ce prince est amoureux de vous et il cherche à vous intéresser. Voilà tout. Il faut accepter ce poison.

La fille de l'ambassadeur montrait d'ailleurs un courage étonnant qui galvanisait son amie. Le jour du 14 juillet, fête nationale des Français, elle accompagna sur son piano le chant de *la Marseillaise* tout de suite suivie de l'hymne américain. Après quoi elle organisa une manière de petite fête, bien modeste évidemment mais qui lui permit d'inviter à danser un personnage qu'elle jugeait tout à fait intéressant. Il s'agissait d'un voyageur français nommé Antoine Laurens, un peintre arrivé à la légation de France au début du mois de juin après un périple dans la Chine du Sud dont il rapportait de charmants dessins... et peut-être autre chose car, dès son arrivée, il avait eu avec Stephen Pichon et l'ambassadeur russe, Michel de Giers, plusieurs conférences dont, évidemment, les dames ne furent pas tenues informées. Elles n'en surent que ce qu'on leur en dit au cours de la réception donnée en son honneur par l'aimable Mme Pichon : c'était à la fois un homme du monde et un artiste de talent doublé d'un curieux qui aimait à errer dans des endroits impossibles, voire dangereux, pour le seul bénéfice de son inspiration. Il suffisait qu'il arrivât de Hong Kong et de Shanghai pour qu'on lui tressât les lauriers de l'héroïsme et toutes les femmes en raffolaient. D'autant qu'aux approches de la quarantaine, il possédait un charme bien particulier résidant à la fois dans sa silhouette maigre mais athlétique vêtue le plus souvent de tweed fatigué, dans un visage tanné d'une séduisante laideur qu'éclairait parfois un sourire narquois et dans le regard vif et joyeux de deux yeux d'un bleu de gentiane.

Tel qu'il était Sylvia le déclara d'emblée irrésistible, regretta qu'il y eût chez les Français tant de femmes charmantes et en vint même à considérer les affreux Boxers comme des gens pleins d'à-propos quand, après les premiers incendies, tout le monde se retrouva chez les Macdonald : elle allait voir son héros tous les jours.

Ce qui ne lui apporta rien de plus. M. Laurens lui montra autant d'intérêt qu'aux autres dames et demoiselles. Il fut aussi aimable avec elle qu'avec sa mère, ou Alexandra, ou Mme Pichon, ou la belle marquise Salvago Raggi, ou la baronne de Giers, ou lady Macdonald... mais pas plus. Il paraissait se plaire surtout avec son ami Édouard Blanchard, l'un des attachés de la légation française qu'il connaissait depuis longtemps, et l'un des interprètes, le jeune Pierre Bault, qui lui avait sauvé la vie au moment de l'incendie du palais français en se jetant sur lui pour lui éviter la chute d'une poutre enflammée. Aussi la valse anglaise du 14 juillet fut-elle la seule victoire de la jeune fille.

A présent, même cet aimable et fugitif souvenir semblait appartenir à une autre vie. L'ambulance du docteur Matignon débordait de blessés alors que sa pharmacie manquait de plus en plus du nécessaire. Il y eut aussi des morts dans les différentes nations et parmi les Chinois réfugiés qui s'entassaient dans les ruines de l'ancien palais du prince Sou et dans des maisons abandonnées. On ne savait rien du Pé-tang sinon qu'il résistait toujours si l'on en croyait les détonations qui en parvenaient.

Cette nuit-là, Alexandra ne pouvait dormir. Dans la chambre où elle, sa mère et Sylvia s'entassaient avec trois autres jeunes femmes il faisait une chaleur de four. Selon son habitude, elle essayait de trouver le repos sur des coussins entassés à l'abri du balcon ajouré qui faisait le tour de la maison. Elle ne pouvait plus entendre les gémissements de sa mère qui pleurait jusque dans son sommeil parce que depuis une semaine, son époux ne l'avait pas rejointe. En effet, le colonel Forbes et ses hommes défendaient la grande barricade du Fou qui protégeait le quartier indigène. Il refusait de quitter, même pour quelques instants, cette position clef et sa femme avait beaucoup trop peur pour s'aventurer dans ce coin, au risque d'une balle perdue. Alexandra y était allée une fois pour avoir des nouvelles et se fit rembarrer : son père n'aimait pas la voir parmi les soldats. Elle avait assez à faire avec l'hôpital où elle s'efforçait d'être utile. Ce dont elle doutait d'ailleurs car elle avait horreur du sang et les gémissements des blessés lui déchiraient le cœur. Néanmoins elle s'efforçait d'apporter sa petite part même si cela consistait surtout à les éventer et à chasser les mouches qui les harcelaient.

L'explosion d'une bombe du côté du Fou la fit tressaillir. Ces affreux Boxers s'entendaient à glisser des mines jusque sous les défenses européennes et cette fois le bruit semblait plus proche. Si les secours n'arrivaient pas au plus vite, ils ne trouveraient plus que des ruines fumantes et des cadavres amoncelés car ce que la mitraille ne ferait pas, la faim qui venait pourrait bien l'accomplir.

Une mince silhouette vêtue de sombre apparut tout à coup en haut des marches près desquelles Alexandra était étendue et se pencha vers elle :

– N'aie pas peur ! chuchota-t-elle. Je suis Pivoine et je viens te chercher. Nous étions, ma sœur et moi, près de la grande redoute du Fou. On s'y bat et ton père a été blessé mais il ne veut pas qu'on le ramène ni que l'on prévienne ta mère. Il faudrait des pansements, de l'alcool...

– J'ai ce qu'il faut ici. Attends-moi un instant. Je vais avec toi.

Elle connaissait bien la jeune Pivoine. Elle et sa sœur Orchidée étaient venues peu après le début du siège chercher refuge derrière les murs des Légations. Leur père, un riche marchand soupçonné de relations avec les Occidentaux, avait été tué par les Boxers ainsi que leur mère. Quant à leur maison, il n'en restait plus que quelques pans de murs et un énorme amas de ruines.

Les jeunes filles, bien que différentes, étaient toutes deux fort jolies et visiblement habituées à une existence raffinée. Néanmoins, elles faisaient preuve d'un grand courage, se chargeant souvent de besognes pénibles pour rendre service à leurs compatriotes et à ceux qui les hébergeaient.

L'une derrière l'autre, Alexandra et son guide franchirent le pont de Jade qui enjambait le canal et s'enfoncèrent dans le dédale des anciennes cours du Souwang Fou. Il faisait sombre mais les explosions et les coups de feu éclairaient la nuit. La bataille devait faire rage. Néanmoins, Alexandra eut l'impression que l'on ne se dirigeait pas vers la grande barricade d'entrée du Fou. Elle en eut la certitude quand sa compagne l'entraîna dans une ancienne cave qui semblait plonger sous les défenses établies par les Européens. Elle voulut s'arrêter.

– Où m'emmènes-tu ? Mon père ne peut pas être de ce côté-là.

Pour toute réponse, elle sentit, dans son dos, la pointe d'un poignard tandis que, d'une voix autoritaire, Pivoine ordonnait :

– Avance ou je te tue ! Tu peux me croire : je n'hésiterai pas une seconde...

Si le cœur d'Alexandra manqua un battement, elle n'en montra rien. Cette fille qui avait abusé de l'asile et de la confiance l'emmenait très certainement vers la mort mais pour rien au monde elle ne lui eût montré la peur affreuse qui lui tordait l'estomac. Tout doucement, sa main remonta vers le décolleté de sa robe en toile blanche pour y prendre le mince sachet de papier.

Elle voulait être prête même si elle ne pouvait encore se résoudre au geste fatal. A dix-huit ans, on tient à la vie et la jeune Américaine souhaitait en retarder le terme aussi longtemps qu'il serait possible.

– Avance! ordonna de nouveau la Chinoise tandis que sa lame piquait un peu plus cruellement.

– Où m'emmenez-vous ?

– Tu le verras bien. Pas très longtemps sans doute mais tu le verras.

Le couloir dans lequel on s'engageait semblait plonger dans les entrailles de la terre. En même temps, une odeur infecte se fit plus présente à chaque pas. Alexandra comprit pourquoi quand, à la lueur d'une torche fichée dans un mur, elle découvrit un cours d'eau noir sur lequel flottaient des immondices : les égouts de la ville tartare. Elle chercha son mouchoir pour l'appliquer sur son nez mais ne fit aucun commentaire. D'ailleurs on quitta bientôt le cloaque pour gravir des marches que l'on trouva au bout d'un mur. Un instant plus tard, on débouchait dans les ruines d'un pagodon qui s'élevaient au milieu d'un bosquet ravagé du Fou et Alexandra comprit qu'elle était perdue. Un groupe de Boxers vociférants fondit sur elle et l'immobilisa pour la traîner devant une image d'un autre âge : un guerrier mandchou portant la cuirasse à écailles sur une courte jupe en maille de cuivre. Sous une somptueuse robe de satin pourpre brodé d'or et ouverte devant, apparaissaient les jambières et les brassards dorés. Le casque à cimier formé d'une chimère aux ailes déployées abritait un visage implacable au profil arrogant : le prince Tuan en personne.

Alexandra fut brutalement jetée à genoux devant lui et maintenue dans cette position tandis que Pivoine, qui avait commencé par se prosterner, fouillait son corsage, jetait le sachet avec mépris puis poussait un cri de colère :

– Le lotus d'or... Il n'est pas sur elle...

La main gantée d'acier s'abattit sur sa joue, y laissant une trace sanglante.

– Il fallait fouiller sa chambre avant de l'emmener.

– Je l'ai fait, sublime prince, je n'ai rien trouvé. Il était naturel de penser qu'elle le gardait sur elle.

La gifle cruelle reçue par son ennemie rendit sa fierté à la jeune Américaine :

– Je ne possède aucun lotus d'or, fit-elle. Je ne vois pas comment elle aurait pu le trouver !

– C'est le nom que porte certain médaillon de jade impérial que tu as volé.

– Je n'ai rien volé. Ce bijou m'a été donné et la personne qui me l'a offert m'a même promis qu'il me protégerait.

– Il t'a menti, fit Tuan avec mépris. La possession de ce talisman ne te protégera pas plus de notre justice qu'il ne protégera Jong-lu de la colère de Ts'eu-hi, notre divine souveraine. Il fallait être fou pour offrir à une prostituée blanche un joyau donné jadis par l'impératrice. Toi, en tout cas, il va causer ta perte.

– Je ne suis pas une prostituée ! s'écria la jeune fille indignée.

– Vraiment ? Qu'as-tu bien pu offrir au prince Jong-lu pour qu'il perde la tête à ce point ?

– Rien du tout. Je voulais acheter ce médaillon et il a tenu à me l'offrir. Je me trouvais alors chez...

– Yuan-chang ?.. Je ne peux te montrer son cadavre car il a été découpé vivant et les vautours se sont repus de ce qu'il en restait.

Un frisson d'horreur secoua Alexandra qui se sentit blêmir. Était-ce le sort qu'on lui réservait ? Tuan devina sa pensée et un sourire cruel retroussa ses lèvres minces.

– Non. Du moins pas tout de suite. Tu es un trop précieux otage! Au lever du jour tu seras conduite au marché mongol, face à la muraille anglaise. On te hissera sur la redoute que nous avons construite et tu seras attachée à un poteau. Ensuite je parlementerai avec les tiens : ou bien les Légations se rendront sans conditions ou bien, face à ces gens, tu seras dévêtue et déchirée vivante en quatre cent quarante-deux morceaux ainsi que l'exige notre justice. Mais avant tu m'auras confié l'endroit où tu as caché le lotus.

Alexandra trouva le courage de ne pas broncher. Là, à ses pieds, il y avait le sachet de poison qu'elle réussirait peut-être à reprendre. Alors, avant que le jour ne se lève elle aurait cessé de vivre et les siens ne seraient pas soumis à cet abominable marché qui d'ailleurs ne sauverait personne : tous ceux des Légations seraient mis à mort. Mais il fallait réussir à reprendre le sachet.

Son silence parut faire impression sur le Mandchou qui s'attendait sans doute à des pleurs et des supplications :

– Je reconnais que tu es courageuse mais je devine ce que tu penses : une balle bien placée pourrait abréger ton supplice? Perds cet espoir : tu seras trop loin pour que la mort te soit douce.

Cependant Pivoine, abandonnant l'anglais, multipliait les saluts et les paroles volubiles, demandant visiblement la permission de se retirer, qui lui fut accordée d'un geste négligent. Alexandra lui jeta un regard de dégoût.

– Dire que nous les avons accueillies avec bonté, elle et sa sœur, parce que nous les croyions orphelines et malheureuses!

– Orphelines elles le sont et malheureuses elles le sont aussi de voir leur pays bien-aimé suer et saigner sous le joug de l'étranger. Néanmoins, elles ne sont pas sœurs. Ce qui n'empêche que l'une d'elles soit de haute naissance...

– Vraiment ? Chez nous elles ont fait la vaisselle, balayé, lavé des pansements souillés...

– ... et conduit vers la mort quelques-uns de vos soldats qui ont disparu, n'est-ce pas ? Il n'est rien qu'une Mandchoue de bonne race n'accepte pour sa cause. Pivoine et Orchidée font toutes deux partie des Lanternes Rouges dont la maîtresse Huang-Lian-shengmu, la « Mère Sacrée du Lotus jaune », est cousine de l'impératrice. Elles sont plus efficaces encore que mes Boxers : elles sont notre haine...

Allait-il continuer longtemps sur ce ton ? Lasse et bien près de craquer, Alexandra ferma les yeux, souhaitant en finir vite. Même si elle n'arrivait pas à récupérer le poison, elle serait peut-être seule un instant au fond de quelque prison ? Alors elle pourrait, à l'aide de sa ceinture ou d'un volant arraché, réussir à s'étrangler, à échapper à la peur, à la cruauté et au verbiage pompeux de cet homme sanguinaire qui s'était trompé de siècle. Elle se pencha en avant, comme si elle perdait connaissance, et ceux qui la tenaient la laissèrent glisser. Sa main se referma sur la petite tache blanche... C'est à ce moment que tout explosa... Des coups de feu éclatèrent. Les deux Boxers qui venaient de lâcher Alexandra s'effondrèrent. Un homme surgit de la fumée, envoya son poing dans la figure du prince et, saisissant la jeune fille par le bras, la jeta sur son dos avant de se replier vers le pagodon devant lequel Édouard Blanchard et Pierre Bault faisaient le coup de feu. A peine Antoine Laurens eut-il posé son fardeau à terre que d'un geste accordé les deux autres lancèrent quelque chose qui explosa en une gerbe de flammes au milieu des Boxers avant de rejoindre l'escalier du collecteur où le peintre entraînait déjà Alexandra.

– Filons! Ils vont nous poursuivre, dit Blanchard.

– Cette bombe va, je l'espère, boucher le passage, dit Bault en allumant une mèche avant de plonger à son tour dans les ténèbres.

Peu de temps après, en effet, une explosion fit trembler sur leurs têtes les pierres humides mais personne ne s'arrêta pour apprécier les dégâts. Tous couraient comme si l'enfer les poursuivait. Le cœur d'Alexandra cognait si lourdement dans sa poitrine que les battements résonnaient dans sa tête, dans ses tempes. Accrochée à la main d'Antoine, elle se sentait faiblir mais ce fut seulement quand on atteignit le canal de Jade qu'elle perdit connaissance.

Il y eut ensuite des jours de fièvre et des nuits de cauchemars. La terreur qu'Alexandra s'était efforcée de cacher au Mandchou se vengeait sur son organisme déjà affaibli par les privations et le climat accablant et quand, enfin, elle retrouva une conscience claire, elle constata qu'elle était vidée de ses forces et aussi qu'on l'avait isolée autant que possible dans une petite pièce de l'hôpital. Le docteur Matignon se tenait à son chevet ainsi que Sylvia et aussi Antoine qui venait aux nouvelles deux fois par jour. Ce fut par eux qu'elle apprit comment il avait été possible de la sauver.

Tandis que Pivoine l'emmenait à la mort, Laurens et ses amis qui veillaient derrière les sacs de sable sur les ruines de la légation de France avaient vu arriver Orchidée, la soi-disant sœur, visiblement bouleversée; elle voulait les prévenir de ce qui se passait et proposait de les guider vers le chemin souterrain que Pivoine avait réussi à dégager dans l'intention d'ouvrir une entrée aux Boxers. La capture d'Alexandra était la preuve de sa réussite et elle en espérait de grandes récompenses. En résumé, la vanité de la fille avait sauvé les assiégés d'une attaque clandestine.

– Mais pourquoi Orchidée a-t-elle voulu me sauver ?

– Par amour, répondit Laurens. Depuis qu'elle s'est introduite parmi les réfugiés chinois, elle s'est éprise d'Édouard Blanchard et quand elle a vu l'autre vous emmener, elle a compris que le fossé serait à jamais infranchissable entre elle et celui qu'elle aime si elle demeurait complice de votre mort. Elle est venue tout dire à Édouard et grâce à Dieu, nous sommes arrivés à temps. A présent, le passage est refermé et gardé.

– Et cette Pivoine monstrueuse ?

– Disparue. Vous imaginez bien qu'elle n'allait pas revenir.

– Elle m'avait dit que mon père était blessé ?

Au regard qu'échangèrent ses deux amis, Alexandra comprit que c'était encore pire. Son père avait été tué cette même nuit et depuis on veillait aussi sa mère à moitié folle de douleur et incapable de maîtriser son chagrin.

Alexandra, elle, ne pleura pas. A quoi bon ? Bientôt clle et les autres le rejoindraient. On ne lui cacha pas que les assiégés étaient à bout de forces. On réussissait à subsister encore parce que les parts des morts augmentaient celles des vivants, mais dans un ou deux jours peut-être, tout serait fini.

– Tony, dit-elle soudain, j'ai une faveur à vous demander. J'ai perdu ma part de poison et je voudrais que vous me teniez la main quand l'heure sera venue.

– Je vous le promets, mon petit. Vous ne retomberez pas vivante entre leurs griffes.

Ce fut cette même nuit que, vers deux heures du matin, on entendit le canon. Puis les explosions se firent plus nettes, plus proches. Les femmes qui tentaient de dormir dans leur chambre étouffante se dressèrent d'un même mouvement et se jetèrent hors de leurs lits de fortune. La légation d'Angleterre résonnait de cris et de galopades. On courait pour se rassembler dans la cour principale, Européens et Chinois mélangés avec tous, dans les yeux, la même espérance encore fragile. On vit alors accourir, jaune de poussière et brandissant son fusil, un jeune marin à moitié fou de joie :

– Ce sont les nôtres, hurla-t-il. Écoutez les canons et les mitrailleuses! Ils sont aux portes de Pékin...

– Alors il faut les aider! cria l'ambassadeur. Tous aux créneaux!

Durant des heures encore la bataille fit rage mais la fin des Boxers approchait. A trois heures de l'après-midi les cavaliers sikhs franchissaient les défenses du quartier enfin ouvertes. Vinrent ensuite les Américains, les Anglais, les Russes et un détachement japonais. Chez les Français, ce fut la déception : où étaient les leurs ?

Pas loin, fort heureusement, mais les troupes du général Frey, en approchant de la ville, avaient été durement accrochées par le dernier carré du prince Tuan et c'est seulement à l'aube du lendemain, 15 août, que leurs clairons se firent entendre dans l'air bleu du matin. Ceux du Pé-tang où le lieutenant Henry avait trouvé la mort durent attendre leur libération encore vingt-quatre heures mais il y avait pas loin de cinq kilomètres pour atteindre la cathédrale et ses défenseurs. Après cinquante-cinq jours de durs combats, le siège des Légations s'achevait et jamais plus on ne parlerait des Boxers. Quant à Ts'eu-hi, obligée de fuir sous la cotonnade bleue d'une paysanne, elle ne reviendrait que pour offrir à ses anciens ennemis la tête de ses anciens amis. Une fois de plus, la vieille chatte retombait sur ses pattes.

Pour sa part, Alexandra n'eut guère le temps de savourer cette joie. Sa mère, meurtrie au-delà de toute expression par son deuil et prise d'une véritable frénésie de fuite, exigea d'être rapatriée sur l'heure avec sa fille et le corps de son époux qu'elle refusait d'abandonner en terre chinoise. Aucun raisonnement ne put la convaincre d'attendre et il fallut que l'ambassadeur Conger lui trouvât une escorte de *marines* pour ramener mère, fille et cercueil sur deux charrettes jusqu'à T'ien-tsin puis Takou d'où un navire de la flotte les ramena à San Francisco. Un trajet interminable qui n'était pas de nature à apaiser le chagrin qu'Alexandra éprouvait, encore aggravé par le fait qu'après la libération, elle n'avait pas revu Antoine ni ses deux amis. Tous trois semblaient s'être volatilisés, absorbés par des tâches diverses. Elle en eut de la peine.

Qui ne dura pas bien longtemps. Lorsqu'elle eut retrouvé Philadelphie, sa famille, ses amis et l'agréable existence d'antan, Alexandra réussit sans trop d'efforts, comme il arrive parfois lorsque l'on est très jeune et que l'on aime la vie, à chasser le souvenir de ces heures dramatiques où elle avait manqué périr de l'amour d'un prince et de la haine fanatique d'un autre. Mais la mort de son père et le triste état de sa mère qui fut longue à se remettre les lui rappelaient trop souvent et elle accepta d'aller passer l'hiver à New York chez une cousine. Puis Jonathan était apparu.

Glissant de son lit, Alexandra alla prendre au fond d'un placard la mallette de cuir bleu où elle rangeait ses bijoux, l'ouvrit et en tira le médaillon au lotus qu'elle garda dans ses mains un long moment. Elle le portait rarement, bien qu'il fût peut-être celui de ses joyaux qu'elle préférait. Tout ce qui était chinois lui faisait horreur à présent, néanmoins elle ne pouvait s'empêcher de voir en lui un véritable porte-bonheur. Si, au lieu de se donner la gloriole de la livrer elle-même à Tuan, la Mandchoue s'était contentée d'ouvrir un passage aux Boxers, il n'y aurait jamais eu de Mrs Carrington mais la dépouille d'une certaine miss Forbes reposant avec les siens sous une couche de terre chinoise...

Longuement, elle caressa la fleur opaline que son époux lui avait fait monter sur une chaîne d'or, de perles et de minuscules feuilles de jade vert puis la recoucha sur son lit de velours. Ce soir, pour dîner avec Antoine, elle ne la porterait pas bien qu'elle eût fait faire une robe de mousseline sur fond de lamé qui s'assortissait bien à ses teintes laiteuses. Elle ne tenait pas à ce que l'on reparlât trop de Pékin, et ce bijou, en rappelant des souvenirs au peintre, soulèverait certainement la curiosité des autres convives.

A défaut de curiosité, elle fit tout de même sensation quand elle apparut au seuil de la grande salle à manger, enroulée d'un souple velours noir qui épousait les formes de son corps et dévoilait avec audace ses épaules et sa gorge. Un haut ruban de diamants que semblait fermer un nœud fait des mêmes pierres serrait son long cou mince et un autre nœud semblable était piqué dans sa chevelure. Un bourdonnement admiratif l'accueillit tandis qu'elle s'avançait vers le commandant Maurras qui venait à sa rencontre pour lui offrir son bras et la conduire à table. Derrière elle tante Amity et l'oncle Stanley passèrent à peu près inaperçus.

– Quelle entrée réussie ! chuchota Antoine qui était son voisin de droite. J'ai failli applaudir.

– Ai-je donc l'air d'une femme de théâtre ?

– Pas du tout mais elles n'ont pas le monopole des applaudissements. Prenez le pape ! On l'applaudit quand il entre dans Saint-Pierre.

– Le pape à présent ! Vous êtes en veine de compliments.

– C'est que je n'arrive pas à en trouver d'assez éloquents. Vous êtes tout simplement sublime.

– L'exagération maintenant ! Dans un instant vous allez demander à faire mon portrait ? A moins que vous ne peigniez plus ?

– Que ferait un peintre sans ses pinceaux ! L'idée est tentante. Je me demande seulement si je saurais vous rendre justice. Mme Vigée-Lebrun, portraitiste de la reine, disait de Marie-Antoinette que sa peau ne retenait pas les ombres tant elle était lumineuse. C'est pareil pour vous.

La comparaison enchanta Alexandra.

– Vous connaissez bien Marie-Antoinette ?

– Son peintre, oui... Elle, un peu moins...

– Moi, elle me fascine. C'est en partie à cause d'elle que je fais ce voyage. Je veux voir tous les lieux où elle a vécu.

– Alors il vous faudra aller à Vienne mais, en dehors de cela, vous n'aurez pas à faire beaucoup de chemin. Entre Versailles et Paris vous aurez à peu près tout vu. De toutes les reines de France c'est celle qui a le moins voyagé.

Après le dîner, dès qu'elle eut vu son oncle et sa tante s'installer à une table de jeu, Alexandra, qui n'avait pas envie de danser, déclara qu'elle préférait respirer l'air du large en compagnie d'Antoine. Elle alla prendre dans sa cabine une cape de chinchilla et un moment plus tard, elle marchait lentement au bras du peintre, le long du pont-promenade. La nuit froide rayonnait d'étoiles, ce qui était rare en mars, et l'océan faisait patte de velours. Le sillage de la *Lorraine* plumait l'immensité bleu sombre et l'écho d'une valse lente soupirée par les violons du bord ajoutait au romantisme de l'instant.

– Tony, murmura Alexandra en serrant un peu plus fort le bras de son cavalier, vous souvenez-vous de cette promesse que vous m'aviez faite, à Pékin, ce dernier soir où nous pensions que tout était fini pour nous ?

– Comment l'oublier ? Vous m'avez demandé de vous tenir la main à l'instant où il faudrait... en finir.

– Votre mémoire est fidèle. Voyons si votre amitié le sera autant !

– Pourquoi pas ? Mais vous n'êtes pas en danger, que je sache ?

– Pas vraiment mais... Peut-être un peu tout de même... Je suis au bord d'un pays inconnu dont j'ignore ce qu'il me réserve. C'est une aventure qui commencera pour moi quand nous arriverons au Havre.

– Ne me dites pas que vous n'êtes jamais venue en France alors que tant de vos compatriotes accourent chaque année ?

– Cependant rien n'est plus vrai ! Aussi j'aimerais beaucoup, cher Tony, que vous me teniez la main pour aborder Paris.

Antoine éclata de rire.

– Vous plaisantez, je pense ? Qu'avez-vous besoin du vieil ours que je suis alors que Paris tout entier se roulera à vos pieds dès que vous paraîtrez ? Rien que sur ce navire, cette promenade m'aura déjà fait un bon nombre d'ennemis. – Puis, changeant de ton : – Pourquoi votre mari n'est-il pas avec vous ?

La jeune femme haussa les épaules.

– Trop d'occupations absorbantes ! Nous devions partir ensemble et, au dernier moment, il a voulu, une fois de plus, repousser notre voyage. Alors j'ai décidé de visiter la France sans lui.

– Il a accepté cela ?

– Il ferait beau voir qu'il eût refusé ! Nous autres, en Amérique, nous tenons à une certaine indépendance et nous ne sommes pas soumises à nos époux comme le sont les Européennes, à ce que l'on m'a dit.

– La soumission est un grand mot qui n'a pas sa place dans un couple qui s'aime. N'aimez-vous pas M. Carrington ?

– Je l'adore ! C'est une splendide créature mais...

– ... mais vous avez décidé d'aller exercer quelques ravages loin de ses yeux ? Et vous voulez m'associer à cette mauvaise action ? fit Antoine en souriant. En outre rien ne dit que ma présence n'indisposerait pas vos parents. Enfin, je n'ai pas l'intention de séjourner longtemps à Paris.

– Je croyais que vous y habitiez ?

– A peine. J'y possède un petit appartement mais ma vraie maison est en Provence et en pleine campagne. J'ai hâte d'y retourner.

– Voilà qui est galant ! fit Alexandra déçue. Et moi qui croyais que vous étiez heureux de notre rencontre !

– Qu'allez-vous imaginer ? Bien sûr, je le suis ! Mais vous devez avoir chez nous quelques amies mariées dans la haute société ?

– Vous voulez parler de ces femmes qui ont échangé leur dot contre un titre quelconque ? A l'exception d'une seule, je ne les estime guère. Vous, je vous considère comme un ami, un vrai. En outre vous êtes un peintre connu et puis... quand vous vous habillez vous êtes plutôt séduisant ! Le cavalier idéal en quelque sorte.

– J'ai peur de ne pas avoir la vocation. Vous allez sortir beaucoup... et moi j'aime tellement mes pantoufles !

Alexandra le regarda comme s'il avait proféré une grossièreté. Entendre parler de pantoufles par un homme que l'on a connu au bout du monde et sous le feu de l'ennemi !

– Qui aurait pu penser que vous étiez un Français si compliqué ? Tenez, je vous propose un pacte : vous me consacrez quelques jours et ensuite je vous rends votre liberté. A présent, fit-elle avec décision, plus un mot là-dessus ! Rentrons et faites-moi danser !

– Moi ? Mais je ne sais pas danser.

– Oh ! fit-elle, suffoquée. Vous êtes un affreux menteur. Vous oubliez que je vous ai vu valser avec miss Conger ?

– Le fameux 14 juillet ? s'écria Antoine en éclatant de rire. Ne me dites pas que vous avez pris pour de la danse les entrechats que votre amie m'a extorqués dans une ambassade à demi ruinée ? Et avec une assistance pleine d'indulgence ! Sur ce parquet miroitant, je craindrais de vous entraîner dans mon ridicule.

– Décidément, il n'y a rien à tirer de vous et je suis très déçue. Allez dormir, Tony ! J'espère que demain vous vous montrerez plus gracieux.

Sans rien ajouter elle rentra et alla rejoindre les joueurs de bridge, laissant Antoine mi-amusé, mi-agacé. De toute évidence, cette adorable créature le croyait plus heureux de leurs retrouvailles qu'il ne l'était en réalité car il ne désirait pas se laisser entraîner dans une aventure qui ne le tentait guère. A Pékin, bien sûr, il avait été un peu amoureux d'Alexandra Forbes, comme beaucoup d'autres d'ailleurs, mais tant de choses avaient changé ! A commencer par Alexandra elle-même : de sa beauté éclatante et de sa haute situation elle tirait une assurance, une certitude de son pouvoir sur les hommes qui était d'ailleurs assez souvent le travers de ses compatriotes, mais qu'il n'appréciait pas. Et comme lui aussi avait changé, il n'entendait pas laisser quiconque, fût-ce la plus belle femme de l'univers, aliéner si peu que ce soit de sa liberté.

De son côté, Alexandra se sentait vexée. Elle avait trop l'habitude des hommages masculins pour ne pas éprouver un peu d'irritation devant la résistance qu'elle sentait chez Tony. En outre, ayant conscience de s'être conduite en enfant gâtée, elle n'aimait pas beaucoup s'adresser une critique, même légère. Raison de plus pour tenter d'affirmer sa puissance dans les jours à venir.

Comme elle passait devant une haute glace, celle-ci lui renvoya une image si rayonnante qu'elle se sentit réconfortée. Ce cher Tony ignorait encore qu'elle savait à présent comment obtenir tout ce qu'elle désirait. Et puisque le Ciel le remettait sur son chemin il faudrait bien qu'il accepte de jouer, dans le beau voyage d'Alexandra, le rôle – tout platonique d'ailleurs ! – qu'elle lui assignait déjà : celui de chevalier servant et de mentor. Ce serait tellement plus amusant de sortir avec lui et tante Amity qu'avec tante Amity seule ! Et pourquoi pas sans tante Amity ?

Ce qu'elle ne pouvait deviner, c'est qu'au même moment Tony, pressentant ce qui l'attendait, se demandait s'il ne serait pas plus sage de quitter le bateau à Southampton sous un prétexte ou sous un autre.

La mer se chargea de lui éviter des efforts d'imagination. La tempête qui se déchaîna le lendemain et qui se fit plus violente aux approches des côtes anglaises obligea la *Lorraine* à gagner directement Le Havre où ses quelques passagers anglais furent hébergés en attendant d'être ramenés chez eux.

Résigné à subir l'inévitable, Antoine prit le train pour Paris en compagnie de ses trois Américains.

CHAPITRE III

UN PASSANT

A Paris, Mrs Carrington et sa tante s'installèrent à l'hôtel Ritz, place Vendôme, tandis que l'oncle Stanley s'en allait loger à l'hôtel Continental, rue de Castiglione. Loger et bouder d'ailleurs : il ne comprenait pas que « ses femmes » choisissent un établissement qu'il ne connaissait pas plutôt que celui qui avait ses préférences, mais Alexandra avait entendu vanter le nouveau palace parisien et entendait y prendre ses quartiers. Un peu grâce à Antoine qui entretenait d'excellentes relations avec Olivier Dabescat, le tout-puissant et déjà célèbre maître d'hôtel, ces dames obtinrent un bel appartement donnant sur la place même. Ce qui, a priori, n'était pas évident pour deux voyageuses inconnues dans la capitale.

En effet, depuis son ouverture six ans plus tôt par le Suisse César Ritz, l'hôtel était devenu une succursale occulte des Affaires étrangères. Tous les grands noms d'Europe s'y retrouvaient auprès des Américains les plus fortunés. Même des têtes couronnées s'y arrêtaient et sur tout cela régnait, le monocle à l'œil, le grand Olivier qui connaissait son monde comme personne et veillait avec une exquise courtoisie à satisfaire les plus exigeants de ses clients. Le vrai directeur c'était lui, que

Ritz fût à Londres ou ailleurs. Or, le nom de Carrington lui étant encore inconnu, il n'aurait pas, sans recommandation, donné l'une de ses plus belles suites.

– Que d'histoires pour une chambre d'hôtel ! grogna l'oncle Stanley. Et le Continental vaut bien cette vieille baraque.

– Vieille baraque ? protesta Alexandra indignée. Vous êtes un béotien, mon oncle, et un Américain ingrat. Gloria Vanderbilt m'a dit qu'il s'agissait de l'ancienne demeure du duc de Lauzun qui a chargé, à Yorktown, contre les canons anglais.

Elle n'ajouta pas que, selon Antoine, ledit Lauzun compta un temps parmi les familiers de Trianon et que Marie-Antoinette lui trouvait même un certain charme. Aussi fut-ce avec une joie très vive qu'elle s'installa dans les pièces aux boiseries claires où les meubles charmants et les lustres à cristaux semblaient venus en droite ligne de Versailles.

En bon Helvète ennemi farouche de la poussière, M. Ritz bannissait formellement de ses palaces les lourdes tentures, les guipures, les velours, les pompons et autres passementeries à la mode qui selon lui étaient autant de réceptacles à microbes. N'entraient chez lui que des soieries légères, des cotonnades de Perse, des toiles de Jouy et, surtout pour les salles de bains et cabinets de toilette, des tissus lavables. Seules quelques tapisseries authentiques décoraient les salons d'apparat.

Tout de suite, Alexandra s'y sentit chez elle, d'autant que chaque jour un fleuriste venait renouveler les bouquets du salon et que la cuisine de l'hôtel, œuvre du maître Gimon, successeur du grand Escoffier, était exquise. Quant à tante Amity, qui soutenait initialement son frère et le Continental, il lui suffit d'un soir pour passer dans le camp ennemi avec armes et bagages.

En effet, Olivier Dabescat renseigné par Antoine ne lui servit-il pas, à la fin de son premier dîner, une bouteille de vieux porto provenant des caves de Thomas Jefferson lorsque avant la Révolution il était ambassadeur des jeunes États-Unis auprès du roi Louis, seizième du nom ? Sans se demander comment il avait pu dénicher pareille merveille, tante Amity but son porto comme elle eût communié ; avec ferveur, elle exigea que le flacon lui fût réservé, ce qui allait de soi, mais aussi qu'une fois vide on le lui remît afin qu'elle pût le faire monter sur un socle en bronze doré. Ce qu'elle fit d'ailleurs pour la plus grande stupeur de la femme de chambre quand l'étrange objet d'art prit place dans sa chambre sous un globe de verre comme la couronne virginale d'une mariée. Le tout étant destiné à prendre par la suite le chemin de Philadelphie.

Autre charme du Ritz pour des femmes coquettes, élégantes et riches, il se situait au cœur même de cette Mecque de la mode parisienne que représentaient la place Vendôme, la rue de la Paix et une ou deux rues adjacentes. Outre de fabuleux joailliers comme Cartier et Boucheron, on y trouvait les couturiers Paquin, Doucet et ce fameux Worth qui, lancé par la princesse de Metternich, avait habillé l'impératrice Eugénie. Il y avait aussi Caroline Reboux, reine des modistes et modiste des reines. Sur la place même œuvraient Martial et Armand, Dœillet, les sœurs Ney et aussi Charvet, roi de la mode masculine et tailleur du prince de Galles. Quant à l'inaccessible et fantasque Jeanne Lanvin, elle triomphait auprès du sellier Hermès faubourg Saint-Honoré où trônait aussi le parfumeur Roger et Gallet alors que son prestigieux confrère Guerlain était installé rue de Rivoli et que Lubin, parfumeur chéri de l'impératrice Joséphine, officiait rue Royale. Si l'on y ajoute quelques prestigieux maîtres verriers comme Lalique, Baccarat, Saint-Louis et les merveilles de l'orfèvrerie Christofle, on peut comprendre à quelle irrésistible tentation Mrs Carrington se trouva confrontée dès qu'elle fut descendue de voiture.

Elle y résista d'autant moins qu'elle n'en avait pas la moindre intention et son appartement s'emplit peu à peu d'objets ravissants tandis que robes, manteaux, tailleurs, chaussures, chapeaux, etc., venaient se ranger dans les placards gainés de Perse fleurie que le bon M. Ritz avait prévus immenses.

Cette agréable proximité allégea de beaucoup la tâche d'Antoine qui réussissait à trouver chaque jour quelques heures de liberté ; d'autant plus que le temps détestable en cette fin de mars le dispensait d'escorter ces dames au Bois de Boulogne pour la rituelle promenade en voiture de l'après-midi et d'emmener le matin Alexandra pédaler sur une bicyclette dans ce même bois. Mais il lui restait les déjeuners, les dîners, les soirées théâtrales et les soupers pour lesquels il se trouvait réquisitionné d'office. Or, après l'année éprouvante qu'il venait de vivre, il ne souhaitait nullement séjourner à Paris. Tous ses rêves se résumaient en un seul : prendre, en gare de Lyon, son cher Méditerranée-Express qui, en quelques heures, le mènerait en Avignon d'où il rejoindrait sans peine Château-Saint-Sauveur, sa demeure familiale sur laquelle veillaient Victoire, sa vieille gouvernante, et son mari Prudent aidés de leurs nièces, les jumelles Mireille et Magali. L'envie fut même si forte, à certains moments, qu'il faillit abandonner Alexandra à son sort et partir sans tambour ni trompette : la seule idée d'endosser chaque soir son habit alors qu'il aimait par-dessus tout son confort et ses pantoufles lui donnait de l'urticaire, mais sa belle Américaine semblait si heureuse et surtout elle rayonnait d'une telle joie de vivre quand, toujours merveilleusement habillée, elle prenait son bras pour entrer dans un restaurant ou une salle de spectacle qu'il ne se sentait pas le courage de lui faire cette peine et chaque jour il remettait au lendemain leur séparation.

Dès sa première apparition à l'Opéra – un lundi, le jour le plus élégant – il ne put s'empêcher d'éprouver un très vif chatouillement d'amour-propre tant Alexandra était superbe. Elle portait, ce soir-là, le lotus d'or avec la robe qu'elle lui avait assortie : plusieurs épaisseurs de mousseline allant du blanc au vert glauque sur un fond argenté et doré qui faisait vivre d'étranges transparences. Les crosses de paradis qui la coiffaient jouaient des mêmes nuances délicates et la masse somptueuse de sa chevelure dorée, coiffée assez lâche de façon à glisser doucement jusqu'au creux de son dos, lui donnait l'air de quelque prêtresse antique. Toutes les jumelles de la salle se braquèrent sur cette beauté inconnue et Antoine, s'il en fut flatté, bénit la présence imposante de miss Forbes, emballée jusqu'aux oreilles de dentelle chocolat et de plumes d'autruche jaune soufre, qui le sauvait du soupçon de sortir une nouvelle et fort affriolante maîtresse : il lui semblait, en effet, reconnaître dans la loge de la princesse de Broglie la silhouette un peu sévère et d'une élégance toute britannique du jeune financier Olivier Dherblay [1].

Heureusement, la loge voisine était celle de la duchesse de Rohan, l'une des rares femmes dont le jugement faisait loi dans la haute société parce qu'à un très grand nom et à une rare finesse, elle joignait une étonnante bonté de cœur et une grande curiosité d'esprit. A l'entracte, il traînerait ses deux Américaines

1. Voir *La jeune mariée*.

chez la duchesse Herminie. Si elle les accueillait, Alexandra et sa tante prendraient pied d'emblée dans le plus haut du faubourg Saint-Germain... et lui-même réussirait peut-être à rentrer chez lui. Il lui suffirait de faire les présentations d'une voix assez sonore pour que Dherblay n'en perdît pas un mot.

Rassuré sur ce point, il put s'intéresser à ce qui se passait sur la scène où la grande Lucienne Bréval chantait *l'Étranger* de Vincent d'Indy dont il faut bien dire que la musique eut tendance à endormir tante Amity en dépit de la grande richesse vocale d'une cantatrice qui faisait merveille dans les œuvres de Wagner.

A l'entracte, il se hâta d'arracher ses amies à la contemplation de la salle qu'elles s'apprêtaient, lorgnettes en main, à explorer pour faire la critique des toilettes :

– Venez, dit-il, nous avons une visite à faire.

– Quelle idée! protesta Alexandra. A New York, je ne quitte jamais ma loge. C'est moi que l'on vient visiter...

– Sans doute mais vous n'êtes pas à New York. Si vous voulez faire votre entrée dans le vrai monde, il vous faut essayer de séduire au moins une grande maîtresse de maison. A présent, si vous préférez ne pas bouger, je peux vous prédire que vous allez voir accourir dans un instant tous les coureurs de jupons qui se trouvent ici.

– Je préfère aller avec vous. Mais chez qui ?

– La duchesse de Rohan qui... oh, et puis vous le verrez bien! Il est probable que ce nom ne vous dise rien du tout.

La rencontre fut une réussite. Impressionnée par cette grande dame aux cheveux légèrement argentés qui posait sur elle un regard bleu plein de gentillesse,

Mrs Carrington oublia un moment la suprématie des femmes américaines et faillit plonger dans une révérence. De son côté la duchesse Herminie sut deviner, sous l'assurance de cette trop belle jeune femme, une petite gêne : celle de ne pas être escortée de son époux, et elle la reçut avec une grâce particulière, admira sa toilette, sa dignité et décida de la prendre sous sa protection pour l'aider à franchir les barrières de l'aristocratie. Elle ne détestait pas un rien d'exotisme chez ceux qu'elle accueillait et, dans un salon, l'Américaine devait faire sensation. En quittant sa loge, Alexandra pouvait être assurée d'une prochaine invitation boulevard des Invalides, ce dont son compagnon se montra enchanté :

– Je vous félicite d'avoir su séduire la duchesse, fit-il avec satisfaction. C'est beaucoup moins facile que vous ne l'imaginez...

– Cher Tony, fit Alexandra en riant avec un rien de condescendance, on voit bien que vous ne connaissez pas vraiment les Américaines. Celles d'entre nous qui sont bien « nées » et qui ont eu la chance de recevoir une bonne éducation peuvent se présenter dans n'importe quelle maison, fût-elle royale, sans y être déplacées. J'avoue que votre duchesse m'a séduite et qu'elle incite au respect mais, au fond, elle et moi sommes du même monde : le vrai, celui qui se reconnaît dans n'importe quel pays.

Tout en parlant, ils parcouraient lentement la galerie des loges quand, soudain, Alexandra saisit le bras de son compagnon :

– A propos de pays étrangers, voyez donc cette femme. Je me demande d'où elle peut venir.

Un couple étonnant s'avançait à leur rencontre : un vieil homme à cheveux blancs dont l'habit constellé de décorations et barré d'un ruban jaune et noir annonçait un diplomate, escortait une jeune femme dont le visage légèrement asiatique contrastait avec la haute coiffure empanachée d'autruche noire et la robe de velours toute brodée d'or signée visiblement d'un grand couturier français. Le visage artistement peint et les yeux allongés au maximum par le crayon lui composaient un masque d'idole qui apparaissait ou disparaissait suivant les battements d'un grand éventail de plumes noires.

Sous leurs paupières ombrées, les prunelles sombres glissèrent sur le côté, se posèrent un instant sur Mrs Carrington puis se tournèrent vers le vieux monsieur à qui elles sourirent. Déjà d'ailleurs, ils étaient passés.

– Une Eurasienne, je pense, fit Antoine. Elles sont souvent très belles.

– Ce qui ne leur donne pas l'air aimable pour autant. Croyez-vous que ce soit une courtisane ? ajouta-t-elle avec une vive curiosité.

– Vous n'y pensez pas ? Elles ne sont pas admises à l'Opéra aux jours élégants. Le sont-elles chez vous ?

– En Amérique, il n'y a pas de grandes courtisanes comme l'on dit que vous en avez. Nos hommes savent ce qu'ils doivent à leurs compagnes et sont assez fiers d'elles pour ne pas chercher ailleurs ce qu'ils ont chez eux. Quant à les mettre en présence...

– Alors pourquoi voulez-vous que les Français se comportent autrement ? fit Antoine en évoquant intérieurement certains souvenirs de joyeuses frairies avec des fils de la libre Amérique en état de veuvage momentané. Il arrive que certains se ruinent pour une belle hétaïre mais jamais leurs femmes...

– En Amérique on ne se ruine pas pour une créature. Nous ne souffrons de rivales ni dans notre maison ni dans la rue car nous estimons que les fleurs, les bijoux, les toilettes et tout ce qui donne de l'éclat à la vie doit revenir en exclusivité aux femmes honnêtes. L'audacieux qui étalerait une liaison se verrait fermer toutes les portes...

– Essayez-vous de me dire que toutes vos compatriotes sont vertueuses et qu'aucune n'a jamais pris d'amant ? Il me semble pourtant avoir entendu certains bruits...

– Ce sont des exceptions, coupa Mrs Carrington avec autorité, des malheureuses qui n'ont pas su se créer un bonheur et qui d'ailleurs se cachent. Cher Tony, chez nous l'amour est bien loin de tenir la place que vous lui accordez en Europe. Vous en faites la grande affaire de votre vie alors qu'au fond la passion telle que vous la décrivez dans vos romans n'est qu'un accident, une maladie qu'il faut soigner. Une de mes amies qui est assez versée en physique prétend que ce n'est rien d'autre qu'une sorte de fluide, comme l'électricité.

Médusé, Antoine resta muet un moment, contemplant avec une sincère stupeur cette magnifique créature, visiblement modelée par les mains mêmes de cet amour dont elle faisait si bon marché et qui débitait sereinement des énormités. Elle lui faisait tout à coup l'effet d'une erreur.

– Pardonnez mon indiscrétion, articula-t-il enfin, mais je voudrais savoir quel genre de sentiment vous portez à votre mari ?

Alexandra partit d'un joli rire clair et franc :

– Décidément cela vous tracasse ! Eh bien, je l'aime, tout simplement. C'est un être magnifique, une grande intelligence, un homme très beau et d'une haute valeur, sans doute promis à un grand avenir et auprès de qui je vis heureuse et paisible. Nous sommes liés par un grand respect, une profonde estime mutuelle et, si vous voulez bien me pardonner à votre tour, je ne connais aucun homme qui lui soit comparable...

– Vous m'en voyez enchanté! soupira Antoine qui, tournant à cet instant la tête vers miss Forbes qui venait de les rejoindre en croquant des chocolats glacés, s'aperçut qu'un petit sourire sceptique avait éclos sur ses lèvres.

Devant l'air ahuri du peintre, elle se mit à rire.

– Alexandra est persuadée qu'on élèvera un jour une statue à Jonathan, fit-elle, mi-figue, mi-raisin. L'idée de vivre avec un futur monument historique l'enchante. C'est pour cette raison d'ailleurs qu'elle peut affronter l'Europe et ses turpitudes d'un front si serein.

Antoine se sentit tout à coup très fatigué. Le second entracte où tout ce qu'il comptait d'amis dans la salle vint se faire présenter lui parut encore plus éprouvant et quand, enfin, la soirée s'acheva, il allégua de cruelles douleurs d'estomac afin d'éviter d'emmener ces dames souper quelque part et les ramena à leur hôtel avec beaucoup d'excuses. Il avait envie d'être un peu seul ou tout au moins de rencontrer des gens simples qui ne se considéraient pas comme le sel de la terre et les détenteurs de l'universelle morale.

Au lieu de rentrer chez lui, rue de Thorigny, il prit un fiacre et se fit conduire dans l'un de ces endroits de Paris qu'il aimait et où jamais il ne conduirait sa belle Américaine. C'était, entre le Luxembourg et l'Observatoire, un café modeste, sans lumières éclatantes ni cuivres, ni bar d'acajou, ni banquettes de velours qui se situait à la pointe de ce Montparnasse, large boulevard jadis ordonné par Louis XIV, qui n'était pas encore tout à fait un quartier mais un coin un peu campagnard avec d'anciennes maisons et des couvents entourés de jardins. Ce bistrot s'appelait la Closerie des Lilas.

De lilas on n'en avait jamais vu, du moins à cet endroit précis car il n'en manquait pas dans les jardins mais, aux beaux jours, cela sentait les roses et surtout les tilleuls qui ombrageaient la terrasse du café. Montparnasse, c'était un peu la campagne du Quartier latin tout proche. Les guinguettes y fleurissaient autour du bal de la Grande Chaumière où étudiants et grisettes, comme au temps de Murger, grignotaient des frites en buvant de l'anisette, du mandarin-citron ou du picon-curaçao.

Antoine aimait venir bavarder avec l'un ou l'autre des habitués, des poètes pour la plupart qui formaient la cour de Jean Moréas, personnage étonnant dont le monocle et la moustache en croc bien ciré faisaient l'admiration de son entourage. D'une voix de crécelle enrhumée il débitait des aphorismes délirants ou bien déclamait avec un furieux accent grec mais dans un français exemplaire des choses exquises.

Ne dites pas : la vie est un joyeux festin.
Ou c'est d'un esprit sot ou c'est d'une âme basse.
Surtout ne dites point : elle est malheur sans fin ;
C'est d'un mauvais courage et qui trop tôt se lasse...

Antoine admirait ce fils de jurisconsulte grec, né au soleil de l'Hellade et devenu français par passion. C'était un peu pour lui qu'il hantait parfois la Closerie, certain d'y trouver l'atmosphère un peu folle mais chaleureuse où il redevenait l'étudiant qu'il avait été. Il y était toujours bien accueilli. A cause de son talent bien sûr mais aussi parce qu'on le savait généreux et qu'aucune misère ne passait à portée de sa main sans qu'il tentât d'y remédier. C'était sa façon à lui d'épurer en quelque sorte l'argent trop facile que lui rapportait son incroyable habileté à ouvrir un coffre-fort ou à subtiliser un joyau tentateur.

Ce soir-là pourtant le café était presque vide. Moins à cause de l'heure tardive qu'en raison du mauvais temps de ce début de printemps. Même la chaleur réconfortante du gros poêle de fonte ne pouvait convaincre les clients de quitter leurs pantoufles. Seul, un jeune couple qui se tenait au plus obscur du café, là où l'on avait déjà éteint les papillons du gaz, s'y parlait bas devant des verres vides depuis longtemps et y tenait lieu de consommateurs avec un vieil homme à longue moustache grise que l'on aurait pu prendre pour un notaire de province s'il n'avait porté, été comme hiver, une casquette dont les bavolets retombaient le long de ses joues. On l'appelait le père Moineau parce qu'il tenait des conversations interminables avec ceux du quartier en leur distribuant du pain et des graines. On savait peu de chose sur lui sinon qu'il était sans famille, devait toucher quelque rente et habitait une vieille maison dans la rue Campagne-Première.

Chaque jour, il passait des heures à la Closerie, lisant son journal, jouant aux cartes avec l'un ou l'autre ou encore perdu dans ses pensées. Comme il parlait peu, savait écouter et payait volontiers un coup à boire, on l'aimait bien et il n'était pas rare qu'il fût le dernier client avant la fermeture.

L'entrée d'Antoine en habit, le paletot et l'écharpe blanche sur les épaules, ne parut pas l'émouvoir. Il se contenta d'un geste amical mais appela le patron en tablier qui, les manches retroussées, essuyait des verres du geste machinal de quelqu'un qui dort debout. Celui-ci salua l'arrivant d'un jovial :

– Dieu me pardonne si c'est pas monsieur Antoine ? Et d'où c'est qu' vous nous revenez comme ça ? Y a des mois qu'on vous a pas vu !

– Vous savez bien que je suis un oiseau migrateur, mon vieux Lucien. Mais ça fait toujours plaisir de revenir ici.

– En tout cas, qu'est-ce que vous voilà chic ! Vous nous avez pas habitués à vous voir si beau ! Un vrai milord !

– C'est l'uniforme de rigueur pour aller s'ennuyer à l'Opéra.

Lucien éclata d'un bon gros rire :

– Si c'est pour s'embêter faut pas y aller.

– J'y conduisais deux amies américaines qui m'ont demandé de leur faire connaître Paris. Il faut bien se dévouer de temps en temps... A présent servez donc à tout le monde un bon verre de votre cognac personnel.

Lucien se pencha au-dessus du zinc pour s'approcher de l'oreille de son client :

– Sauf vot' respect, monsieur Antoine, pour les deux petits qui sont là-bas, vaudrait mieux leur donner quelque chose qui tiendrait au corps. Ça fait des heures qu'y sont ici et ils ont bu qu'un café. J'allais même leur donner du pain et du pâté avant de les renvoyer pour fermer. Et par ce temps !

– Ils n'ont pas de maison ?

– Elle, si... et encore ! Elle sert de bonne à une fille qui tient une maison rue de la Tombe-Issoire mais lui, sa logeuse l'a mis dehors ce soir parce qu'il pouvait plus payer...

– Il fait quoi ?

– Il est étudiant en droit mais ça coûte les études

surtout quand on vient de province et qu'on n'a pas grand-chose pour vivre.

– Alors rectifions la commande : cognac pour le père Moineau, vous et moi. Pour eux, de quoi manger, une bouteille de beaujolais et... ceci quand ils auront fini mais sans parler de moi. J'ai horreur qu'on me dise merci.

De son portefeuille, Antoine tira un billet de cent francs qu'il glissa dans la main du patron dont les yeux se mouillèrent un brin.

– J' vous reconnais bien là, monsieur Antoine. Toujours aussi généreux !

– Tant qu'on le peut ce serait criminel de ne pas le faire.

Jetant son paletot et son chapeau claque sur une chaise, le peintre alla s'affaler sur la moleskine auprès du vieil homme qui se détourna pour lui serrer la main :

– Lucien a raison. Ça fait un bail !... Vous étiez en voyage ?

– En quelque sorte ! Comment va votre santé, mon ami ? Est-ce que vous ne devriez pas être sous votre édredon à cette heure et par ce temps ?

– Sous mon édredon, comme vous dites, je m'ennuie. J'ai l'impression d'être déjà mort. Ici je suis à l'aise, j'ai aussi chaud et puis j'ai de la compagnie...

– Comment va Moréas ?

– Le Grec ? Il a la grippe, alors il est bien obligé de rester chez lui mais il enrage.

Lorsque le patron, les consommations servies, eut trinqué avec eux puis se fut éloigné pour préparer des « casse-croûte aux petits jeunes », la voix du père Moineau baissa de plusieurs tons :

– Vous rapportez des... choses intéressantes ? Ces Américaines ?

– Des amies, donc intouchables. Je le regrette un peu d'ailleurs car je ne vous cache pas qu'elles m'agacent. Une surtout ! Tellement sûre d'elle, de sa beauté... et de son absence de tempérament ! Croyez-vous qu'elle compare l'amour au courant électrique ?

Le vieil homme se mit à rire et dégusta son cognac, les yeux mi-clos, en connaisseur.

– Est-ce que vous lui faites la cour ?

– Dieu m'en garde ! Pourtant... Ce serait assez tentant de lui donner une leçon.

– Donnez-la-lui !

– Je n'en ai pas vraiment envie... et, de toute façon, mon charme serait sans doute insuffisant bien que son mari soit plus âgé que moi. Il faudrait, pour faire craquer son vernis de femme supérieure – du moins elle le croit ! –, les feux d'une grande passion. Je suis tout à fait incapable de la lui offrir.

– Pourquoi est-elle venue en France ?

– Acheter des tas de choses, s'amuser. Le mari est resté là-bas et elle est escortée d'une vieille tante. Ah, et puis traquer le fantôme de la reine Marie-Antoinette ! Je ne vous cache pas que j'en ai déjà assez de lui servir de mentor. Le monde dont elle raffole m'ennuie.

– Alors, oubliez-la ! Et croyez-moi, ce genre de femme trouve tôt ou tard son maître... Vous n'avez vraiment rien à me vendre ?

Autant dire les choses comme elles sont, le père Moineau, le doux habitué de la Closerie des Lilas avec sa casquette à bavolets et son col à coins cassés, exerçait le métier discret mais lucratif de receleur. Quand Antoine souhaitait vendre un bijou volé, c'était à lui qu'il s'adressait car il le connaissait depuis longtemps et se fût bien gardé d'en chercher un autre. Le vieil homme, en effet, se montrait habile, discret et honnête à sa manière. En outre, collectionneur averti – son petit appartement sans prétention contenait des trésors –, il possédait, en matière de joyaux et d'objets d'art, une étonnante érudition.

– J'ai rapporté de Colombie quelques belles émeraudes mais je les ai eues le plus légalement du monde. Je vous en porterai une néanmoins. Pour le plaisir. A part cela, je vous donnerai demain deux ou trois objets intéressants. J'irai chez vous vers onze heures.

– Pourquoi êtes-vous venu ce soir ?

– Besoin de voir des gens simples, de retrouver un peu de vraie chaleur ! D'ailleurs, je vais bientôt repartir. Lucien ! Donnez-nous donc encore un peu de votre nectar !

Le lendemain, après le déjeuner qu'elles avaient pris au gril de l'hôtel, Alexandra et sa tante se séparèrent. Miss Forbes remonta chez elle pour une petite sieste tandis que la jeune femme, profitant d'un rayon de soleil, décidait de se rendre chez Lachaume, le fameux fleuriste de la rue Royale, afin d'y commander des fleurs pour une amie. Depuis l'enfance, en effet, elle était liée avec Dolly Ferguson qui, trois ans plus tôt, avait épousé le marquis d'Orignac.

Ce mariage qui enlevait à l'Amérique une jeune fille de bonne famille nantie d'une grosse dot avait été déploré par toute la société de Philadelphie en général et par Alexandra en particulier. Elle ne parvenait pas à comprendre cette manie étrange qui poussait ses contemporaines à épouser des Européens, désargentés pour la plupart mais porteurs de vieux noms et de beaux titres, au lieu de choisir leur compagnon d'existence parmi les gloires présentes ou futures des États-Unis. Elle-même se sentait infiniment plus fière d'être l'épouse de Jonathan Carrington que celle d'un quelconque nobliau possédant un château plus ou moins délabré et un arbre généalogique remontant aux Croisades.

Néanmoins, quand l'été précédent Dolly et son mari avaient fait leur apparition à Newport, Alexandra, trop honnête pour demeurer sur des positions indéfendables lorsqu'elle les jugeait telles, remit aussitôt ses relations avec la jeune mariée sur le pied de leur ancienne intimité. Le couple était charmant et, de toute évidence, l'amour seul avait présidé à cette union. D'ailleurs, sans être aussi fortuné que sa femme, Pierre d'Orignac n'avait rien du coureur de dot. Aussi, Mrs Carrington le déclara-t-elle tout à fait séduisant et prit-elle avec fougue la défense de son amie auprès de ceux qui pensaient la tenir à distance. Elle parvint ainsi à créer autour du couple un courant de sympathie dont Dolly lui fut très reconnaissante. D'autant plus qu'Alexandra eut à en découdre avec son mari qui s'obstinait dans le clan des irréductibles... Elle fit alors entendre à Jonathan qu'elle entendait recevoir les d'Orignac chez elle et que s'il refusait de se tenir à ses côtés pour le grand dîner qu'elle désirait offrir, elle aurait le regret de se passer de lui. Comme sa belle-mère et sa belle-sœur Cordélia se rangèrent à son avis, la coalition des trois femmes vint à bout des répugnances du haut magistrat :

– Après tout, soupira-t-il, dès l'instant où il ne s'agit pas d'une femme de ma famille, la conduite des autres m'est tout à fait indifférente.

Alexandra s'abstint de constater que l'indifférence avait été longue à venir mais elle eut son dîner et se tint pour satisfaite. En échange, Dolly lui donna son adresse à Paris et lui fit promettre de la prévenir lorsqu'elle viendrait en France.

Au lendemain de son arrivée, elle avait téléphoné mais Dolly était absente. Elle séjournait sur la Côte d'Azur pour s'y remettre d'un mauvais rhume et ne rentrerait qu'à la fin de la semaine. Aussi Alexandra, pour corriger ce qu'un coup de téléphone pouvait avoir d'un peu sec, eut-elle l'idée de faire porter chez son amie sa carte accompagnée de fleurs.

Connaissant ses goûts, elle choisit quelques belles roses mêlées de lilas blanc puis, son achat terminé, décida de rentrer à l'hôtel en passant par la rue de la Paix où elle désirait s'arrêter chez Doucet. Le temps vif et frais mais déjà ensoleillé était idéal pour la marche et Alexandra se dirigea vers le boulevard de la Madeleine dont les marronniers laissaient pointer leurs pousses d'un joli vert tendre et semblaient l'inviter à venir les admirer.

Sans trop savoir pourquoi, elle se sentait heureuse et légère ce jour-là. Paris lui plaisait de plus en plus et elle y éprouvait l'impression toute nouvelle d'en faire partie. Elle ne se sentait pas étrangère comme quelques années plus tôt à Londres. Cela tenait peut-être à la couleur du ciel – un bleu léger où les petits nuages avaient l'air de plumes tombées des ailes d'un ange – ou encore à l'odeur d'herbe mouillée, de fumée de tabac et même de crottin de cheval mais elle avait la sensation d'être chez elle tout autant que si elle se promenait sur la 5e Avenue.

Au coin du boulevard, une jeune femme enveloppée d'un châle de laine tricotée et coiffée d'un fichu vendait des violettes dans un grand panier garni de mousse. Alexandra, amusée par le contraste avec le superbe magasin dont elle sortait, en acheta un bouquet que la marchande l'aida à fixer sur son grand manchon de zibeline avec une gentillesse que l'Américaine jugea touchante. Elle paya d'une pièce d'or et d'un sourire puis reprit son chemin sans se douter que le Destin venait à sa rencontre.

Au même moment, en effet, Jean, neuvième duc de Fontsommes, quittait le très élégant Cercle de l'Union où il venait de déjeuner avec un ami et décidait de se rendre chez Fontana, l'orfèvre de la rue Royale, pour y choisir une aiguière qu'il souhaitait offrir à sa mère. Soudain son regard tomba sur la jeune femme qui venait à sa rencontre et ne la lâcha plus.

Elle portait un tailleur de fin drap gris clair dont la veste, assez courte, était ourlée de zibeline et dont la jupe collante moulait agréablement ses formes. Sous la toque de même fourrure, la masse de ses cheveux relevés brillait comme de l'or. Lorsqu'ils se croisèrent, il distingua, sous la légère voilette, de grands yeux sombres et veloutés et de belles lèvres pleines d'un rouge particulièrement attirant. Quant au teint, il lui parut lumineux.

« Qui peut-elle être ? pensa-t-il. Je ne l'ai jamais vue. Son costume est assez audacieux pour que ce soit une cocotte... »

Rebroussant aussitôt chemin, il revint rapidement au Cercle comme s'il avait oublié quelque chose puis repartit pour voir l'inconnue une nouvelle fois. Peut-être avait-elle remarqué son manège car il put lui voir un léger sourire moqueur. Alors, il se mit à la suivre.

Cela ne se faisait pas en Amérique et Alexandra, qui s'en aperçut bientôt et se fût sentie offensée à New York, s'en amusa à Paris. Elle trouvait agréable de croiser des regards admiratifs et, en la suivant, ce jeune homme rendait à sa beauté une sorte d'hommage, peu discret sans doute, mais pas déplaisant. D'autant moins que l'insolent paraissait beau, élégant et que son allure annonçait un homme du monde et, plus que certainement, un aristocrate. Il possédait ce quelque chose de rare qui distinguera toujours l'ancienne noblesse, celle qui avait commandé dans les armées du roi et, à Versailles, porté habits de soie et plumes au chapeau.

Ce n'était pas la première fois qu'un homme suivait Alexandra. Elle y prenait toujours un secret plaisir, quitte à remettre l'imprudent à sa place d'un mot glacial et à s'indigner ensuite, en bonne fille de la prude Amérique, que Paris fût si dépravé. Mais ce jour-là et peut-être parce que la façon un peu cavalière dont Antoine s'était débarrassé d'elle la veille lui avait déplu, elle choisit de jouer le jeu, pendant quelques instants tout au moins. Et sans qu'elle en eût conscience sa démarche se fit plus légère et plus souple. Elle poussa même l'imprudence jusqu'à ralentir et s'arrêter afin de regarder une vitrine dont elle eût d'ailleurs été bien incapable de dire ce qui s'y trouvait exposé. Elle s'intéressait davantage aux reflets de la glace.

Elle vit alors que son suiveur la dépassait mais pour s'arrêter un peu plus loin, au pied d'un arbre, et s'accorda le plaisir un peu pervers de le détailler. Incontestablement, cette conquête lui faisait honneur. Le jeune homme – il pouvait avoir une trentaine d'années – était grand et mince mais vigoureux. Sa jaquette admirablement coupée épousait des épaules de corsaire, une taille et des hanches étroites posées sur de longues jambes. Les traits du visage, entièrement rasé, se montraient nets, bien dessinés et sans mièvrerie. Quant aux yeux, ils semblaient grands et bien enchâssés mais, à son grand regret, Alexandra ne put en distinguer la couleur.

Devinant que l'inconnu allait s'approcher d'elle, la belle Américaine reprit sa promenade à une allure plus rapide, comme si elle venait tout juste de décider d'un but précis. Fontsommes lui emboîta le pas et, l'un derrière l'autre, ils parvinrent ainsi rue de la Paix où, sans hésiter, Alexandra entra chez Doucet, pensant que la filature s'arrêterait là et que son suiveur allait s'éloigner. Elle s'avoua volontiers qu'elle en éprouverait un peu de regret puis s'efforça de l'oublier en se consacrant au choix d'une ou de deux robes d'après-midi.

Or, quand elle voulut sortir du magasin, trois bons quarts d'heure plus tard, elle vit qu'il était toujours là. Il l'attendait en faisant les cent pas et elle comprit, avec une petite émotion, qu'il ne la lâcherait pas jusqu'à ce qu'il sût où elle habitait. Alors, pour lui échapper, elle pria le portier de lui appeler un fiacre et, dès qu'il fut là, elle s'y précipita comme si sa vie dépendait de sa rapidité, en jetant au cocher l'ordre de la conduire aux Champs-Élysées. Son admirateur s'aperçut de son départ au moment où la voiture s'ébranlait. Il eut un geste de dépit puis, haussant les épaules avec une philosophie qu'il n'éprouvait pas vraiment, il tourna les talons et rejoignit le boulevard, l'humeur assombrie pour la journée.

Grand chasseur de femmes, Fontsommes, comme beaucoup de ses semblables, prenait un plaisir d'autant plus vif à traquer son gibier que celui-ci se montrait plus difficile. Rien ne lui coûtait pour satisfaire le désir éveillé par un corps souple joint à un joli visage. Riche et libre de son temps, il y consacrait celui qu'il fallait et parvenait à ses fins la plupart du temps. Mais, ayant horreur des liaisons qui finissent par devenir des charges insupportables, il rompait presque toujours une fois la victoire acquise. S'il s'agissait d'une demoiselle de petite vertu, un joli présent lui servait d'excuse et si la victime était une femme du monde, il parvenait en général à en faire une amie dévouée, d'ailleurs persuadée qu'il se sacrifiait à sa réputation et qu'un jour ou l'autre le jeu charmant reprendrait. Quant aux jeunes filles il ne s'y attaquait jamais, la virginité d'un être étant pour lui sacrée. Si l'une d'elles se retrouvait un soir dans ses bras, elle serait devenue duchesse de Fontsommes quelques heures auparavant mais jusqu'à présent aucune n'avait encore réussi à l'amener jusque-là.

Cette sage retenue ne lui coûtait guère. Il trouvait la plupart des demoiselles à marier sottes et ennuyeuses. Outre qu'il ne se sentait aucune disposition pour l'initiation amoureuse, il ne savait jamais quoi leur dire, le résultat de ses discours étant toujours d'une grande monotonie. A la moindre parole, la jeune personne devenait ponceau et baissait les yeux en tortillant le ruban de sa ceinture. S'il arrivait que l'une d'elles, plus hardie peut-être que les autres, glissât vers lui un regard un peu trop brillant où se lisait une invite, il saluait et s'éloignait sans perdre de temps, pris d'une envie d'appliquer une bonne fessée à cette future femme infidèle.

– Gianni ! Il faudrait tout de même songer à vous marier avant d'être devenu un vieillard cacochyme ! lui reprochait souvent sa mère avec son joli accent vénitien. Vous vous devez à votre nom... et j'aimerais tant embrasser mes petits-enfants !

Il prenait alors entre les siennes les belles mains toujours ornées de bagues admirables et les baisait avec une infinie tendresse.

– J'ai le temps, *madre mia.* Laissez-moi m'amuser encore un peu ! Ou alors trouvez-moi une jeune fille qui vous ressemble en toutes choses ! Fût-elle pieds nus dans des sabots, je jure qu'elle sera ma femme dans la semaine suivante !

Il était sincère. Aucune femme ne lui semblait digne de devenir la fille de cette grande dame si douce en qui se résumaient toutes les perfections. Aussi, en attendant l'improbable, il retournait d'un cœur léger à ses chevaux, à ses amis, à ses amours qu'il voulait toujours ardentes et passionnées tant qu'elles duraient même s'il ne disait jamais « je t'aime ».

Néanmoins, sa rencontre avec Alexandra le frappa plus que d'habitude, un peu à la manière d'un coup de soleil. Le souvenir des lignes exquises de son corps, de ses grands yeux sombres et de la splendeur de ses cheveux dorés lui enfiévra le cerveau et fit flamber son sang. Décidé à tout pour la retrouver, il retourna rue de la Paix pour interroger le portier de chez Doucet qui d'ailleurs ne lui apprit pas grand-chose car il ne savait pas le nom de cette dame, cliente de fraîche date. Tout ce que l'homme à la livrée galonnée put lui en dire tenait en trois mots : elle était étrangère. « En ce cas, pensa Fontsommes, elle doit être descendue dans l'un des grands hôtels environnants et ce ne sera pas très difficile de la dénicher. Une telle beauté ne peut pas passer inaperçue... »

Pendant ce temps, Alexandra rentrait au Ritz par la porte de la rue Cambon après avoir fait rebrousser chemin à son fiacre dès le début des Champs-Élysées. Cette courte promenade lui avait permis d'apaiser un peu l'émotion inhabituelle provoquée par l'inconnu. Et ce fut d'un pas assez ferme qu'elle pénétra dans le hall de l'hôtel où une surprise l'attendait : tante Amity y bavardait sur le mode affectueux avec une très jolie femme blonde et un homme un peu plus âgé qu'elle au visage ouvert et sympathique, tous deux d'une extrême élégance.

A sa façon volubile quand elle était émue, miss Forbes présenta à sa nièce Elaine Chandler, fille d'une de ses bonnes amies de Boston qu'elle n'avait pas vue depuis longtemps :

– Elaine ressemble à sa mère d'une façon étonnante, proclama-t-elle, je l'ai reconnue tout de suite. N'est-ce pas merveilleux ?

– Ce serait tout à fait merveilleux si vous me présentiez aussi Monsieur ? fit Alexandra en regardant le jeune homme qui attendait placidement qu'on voulût bien s'occuper de lui. Êtes-vous aussi de Boston ? lui demanda-t-elle avec un sourire qu'il lui rendit :

– *Dio mio!* Non ! fit-il en saluant avec aisance la nouvelle venue. Moi, je suis de Venise : comte Gaetano Orseolo, attaché à cette charmante jeune dame par les liens sacrés du mariage.

Alexandra considéra avec amusement cet Italien roux en pensant que le nombre des Américaines qui prenaient époux dans l'aristocratie européenne grossissait de façon inquiétante. Néanmoins, un courant de sympathie s'établit aussitôt entre elle et les Orseolo et, comme il arrive parfois à l'étranger lorsque l'on rencontre des compatriotes agréables, au bout de quelques minutes de conversation, tous eurent l'impression de se connaître depuis longtemps.

Elaine et Gaetano venaient d'arriver au Ritz où ils séjournaient chaque printemps pour voir leurs nombreux amis, renouveler la garde-robe de la jeune femme et s'amuser un peu après les mois d'hiver qui, à Venise, étaient toujours un peu tristes.

– Il n'est pas rare qu'à la mauvaise saison nous passions trois ou quatre semaines dans le midi de la France, expliqua Elaine, mais cette année mes deux enfants ont attrapé la rougeole et nous sommes restés auprès d'eux. Comment se fait-il que vous soyez seules toutes deux à Paris ?

– Mon époux n'a pas pu m'accompagner comme il l'espérait, fit Alexandra, mais mon oncle Stanley nous a conduites jusqu'ici puis s'est rendu pour quelques jours en Angleterre. Il revient ce soir. En outre, nous sommes escortées par un vieil ami parisien dont vous avez peut-être entendu parler : le peintre Antoine Laurens.

– Antonio ? *Certamente !* fit le comte qui paraissait ressentir un vif plaisir. Nous serons enchantés de le revoir ! Il y a au moins deux ans que nous n'avons eu cette joie ! N'est-ce pas, Elaine ?

– Certes, approuva la jeune femme. Sous un aspect un peu rugueux c'est un homme adorable. Et il vous sert de mentor ?

– Je ne suis pas certaine que cela l'enchante, remarqua tante Amity. Si nous ne l'avions rencontré sur le bateau, il serait déjà parti pour sa maison de Provence mais Alexandra a décidé qu'il nous montrerait Paris !

– Et il a accepté ? fit Gaetano en riant, il est vrai que l'on ne doit pas refuser grand-chose à une aussi jolie femme. Néanmoins ce célibataire impénitent ne représente peut-être pas l'escorte idéale.

– Aucune importance ! s'exclama sa femme. Désormais nous sommes là et tout indiqués pour vous accompagner partout où vous voudrez aller. En outre, nous connaissons tellement de monde ! Antoine pourra rejoindre sa chère maison...

Pendant ce temps l'intéressé errait dans Paris comme une âme en peine. Caché au fond d'un fiacre, il s'était fait conduire rue Saint-Dominique où il avait rêvé quelques minutes devant certain hôtel aux volets clos qui offrait une curieuse impression d'abandon. Ensuite, il donna ordre au cocher de se diriger vers les Champs-

Élysées où il fit faire halte de nouveau. Cette fois la demeure semblait habitée mais Antoine ne quitta pas sa voiture pour autant, bien qu'il mourût d'envie de sonner à ce portail toujours aussi soigneusement verni afin d'apprendre quelques nouvelles. Cependant il savait d'avance qu'il n'essaierait pas d'entrer, qu'il ne ferait rien pour reparaître si peu que ce soit dans la vie de Mélanie tant que ne seraient pas écoulés les deux ans de probation qu'il lui avait imposés. Ce petit pèlerinage à des lieux qui lui restaient chers, il l'accomplissait dans l'espoir secret d'apercevoir peut-être un visage, une silhouette... Grave imprudence, bien sûr ! Comment eût-il réagi dans ce cas, il n'en savait rien mais il n'avait pu s'empêcher d'y aller. Tout cela, bien sûr, eût été évité si, à son retour d'Amérique, il n'avait fait que traverser Paris, d'un train à un autre. Chez lui, à Château-Saint-Sauveur, les souvenirs qu'il retrouverait n'appartenaient qu'à lui. Seuls sa vieille maison et le ciel de Provence les partageaient.

Quand enfin il alla rejoindre ses Américaines, il se sentait décidé à leur demander son congé. Il en avait assez de la capitale. Il y connaissait trop de monde et, en outre, il savait que si les cancanières toujours à l'affût le prenaient pour l'amant d'Alexandra il n'en éprouverait aucun plaisir. Même si, par moments, l'idée lui en avait traversé l'esprit. Soumettre cette arrogante constituerait peut-être une expérience délectable à condition d'oublier que ce corps somptueux cachait une âme de glace où l'on pouvait se blesser. Il serait tellement plus agréable de retrouver son égoïste et si confortable sérénité. Et le plus tôt serait le mieux.

Aussi fut-il heureusement surpris de constater, en arrivant au Ritz, qu'Alexandra venait de s'y faire des amis tout à fait capables de le relever de sa mission. Il arborait, en les saluant, un sourire tellement épanoui qu'Orseolo flaira quelque chose et le tira à part :

– On dirait que vous n'avez jamais été aussi content de nous voir ? Je parierais que vous entendez déjà siffler le train qui vous ramènera en Avignon ?

– Je mentirais si je disais le contraire. En vertu de cette franchise, vous me croirez peut-être si je vous affirme que je suis infiniment heureux de vous rencontrer ? Vous et votre exquise épouse êtes chers au cœur de l'ermite que je suis.

– Alors prouvez-le-nous !... en restant encore quelques jours. Ensuite nous nous chargerons avec joie de votre belle Américaine. J'avoue d'ailleurs que je vous comprends mal : être le cavalier d'une pareille beauté doit être exaltant ? Et je vous ai connu plus... inflammable.

– J'aurais pu l'être... en d'autres circonstances. Mais quiconque tenterait une cour un peu pressante ne ferait que confirmer l'idée qu'elle a des Européens en général et des Français en particulier : ce sont des coureurs de dots et des pervers. Seul l'Américain est grand, noble et digne d'être aimé.

– Avouez-le ! Vous êtes vexé ?

– C'est mon orgueil national qui est vexé... Cela dit, je resterai bien volontiers avec vous... trois ou quatre jours.

Le lendemain soir, tout le groupe augmenté de l'oncle Stanley, pas autrement enchanté d'ailleurs, se rendait à la Comédie-Française pour y applaudir la pièce que l'on se devait d'avoir vue depuis que le roi d'Angleterre l'avait applaudie l'année précédente. En vérité les trois Américaines apprécièrent mal *l'Autre Danger* de M. Maurice Donnay. La lutte d'une mère et de sa fille pour l'amour d'un homme leur parut déprimante en dépit – ou peut-être à cause – de l'extrême talent des interprètes, voire choquante et, à la sortie, elles décidèrent qu'après un spectacle aussi triste il leur fallait souper dans un endroit gai.

– Nous voulons aller chez Maxim's ! déclara Alexandra, porte-parole de sa tante et d'Elaine.

Ce fut un tollé dans le clan des hommes :

– Les dames convenables n'entrent pas là ! protesta Orseolo, Elaine le sait bien.

– Toutes nos amies y sont allées ! fit Mrs Carrington et il n'y a aucune raison que vous nous priviez de ce plaisir dès l'instant où nous sommes bien accompagnées.

– Vous aussi vous trempez dans le complot ? reprocha Stanley Forbes à sa sœur. A votre âge et alors que vous devriez donner l'exemple ?

– C'est justement à cause de mon âge que j'estime avoir assez attendu. Alexandra a raison. Toutes les Américaines qui viennent en France se rendent chez Maxim's. De quoi aurons-nous l'air en rentrant si nous n'y allons pas ?

Il s'agissait bel et bien d'une conspiration contre laquelle les trois hommes renoncèrent à lutter d'autant plus facilement qu'Antoine et le comte étaient persuadés que, n'ayant pas retenu de table, il serait impossible au maître d'hôtel Hugo de caser six personnes. Un moment plus tard, deux voitures de place les déposaient avec leurs compagnes devant le célèbre restaurant de la rue Royale où le chasseur Gérard, en livrée bleue et casquette rouge, aida les dames à descendre puis ouvrit devant eux la porte vitrée sertie de cuivre et d'acajou au-delà de laquelle ils trouvèrent l'homme qui normalement devait les refouler.

Or, Hugo, après avoir salué courtoisement les dames,

reçut Antoine et le comte en habitués et leur déclara, sur un ton de doux et souriant reproche, qu'ils avaient commis une imprudence en ne prévenant pas de leur arrivée mais que la chance était avec eux : le grand-duc Wladimir, obligé de rentrer en Russie en raison de l'éclatement du conflit russo-japonais pour la possession de Port-Arthur, avait décommandé sa table. Ravies, les trois Américaines victorieuses pénétrèrent les yeux grands ouverts dans ce qu'elles croyaient être l'antre de la débauche parisienne.

Si elles espéraient un endroit louche, plein d'ombres complices et de dames fort dévêtues, leur première impression fut une déception. Maxim's pouvait rivaliser victorieusement de faste et d'élégance avec les plus huppés des restaurants new-yorkais.

Sur un décor de tentures pourpres, d'acajou ciselé et de miroirs encadrés par des volutes de citronnier et sur le cuir fin des banquettes s'enlevait, éclairée par les globes roses des petites lampes, une frise d'habits noirs et de gilets, chemises et cravates blanches qui semblait posée là tout exprès pour faire ressortir les robes fastueuses, les épaules nues et les innombrables diamants qui les paraient. Toutes ces femmes étaient belles, jeunes, scintillantes et l'orchestre tzigane de Riga, qui abritait sous les palmes vertes d'immenses aspidistras d'arrogantes moustaches noires et bien cirées, jouait tout exprès pour ajouter dans leurs yeux une part de rêve à l'éclat du champagne et soulever d'émotion les plus belles poitrines de Paris.

Tandis que s'activait autour d'elles le ballet empressé des serveurs, les trois femmes se faisaient nommer discrètement par leurs compagnons les plus célèbres des grandes « cascadeuses » présentes, ne cachant d'ailleurs pas que le faste de leurs toilettes leur semblait tout bonnement scandaleux :

– Tous ces hommes n'ont-ils pas chez eux des femmes honnêtes à qui offrir ces joyaux insensés ou bien sont-elles si laides ? remarqua sèchement Alexandra en dévisageant avec dédain la fort jolie blonde qui occupait son champ de vision et qui, sur une vague écumeuse de dentelles et de satin blanc, portait des rubis à faire pâlir un maharadjah. Antoine posa rapidement sa main sur le gant de l'Américaine.

– Moins haut, chère amie ! Si l'un de ceux qui sont ici vous entendait, vous passeriez, en dépit de votre beauté, pour ce qu'ils détestent le plus : une bourgeoise pudibonde !

– Et que m'importe à moi l'opinion de ces hommes ? Je ne les connais pas.

– Mais vous souhaitez les connaître puisque certains appartiennent à cette aristocratie qui vous attire. Ce monocle est celui du prince de Sagan, ces jolies moustaches claires celles du duc d'Uzès. Il y a là le prince Murat sans compter quelques fortunes industrielles : le cognac Hennessy, le sucre Lebaudy...

– Et où se trouvent les épouses ? demanda miss Forbes.

– Précisons d'abord que tous ne sont pas mariés, fit Orseolo, et je gage qu'en Amérique les célibataires ne se comportent pas autrement. Quant aux autres, leurs femmes sont en voyage, sur la Côte d'Azur, dans leur château ou plus simplement dans leur lit. Que leurs maris participent à une joyeuse réunion d'amis ne les trouble pas et ne leur enlève rien.

– En tout cas, dit sa femme en riant, je saurai à l'avenir où vous passez vos soirées quand vous venez à Paris sans moi. On dirait que vous êtes connu ?

– Ne m'en prêtez pas plus qu'il ne faut, Elaine. Je n'y viens pas si souvent mais Hugo, le maître d'hôtel, possède une fantastique mémoire : il lui suffit d'entendre un nom pour ne plus l'oublier et pas davantage le visage qui l'accompagne. Il peut me rencontrer dans dix ans, il saura toujours qui je suis.

– Moi je partage l'avis de ces dames, marmotta l'oncle Stanley. Comment peut-on se ruiner pour une femme quand il y a les chevaux ? Je viens d'acheter en Angleterre une paire d'Irlandais superbes.

Parti sur son sujet favori, il en avait pour un moment. Pendant ce temps et tout en dégustant un superbe homard Thermidor, Alexandra et sa tante prêtaient l'oreille aux conversations de leurs voisins. Tout le monde semblait se connaître et l'on riait beaucoup de plaisanteries qu'elles ne comprenaient pas toujours. En vérité, Alexandra regrettait un peu sa curiosité. Elle avait voulu voir le Paris où l'on s'amuse et elle s'y trouvait bien plus étrangère que dans la rue. Habituée à rassembler tous les regards sur sa personne, elle s'apercevait qu'on ne prêtait guère attention à elle et que les bijoux de ces créatures réduisaient les siens à une honnête moyenne... Une idée lui vint qu'elle exprima aussitôt sans se rendre compte qu'elle parlait tout haut :

– Mais c'est évident ! Tous ces bijoux sont faux !

– Eh non, soupira Antoine. Vrais ! Regardez cette blonde en robe rose pailleté qui fume un cigare. Elle s'appelle Émilienne d'Alençon et je peux vous assurer de l'authenticité des diamants répandus sur toute sa personne. Certains ont même fait partie des joyaux de la couronne de France. Et voyez celle-ci !

Il désignait une fille au teint ambré, aux yeux de jais, mince comme un torero dans une robe collante en satin pourpre cousue de topazes qui laissait planer sur tous les hommes, sauf sur celui qui l'accompagnait, un regard conquérant :

– Eh bien ? fit Mrs Carrington.

– Eh bien, le collier de diamants qui ruisselle à son cou appartenait à la reine Marie-Antoinette. Quant aux « poires » de ses oreilles, elles pèsent chacune cinquante carats. Elle s'appelle Caroline Otero et elle est danseuse aux Folies-Bergère.

Alexandra n'écoutait plus : elle dévorait du regard, avec des larmes de rage, ce joyau qui avait paré « sa » reine et dont cette fille publique osait orner un corps à vendre. Antoine comprit trop tard ce qu'il venait de dire en voyant les yeux sombres de son amie se charger d'éclairs. Elle se leva à demi et, comprenant qu'elle allait peut-être faire quelque éclat, il se leva lui aussi comme s'il allait inviter la jeune femme à danser mais, juste à cet instant, un nouveau couple fit son apparition et la jeune Américaine, à sa vue, oublia son indignation et se rassit lentement. Antoine suivit son regard et le vit s'agrandir sans qu'il comprît pourquoi car la nouvelle venue était un miracle de simplicité : longue, mince et souple comme un grand lys et comme lui toute vêtue de blanc, elle avait un visage de madone italienne sous un double bandeau de cheveux noirs et lustrés ramenés sur sa nuque en un lourd chignon piqué de perles. D'autres perles encore, admirables, à son cou de cygne et à ses minces poignets. Les yeux sombres étaient longs comme une nuit d'angoisse. Un murmure admiratif salua son entrée mais elle ne parut pas s'en apercevoir. Maniant languissamment un éventail de plumes blanches, elle flotta vers la table que Hugo écartait pour elle. Un homme en habit la suivait :

– Qui est-ce ? demanda Alexandra.

– Une jolie femme, n'est-ce pas ? C'est Liane de Pougy, la grande dame de la galanterie. Elle ne vient pas tous les soirs...

– Je ne vous parle pas d'elle mais de lui, de l'homme qui l'accompagne ?

Antoine eut à peine le temps de s'étonner du ton altéré de la jeune femme. Déjà Orseolo se chargeait de la réponse :

– Un homme superbe, n'est-ce pas ? Si nous n'étions pas chez Maxim's j'aurais plaisir à vous le présenter car nous sommes amis d'enfance. Sa mère, Catarina Morosini, est une princesse de chez nous.

– Un Vénitien ?

– A demi, et à demi français : c'est le duc de Fontsommes. Un grand nom, une belle fortune... et sans doute l'un des hommes les plus séduisants d'Europe.

– Je vois. Don Juan en personne ! Et il s'affiche avec une courtisane ?

Alexandra cracha le mot plus qu'elle ne le prononça, avec un maximum de mépris qui fit lever les sourcils du comte :

– Que vous êtes dure ! Il ne faut pas vous y tromper : Liane est une courtisane dans le style de la Renaissance italienne, fort cultivée et très pieuse. Dans son hôtel du parc Monceau, elle reçoit des princes mais aussi des hommes de lettres, des politiciens, des artistes... Ne l'emmène pas souper qui veut. Il faut être de ses amis.

– Comme apparemment ce personnage. Et ... il est marié ?

– Jean ? Jamais de la vie. Il attend celle qui saura lui faire oublier toutes les autres ou tout au moins qui lui plaira assez pour qu'il ait envie de passer sa vie entière avec elle.

Antoine, devinant quelque chose d'anormal, laissait parler l'Italien, se contentant d'observer la jeune femme. Soudain, il vit qu'elle rougissait et baissait la tête. Se détournant légèrement il parvint à regarder celui dont on parlait. Fontsommes venait à son tour de reconnaître sa belle inconnue et la fixait avec une insolence où entrait peut-être une déception. Visiblement, la présence d'Alexandra chez Maxim's le choquait. Ses lèvres fermes et bien dessinées eurent une moue de dédain et, avec un léger haussement d'épaules il se consacra au choix du menu.

Alexandra sentit ce qu'il pensait et reçut son mépris comme une gifle. Vivement, elle se pencha vers Antoine :

– Tony ! murmura-t-elle. Je ne me sens pas bien. Voulez-vous me ramener à l'hôtel ?

Il fut debout tout de suite cependant que l'oncle Stanley protestait :

– Vous voulez rentrer déjà ? Mais nous commençons tout juste notre souper et c'est excellent !

– Finissez sans moi ! Et surtout excusez-moi... Je ne veux pas gâcher votre soirée.

– Alors Amity ira avec vous. Il n'est pas convenable que vous rentriez seule avec un homme.

Il fallut bien que miss Forbes s'exécutât. A son grand regret, elle suivit Alexandra, qui traversait la salle d'un pas royal les yeux fixés sur la porte, avec l'impression désagréable de jouer les duègnes de comédies espagnoles. En outre elle avait encore faim et dans la voiture qui les emporta elle ne put s'empêcher de protester :

– Je ne comprends pas ce qui vous a pris, Alexandra. Ce « mauvais » lieu m'est apparu fort convenable à moi. Nous n'avons pas fini notre souper et nous n'avons rien vu !

– Que vouliez-vous donc voir ? soupira la jeune femme qui, les yeux fermés, laissait aller sa tête contre le drap du capitonnage.

– Tout ! Maisie Singleton m'a raconté que lorsqu'elle a soupé chez Maxim's cette Otero a dansé sur une table imitée par une princesse russe et que toutes deux ont bu du champagne dans un seau !

– Tony ! pria Alexandra sans ouvrir les yeux, quand je serai arrivée, vous ramènerez ma tante au restaurant. Elle a toujours détesté être privée de dessert.

Celui-ci ne répondit pas. Assis devant Alexandra, il l'observait avec attention, essayant de comprendre ce qui venait de se passer et surtout la réaction soudaine de son amie. Existait-il une relation quelconque entre Alexandra et Jean de Fontsommes qu'il connaissait superficiellement ? Mais alors, où et quand avaient-ils pu se rencontrer ? Pour ce qu'il en savait le jeune duc n'était jamais allé en Amérique.

CHAPITRE IV

SPIRITISME ET MONDANITÉS...

Le lendemain, Alexandra était d'une humeur massacrante. Dès le petit déjeuner, elle se déclara fatiguée et décida de rester dans son appartement sans recevoir personne :

– Quand Tony téléphonera pour savoir ce que nous voulons faire, dites-le-lui. Nous ne mettrons pas le pied dehors avant demain.

– Parlez pour vous ! protesta sa tante. Moi j'ai bien l'intention de sortir.

– Par ce temps ? Il pleut à verse.

– Les voitures sont faites pour éviter que l'on se mouille. Ce matin j'irai au musée du Louvre et je prendrai le lunch au salon de thé du magasin du même nom. Après quoi je m'offrirai une promenade dans le métropolitain.

– Quelle idée ! Quand vous êtes à New York vous ne mettez jamais les pieds dans l'Elevated Metropolitan Railway dont vous dites qu'il est sale et qu'il sent mauvais.

– Celui-là est paraît-il superbe. Tout neuf, souterrain et électrique. Enfin, il est tout neuf. Je veux voir ça.

Mrs Carrington se désintéressa de la question et

tante Amity s'en alla joyeusement courir une aventure qui la tentait depuis quelques jours : rendre visite à la veuve du charcutier du faubourg Saint-Antoine qui, chaque jeudi après-midi, tenait dans son salon un petit cercle spirite.

Sa rencontre avec Mme Élodie Mignon datait de ce fameux 31 mars pour la célébration duquel miss Forbes avait traversé l'Atlantique par mauvais temps. Ce jour-là, laissant Alexandra à ses essayages, elle avait demandé un fiacre et s'était fait conduire au cimetière du Père-Lachaise, à l'entrée donnant sur la rue des Rondeaux car, bien renseignée par ses amis spirites de Philadelphie, elle savait par où pénétrer dans la grande nécropole. Arrivée là, elle pria son cocher de l'attendre et franchit, armée d'un parapluie et d'un bouquet de fleurs, les hautes portes en fer, remonta une large allée passant devant le crématorium au-dessus duquel une fumée noircissait un peu plus le ciel gris.

Elle n'eut pas à chercher. D'autres personnes se dirigeaient vers un important rassemblement de parapluies et de fleurs qui débordait largement autour de la tombe : un curieux monument en forme de dolmen abritant le buste, en cuivre poli, d'un homme à longues moustaches. Planté devant, un personnage à barbe de prophète, son chapeau haut de forme à la main en dépit de la pluie, adressait au défunt une courte harangue en gaélique suivie d'une invocation en bon français terminée par trois vers de Baudelaire.

Et plus tard un ange, entrouvrant les portes
Viendra ranimer, fidèle et joyeux
Les miroirs ternis et les flammes mortes...

L'émotion générale était à son comble et chacun semblait déplorer, comme si l'événement datait de la veille, le départ vers un autre monde d'Allan Kardec, Grand Druide dans une vie antérieure, et qui avait quitté cette terre trente-cinq ans plus tôt, en 1869.

C'était d'ailleurs une curieuse histoire que celle de ce pédagogue lyonnais né en 1804. Adepte du magnétisme de Mesmer il s'aperçut que, sous hypnose, il recevait d'étranges communications qui semblaient venir de nulle part. C'est en 1854, au cours d'une séance, qu'une femme en transe lui révéla que, dans une autre vie, quelques siècles plus tôt, il avait été le Grand Druide Allan Kardec et que les Esprits comptaient sur lui pour accomplir de grandes choses qui immortaliseraient ce nom. En fait, il était un remarquable médium qui, sous la « dictée des désincarnés », rédigea des ouvrages devenus par la suite non seulement les livres de référence mais les livres sacrés des spirites du monde entier. Miss Forbes, qui avait lu ces livres, était une adepte convaincue, bien décidée à entrer en contact avec les cercles français.

Les prières achevées, le cortège se forma en silence. Chacun, chacune venait déposer ses fleurs au milieu desquelles paraissaient de petites cartes ou des papiers pliés en quatre et contenant les vœux que l'on adressait au disparu. Après quoi on caressait de la main le buste de cuivre avant de s'écarter pour laisser place à une autre personne. Peu à peu, la stèle disparut sous les corolles aux nuances variées.

Comme les autres, Amity plia le genou pour déposer sa gerbe d'orchidées, passa sa main dégantée sur le cuivre poli puis quitta les abords immédiats du tombeau pour attendre la personne qui venait à sa suite. Elle avait remarqué, en effet, cette femme d'une cinquantaine d'années pas grande et plutôt ronde dont l'aimable visage aux joues vernies comme une pomme d'api ruisselait de tant de larmes qu'en dépit de nombreux reniflements et du secours d'un immense mouchoir bordé de noir elle n'arrivait ni à éponger ni à tarir. Son deuil cossu, fait de velours noir, d'un vaste voile de crêpe présentement rejeté en arrière et de bijoux de jais, devait être récent car elle avait beaucoup soupiré pendant la cérémonie avant de déposer auprès des fleurs de miss Forbes un énorme bouquet de roses blanches qui, selon l'Américaine, eussent été davantage de mise sur la tombe d'une jeune fille.

Tante Amity s'approcha d'elle quand elle rejoignit la grande allée :

– Vous semblez si malheureuse, madame, dit-elle, que je me permets de vous demander si je peux vous aider.

La petite dame regarda avec surprise cette grande femme à l'accent étranger souriant d'un air engageant sous un chapeau galette drapé d'une voilette et sommé d'autruche noire qui la faisait assez ressembler à un cheval de corbillard. Elle s'efforça de sourire à son tour :

– Vous êtes tout à fait bonne, madame, de vous soucier de moi. C'est l'émotion, voyez-vous ! Chaque fois que je viens sur la tombe de notre cher maître, je me sens bouleversée, surtout depuis que mon pauvre mari m'a quittée, voici deux ans...

– Deux ans ! Et vous le pleurez encore autant ?

– Oui. Que voulez-vous, ce qui me désole, c'est que maître Kardec ne m'a pas encore exaucée. Pourtant je lui demande toujours d'aider mon cher Eugène à venir me parler quand nous nous réunissons chez moi pour notre petit cercle spirite.

– Vous tenez un cercle ? s'écria miss Forbes vivement intéressée.

– Mais oui. Nous nous réunissons à une dizaine tous les jeudis après-midi.

– Vous préférez l'après-midi ? N'est-ce pas mieux le soir ?

– Non. Nous avons souvent des communications très intéressantes mais, je vous l'avoue, je suis émotive et s'il m'arrive d'assister à une séance nocturne je n'arrive plus à dormir ensuite. Cela m'impressionne trop.

Tandis que l'on se dirigeait vers la sortie du cimetière, plusieurs personnes vinrent saluer la petite dame dont le « cher disparu » avait été le meilleur charcutier du faubourg Saint-Antoine. Miss Forbes se présenta et, en tant qu'Américaine, reçut un accueil des plus aimables, puis on se sépara. Amity dont le fiacre attendait toujours proposa à sa nouvelle amie de la reconduire chez elle. Mme Mignon habitait à l'angle du faubourg et de la place de la Nation, près du collège Arago, une belle maison bourgeoise de construction récente où elle invita miss Forbes à prendre le thé.

– Il est facile de venir chez moi sans faire les frais d'une voiture car vous avez ici le métropolitain, dit-elle en montrant les balustrades et les étranges perce-neige géants en bronze vert qui encadraient l'entrée du souterrain.

L'Américaine décida de profiter pleinement de l'invitation même si cette escapade lui valait quelques sourires d'Alexandra et les sarcasmes de son frère. Mais, ce jour-là, le ciel était avec elle : Mrs Carrington restait cloîtrée et Stanley se rendait à Chantilly pour visiter des écuries et admirer le champ de courses... Ce fut donc avec un agréable sentiment d'excitation qu'après le déjeuner elle prit le « métro » et fit, sous terre, un voyage qu'elle trouva *great fun* et dont elle émergea presque sous les fenêtres de sa nouvelle amie.

Elle ne connaissait pas la pièce dans laquelle on l'introduisit car la dernière fois on avait pris le thé dans la salle à manger. C'était un salon pas très grand mais visiblement destiné aux séances de spiritisme. De grands rideaux de velours bleu foncé étaient tirés devant les fenêtres qu'ils occultaient entièrement. Au milieu, une table de bonne taille, ronde et entourée de chaises. Dans un coin un petit harmonium. Un vieux monsieur à lorgnon et barbiche grise s'occupait à placer une partition sur le chevalet. Quelques personnes, quatre femmes et deux hommes, bavardaient à mi-voix comme dans une chambre de malade.

Très fière de sa nouvelle recrue, Mme Mignon fit les présentations et Amity put constater que la veuve du charcutier réunissait chez elle des gens de milieux tout à fait différents. Il y avait une baronne, une couturière en chambre, une ancienne institutrice et une rentière qui semblaient d'ailleurs s'entendre à merveille et conversaient comme de vieilles amies. Du côté des hommes, outre M. Durant l'organiste, on comptait un vieux jardinier qui discutait sur le mode familier avec un personnage d'une soixantaine d'années dont la redingote élégante et la cravate d'épaisse soie grise piquée d'une perle de même couleur annonçaient un peu plus que de l'aisance. C'était visiblement un homme affable : sous une moustache et des favoris à la François-Joseph assortis à sa cravate, il montrait un visage rose et plein de bon vivant et des yeux bleus d'une grande douceur. Quant à ses dents, encore nettes, elles lui permettaient largement le sourire, ce dont il ne se faisait pas faute. Il s'appelait Nicolas Rivaud, ingénieur des Mines en retraite, décoré de la Légion d'honneur.

Quand son hôtesse le présenta, il s'inclina sur la main de miss Forbes avec une courtoisie parfaite en se déclarant ravi de rencontrer une dame américaine :

– L'un de mes aïeux, Jacques Rivaud, a combattu pour l'Indépendance des États-Unis, dit-il, et j'aime infiniment votre pays.

– Vous êtes venu chez nous ?

– Plusieurs fois. J'y compte quelques amis.

– Il se peut que vous en augmentiez le nombre aujourd'hui. A Philadelphie d'où je viens, l'histoire de cette période est sacrée pour nous. Dans quelle unité votre ancêtre a-t-il combattu ?

– A vrai dire je n'en sais trop rien. Il accompagnait, comme ingénieur, M. Tronson du Coudray [1] et il a tenté vainement de le sauver lorsqu'il s'est noyé dans la Schuykull River. Je crois qu'il s'est bien comporté et qu'ensuite il a pu rentrer à Metz en bon état après avoir tenté de provoquer en duel M. de Beaumarchais...

– Mais quelle histoire passionnante ! Il faudra que vous me la racontiez.

L'entrée d'une dame âgée que Mme Mignon soutenait avec sollicitude lui coupa la parole.

– Nous sommes au complet à présent que notre chère Mlle Ermance nous a rejoints. Nous allons prendre place

Avec des soins infinis, elle conduisit la nouvelle venue à un siège rembourré de coussins autour duquel la baronne et le jardinier s'empressèrent pour l'aider. Mlle Ermance semblait n'avoir de vie que le souffle tant elle était fragile et transparente. De nombreux châles l'enveloppaient et ses mains noueuses de rhuma-

1. Officier d'artillerie qui travailla avec Gribeauval. Il fut engagé par Silas Deane pour commander l'artillerie des Insurgents. Son frère défendit la reine Marie-Antoinette devant la Convention.

tismes disparaissaient à moitié sous des mitaines de dentelle noire mais dans son visage parcheminé, ses yeux pâles ne voyaient personne et regardaient au-delà des murs de l'appartement :

– Notre médium, chuchota M. Rivaud. Elle a été longtemps celui d'Allan Kardec. Cette bonne Mme Mignon veille sur elle comme si elle était sa propre mère et heureusement car elle n'est pas bien riche.

Tandis que ses invités s'installaient autour de la table l'hôtesse vérifia la fermeture des rideaux, alluma une bougie qu'elle plaça au centre de la table puis éteignit les autres lumières. Le salon s'emplit de grandes ombres et l'on ne distingua plus rien que les visages attentifs vaguement éclairés par la lueur jaune. Tous avaient posé sur la table leurs mains qui se touchaient par les auriculaires et ils se concentraient de leur mieux. Miss Forbes n'y parvenait pas vraiment. Elle se sentait étrangère à ces gens, hormis à ce M. Rivaud pour lequel tout de suite elle avait éprouvé de la sympathie et même elle frissonna quand, derrière elle, la voix de l'harmonium se fit entendre en sourdine. Dans ses coussins, Mlle Ermance ferma les yeux. Elle avait l'air de dormir. Tout à coup la voix de Mme Mignon s'éleva, un peu nerveuse :

– Le courant ne passe pas, fit-elle. Je ne sais pas ce qu'il y a...

– C'est peut-être à cause de moi ? hasarda l'Américaine. Voulez-vous que je me retire ?

– N'en faites rien. Vous êtes une croyante, une sœur pour nous, même si nous ne nous connaissons pas beaucoup. Nous allons prier, puis M. Durant nous jouera un cantique. Les vibrations deviendront peut-être meilleures.

Tous récitèrent le Notre Père à voix contenue puis l'harmonium se remit à soupirer. Sans trop savoir pourquoi, Amity eut envie de pleurer. Cette musique était d'une affreuse tristesse qui paraissait convenir tout à fait à ces gens immobiles et recueillis. En Amérique, on employait aussi la musique mais tout le monde chantait avec ardeur et il s'agissait toujours de cantiques glorieux.

Soudain, il y eut dans la table un craquement, puis un autre et sous ses doigts, miss Forbes sentit une sorte de frémissement comme si elle touchait le dos vivant d'un animal. Presque en même temps une voix d'homme s'éleva, grave, profonde, d'autant plus stupéfiante qu'elle sortait des lèvres ridées de Mlle Ermance dont le timbre normal se situait dans le registre de la flûte.

– Bonsoir ! Il me semble que vous êtes plus nombreux que d'habitude.

L'ensemble de l'assistance manifesta une joie très vive cependant que Mme Mignon expliquait à voix basse à la nouvelle venue :

– C'est Étienne, notre guide, un esprit supérieur grâce à qui nous apprenons bien des choses... – Puis, plus haut, elle dit : Bonsoir, cher Étienne et merci de nous garder votre amitié. Nous avons, en effet, une invitée, une sœur venue de loin, des États-Unis.

– Un grand pays, les États-Unis, mais qui sera plus grand encore lorsqu'il comprendra que l'amour est la chose importante en ce bas monde. Il n'y a pas assez d'amour chez vous, miss.

– Comment l'entendez-vous ? balbutia Amity plus impressionnée qu'elle ne voulait le laisser paraître.

– Trop de richesses d'un côté et trop de pauvreté de l'autre ! Cet or qui coule chez vous est le miroir où vont se prendre de misérables alouettes européennes qui ne réussissent pas toutes, hélas !

– N'est-ce pas un peu exagéré ? Nous avons beaucoup d'associations charitables et, en outre, l'amour existe chez beaucoup de nos couples.

– Beaucoup de divorces aussi mais c'est assez peu important : des mariages terrestres, à peine un sur cinq demeure éternel et se poursuit à travers les sphères. Il y a, près de vous, une jeune femme qui croit aimer...

La voix faiblit, se brouilla... Tout de suite Mme Mignon demanda que M. Durant joue quelque chose mais le guide semblait s'être retiré. A sa place une voix tout à fait différente se fit entendre : celle d'un paysan qui paraissait affolé et qui s'exprimait dans un langage inconnu. En l'entendant, M. Fougat, le jardinier d'Argenteuil, eut une exclamation de stupeur. Des larmes roulèrent dans sa grosse moustache et ses mains se mirent à trembler. Il balbutia quelques mots dans cette langue qui était en fait du patois auvergnat :

– Vous comprenez ce qu'il dit ? murmura M. Rivaud.

– Oui... Oh, mon Dieu ! C'est mon cousin Aurélien. Il est mort l'an passé, à Chaudes-Aigues... et il ne sait pas où il se trouve, il ne comprend pas...

– Essayez de lui expliquer, dit doucement Mme Mignon. Dites-lui aussi que nous allons prier pour lui et qu'il peut revenir autant qu'il le voudra.

Pendant quelques instants l'incroyable dialogue se poursuivit entre le vivant et l'esprit en détresse. En même temps, Mme Mignon, la baronne et la couturière priaient à voix contenue. Enfin ce fut le silence. Fougat tira un grand mouchoir de sa poche pour essuyer son front en sueur.

– Je crois... qu'il commence à comprendre, soupira-t-il. Mais comment a-t-il pu me retrouver ici ?

– Si vous aviez de l'affection pour lui, c'est tout simple, fit la couturière. Souvenez-vous de l'enseignement d'Étienne. L'amour peut tout.

A la demande de Mme Mignon, la séance s'acheva. Le médium, visiblement épuisé, semblait sur le point de trépasser. On ralluma les lumières, après quoi l'hôtesse fit apporter du thé, du café et du chocolat accompagnés de gâteaux variés pour réconforter Mlle Ermance et les autres personnes présentes. Chacun se félicitait de la netteté des communications reçues tout en regrettant que l'âge et la santé du porte-parole les rendissent de plus en plus courtes. Miss Forbes, elle, était abasourdie et gardait un silence rêveur, sans oublier pourtant de faire glisser une tranche de cake et deux éclairs au chocolat avec trois tasses de thé, un excellent lapsang souchon qu'elle appréciait à sa juste valeur.

– Vous voilà bien songeuse, mademoiselle ? demanda M. Rivaud. Est-ce que quelque chose vous a déplu ?

– Non, non mais, je l'avoue, je suis un peu désorientée... et un peu envieuse. Vous formez un petit cercle et cependant vous obtenez des résultats beaucoup plus importants que notre société de Philadelphie ! Nous nous servons de tables et d'un alphabet, de musique aussi, bien sûr. Chez nous, les lévitations d'objets ne sont pas rares et il nous arrive d'avoir des apparitions. Nos médiums parlent mais en général leurs messages restent... plutôt flous...

– Par contre, l'état de santé de Mlle Ermance nous prive justement des formations ectoplasmiques assez fréquentes autrefois. Quant à nos résultats, ils sont dus, je crois, au fait que nous sommes ici une réunion d'amis qui travaillons ensemble depuis longtemps. Nous ne cherchons pas à atteindre de grands personnages.

– Pardon, cher monsieur, dit la couturière, vous

oubliez que nous avons eu, il y a peu, une communication avec le poète André Chénier exécuté sur cette place de la Nation pendant la Révolution et dont les cendres reposent près d'ici.

– C'était très beau, en effet, dit Mme Mignon. Nous avons eu en quelque sorte un cadeau du Ciel. Voyez-vous, mademoiselle, nous nous attachons surtout, comme je vous l'ai dit d'ailleurs, à l'assistance aux âmes en peine et vous venez d'en entendre une. Malheureusement pour moi, je n'ai pu, cette fois encore, entrer en communication avec mon cher défunt.

– Ne vous désolez pas, Élodie, fit la baronne. Cela prouve simplement qu'il est sur le chemin de la lumière. Sinon, vous pensez bien qu'il serait déjà revenu auprès de vous...

– Vous êtes bonne, chère Hortense, et je veux croire que vous avez raison. Reviendrez-vous jeudi prochain, mademoiselle Forbes ? Notre Étienne semblait avoir des choses à vous dire et il est désolant qu'une perte d'énergie lui ait coupé la parole.

– Je reviendrai avec joie si vous le souhaitez, fit Amity en serrant les deux mains de son hôtesse entre les siennes. Vous n'imaginez pas comme je me suis sentie bien au milieu de vous !

Elle prit congé en compagnie de M. Rivaud qui lui proposait de la ramener dans sa voiture. L'idée qu'elle était venue par le métropolitain l'amusait.

– Habiter le Ritz et voyager en métro, il n'y a qu'une Américaine pour faire une chose pareille !

– J'aime tout ce qui est nouveau et je suis venue ici pour visiter la France.

Durant tout le trajet, ils bavardèrent comme de vieux amis. Nicolas Rivaud parlait parfaitement l'anglais, ce qu'Amity trouva fort reposant. Il avait perdu sa femme, emportée quinze ans plus tôt par un cancer de la gorge. Son fils unique s'était tué en Suisse, sept années plus tard, au cours d'une ascension dans le Valais et il vivait seul, avec un couple de serviteurs, dans un appartement du quai Voltaire « qui serait beaucoup trop grand si je n'y entassais tant de livres et de vieilleries »... Tout ce qu'il lui restait en fait de famille était une sœur un peu plus jeune que lui, qu'il aimait d'ailleurs tendrement mais qui refusait, été comme hiver, de quitter la propriété qu'elle habitait à Cannes :

– Elle prétend ne pouvoir se passer de son soleil et comme pour ma part je ne peux me passer de la Seine qui coule sous mes fenêtres nous ne vivons pas souvent ensemble.

De son côté, miss Forbes parla de sa nièce, de sa famille et de sa vie à Philadelphie tant et si bien qu'ils ne virent pas couler le temps et que l'élégant coupé était arrêté depuis un moment devant l'hôtel de la place Vendôme quand enfin miss Forbes se résolut à en sortir, mais on prit rendez-vous pour le jeudi suivant et M. Rivaud promit de venir chercher sa nouvelle amie vers deux heures.

Pendant l'absence de sa tante Alexandra s'était ennuyée considérablement mais, après avoir fait dire qu'elle se sentait souffrante et ne recevrait pas, elle n'avait pas osé changer d'avis. Or, même pris en face de l'harmonieux décor d'une des plus belles places du monde, le délicieux déjeuner qu'on lui servit ne réussit pas à améliorer son humeur. Elle ne parvenait pas à oublier le regard vaguement méprisant dont le jeune duc l'avait enveloppée avant de se désintéresser d'elle comme si elle était la première venue ou, pire encore, l'une de ces femmes de mauvaise vie qui peuplaient Maxim's. Ce souvenir l'avait hantée toute la nuit et continuait à l'obséder, provoquant tour à tour la colère et l'abattement. De quel droit cet homme se permettait-il de la juger alors qu'il avait dû reconnaître le comte Orseolo et sa femme ? Si Elaine pouvait souper dans ce restaurant, pourquoi donc une autre femme honnête ne s'y trouverait-elle pas ? La pensée lui vint alors qu'il n'avait dû voir d'Elaine que les aigrettes de sa coiffure. La large carrure de l'oncle Stanley, assis devant elle, devait la cacher ! Cette idée rendit Alexandra malheureuse : cet homme la prenait certainement pour une cocotte.

– S'il me rencontrait encore dans la rue, il serait capable de me demander mon prix ! dit-elle tout haut mais tout de suite la phrase si clairement exprimée lui fit horreur. Alors, pour essayer de chasser l'intrus de son esprit, elle s'assit devant le petit bureau à tambour placé entre deux fenêtres, prit une plume et du papier et se mit à écrire à Jonathan une de ces jolies lettres de femme où se mêlent, presque inconsciemment, la tendresse et la persuasion. Il fallait que son époux vînt la rejoindre ! Sa présence serait la meilleure des protections contre les surprises d'une rencontre à ce point capable d'envahir ses pensées, d'autant plus dangereuses qu'elle ne comprenait pas d'où venait son trouble.

Fermant les yeux, elle évoqua la haute silhouette de son mari, la petite flamme qui brillait dans ses yeux lorsqu'il la regardait. Elle s'imagina auprès de lui, entrant dans un salon ou dans un restaurant à son bras, c'est-à-dire à cette place qui était la sienne et où personne n'aurait jamais l'idée de lui manquer de respect, fût-il souverain régnant ! Un instant, elle regretta le caprice qui l'avait poussée à s'embarquer sans lui et sous l'illusoire protection d'une tante un peu folle et d'un vieil oncle qui croyait venir à bout de tous les problèmes en brandissant les grands principes. Que pouvait la famille la plus attentive contre les fantaisies de l'esprit ?

Sa lettre achevée, elle la ferma, la cacheta et se sentit mieux. Tout allait s'arranger très vite. Si Jonathan était rentré – il n'avait pas annoncé une très longue absence – il ne pourrait faire autrement que grimper sur le premier bateau en partance.

Le retour de tante Amity vint à point nommé lui changer les idées. D'autant que celle-ci offrait l'image même de la joie de vivre.

– Ma parole, vous rayonnez ! constata la jeune femme en la regardant ôter devant une glace les longues épingles qui fixaient son chapeau. Ce métropolitain doit être exaltant car vous avez eu le temps de traverser Paris une demi-douzaine de fois aller et retour ?

– C'était parfait mais je ne suis pas certaine que cela vous plairait. Vous êtes beaucoup trop snob ! Cela dit, je viens de prendre le thé chez une amie. J'ai également assisté à une séance de spiritisme on ne peut plus intéressante, j'ai rencontré un monsieur charmant... et je vous défends bien de vous moquer de moi ou de me faire des reproches !

– Je m'en garderai ! soupira la jeune femme qui ne se sentait pas d'humeur à soutenir une discussion sur cette passion que manifestait sa tante pour les esprits frappeurs et les guéridons virevoltants. Vous avez le droit de vous amuser comme vous l'entendez mais pourquoi ne m'avoir rien dit ?

– Parce que je n'étais pas certaine que cela en valût la peine. Je pouvais être tombée sur des charlatans. Mais j'ai la ferme intention d'y retourner jeudi prochain. Ah, pendant que j'y pense, lorsque j'arrivais dans le hall de l'hôtel, un grand laquais apportait ceci pour nous, ajouta-t-elle en sortant de son manchon une lettre qu'elle tendit à sa nièce dont le nom apparaissait en premier dans la suscription. Alexandra décacheta rapidement et tira un bristol armorié dont le texte la fit rosir de plaisir : la duchesse de Rohan les invitait toutes deux à dîner le prochain mardi.

Oubliant alors ses idées lugubres, elle sauta sur le téléphone pour appeler Antoine et lui demander de venir sur-le-champ.

– Vous êtes mon invité ce soir et nous dînerons à l'hôtel mais il faut absolument que je vous voie. J'ai une foule de choses à vous demander.

– Est-ce que cela ne peut pas attendre demain? gémit le peintre qui espérait, pour une fois, passer la soirée dans ses pantoufles. Je me sens un peu... las.

– Quelle sottise! D'ailleurs vous irez vous coucher de bonne heure mais il me faut des conseils d'urgence : mardi prochain nous dînons chez Mme de Rohan.

– Moi aussi... et, entre parenthèses, autant vous habituer tout de suite à dire Mme la duchesse.

– Justement! Je ne veux pas commettre la moindre faute et nous n'avons pas beaucoup de temps. Alors venez! Vous aurez droit au porto de Mr Jefferson.

Elle raccrocha sans vouloir en entendre davantage mais resta un moment immobile auprès de la petite table qui supportait l'appareil, le temps de laisser se calmer un peu les battements accélérés de son cœur. Il fallait qu'au dîner des Rohan, elle soit sublime. Si, par hasard, « il » faisait partie des invités?

En effet, selon son éthique personnelle et un rien naïve, une duchesse se devait de recevoir ses pairs et le salon du boulevard des Invalides était le meilleur endroit au monde pour effacer de l'esprit de Fontsommes l'image d'une femme du monde soupant chez Maxim's.

Le cœur lui battait encore plus fort lorsqu'elle franchit le seuil du magnifique hôtel particulier construit au XVIIIe siècle par Brongniart et qui était la demeure familiale de la duchesse Herminie, née Verteilhac. La splendeur d'un décor historique y contribuait largement et aussi la « livrée » nombreuse, en perruque poudrée, culottes courtes et habits à la française écarlates galonnés d'or pour les valets de pied, vert bronze soutachés de soie noire pour les maîtres d'hôtel. La jeune Américaine sentait qu'elle pénétrait dans un monde inconnu qui évoquait pour elle les fastes de Versailles.

Pourtant, elle pouvait être sûre d'elle-même. La dernière création de Doucet qui la vêtait – robe à courte traîne de mousseline blanche sur un fond de satin rose et toute pailletée de nacre – lui allait à ravir et s'accordait à merveille avec les très belles perles qu'elle portait au cou, aux bras, aux oreilles et dans les cheveux. En venant la chercher, Antoine avait eu un petit sifflement admiratif :

– On dirait que vous vous êtes habillée dans une conque, lui dit-il en baisant sa main. Vous êtes tout simplement divine.

Il était heureux qu'elle eût suivi ses conseils et évité les surcharges de diamants auxquelles se livraient trop souvent ses sœurs outre-Atlantique. Dans cette parure irisée sa blondeur en faisait une princesse de légende et sa beauté rayonnait irrésistiblement cependant que sa tante, admirablement habillée pour une fois de Chantilly gris taupe et parée d'une quantité raisonnable de diamants, était fort élégante et arborait une dignité qui lui seyait. Après avoir salué le duc Alain, debout à l'entrée d'un salon, il les guida vers la duchesse qui bavardait au bord d'une tonnelle de roses en miniature avec un homme d'une soixantaine d'années, de haute taille et de large carrure, aux cheveux presque blancs, dont les yeux noirs qui avaient dû être d'une éloquence dangereuse ne reflétaient plus qu'une ironie sceptique et désabusée.

L'accueil de la duchesse réconforta Alexandra. Cette petite femme de taille assez courte et qui cependant possédait une allure royale aimait à recevoir des étrangers de qualité dans son salon, l'un des plus importants de Paris. Son regard malicieux et sa bonté souriante joints à une grande expérience du monde en faisaient une maîtresse de maison incomparable qui savait recevoir aussi bien les poètes, qu'elle invitait à ses thés du jeudi, qu'un grand-duc moscovite ou une altesse royale espagnole.

Devinant la gêne secrète de cette éblouissante jeune femme lâchée dans Paris sous l'égide d'une tante par un mari qu'elle jugeait pour le moins imprudent, elle lui présenta le vieux gentilhomme qui l'accompagnait en déclarant :

– Ma chère, voici le marquis de Modène qui aura l'honneur d'être votre voisin de table. Il descend d'un page de Louis XV et possède l'esprit le plus mordant de Paris. Grâce à lui vous aurez une chance de passer une soirée amusante.

– Vous vous avancez beaucoup, madame la duchesse, fit Modène en s'inclinant. En face de la beauté parfaite, je me suis toujours trouvé bête à pleurer. J'espère, madame, que vous serez indulgente.

A son bras, Alexandra fit le tour du salon où se trouvait une trentaine de personnes pendant que tante Amity se voyait confiée à un académicien un peu dur d'oreille et qu'Antoine rejoignait un groupe de jolies femmes où il fut accueilli avec un plaisir visible.

Mrs Carrington avait plus que jamais l'impression de se trouver à la cour de Versailles. Tous ces hommes de haute mine, toutes ces femmes superbement habillées et parées portaient des noms sortis tout droit de l'Histoire : Montmorency, Talleyrand-Périgord, Montesquiou, Gontaut-Biron. Ce qui l'étourdit un peu. Elle avait souhaité connaître la noblesse française, mais se trouver tout à coup au milieu de ses membres les plus élevés lui donnait le vertige. Sans la présence du marquis de Modène elle aurait pu croire que les Rohan n'invitaient que des ducs et des duchesses. En outre et en dépit de leurs habits de soirée coupés à Londres, des robes griffées par les plus grands couturiers parisiens, tous semblaient appartenir à une autre espèce qu'elle-même. Cela tenait à une certaine façon de s'exprimer, de porter la tête, à une sorte d'aisance dont on devinait qu'elle n'avait coûté aucune étude, aucun effort parce qu'elle était innée. Même les moustaches des hommes avaient quelque chose de différent. Elles auraient pu s'accommoder aussi bien d'un feutre de mousquetaire que du tricorne emplumé d'un garde du corps. Aussi, Alexandra se contenta-t-elle le plus souvent d'écouter et de sourire. Le marquis, d'ailleurs, parlait pour deux et son esprit vif et mordant faisait merveille, contrastant avec la grâce silencieuse de sa compagne.

Il prenait plaisir à taquiner l'un des invités qui était sans doute le plus inattendu : un petit prêtre à la figure couperosée mais spirituelle, habillé comme un curé de campagne pauvre et chaussé de brodequins à bouts carrés plus faits pour les longues marches que pour fouler des tapis d'époque. Une touffe de cheveux blonds comme ceux d'un enfant couronnait son front et allait bien avec ses yeux d'un bleu candide. Des yeux qui semblaient receler toute l'indulgence du monde mais où il arrivait qu'une étincelle malicieuse s'allumât derrière les lunettes rondes. Lui n'avait ni titre ni particule. Il s'appelait tout simplement l'abbé Mugnier, chanoine de l'église Sainte-Clotilde. Néanmoins tous ces beaux messieurs, toutes ces belles dames semblaient faire de lui le plus grand cas.

– Dites-moi un peu, l'abbé, attaquait à cet instant le marquis de Modène, il paraît que votre curé se plaint de vous parce que vous rechignez à prêcher en chaire et vous obstinez à rester près du lutrin. Il s'agit d'une lubie, je pense ?

– Pas du tout, monsieur le marquis. Simplement je n'aime pas parler en chaire.

– Comment cela ? Vous êtes bel orateur mais vous n'êtes pas immense. Je trouve peu chrétien de condamner les fidèles qui sont au fond de l'église à se hisser sur leurs pointes de pied pour vous apercevoir.

– Le mal n'est pas grand car je ne suis pas de ceux qui gagnent à se montrer. Et puis, voyez-vous, je pense que Notre Seigneur a donné la parole aux prêtres pour qu'ils s'en servent mais il n'a jamais dit qu'il leur fallait pour cela se mettre dans un coquetier.

Tout le monde se mit à rire et Alexandra comme les autres. Elle devait découvrir par la suite que l'abbé était un habitué de la maison, qu'il confessait d'ailleurs la majeure partie du faubourg Saint-Germain, qu'il pouvait suivre quatre conversations à la fois et que ce fin lettré possédait cette inépuisable charité, cette vraie bonté qui, selon le mot de Boni de Castellane, « font aimer la vertu ».

Abandonnant son académicien, tante Amity eut tôt fait de découvrir que ce curieux prêtre accordait au spiritisme un intérêt spéculatif et se lança avec lui dans une conversation qui amusa beaucoup les assistants.

– Je crains, disait l'abbé, qu'il n'y ait beaucoup de supercheries dans ces soi-disant communications de l'au-delà. Si Dieu voulait que les morts viennent causer familièrement avec les vivants, croyez-vous qu'il aurait besoin de s'encombrer d'un mobilier animé de soubresauts ?

– Il n'empêche, dit Robert de Montesquiou, que vous ne dédaignez pas de vous pencher sur certains cercles de l'Enfer. On vous dit très ami de ce sulfureux Huysmans. Je pense que vous avez lu *Là-bas* ?

– Non et je n'en ai pas besoin. Au risque de vous surprendre je dirai que Huysmans est un moine manqué. Il rêve d'écrire un nouveau livre, aussi angélique que son fameux ouvrage est satanique. Il a accompli plusieurs pèlerinages...

– Il n'empêche, dit Modène, qu'il trouve les femmes chrétiennes mieux partagées que les hommes parce qu'elles ont le « Céleste Époux » alors que la Sainte Vierge ne saurait nous suffire...

– Monsieur le marquis, si je ne vous savais si bon catholique, je vous jetterais l'anathème pour oser scandaliser Mrs Carrington. Que va-t-on penser de nous à New York ?

L'annonce du dîner mit fin à la conversation et l'on se dirigea en cortège vers la salle à manger illuminée et fleurie d'une quantité de camélias roses. En passant à table, Alexandra pensa que tous les invités étaient arrivés à présent et qu'il n'y avait plus aucune chance de rencontrer ce soir le duc de Fontsommes. Il y en avait tellement d'autres, pourquoi donc celui-là était-il absent ?

Sa déception fut si vive qu'elle en éprouva une

mélancolie qui jeta un voile sur son plaisir. Même la splendeur de la longue table scintillante avec ses chandeliers, ses couverts et son surtout de vermeil, ses précieuses assiettes de la Compagnie des Indes et ses cristaux gravés d'or ne réussit pas à l'émouvoir. Elle se trouvait dans l'une des plus belles demeures de Paris et elle n'en éprouvait pas toute la joie qu'elle s'en promettait, bien que la réalité dépassât ce qu'elle avait imaginé. Insensible au ballet silencieux et bien réglé des serviteurs, au raffinement des plats – le duc de Rohan était gourmand et la duchesse avait un excellent chef – et des vieux vins qu'elle goûtait peu d'ailleurs, n'aimant guère que le champagne, elle fut distraite tout au long du dîner, mangea peu et but encore moins.

Aussi, lorsque l'on se leva pour gagner l'enfilade des salons où des violons se faisaient entendre, son voisin qui l'avait observée sans rien dire durant tout le repas pencha sur elle sa haute taille tandis qu'elle glissait sa main gantée sous son bras :

– Contrairement à vos compatriotes, vous n'avez pas l'air de vous amuser à Paris, madame. Cela tient-il à ce que Mr Carrington est resté en Amérique ?

– Un peu, je l'avoue. Depuis notre mariage, nous ne nous sommes jamais quittés.

– Vous êtes mariée depuis longtemps ?

– Trois ans.

– Votre époux n'a pas pu vous accompagner ?

– Il est attorney général de l'État de New York et c'est une lourde charge, fit Alexandra avec orgueil. En outre mon mari n'aime guère les voyages.

– Excusez-moi mais, comme tous les Européens, je ne puis m'empêcher d'être étonné de la confiance des maris américains qui laissent leurs femmes, de très jolies femmes souvent, venir seules à Paris.

– D'abord je ne suis pas seule et ensuite nos maris savent que nous sommes honnêtes.

– Même une femme honnête n'est pas à l'abri d'une surprise. Ou alors, il faut qu'elle n'ait aucun tempérament, lança le marquis avec une brutalité voulue et, en effet, le beau visage frémit légèrement.

– J'aime à croire que même avec un... tempérament, une femme bien élevée ne saurait manquer à ses devoirs.

– Vous pensez qu'une bonne éducation peut être une sauvegarde contre la tentation ? fit Modène sans songer à cacher son étonnement.

– J'en suis certaine ! affirma la jeune femme avec tant d'assurance que son compagnon ne sut plus s'il devait rire ou saluer.

– Heureux Américains ! Ah ! Fontsommes !... Je me demandais si l'on vous verrait ce soir. Qu'est-ce qui vous a pris de bouder le dîner de la duchesse ?

Prise au dépourvu, Alexandra rougit jusqu'à la racine de ses blonds cheveux. Elle s'aperçut alors qu'elle se trouvait à présent au milieu d'un grand salon dans lequel de nombreuses personnes faisaient leur entrée. Elle comprit qu'une réception suivait le dîner. D'ailleurs dans la pièce voisine des buffets fleuris étaient disposés.

La voix de l'interpellé lui parvint comme dans un songe :

– Je ne boudais rien ni personne. J'ai dîné au Café de Paris avec Brissac et Villalobar... Les suites d'un pari stupide qui pourrait déplaire à votre belle compagne. Voulez-vous me présenter ?

Confuse et plutôt furieuse de sentir ses joues brûler, Alexandra regarda l'homme qui l'avait occupée ces derniers jours s'incliner sur sa main. Vu de près, il était encore plus beau qu'elle n'en gardait le souvenir. En outre elle pouvait voir nettement que ses yeux abritaient sous des sourcils foncés des prunelles d'un brun profond qu'elle jugea fascinant.

– J'ai déjà eu le plaisir de vous admirer en deux circonstances, madame, et si j'avais pu savoir que vous étiez, ce soir, l'invitée de Mme de Rohan, je ne me serais pas attardé, dit-il.

Alexandra eut un léger frisson. La voix de Fontsommes, belle et grave, savait prendre des inflexions délicieusement chaleureuses qui corrigeaient le sourire un peu moqueur qu'il avait eu en la reconnaissant.

– Vous vous êtes déjà rencontrés ? s'étonna Modène. Alors pourquoi m'avoir demandé de vous présenter ?

– Parce qu'il fallait que quelqu'un le fît. La première fois que j'ai vu Mrs Carrington c'était sur le Boulevard où elle... pillait des magasins. La seconde, elle soupait avec des amis. J'étais moi-même accompagné.

Le marquis de Modène était trop bon observateur de ses contemporains en général et des visages féminins en particulier pour n'avoir pas remarqué le léger trouble de la jeune femme et son teint avivé. Dissimulant un sourire sous sa moustache, il s'excusa auprès de celle-ci pour aller saluer une fort belle dame qui venait de faire une entrée de reine de la nuit dans une robe bleu foncé scintillant d'une multitude de paillettes argentées. Laisser cette Américaine trop sûre d'elle en face d'un des hommes les plus séduisants de France lui semblait une expérience intéressante qu'il se promit de suivre de loin.

Quelqu'un d'autre avait remarqué la soudaine rougeur d'Alexandra. Du coin où il bavardait avec la jolie vicomtesse de Janzé et la comtesse de Chevigné,

Antoine avait vu la courte scène qu'il rapprocha aussitôt de l'étrange comportement d'Alexandra chez Maxim's. La voix intérieure qui lui donnait souvent de si bons conseils lui souffla que son amie se trouvait en face d'un danger. Son premier mouvement fut de la rejoindre mais une grande dame russe qu'il admirait beaucoup, la princesse Paley, s'approchait justement de lui pour l'interroger sur l'œuvre à laquelle il travaillait et lui demander s'il comptait exposer au prochain salon. Force lui fut de laisser Alexandra et Jean de Fontsommes s'éloigner ensemble vers le jardin d'hiver.

Pourtant la jeune femme, à présent remise de sa brève émotion, n'avait rien de la victime que l'on mène au sacrifice. Avec un joli air de dignité qu'elle savait prendre, elle maniait un éventail de nacre assorti à sa robe en écoutant son compagnon lui dire combien il avait été choqué d'apercevoir une femme comme elle chez Maxim's. Il essayait d'expliquer ce qu'il avait éprouvé mais elle l'arrêta net :

– Je n'ai que faire, monsieur, de vos impressions. Je suis étrangère, je visite Paris et je me trouvais avec des membres de ma famille et en compagnie d'une compatriote mariée à quelqu'un que vous connaissez.

– Comment savez-vous que je connais Orseolo ? demanda le duc avec un mince sourire qui fit comprendre à la jeune femme qu'elle avait dit quelque chose de trop. Vous avez donc parlé de moi ?

– Ne soyez pas fat ! Vous accompagniez une femme assez belle pour que l'on pose au moins une question à son sujet. Votre nom est venu... de lui-même.

– Tant pis pour moi ! Vous avez raison de me taxer de fatuité car j'espérais avoir éveillé quelque intérêt en vous.

– Pourquoi ? Parce que vous m'avez suivie dans la

rue comme vous auriez suivi une midinette ? Au lieu de me reprocher, sans le moindre droit, un innocent souper, j'espérais que vous m'offririez au moins des excuses !

– Pour vous avoir suivie ? fit-il en riant. Je ne vois pas pourquoi. Je suis de ces hommes sujets à éprouver des antipathies et des sympathies subites. Quand une femme provoque en nous une certaine émotion, elle nous oblige impérieusement à la suivre : c'est un hommage que nous rendons à sa beauté et dont elle ne saurait s'offenser. Cela doit tenir à ce que je suis à moitié italien... A Rome ou à Florence vous auriez une véritable meute attachée à vos pas.

– Vous vous en tirez bien mais soyez franc : avant de savoir qui je suis, pour quelle sorte de femme m'avez-vous prise ? Pour une... cocotte ?

– Non. Je vous jure que non ! De là ma déception de l'autre soir. En vérité, je ne savais trop où vous situer : très belle, très élégante, assez libre d'allure. J'avoue avoir pensé que vous pouviez être étrangère mais je ne vous aurais jamais crue américaine.

– Et pourquoi, s'il vous plaît ?

– La plupart de vos compatriotes – et je reconnais qu'elles sont souvent jolies – sont d'un type de beauté froide, sans nuances, avec des manières brusques et parfois garçonnières. Peu attractives pour un Latin comme moi. Vous... vous irradiez la féminité, le charme, la jeunesse... Vous me reprochez de vous avoir suivie un moment dans une rue mais vous êtes de celles, très rares, par qui un homme de goût se laisserait mener jusqu'au-delà des mers... Jamais une femme ne m'a attiré autant que vous...

– Pour un homme de goût, je trouve vos compliments un peu directs, monsieur le duc, et il ne convient pas de les adresser à l'épouse d'un haut magistrat américain...

– Alors, madame, suivez mon conseil : ne sortez qu'en voiture ou abritée sous une épaisse voilette, dit Fontsommes avec une soudaine froideur. La plus grande princesse ne saurait s'offenser de quelques paroles traduisant une sincère émotion, mais il semble qu'une femme de « haut magistrat américain » se veuille d'une nature plus angélique.

L'entrée dans le jardin d'hiver d'Antoine, enfin échappé à sa princesse russe, coupa court à ce qui aurait bien pu dégénérer en dispute mais il n'eut même pas le temps d'articuler une seule parole. Alexandra vint à lui et prit son bras :

– Pouvez-vous nous ramener, Tony ? La tête me tourne un peu. Tous ces vins, sans doute... Je ne suis pas habituée...

– Bien sûr... Nous allons rejoindre votre tante puis saluer la duchesse.

Tout en parlant, il regardait le duc auquel il n'avait aucune raison de parler, ne lui ayant jamais été présenté, mais il aurait donné cher pour savoir ce que lui et Mrs Carrington avaient bien pu se dire et pourquoi la main de la jeune femme tremblait un peu sur sa manche. Calmement, Fontsommes se détourna pour s'intéresser à un cognassier du Japon qui occupait une énorme jarre de porcelaine Imari, tira une cigarette d'un étui en or et l'alluma, attendant pour faire à nouveau face aux salons que le froissement soyeux d'une traîne se fût éteint. Quand il le fit, il se trouva nez à nez avec le marquis de Modène qui, une petite flamme brillant derrière son monocle, lui souriait avec suavité :

– Eh bien, mon ami, vous avez effarouché notre belle Yankee ? Elle semblait furieuse.

– Je le suis aussi. Ces Américaines sont impossibles ! On leur fait un doigt de cour et elles s'imaginent qu'on leur propose de venir admirer des estampes japonaises !

– Un doigt de cour ? Je vous ai observés tous deux et j'aurais juré que vous lui faisiez une vraie déclaration d'amour. Vos yeux brûlaient...

– Il faudra que je me mette à porter le monocle si cet ustensile aiguise la vue à ce point ! Cela dit, j'admets que cette femme me plaît et que je la désire comme cela m'est rarement arrivé. A présent c'est fichu...

– Pour une rebuffade ? Vous êtes plus jeune que je ne le croyais et je vous trouve bien facile à décourager.

– Que feriez-vous si à la moindre phrase un peu... chaleureuse on vous opposait la robe noire d'un juge et les respects qu'on lui doit ? Un mort serait moins encombrant.

– La robe en question se trouve à quelques milliers de kilomètres et son occupant aussi. Quant à cette adorable créature elle est tout entière faite pour l'amour, même si elle ne s'en doute pas. En outre je suis certain que vous lui plaisez.

– Vous croyez ?

– Ne faites pas l'enfant, vous en êtes persuadé. Tenez, je vous propose une expérience : si vous la revoyez, montrez-vous courtoisement indifférent. Je serais étonné si elle ne réagissait pas.

Pendant ce temps, Antoine aidait à remonter en voiture une Amity Forbes extrêmement mécontente. Cette fois, sa nièce ne l'avait pas privée de dessert mais lui écourtait singulièrement une soirée qu'elle trouvait fort agréable :

– Si vous continuez ainsi, Alexandra, je vous laisserai aller où vous voulez et je sortirai seule. En Amérique, vous passez des nuits entières à danser ou à jouer au bridge et ici vous nous faites coucher comme les poules ! De quoi avons-nous l'air ?

– Je vous l'ai dit : je ne supporte pas le mélange des vins. On boit trop en France.

– On boit beaucoup plus chez vous et c'est heureux pour vos invités. Qu'est-ce qui vous prend ?

– Rien... Pardonnez-moi ! Je ne me sens pas aussi bien que d'habitude. Je... je voudrais que Jonathan soit ici. Dans cette société aristocratique je ne suis pas à mon aise en l'absence de mon mari.

– Si ce n'est que cela, écrivez-lui de venir vous rejoindre !

– C'est fait ! Je lui ai écrit jeudi dernier... et j'espère qu'il ne tardera guère.

Gentiment, Antoine étendit la main et la posa sur celles d'Alexandra qu'il pressa sans rien dire. Les lumières des réverbères que la voiture dépassait faisaient briller un peu trop les grands yeux noirs de la jeune femme. Il aurait juré qu'elle retenait des larmes et il en éprouva de la compassion. Avec toute la fougue de sa jeunesse, elle était partie pour l'Europe comme on monte à l'assaut. Elle voulait tout voir, tout avoir, tout conquérir et voilà qu'après si peu de temps quelque chose l'avait blessée au point qu'elle réclamait son vieux mari comme une enfant qui a du chagrin court se réfugier dans les jupes de sa mère.

Le peintre subodorait que le duc de Fontsommes jouait un rôle dans ce petit drame mais il était impossible de poser la moindre question en présence de miss Forbes. D'ailleurs, Alexandra aurait-elle répondu ? Pas sûr ! Si elle venait de découvrir une faille, même infime, dans l'armure étincelante dont elle se voulait protégée, son orgueil devait regimber rudement... Il en eut la certitude quand elle repoussa doucement sa main et détourna la tête. Antoine, alors, prit le parti de s'intéresser au paysage nocturne de Paris, aux reflets de la Seine que l'on traversait au pont Alexandre III. Il avait plu dans la soirée et les pavés qui capitonnaient la chaussée luisaient comme du satin. L'air humide sentait la verdure, l'herbe fraîchement coupée dans les jardins des Champs-Élysées. Antoine pensa que Paris était bien beau et regretta que son amie n'en eût voulu voir que le côté factice, superficiel et trop brillant, qu'elle se fût acharnée à ne vouloir fréquenter que les lieux de plaisir et la haute société.

L'autre jour, il lui avait dit que son ami Édouard Blanchard et sa jeune épouse seraient heureux de la recevoir à dîner et l'idée parut la séduire mais lorsqu'elle apprit que la femme du diplomate était cette princesse mandchoue que la duplicité de Ts'eu-hi avait introduite avec sa soi-disant sœur dans le quartier des légations, elle refusa avec une sorte d'horreur. Que ce soit Orchidée qui, en donnant l'alarme, eût permis à Antoine, à Blanchard et à Pierre Bault de la sauver d'un sort épouvantable ne changeait rien à sa répugnance. Elle ne comprenait même pas qu'un amour profond ait pu unir le diplomate à l'une de ces « Jaunes » qu'elle haïssait et on l'aurait franchement scandalisée si on lui avait dit que la jeune Mme Blanchard s'était assimilé la culture et l'art de vivre à Paris comme elle-même n'y parviendrait jamais.

Dans un sens, Antoine était content qu'Alexandra eût appelé son sublime mari à son secours. Cette initiative le délivrait d'une responsabilité qu'il n'avait pas souhaitée et qui à présent lui pesait d'autant plus qu'il craignait de se comporter un jour ou l'autre avec Alexandra comme un homme en face d'une femme trop séduisante.

Il le fut plus encore quand, en rentrant chez lui après avoir déposé les dames au Ritz, son valet de chambre lui remit un pli provenant du ministère de la Guerre qui le convoquait pour le lendemain à la première heure.

Cela voulait dire qu'une nouvelle mission l'attendait sur un point quelconque de la planète et qu'il allait devoir prendre congé de ses Américaines. Si seulement on lui en laissait le temps! Le colonel Guérard avait l'art de lui donner l'impression qu'il était une sorte de pompier chargé d'éteindre à lui tout seul un feu de forêt de plusieurs hectares.

Cela signifiait aussi, hélas, qu'à moins d'une chance invraisemblable, il ne reverrait pas de si tôt son petit château provençal et qu'il ne pourrait même pas embrasser en courant sa vieille Victoire.

A tout hasard, il fit ses bagages avant de se coucher.

CHAPITRE V

SUR LES PAS D'UNE REINE...

Comme il le craignait, Alexandra prit assez mal la « défection » d'Antoine ainsi qu'elle la qualifia spontanément :

– Je comptais sur vous pour me conduire à Versailles.

– Il fallait y aller dès votre arrivée mais vous avez préféré les couturiers, les modistes et les antiquaires. Je vous avais prévenue que je ne resterais pas longtemps.

– Je sais mais je crois aussi vous avoir dit que j'attendais le retour de mon amie Dolly d'Orignac dont l'époux possède assez de relations dans les ministères pour m'obtenir des visites privées. Quant à vous, vous feriez mieux de me dire la vérité : vous en avez assez de Paris, peut-être aussi de moi, et vous retournez mettre vos pantoufles dans votre Provence.

– Je le voudrais bien, malheureusement il n'en est pas du tout question. Si cela vous amuse vous pouvez m'accompagner ce soir à la gare : je prends le Nord-Express à destination de Varsovie.

– Qu'allez-vous faire là-bas ?

– Régler... euh une affaire de famille. Ne prenez pas cet air incrédule : vous ignorez tout de ma famille et vous ne vous y êtes jamais intéressée. Eh bien ma famille a des ennuis en Pologne, voilà !

– Je n'aime pas poser de questions : chacun a droit à sa propre vie mais je déteste que mes amis fassent des... chuchotteries ?

– Cachotteries ! Et moi je n'aime pas me raconter. D'ailleurs cette fois je n'en ai plus le temps. De toute façon, je vous laisse en de bonnes mains : le comte et la comtesse Orseolo me remplaceront avantageusement sans compter qu'il vous reste aussi votre oncle Stanley.

– Eh bien non, justement, il ne me reste pas, fit Alexandra avec un rien de nervosité. Il a été tellement content d'apprendre que j'avais écrit à mon mari de venir me rejoindre, tellement soulagé aussi, il faut bien le dire, qu'il repart demain, via la Normandie où il va visiter le haras du Pin et celui du duc d'Audiffret-Pasquier au château de Sassy dont on lui a dit merveilles. Via aussi l'Angleterre, bien sûr.

– Il vous abandonne aux dangers de Paris ? fit Antoine avec un sourire qu'Alexandra ne lui rendit pas.

– Il est pressé de faire admirer son nouvel attelage irlandais au Tout-Philadelphie. Quant à vos dangers, ils ne sont pas bien grands, ajouta-t-elle avec un haussement d'épaules vaguement dédaigneux qui déplut à Antoine.

– Vraiment ? Alors pourquoi donc avez-vous quitté si brusquement la réception de la duchesse ?

– Allez-vous-en ! Si vous passez par ici à votre retour et si j'y suis encore nous nous reverrons. Sinon...

– J'irai vous voir à New York. Vous savez que je suis un grand voyageur.

Antoine prit la main que l'on ne songeait pas à lui offrir, la baisa et sortit sans se retourner, persuadé qu'il ne reverrait pas de si tôt la jolie Mrs Carrington. Le

Nord-Express ne s'arrêterait pas pour lui à Varsovie mais continuerait jusqu'à Moscou où l'appelait une de ces missions qui relèvent plus de l'occultisme que de la diplomatie. Ce serait même une chance s'il ne se retrouvait pas dans le Transsibérien, en route pour Vladivostok alors en guerre contre le Japon et... peut-être de là jusqu'aux environs de Port-Arthur assiégée par la flotte de l'amiral Togo. Le colonel Guérard faisait grand cas d'Antoine Laurens en tant qu' « observateur ».

Le danger !... Alexandra ne se dissimulait pas qu'elle l'avait regardé en face avant de le fuir, la veille au soir ! Comment cet homme s'était-il permis de lui parler d'assez près pour qu'elle sentît son souffle ? Elle qui aimait tant le flirt, à condition de pouvoir mener le jeu à son idée, n'avait trouvé d'issue que dans la fuite en se drapant dans une dignité peut-être un peu trop théâtrale. Mais que serait-il arrivé si elle était restée, si elle lui avait permis de prononcer les mots qu'elle devinait ? Jean aurait-il osé la prendre dans ses bras, chercher ses lèvres ? Il y avait en lui une audace frisant la témérité, bien différente de tout ce qu'elle avait pu connaître jusqu'à présent ?

Soudain, elle s'aperçut que, dans sa pensée, elle venait de l'appeler par son prénom et elle en fut bouleversée. Il fallait qu'il soit seulement pour elle le duc de Fontsommes ou Fontsommes tout court ! L'usage du prénom, si courant, si facile en Amérique, pouvait cacher un piège dans ce sacré pays où l'amour, sous quelque forme que ce soit, tenait la première place.

– Il faut que cela cesse ! déclara-t-elle tout haut. Le mieux est d'éviter de le rencontrer !

Et elle décida qu'après le dîner chez Dolly d'Orignac où elle était conviée avec tante Amity pour le lendemain, elle accepterait la suggestion des Orseolo qui lui proposaient un petit voyage en Hollande pour y admirer les champs de tulipes... et peut-être aussi les produits des diamantaires d'Amsterdam. Sans oublier, bien sûr, les Rembrandt, Rubens et autres merveilles du pays des canaux.

Or, la première personne qu'elle vit en pénétrant dans le salon de son amie, ce fut justement M. de Fontsommes. Accoudé familièrement à une bergère dans laquelle était assise une fort jolie femme dont la chevelure blond cendré s'accommodait à merveille d'une robe de satin azuré et d'un énorme boa de tulle assorti, il lui racontait quelque chose qui semblait l'amuser beaucoup et il ne remarqua pas tout de suite l'arrivée de Mrs Carrington et de sa tante. Il fallut l'exclamation joyeuse de son hôtesse pour attirer son attention :

– Chère Alexandra, chère miss Forbes ! Quelle joie de vous recevoir enfin chez nous !

Accueil sincère d'ailleurs. La jeune marquise vouait à son amie une véritable affection et se réjouissait qu'elle pût la voir dans ce qui était devenu son cadre habituel : ce vieil hôtel de la rue Saint-Guillaume si charmant avec ses boiseries délicates, ses meubles d'époque, ses nuances douces et son atmosphère d'élégance, un peu surannée peut-être mais d'un grand raffinement. Elle était certaine qu'une description fidèle en serait donnée dans tous les salons new-yorkais lorsque Mrs Carrington rentrerait chez elle.

On s'embrassa puis, tandis qu'elle lui présentait ses invités, Alexandra constata à quel point Dolly avait changé. La jeune fille moderne, sportive et un peu brusque de naguère s'était adoucie, féminisée, patinée en quelque sorte au contact d'une ancienne civilisation aux usages délicats. Non seulement elle ne détonnait pas dans cette aristocratique demeure mais on aurait dit qu'elle y avait toujours vécu. Le plus étonnant étant qu'elle semblait infiniment heureuse de son sort. Évidemment cette transformation était déjà commencée lors du voyage du jeune couple en Amérique mais à présent miss Ferguson avait complètement disparu pour donner naissance à une bien charmante marquise d'Orignac, d'une élégance et d'une dignité qui lui allaient bien.

Les autres invités étaient la sœur aînée de Pierre d'Orignac et son époux le comte de Fresnoy, le baron et la baronne de Grandlieu, la jolie blonde qui s'appelait Ann Wolsey, veuve apparemment fort peu affligée d'un vieux lord, les deux célibataires que toute bonne maîtresse de maison se doit d'inviter lorsqu'elle convie des dames seules, enfin les Orseolo qui arrivaient tout juste, Elaine ayant eu des problèmes avec son coiffeur. Mais en fait, toutes les femmes présentes à l'exception de Mme de Fresnoy étaient américaines; la baronne de Grandlieu venait de Savannah et la jeune lady de Chicago. Même devenue française, Dolly aimait à s'entourer de compatriotes et, chaque mois, elle donnait un dîner en l'honneur de l'une ou de l'autre.

– Je pensais, dit-elle, inviter les Castellane mais j'avoue n'en avoir pas eu le courage. La dernière fois que nous les avons rencontrés, c'était chez la comtesse Greffuhle, Anna faisait une tête épouvantable, répondant à peine quand on lui adressait la parole.

– C'est malheureusement vrai, ajouta son mari. Les bruits commencent à courir sur un divorce éventuel et je crains vraiment qu'ils ne soient fondés. Boni, bien sûr, reste égal à lui-même : charmant, d'une exquise amabilité envers sa femme, plein d'esprit et d'attention pour les autres, mais j'ai cru lire une sorte de menace dans le regard de la comtesse.

– J'ai toujours su que cela finirait devant un magistrat, dit tante Amity. Dès ses fiançailles, Anna Gould refusait d'être bénie par l'Église catholique pour pouvoir divorcer.

– C'est ridicule, soupira Eleanor de Grandlieu. Personne ne l'obligeait à épouser Castellane. Seulement elle en était folle et espérait bien l'amener à vivre selon ses vues à elle, c'est-à-dire comme un bon Américain convenablement dressé.

Gaetano Orseolo se mit à rire :

– Je ne remercierai jamais assez le Ciel de n'être pas né américain. Quel programme ! En tout cas, il fallait n'avoir aucune psychologie pour imaginer Boni, qui a toujours l'air d'arriver tout droit de la cour de Louis XV, rentrant fumer son cigare chez lui au coin du feu en lisant le journal de Wall Street les pieds dans des pantoufles.

– Le coin du feu a du bon, sourit Pierre d'Orignac. Elaine et moi aimons à nous y attarder le soir quand les enfants dorment et que la maison est silencieuse. Cela nous permet de nous créer un univers à nous ! Et c'est encore mieux quand nous sommes à Orignac...

– En tout cas, déclara Alexandra, vous avez de nos maris une opinion simpliste, mon cher comte. Je peux vous assurer que, chez nous, les pantoufles ne quittent pas la chambre à coucher.

Jusqu'à cet instant, Fontsommes n'avait prêté aucune attention à la conversation. Il continuait à bavarder à mi-voix avec lady Ann auprès de laquelle il était placé à table et à gauche de la maîtresse de maison, ce qui le mettait en face d'Alexandra assise, elle, à la droite du marquis.

– J'avoue que j'aimerais savoir comment vit un haut magistrat aux États-Unis, fit-il sur un ton amusé non exempt d'insolence.

Tout à l'heure, lui et Mrs Carrington avaient échangé des saluts comme deux inconnus et il était tout de suite revenu à sa jolie veuve. Alexandra ne répondit pas tout de suite et le considéra d'un air perplexe, tel le spécimen rare d'une race étrange.

– J'ignore comment vous vivez vous-même, monsieur le duc, et en vérité cela ne m'intéresse guère, mais je peux vous affirmer une chose : peu d'Européens riches ou titrés ou les deux à la fois vivent avec plus d'élégance et de dignité que Jonathan.

Il y eut un petit silence que l'un des célibataires, le comte Le Gonidec, se hâta de briser en demandant qui était allé voir *la Main passe*, la nouvelle pièce de Georges Feydeau que l'on donnait au théâtre de la Renaissance mais, à l'exception de Sacha Magnan et de Fontsommes, personne ne l'avait vue.

– Je ne crois pas que nous irons, dit Pierre d'Orignac. L'humour de M. Feydeau est un peu léger. Cela ne plairait pas à ma femme et je ne suis pas certain qu'aucune de ces dames y prenne plaisir. Ou bien elles ne comprendront pas tout et elles ne s'amuseront pas ou bien elles comprendront et seront peut-être choquées... N'oubliez pas qu'elles sont américaines.

– N'exagérez pas ! fit Orseolo. Les dames bien nées des États-Unis ne sont pas aussi pudibondes que vous le dites. Elaine s'amuse au théâtre de Feydeau et j'ai l'intention de l'emmener.

– Et voilà, dit sa femme en riant, comment on démolit une réputation ! Qui donc a dit : « Seigneur, débarrassez-moi de mes amis, mes ennemis je m'en charge » ? Mais c'est vrai que Feydeau m'amuse. Nous vous emmènerons un de ces soirs, Alexandra !

– A propos de vos sorties, fit Dolly s'adressant à son amie, êtes-vous allée à Versailles comme vous le souhaitiez ?

– Pas encore. J'attendais cette introduction pour une visite privée dont le marquis me parlait à Newport l'an passé.

– Et je tiens ma promesse! Pour quelle raison croyez-vous que nous avons invité Fontsommes, ce soir ? fit-il en riant. Il est au mieux avec le conservateur du palais et vous obtiendra tout ce que vous voudrez.

– Vraiment ? murmura Alexandra trop surprise pour trouver quelque chose de plus spirituel.

– Je suis à votre disposition, madame, et très heureux d'apprendre que vous aimez assez notre beau palais pour vouloir le contempler sans être importunée par une foule de visiteurs. Ainsi, les fastes du Grand Siècle vous attirent ?

– Non. C'est peut-être bizarre de la part d'une Américaine mais je voue, depuis l'enfance, une sorte de culte à la malheureuse reine Marie-Antoinette. J'ai toujours eu envie de mettre mes pas sur les traces des siens et c'est Trianon plus encore que Versailles qui m'attire. Cette grande princesse si belle, si brillante...

– Et si mal mariée! dit M. de Fresnoy. Notre roi Louis XVI fut un brave homme mais il aurait mieux valu pour lui une épouse un peu moins séduisante. Il avait une intelligence...

– Assez remarquable! coupa sèchement le duc. C'était un savant, un géographe de valeur...

– Et un serrurier... susurra Le Gonidec avec un large sourire.

Fontsommes braqua sur lui le double feu sombre de son regard :

– Continuez sur ce ton, mon ami, et nous nous retrouverons sur le pré. Je n'admets pas la plaisanterie quand il s'agit du roi martyr! A l'époque, la moitié de ma famille l'a suivi à l'échafaud...

– Je vous approuve, monsieur le duc, dit Mme de Fresnoy. Une différence d'opinion sur ce sujet est notre seul point de mésentente entre mon mari et moi.

– Oh alors, changeons de sujet ! fit en riant la maîtresse de maison. Pas de mésentente autour de nos tables ! Depuis que l'on a décidé la révision du procès du capitaine Dreyfus, il en fleurit déjà bien assez comme ça.

Profitant de ce que la conversation reprenait sur ce sujet, que l'on abandonna d'ailleurs assez vite, Gaetano Orseolo se pencha vers Alexandra, sa voisine.

– Savez-vous que lorsqu'il parle d'aller sur le pré, Fontsommes ne plaisante pas ? Il a déjà logé une balle dans l'épaule d'un de nos rois de la finance qui s'était permis des commentaires peu respectueux sur le ménage royal.

– Un duel ? De nos jours et sur ce sujet ? Est-ce que ce n'est pas un peu extravagant ?

– Pas en Europe et encore moins dans ce milieu ! On aurait plutôt tendance à admirer, chez notre duc, cette fidélité au plus grand drame qui ait secoué la royauté française. D'autant qu'on le sait redoutable aussi bien à l'épée qu'au pistolet... Néanmoins je me suis toujours demandé si dans ce sentiment quasi féodal qu'il porte à la mémoire de Louis XVI, il n'entre pas une ombre de remords. Un peu comme si les siens avaient longtemps différé le paiement d'une dette...

– J'avoue ne pas comprendre. Que voulez-vous dire ?

– Puisque vous connaissez si bien Marie-Antoinette, vous saisirez tout de suite lorsque je vous aurai dit que Fontsommes porte dans ses veines le sang d'Axel de Fersen, le beau Suédois que la reine aimait.

– Lui ! exhala Mrs Carrington sidérée. Mais comment est-ce possible ? M. de Fersen ne s'est jamais marié.

– Sans doute, mais il a eu des maîtresses. L'une d'entre elles était peut-être la plus ravissante des aïeules de Jean...

– Oh!. Et elle était mariée?

– Bien sûr! Ne soyez pas choquée! Sous l'Ancien Régime et à la Cour, la fidélité conjugale n'était pas du tout considérée comme une vertu, bien au contraire, et quiconque se fût avisé de se montrer jaloux se serait couvert de ridicule.

– Comment vous, un Italien, pouvez-vous être aussi au fait de... de l'immoralité des Français?

– Quelle naïveté, ma chère! Mais parce que c'était exactement pareil dans toutes les cours d'Europe et même souvent pire! A Versailles, du moins, l'extrême courtoisie et la perfection des manières composaient une façade infiniment souriante et d'une grâce exquise... Tout cela procédait d'un art de vivre que la Révolution a fauché.

– Je refuse de vous croire. Tous ne pouvaient être aussi... pervers. Par exemple, le grand La Fayette qui s'est dévoué à la cause de notre Indépendance...

– Collectionnait les maîtresses! Voulez-vous des noms?... Et à ce propos, je ne vous conseille pas de chanter trop haut les prouesses du grand homme quand les oreilles de Fontsommes sont à proximité. Et surtout pas à Versailles!

– Comment? Il n'en est pas fier?

– Non seulement il n'en est pas fier mais je pense qu'il le hait. Il ne lui a pas encore pardonné le 5 octobre 1789, l'envahissement du palais par le peuple, les dangers courus par la famille royale et la mort des gardes du corps!

A bout de questions comme d'arguments, Alexandra se réfugia dans le silence, égratignant d'une cuillère rêveuse une sublime glace à l'ananas et jetant, de temps à autre, un coup d'œil vers l'autre côté de la table où Fontsommes avait tranquillement repris sa conversation avec lady Ann. Elle le voyait différemment à présent. Consciemment ou non, le comte Orseolo venait de planter sur la tête de son ami cette inimitable auréole que confèrent les amours malheureuses et royales même si la jeune Américaine était un peu déçue d'apprendre que le chevalier de la reine s'était permis quelques aventures aussi terrestres que rafraîchissantes...

Le ton de sa voix s'en ressentit quand, au moment du départ, Fontsommes, en s'inclinant sur sa main, lui demanda la permission de venir le lendemain au Ritz la saluer ainsi que sa tante et se mettre à leur disposition. Avec une grande sincérité, elle se déclara ravie de pouvoir grâce à lui réaliser le rêve qu'elle caressait depuis l'adolescence : visiter le château de Marie-Antoinette. Sans qu'elle en eût conscience, ses grands yeux se firent de velours et son sourire éblouit le jeune homme qui en éprouva vraiment le charme pour la première fois. Il pensa que redécouvrir les parterres et les bosquets de Versailles en compagnie de cette idéale créature pouvait être la plus exquise expérience de sa vie. A condition de se montrer patient et de savoir ménager une délicatesse et une fierté qu'il savait désormais ombrageuses, il parviendrait peut-être à trouver le défaut de la cuirasse de cette Vénus qui se prenait pour Minerve. Elle valait la peine qu'on se donnât beaucoup de mal...

Contrairement à ce qu'elle attendait, Jean de Fontsommes ne proposa pas tout de suite à Mrs Carrington de lui révéler la cité royale et son fabuleux château.

– Puisque aussi bien vous n'irez à Vienne que plus tard et finirez votre pèlerinage par ce qui devrait en être le début, je préfère vous faire remonter le cours du temps. Demain, si toutefois cela vous convient, je vous conduirai à la basilique de Saint-Denis.

– Qu'est-ce donc ? demanda miss Forbes.

– Le tombeau des rois de France, mademoiselle. C'est là que reposent Louis XVI et Marie-Antoinette. J'espère que vous me ferez l'honneur de nous y accompagner ?

– Nous irons tous ! décida Elaine Orseolo. Depuis que je suis vénitienne j'ai la passion des vieilles pierres. Par contre, ce n'est pas le cas de mon cher époux.

– Je le sais depuis longtemps, dit Fontsommes, et j'en suis on ne peut plus content. Reste dans ton ignorance, mon cher, ajouta-t-il à l'adresse de son ami, je n'en profiterai que mieux d'une si aimable compagnie.

Néanmoins, quand il vint les chercher le lendemain, il ne put s'empêcher de sourire : ses trois Américaines étaient vêtues de noir de la tête aux pieds comme si elles allaient à des funérailles mais, songeant qu'après tout cela marquait un respect assez touchant, il se garda bien de la moindre remarque. D'ailleurs, la couleur funèbre faisait chanter le teint d'Alexandra et elle portait dans ses mains gantées une touffe de roses pourpres qui ajoutaient une note dramatique assez impressionnante.

– J'ai l'impression de conduire la reine Guenièvre au tombeau du roi Arthur, lui murmura-t-il en l'aidant à monter en voiture.

Elle le regarda, surprise :

– La reine Guenièvre ?

– C'est le nom que je vous ai donné quand je vous ai rencontrée pour la première fois.

– Est-ce que je le méritais encore chez Maxim's ?

– Non... mais je vous l'ai rendu très vite !

Leurs compagnes ne prirent pas garde à ce court dialogue. Elles admiraient la magnifique voiture laquée vert foncé à filets noirs dont les portières armoriées montraient, sous la couronne ducale, un lion d'or passant sur champ de gueules. L'intérieur, capitonné de velours vert sombre, s'assortissait aux livrées du cocher et du valet de pied. Quant aux chevaux, de hauts « carrossiers » noirs à balzanes blanches, ils auraient enchanté l'oncle Stanley.

Lisant une muette surprise dans le regard de Mrs Carrington, Fontsommes lui sourit et répondit à la question qu'elle ne se serait pas permis de formuler :

– Eh non ! La noblesse française n'est pas uniquement composée de pauvres hères qui attendent avidement qu'une riche héritière américaine se donne à tâche de redorer leur blason...

– Mais... je... balbutia-t-elle, prise au dépourvu et soudain très rouge.

– C'est ce que vous pensiez, n'est-ce pas ? Vous avez pourtant dîné chez les Rohan ?

– En effet, fit-elle en prenant son courage à deux mains. J'avoue que je le pensais. Cela tient à ce que, portant un grand nom, vous n'êtes pas encore marié...

– ... à votre âge, compléta le duc en riant. Vous touchez là au grand chagrin de ma mère. Elle espère toujours celle qui saura m'attacher...

– Votre mère habite avec vous ? demanda tante Amity à sa façon directe.

– Rarement. J'occupe seul, la plupart du temps, notre hôtel de la rue Barbet-de-Jouy. Elle préfère notre château de Fontsommes en Vermandois et plus encore son palais natal de Venise...

– Rue Barbet-de-Jouy ? Cela me dit quelque chose.

– Preuve que vous connaissez assez bien Paris, mademoiselle ! J'habite en effet entre l'archevêque de Paris et le romancier Paul Bourget. Entre le diable et le Bon Dieu, si vous préférez...

L'ancienne abbatiale de Saint-Denis devenue basilique et sauvée de la ruine une quarantaine d'années plus tôt par Viollet-le-Duc mais dont la façade, encore d'époque, montrait quelques traces navrantes d'obus prussiens récoltées pendant la guerre de 1870 les désola. D'une même voix les trois Américaines s'apitoyèrent et déclarèrent cet état de choses *shocking* mais l'indignation d'Alexandra ne connut plus de bornes quand, après avoir admiré les grands tombeaux royaux qui meublaient l'intérieur de l'église, elle découvrit dans une crypte poussiéreuse et sombre les deux statues agenouillées – le roi en costume de sacre et la reine dans une robe à taille haute comme elle n'en avait jamais porté – qui recouvraient les sarcophages.

– C'est une honte ! souffla-t-elle furieusement car elle n'osait pas élever la voix. Une cave ! Votre République l'a mise dans une cave et cette cave...

– ... « a l'air d'un débarras de rois... » murmura Jean reprenant un vers du poème écrit par Edmond Rostand en épilogue de *l'Aiglon*. Vous aurez la même impression quand vous visiterez, à Vienne, la crypte des Capucins. Quant à la République, elle n'y est pas pour grand-chose. Il n'y a plus de place là-haut...

Sans lui répondre, Alexandra s'inclina, posa ses fleurs, avec un respect infini, devant les genoux de la reine et resta un moment en méditation, insensible aux chuchotements de ses compagnes qui continuaient à visiter la crypte. Seul, le duc resta derrière elle, silencieux et le chapeau à la main, puis la suivit lorsqu'elle remonta vers la sortie.

Désireux d'effacer une impression pénible qu'il ressentait lui-même parce qu'il n'avait pas visité Saint-Denis depuis longtemps, il proposa aux trois femmes de les emmener déjeuner à la Cascade du Bois de Boulogne mais elles protestèrent vivement qu'il leur fallait auparavant passer à l'hôtel pour changer de toilette. On récupéra Orseolo et le repas fut charmant :

– Qu'allez-vous nous montrer à présent ? demanda Mrs Carrington.

– La dernière prison de la reine, à la Conciergerie. Malheureusement, on l'a transformée en chapelle.

– Vous le regrettez ?

– Oui. Le souvenir eût été mieux conservé si l'on n'avait touché à rien. Néanmoins, en voyant ce réduit, vous mesurerez mieux le douloureux chemin parcouru lorsque vous découvrirez Versailles.

– Et nous irons quand ?

– Un peu de patience, s'il vous plaît. Le temps d'obtenir certaines autorisations.

Dans les jours qui suivirent, Alexandra se trouva entraînée par les Orseolo dans un tourbillon de plaisirs. Ils lui firent connaître leurs amis parisiens et elle reçut plusieurs invitations. Avec Elaine, elle continua à courir les magasins, alla entendre dans l'immense salle du Trocadéro un superbe concert de musique symphonique et visiter, à la galerie Durant-Ruel, l'exposition des œuvres du peintre Claude Monet consacrée aux « Vues de la Tamise à Londres ». Le soir, on retrouvait le comte et l'on se rendait au théâtre ou à une réception, toujours fort brillante. Il n'était pas rare d'y rencontrer les d'Orignac et, bien entendu, Fontsommes qui s'arrangeait pour passer le plus de temps possible avec celle qui le fascinait toujours davantage.

Persuadée que son époux n'allait pas tarder à la rejoindre, Alexandra s'abandonnait sans arrière-pensée au plaisir qu'elle trouvait dans la compagnie du jeune homme. Elle aimait danser avec lui, causer avec lui dans un coin de salon mais toujours sur des sujets d'art ou d'histoire, voir son pur-sang noir trotter à la portière de sa voiture – Orseolo en avait loué une pour la durée de leur séjour – lors de la rituelle promenade au Bois de cinq heures lorsque Tout-Paris tenait à honneur de défiler dans la belle avenue des Acacias. Il était un compagnon charmant, érudit sans pédanterie, d'une exquise galanterie, amusant aussi et, surtout, il ne se permettait plus la moindre allusion à un sentiment dépassant la simple amitié. Il se montrait même si « convenable » qu'il arrivait à la jeune femme de le regretter secrètement. S'étant découvert une victime de choix, sa coquetterie s'irritait de ne pas exercer sur lui cet empire tyrannique, un peu cruel, qu'elle savait si bien exercer. C'était tellement amusant de réduire un homme en esclavage et, ensuite, de le chasser d'un geste de superbe dédain quand il osait demander autre chose que des miettes !

Or, Fontsommes n'avait rien de l'esclave dévotieux. Il menait sa propre vie, s'intéressait ouvertement à d'autres femmes et ne s'était même pas transformé en chevalier servant. Avec lui, Alexandra put voir les lieux, ou l'emplacement des lieux où Marie-Antoinette gravit son calvaire mais il semblait prendre un malin plaisir à reculer leur visite à Trianon. Le temps cependant s'y prêtait : un printemps glorieux fleurissait les jardins de Paris et couvrait ses arbres d'une tendre verdure. Le parc avec ses eaux jaillissantes devait être admirable mais le duc n'annonçait toujours pas que l'on irait tel ou tel jour :

– Je ne suis pas prêt... et vous non plus ! lui dit-il un soir où, chez la princesse de La Tour d'Auvergne, ils venaient de danser ensemble et où elle lui reprochait de ne pas tenir sa parole.

– Comment l'entendez-vous ?

– Bien simplement. Étant donné vos sentiments envers la reine il faut que vous soyez dans un certain état de grâce. Le lac et les bosquets de Trianon ne sont pas faits pour la froide logique d'une Américaine curieuse. Il faut que son cœur soit disposé à les accueillir.

– Et... mon cœur n'est pas... disposé ?

– Je ne crois pas... Pas tout à fait tout au moins.

Alexandra déploya son éventail de plumes roses comme si elle cherchait à y abriter son silence puis, soudain, le referma d'un geste sec :

– Dites-moi, cher duc : qu'aurait pensé la reine si votre ancêtre, le comte de Fersen, s'était cherché de fumeux prétextes pour ne pas l'accompagner dans une simple promenade ?

Il y avait du défi dans sa voix et ses yeux sombres brillaient comme des diamants noirs sous le soleil. Ses belles lèvres humides s'entrouvraient en un sourire enjôleur cependant que, sous la guirlande de roses qui l'encadrait, sa gorge à demi découverte palpitait au rythme d'une respiration rapide. Jamais encore elle n'avait eu cette attitude suggérant une promesse. Jean sentit s'enflammer ce désir qu'il cachait si bien depuis le dîner chez la duchesse de Rohan... mais il vit qu'elle devinait son trouble : ses yeux s'étaient légèrement rétrécis comme ceux d'une chatte qui s'apprête à donner un coup de griffe. Alors, avec un froid sourire, il s'inclina :

– Vous n'oubliez qu'une chose, Mrs Carrington : je ne suis pas Fersen et vous n'êtes pas la reine !... A présent je vous demande excuses : j'aperçois Mme de Polignac et je désire aller la saluer.

Désinvolte et distant, il s'éloignait déjà quand elle le rappela :

– Jean !

Il s'arrêta net, saisi de l'entendre employer son prénom d'une voix où il décelait un léger tremblement, et revint lentement vers elle cependant qu'elle ajoutait avec plus de douceur :

– Il me semble vous avoir entendu m'appeler naguère... la reine Guenièvre ?

– Certes ! Le nom vous va. Il convient à votre beauté royale, à votre grâce un peu lointaine, à votre blondeur mais... cela ne veut pas dire que j'aspire au rôle de Lancelot. Pardonnez-moi !

A nouveau il s'écartait, rejoignait une femme ravissante, la comtesse Jean de Polignac dont Alexandra savait, pour l'avoir entendue dans un concert privé, qu'elle possédait une voix de pur cristal. La sirène accueillit Fontsommes d'un sourire éclatant puis, glissant sous le sien son bras haut ganté de satin blanc, l'entraîna vers un salon plus éloigné. Vexée et furieuse, Alexandra eut l'impression que l'on venait de lui voler quelque chose. La fin de sa soirée en fut gâchée et, sans attendre les Orseolo, elle partit avec quelques invités qui se rendaient à une autre soirée après avoir prié un valet de pied de lui chercher une voiture.

Rentrée au Ritz, elle y trouva tante Amity déjà couchée mais très éveillée. Confortablement soutenue par quelques oreillers, en bonnet de dentelles et camisole à petits rubans de satin bleu, elle mangeait des chocolats tout en fredonnant, faux mais avec beaucoup de conviction, le grand air de *la Traviata* qu'elle était allée applaudir le soir même à l'Opéra en compagnie de ce M. Rivaud dont elle semblait ne plus pouvoir se passer.

Il y avait plusieurs jours déjà que miss Forbes avait détaché son wagon personnel du train de plaisirs de sa nièce, s'en expliquant d'ailleurs avec sa franchise habituelle :

– Les réceptions mondaines m'ennuient et plus encore les dîners où l'on m'assigne toujours pour voisin un vieil académicien, un diplomate à la retraite qui m'assomme de ses souvenirs ou n'importe quel autre vieillard cacochyme, plus titré que le Gotha mais qui ne songera jamais à m'inviter à danser à cause de ses rhumatismes. Or, vous le savez, je ne déteste pas gambader de temps à autre.

– C'est chez la veuve du charcutier que vous espérez danser ?

– Bien sûr que non. Et ne soyez pas méprisante ! C'est une bonne âme, une excellente créature et l'on rencontre chez elle des gens charmants...

– Un monsieur surtout, si je me souviens bien ? Quand me le présentez-vous ?

– Pour que vous me le transformiez en petit chien de manchon ? Rien ne presse ! C'est un homme délicieux dont j'entends bien profiter seule... encore quelque temps.

L'aventure amusait plutôt Mrs Carrington qui se garda bien de formuler la moindre critique. Elle savait sa tante sujette à ces engouements soudains, et comme cela ne tirait jamais à conséquence, elle s'en souciait peu. D'ailleurs n'était-il pas convenu entre elles, depuis le début du voyage, qu'elles s'arrangeraient pour ne pas se gêner mutuellement ?

Tout de même, une curiosité lui vint quand elle

constata que la chambre de miss Forbes embaumait le « Bouquet Idéal » de Coty, alors que, jusqu'à présent, elle se contentait d'une austère et très britannique lavande. Intriguée, elle profita de ce que sa tante était chez le coiffeur pour explorer sa salle de bains et y découvrit d'étranges choses telles que le Savon Vert de l'Amiral et les pilules du Docteur Stendhalle censées faire maigrir et aussi le Fluide Iatif de Jones que son étiquette proclamait souverain contre les rides. Plus grave encore, dans l'armoire aux chaussures, elle vit que les chers souliers à bouts carrés et boucle d'argent, témoins de la fidélité au souvenir de feu Thomas Jefferson, se truffaient à présent de fines bottines aux couleurs tendres et même d'escarpins pointus, en velours ou en satin, qui ressemblaient, vu leur pointure, à une flottille de gondoles au repos. Les penderies recelaient elles aussi de nouveautés : les gris tourterelle, les mauves doux, les verts pâles, les beiges clairs avaient tendance à repousser les violets évêque, gris fer, marron foncé et noirs hors desquels Alexandra ne se souvenait pas d'avoir jamais vu tante Amity. Tout cela lui donna à penser et elle en conclut que la vieille demoiselle cherchait à plaire à quelqu'un. Elle en fut même tout à fait persuadée quand, l'après-midi de son exploration, elle vit celle-ci partir pour les courses à Longchamp en robe de bengaline lilas sur fond de taffetas avec boléro de velours assorti et, sur ses cheveux admirablement coiffés, une corbeille de lilas blanc et mauve ennuagée de tulle. Une ombrelle à ruchés en taffetas de même couleur et un piquet des mêmes fleurs au corsage complétaient cette toilette, d'ailleurs tout à fait réussie.

Alexandra en fit le sincère compliment et s'entendit répondre que « M. Rivaud considérait que les teintes foncées étaient une hérésie lorsque l'on prend de l'âge et que les cheveux commencent à blanchir ». En tout cas, une chose était certaine : tante Amity s'amusait beaucoup avec son nouvel ami. En dehors des séances de spiritisme où ils étaient assidus et qui les conduisaient même à l'Institut des Recherches Psychiques, M. Rivaud emmenait son Américaine dans les meilleurs restaurants et dans les cabarets – elle put ainsi passer une soirée entière chez Maxim's dont elle revint enchantée et même un peu « partie ». On les vit patiner au Palais des Glaces où miss Forbes fit montre d'une véritable virtuosité, au théâtre du Châtelet où elle s'amusa beaucoup des aventures d'un certain Lavarède parti faire le tour du monde avec « cinq sous » dans sa poche, au Cirque d'Hiver pour applaudir le clown Footit, aux Folies-Bergère pour voir danser Caroline Otéro et même au Guignol des Champs-Élysées et dans les guinguettes fleuries de Saint-Cloud et de Suresnes.

Ce soir-là, en voyant Alexandra entrer dans sa chambre, miss Forbes lui sourit, lui tendit la boîte de chocolats qu'elle refusa, et ôta ses lunettes pour mieux la regarder. Le livre qui en avait nécessité l'usage reposait tout ouvert sur son lit. C'était *A la source du bonheur* du poète polonais Henryk Sienkiewicz qui venait de paraître en français dans une traduction d'Ordega. Ce titre qui en disait long sur l'état d'esprit de sa tante fit sourire Alexandra.

– Est-ce encore une soirée ratée ? demanda miss Forbes. Vous rayonnez beaucoup moins qu'au moment de votre départ.

– Ce n'est rien. Un peu de fatigue...

– Tous ces grands dîners et ces bals ne sont pas ce qu'il y a de mieux pour rester en forme, si vous voulez mon avis.

– Quelle idée ! La vie que je mène ici ne diffère

guère de mon existence new-yorkaise. Là-bas je sors au moins autant si ce n'est plus.

– Mais vous vous amusez davantage. Pourquoi avoir remis ce voyage en Hollande ? Les tulipes seront fanées quand vous vous déciderez.

– Je n'en avais pas vraiment envie. Elaine Orseolo non plus, d'ailleurs. Elle dit qu'à Venise elle a tout ce qu'il lui faut en fait de canaux. Et puis, vous savez bien que j'attends Jonathan !

– Vous n'avez pas de nouvelles ?

– Pas encore. Peut-être n'était-il pas rentré de sa mission quand ma lettre est arrivée.

– C'est possible. Néanmoins ce printemps parisien, si beau qu'il soit, semble vous... éprouver. Pourquoi ne viendriez-vous pas avec moi passer quelques jours à Cannes ? La Côte d'Azur n'est qu'un bouquet de fleurs en mai. Vous laisseriez un mot à Jonathan...

– Vous partez pour Cannes ? Vous ne m'en aviez jamais parlé.

– Il n'y avait aucune raison et je vous en parle aujourd'hui. J'ai appris tout à l'heure que le grand médium italien Eusapia Palladino va donner quelques séances là-bas. C'est une occasion extraordinaire que je ne voudrais manquer pour rien au monde. Alors je vais passer une semaine ou deux dans le Midi.

– Seule ?

– Non, si vous venez avec moi.

– Ce n'est pas ce que je veux dire : est-ce que M. Rivaud part avec vous ?

– Bien sûr ! Nous nous promettons beaucoup de joie de cette expérience mais... rassurez-vous ! Nous ne logerons pas sous le même toit, ce qui serait fort incorrect : je compte descendre à l'hôtel du Parc et lui descendra chez lui.

– Il a une propriété là-bas ?

– Mais oui, et une belle si j'ai bien compris. Sa sœur y réside toute l'année et je ne vous cache pas que je serai très heureuse de la connaître. Venez-vous ?

– A Cannes ?

– Bien sûr, à Cannes ! Descendez de vos nuages, Alexandra ! s'impatienta tante Amity. Le midi de la France est sublime : il faut l'avoir vu au moins une fois et si Jonathan arrive, je ne lui donne pas huit jours avant de vous réembarquer à destination des États-Unis. Il n'y a que l'Angleterre qui lui paraisse respirable en dehors de New York.

– Comme vous le connaissez mal ! Il était désolé de me laisser partir seule et je suis certaine qu'il aura à cœur de me faire plaisir. Voulez-vous parier que nous ne rentrerons pas avant le mois d'août ?

– Avant août ? Vous comptez le garder de ce côté de l'Atlantique encore trois grands mois ? Mais il deviendra fou. Et que faites-vous du mariage de votre belle-sœur ?

– Délia se marie en septembre. Nous avons tout le temps de rentrer. Et puis... je ne vous cache pas que je suis très tentée d'aller à Venise cet été. Les Orseolo souhaitent vivement que nous assistions à la Nuit du Rédempteur, la plus belle fête de l'année avec le Carnaval...

Elle n'ajouta pas que la perspective de voir le palais Morosini et d'apercevoir peut-être la mère de Jean entrait pour une part non négligeable dans son désir. Tout simplement parce qu'elle n'osait pas se l'avouer à elle-même. De son côté, miss Forbes, pensant que jamais le juge Carrington ne se laisserait mener jusqu'aux rives de l'Adriatique, se garda bien de le dire. Il était inutile d'aller plus vite que les violons et de décevoir dès à présent une nièce qu'elle aimait assez pour lui souhaiter plus de bonheur.

– Alors vraiment, dit-elle avec beaucoup de gentillesse, vous ne voulez pas venir avec moi respirer le myrte et l'eucalyptus ?

– Serez-vous longtemps absente ?

– Pas plus de deux semaines, je pense.

– Alors, je vous souhaite bon voyage ! Quand partez-vous ?

– Demain en fin d'après-midi par le Méditerranée-Express qui est, paraît-il, le train le plus agréable du monde avec l'Orient-Express.

– Qui vous a dit cela ? M. Rivaud ? fit Alexandra doucement taquine.

– Bien sûr. Sa carrière d'ingénieur des Mines l'a amené à parcourir le monde. Il a beaucoup voyagé, ce qui d'ailleurs ne lui en a pas fait perdre le goût...

– Il n'a sûrement pas voyagé chez nous, sinon il saurait que les meilleurs trains du monde ce sont les nôtres, conclut la jeune femme chez qui le chauvinisme ne perdait jamais ses droits.

Ayant horreur des adieux sur un quai de gare où l'on « débite des pauvretés de part et d'autre d'une portière parce que l'on ne sait plus quoi se dire », tante Amity partit le lendemain comme elle l'avait annoncé. Elle et Alexandra ne prirent même pas ensemble le dernier déjeuner car la jeune femme était invitée par Dolly d'Orignac à un lunch-bridge de dames. Mrs Carrington aimait beaucoup ces petites réunions où, les hommes étant exclus, personne ne se croyait obligé de minauder ou de faire du charme : on pouvait s'amuser simplement.

Néanmoins, elle s'y montra distraite, joua plutôt mal et dut s'en excuser auprès de ses partenaires, chose qu'elle détestait.

– C'est le départ de miss Forbes qui vous soucie ? demanda Dolly avec gentillesse.

– Non, pas du tout. Elle ne s'absente d'ailleurs pas pour longtemps. Peut-être ai-je un peu de migraine.

Il était difficile d'avouer qu'elle pensait à la soirée que la divine comtesse Greffuhle donnait dans ses salons de la rue d'Astorg en l'honneur de la chanteuse Lina Cavalieri et qu'elle se demandait si Fontsommes y serait. Elle était trop honnête pour ne pas admettre qu'elle l'avait délibérément vexé, cependant elle ne supportait pas sa réaction : il avait une façon de mêler compliments et paroles désagréables qui n'appartenait vraiment qu'à lui seul ! Alexandra était fermement décidée à lui faire passer cette manie.

Sachant à merveille préparer ses armes, elle fit une très jolie toilette qui lui prit beaucoup de temps, se para d'une robe princesse en satin blanc brodé d'or et posa dans ses cheveux un diadème fait de menues feuilles d'or et de perles, assorti au collier qu'elle disposa sur sa gorge. Le grand miroir lui renvoya une image qui semblait venue du Quattrocento et que certainement Botticelli eût aimé peindre. C'est d'ailleurs ce que lui dirent Gaetano Orseolo et Robert de Montesquiou qu'elle rencontra dans le grand vestibule de l'hôtel Greffuhle mais tout cela ne lui servit à rien. Elle fut très entourée, causa avec grâce mais n'écouta la célèbre cantatrice que d'une oreille distraite, espérant toujours voir apparaître une silhouette bien connue qui ne vint pas.

En rentrant au Ritz, elle se sentait étrangement fatiguée et attribua cela à la chaleur qui régnait rue d'Astorg pour le confort personnel de la Cavalieri mais il y avait autre chose : la chambre de tante Amity privée de son occupante lui donna une impression de tristesse et elle regretta un instant de n'être pas partie avec elle.

Sentiment fugitif. Elle n'était pas femme à s'appesantir longtemps sur ses déconvenues :

– Je suis venue ici pour m'amuser, décréta-t-elle tout haut en commençant à ôter ses bijoux, et ce n'est pas cet imbécile prétentieux qui va me gâcher mon plaisir. Il n'est pas, Dieu merci, le seul à me faire la cour.

Ce soir, en effet, le prince de Sagan s'était particulièrement intéressé à elle. Il l'avait fait en termes délicats et flatteurs qui la changeaient agréablement de la galanterie spasmodique de Fontsommes. En attendant l'arrivée de Jonathan, elle songerait à l'utiliser au mieux... Et sur cette belle résolution, elle alla se coucher après avoir pris un léger calmant.

Le lendemain, pleine de vitalité et d'optimisme, elle décida de se rendre chez un antiquaire du quai Voltaire pour voir un clavecin ancien dont on lui avait parlé. Depuis longtemps, elle souhaitait acquérir l'un de ces jolis meubles qui sont, à eux seuls, l'ornement d'un salon. Elle prit donc une voiture et se fit conduire à l'adresse indiquée.

L'instrument, en vernis Martin d'un jaune doux, était ravissant et, tout de suite, Alexandra imagina la place où elle l'installerait. Le son en était frêle et cristallin comme la voix d'une très vieille personne venue du fond des âges. L'antiquaire était un homme âgé, élégant et distingué. Comprenant qu'il avait affaire à une cliente sérieuse, il n'essaya pas d'en profiter. Au contraire, il sembla s'attacher à faire ressortir les défauts du clavecin tant et si bien que Mrs Carrington finit par remarquer :

– On dirait que vous n'avez pas vraiment envie de me le vendre ?

– C'est un peu vrai, madame. Pardonnez-moi, je vous en prie, mais vous êtes américaine...

– En effet. Serait-ce un défaut ?

– Nullement et je souhaiterais que toutes vos compatriotes vous ressemblent mais, voyez-vous, cet instrument vient du château de Montreuil, près de Versailles. Il appartenait à Madame Élisabeth, la sœur de notre pauvre Louis XVI, et je vous avoue que la pensée de le voir partir aussi loin...

– Vous avez la mémoire courte, mon cher Couturier ! Vous oubliez que j'ai acheté ce clavecin ? Il ne saurait donc être question de le vendre, fût-ce à la plus jolie des femmes.

Alexandra se retourna et reconnut instantanément celui qui s'immisçait dans la conversation : mince, blond, rose, sanglé dans sa jaquette comme dans un justaucorps, d'une beauté d'ange dédaigneux jointe à la fierté d'un paladin, le comte Boniface de Castellane venait de faire son apparition et s'avançait vers la jeune femme qu'il salua comme il saluait les reines dans le fabuleux palais rose qu'il venait de faire construire avenue du Bois :

– Votre serviteur, Mrs Carrington ! Je considérerais cette rencontre comme une faveur du Ciel si je ne devais m'y opposer à l'un de vos désirs. Ce dont je suis, croyez-le bien, tout à fait désolé...

– Si vous l'êtes tellement, abandonnez-moi cet instrument ! riposta la jeune femme.

– Voilà justement où le bât blesse. Il s'agit, pour vous, d'un « instrument » alors que, pour moi, c'est l'âme d'une princesse malheureuse que renferme ce clavecin et je ne crois pas que Madame Élisabeth se plairait à New York. De toute façon, il est trop tard et je venais tout justement pour régler cet achat...

– Monsieur le comte, commença l'antiquaire qui n'avait pas l'air tellement au courant, je pense qu'il s'agit d'une méprise et...

La voix de « Boni » claqua alors comme un coup de fouet :

– Une méprise, vraiment ? Il me semblait que depuis longtemps nous avions appris à parler le même langage, vous et moi ? Ou bien avez-vous la mémoire si courte ? Je destine ce clavecin au salon de musique de mon château du Marais.

Peu décidée à lâcher prise, Alexandra allait protester quand des cris éclatèrent à l'extérieur et attirèrent les trois personnages vers la vitrine où régnaient, solitaires et magnifiques, un petit bureau Mazarin d'écaille et de cuivre dû au talent de Charles Boulle et une précieuse tapisserie des Flandres. Au-dehors se jouait un drame : lancé de toute sa vitesse, un omnibus fonçait sur une vieille femme qui marchait avec peine et qui, probablement sourde, ne l'entendait pas plus que les cris des passants. Un homme alors s'élança. Au risque d'être écrasé avec elle, il saisit la vieille femme à bras-le-corps et l'emporta de l'autre côté de la rue. Le sol était mouillé d'une récente pluie et il glissa avant de s'abattre avec elle sur le trottoir à quelques pas du magasin d'antiquités. Tout de suite on s'attroupa mais déjà Alexandra était dehors et rejoignait le groupe bruyant. L'homme qui venait de jouer sa vie pour une inconnue était Jean de Fontsommes.

Elle eut à peine le temps de se pencher sur lui : déjà il se relevait et, ce faisant, son regard rencontra le visage pâle et les yeux inquiets de la jeune femme. Et soudain, il se mit à rire :

– Il faudra que je prenne des cours de comédie. Si j'avais su que vous étiez là, je serais resté à terre, inerte et les yeux clos en attendant que vous tentiez de me ranimer. Je vous aurais alors regardée d'un œil vague en balbutiant : « Où suis-je ? » comme il est de règle dans les bons romans...

– Ne plaisantez pas ! Vous auriez pu vous tuer.

– Me voyez-vous vraiment regarder sans broncher cette malheureuse se faire écraser sous mes yeux ? Accordez-moi un instant : il faut que je m'occupe d'elle.

Avec un soin infini, il aida à relever la pauvre créature qui semblait plus étourdie que blessée et réussit à lui faire dire où elle habitait : rue Mazarine, c'est-à-dire pas très loin mais trop pour ce qu'elle venait d'éprouver :

– Que l'on m'arrête un fiacre ! ordonna-t-il. Je vais la raccompagner chez elle.

– N'en faites rien ! intervint Castellane qui avait rejoint le groupe, ma voiture est là : usez-en à votre gré, mon cher duc !

Le titre fit son effet sur la petite foule. Les femmes surtout regardèrent avec plus de douceur encore ce beau garçon si élégant.

– Merci, dit-il avec ce sourire qu'il savait rendre irrésistible, j'accepte volontiers, mon ami. Puis-je vous demander, en échange, de ramener Mrs Carrington chez elle ? Je la trouve bien pâle.

– J'ai eu si peur ! balbutia la jeune femme dont les joues étaient, en effet, blanches comme craie.

Fontsommes prit sa main et la baisa rapidement :

– Soyez-en remerciée.

Un instant plus tard, les valets de pied du somptueux équipage portaient la vieille femme sur les coussins et Jean sauta auprès d'elle en saluant de la main les assistants qui l'acclamaient. Castellane héla un fiacre qui passait et y fit monter Alexandra :

– Se faire sauver par Fontsommes est certainement le plus grand cadeau que le Ciel pouvait accorder à cette pauvre créature, remarqua-t-il. Les jours qui lui restent à vivre vont être douillettement assurés.

– Est-il si riche ?

Le comte glissa vers la jeune femme un regard amusé :

– Peut-être pas au point d'entrer en compétition avec vos nababs américains, mais pour notre vieille Europe si souvent malmenée, sa fortune est des plus respectables. Elle lui permet, en tout cas, de royales générosités. J'avoue que je l'aime bien.

– Voilà qui est nouveau. Je croyais avoir entendu dire que vous n'aimiez personne.

– Je n'ai, madame, aucune raison d'affectionner qui me hait, me jalouse ou me déchire. Fontsommes est un vrai gentilhomme et un grand seigneur. Les potins de salon ne l'intéressent pas.

Debout sur le pas de sa porte, l'antiquaire déconfit et fort mécontent regarda disparaître les deux adversaires. Après avoir eu deux clients, voilà qu'il ne lui en restait plus un seul ! Mais comme il avait un faible pour le fastueux Boni, providence de ceux de sa profession, il se promit de téléphoner chez lui avant la fin de la journée.

A l'hôtel, Alexandra trouva Elaine Orseolo occupée à faire préparer ses bagages : son plus jeune fils avait les oreillons et il était probable que son frère les aurait aussi. Elle et son époux prenaient le train pour Venise le soir même.

– Je suis prête à jurer que ma maison va être transformée en hôpital, dit-elle à son amie, je ne vous propose donc pas de nous accompagner. Vous ne vous amuseriez guère. De toute façon nous serons de retour en juin pour la Grande Semaine de Paris, le Grand Prix et surtout les Drags...

Alexandra se garda bien de lui dire qu'il était hors de question qu'elle les suivît. Comme toute bonne Américaine, elle éprouvait, pour quelque maladie que ce soit, une grande crainte et elle préférait de beaucoup rester à Paris même si elle devait y passer quelques jours seule en attendant son mari. De toute façon, elle s'était créé un cercle de relations et même d'amis assez vaste pour ne pas redouter l'isolement.

Le soir même, d'ailleurs, un groom lui apportait une lettre dont elle reconnut le cachet avec un vif plaisir.

« Versailles vous attend demain, écrivait Fontsommes, et ma voiture sera chez vous à dix heures du matin. A moins que cela ne vous convienne pas... »

D'un geste léger, Alexandra déposa la lettre sur la cheminée du salon et regarda le jeune garçon qui attendait sa réponse. Vivement, elle alla jusqu'à un petit secrétaire, griffonna trois mots sur une feuille de papier qu'elle cacheta. Ces trois mots étaient : « Je serai prête. » Le groom prit la lettre, salua et disparut. Mrs Carrington décida de ne pas sortir ce soir-là et décommanda sa présence à une réception de l'ambassade des États-Unis. Elle voulait dîner légèrement, se coucher de bonne heure pour être fraîche et surtout prendre son temps afin de choisir sans risquer de se tromper ce qu'elle mettrait pour visiter les demeures de la reine. Elle opta finalement pour une robe de foulard de ce bleu tendre légèrement turquoise qu'affectionnait Marie-Antoinette et pour un chapeau « bergère » en paille blanche garnie de rubans et de fleurs de même nuance que sa robe. Des gants et une ombrelle blanche, enrubannée elle aussi, compléteraient sa toilette. Rassurée sur ce point, elle passa un déshabillé, s'étendit sur une chaise longue pour attendre le maître d'hôtel et la table toute servie qu'on allait lui monter et se plongea dans la lecture du dernier livre qu'elle avait acheté : *Sept Dialogues de bêtes* signé de Mme Colette Willy et qui semblait un charmant ouvrage tout à fait propice à une soirée simple et paisible.

Versailles émerveilla et désola Mrs Carrington. L'immense palais presque entièrement privé de meubles ressemblait à une gigantesque coquille vide. Seul le décor grandiose voulu par le Roi-Soleil demeurait et sous les pas qui éveillaient ses échos, les parquets précieux grinçaient doucement. Néanmoins, la visiteuse apprécia le privilège qui lui était accordé : avoir le château pour elle seule ou à peu près. Parfois la casquette d'un gardien apparaissait mais s'écartait aussitôt avec discrétion : le conservateur avait donné des ordres pour que cette visite fût exceptionnelle. Lui-même et Fontsommes laissaient la jeune femme aller devant, ne la rejoignant que pour les explications indispensables. Encore celles-ci étaient-elles données à voix contenue et avec une étonnante poésie afin de ne pas blesser le rêve ancien qui se réalisait.

L'émotion de cette jeune Américaine, Pierre de Nolhac, conservateur en chef du palais, pouvait la comprendre. A peine âgé de quarante-quatre ans, il vouait, depuis plusieurs années, sa vie et son œuvre d'écrivain à ce fabuleux vestige de temps à jamais révolus. Ici il avait souffert, peiné, pleuré devant l'immensité de sa tâche et le peu de moyens qu'on lui offrait pour l'accomplir. Versailles avait tant souffert depuis la Révolution qui l'avait pillé, démeublé, blessé! Le roi Louis-Philippe qui, cependant, y avait joué enfant, l'avait abîmé plus profondément que les émeutes révolutionnaires en détruisant, pour installer sa Galerie des Batailles, les appartements des princes, en déchaussant la base des pilastres de la Cour de Marbre et en défonçant le vieux pavé royal pour abaisser le niveau des marches. Ensuite il y eut les Prussiens, quarante mille installés dans la ville, dans le parc, dans le château, partout! Et la sublime Galerie des Glaces dut renvoyer l'écho insultant d'une voix féroce : celle de Bismarck proclamant l'empire allemand au bénéfice de Guillaume Ier. C'était le 19 janvier 1871. Le 12 mars, les envahisseurs évacuaient ville et château pour faire place à une nouvelle vague : celle de l'Assemblée nationale fuyant Paris et la Commune et suivie par les Ministères qui se répartirent les Grands Appartements. On vit ainsi la Justice camper dans l'œil-de-bœuf et dans les petits appartements de Marie-Antoinette.

– Je ne vous les montrerai pas, madame, soupira Nolhac en laissant tomber son monocle pour l'essuyer. Ils sont encore en bien triste état et vous serez plus heureuse à Trianon.

– Comment la France peut-elle négliger à ce point un patrimoine aussi précieux ? Tout ce que je vois ici me trouble et me peine.

– J'en suis tout à fait conscient. Les républiques se soucient peu des souvenirs royaux.

– Il n'y a pas que la République. Il existe encore chez vous de grandes fortunes. Que ne faites-vous appel à elles ?

– Le peu que j'ai pu faire, madame, je ne le dois pas au seul gouvernement. Néanmoins, Versailles peut encore offrir à une amie un spectacle de choix. Voulez-vous me permettre de vous conduire près de cette fenêtre ? C'est de là que le grand roi aimait à contempler ses jardins.

Alexandra s'avança machinalement et demeura pétrifiée : les jardins paisibles et déserts venaient de s'animer d'une vie intense. Jaillissantes, scintillantes, magiques et irréelles, les Grandes Eaux déroulaient pour elle seule leur magique et fabuleuse féerie, et pendant quelques moments, Alexandra eut la vision de ce que pouvait être jadis la splendeur des rois de France.

Lorsque ce fut fini, elle remercia M. de Nolhac avec émotion puis ajouta :

– C'est d'ici, n'est-ce pas, qu'est parti l'ordre d'envoyer des troupes et des vaisseaux au secours des Insurgents ?

– En effet. Je vous ai montré, tout à l'heure le Cabinet du Roi et...

– Alors, lorsque je rentrerai en Amérique, je réunirai un comité composé de Filles de la Liberté. Nous rassemblerons des fonds, nous donnerons des fêtes et nous essaierons de vous aider, monsieur, à rendre à Versailles un peu de ce qu'il a perdu. Vous voudrez bien, n'est-ce pas, accepter notre contribution ? demanda-t-elle avec une soudaine et charmante timidité qui fit sourire le conservateur.

– Comment refuser une offre aussi gracieuse ? Vous pouvez être assurée d'une profonde reconnaissance...

– Je ne vois pas pourquoi, déclara Fontsommes avec une fausse indignation lourde de malice. Le gouvernement des États-Unis n'a jamais payé, que je sache, les importantes dettes de guerre du général Washington ?

– Bah ! Il y a prescription !

Voyant rire les deux hommes, Alexandra fit comme eux bien qu'elle ne fût pas vraiment certaine qu'il n'y eût là qu'une plaisanterie. Cet insupportable gentilhomme s'entendait comme personne à débiter des vérités de l'air le plus innocent du monde.

Le déjeuner qu'ils prirent au Trianon-Palace, proche de la porte de la Reine, fut charmant. Pierre de Nolhac, poète à ses heures, savait enchanter un auditoire. Il venait de faire paraître un livre intitulé *Louis XV et Mme de Pompadour* qu'il tint à offrir à sa belle visiteuse mais il regagna le château après le café, laissant Fontsommes et Alexandra seuls maîtres des

Trianon à la grille desquels les accueillit un gardien déférent tandis que la voiture du duc ramenait Nolhac à ses travaux.

– Laissez-moi à présent vous conduire! murmura le duc. Vous entrez dans un domaine enchanté peuplé d'ombres qu'il ne faut pas effaroucher.

– Que voulez-vous dire ?

– Que vous devez en cet instant oublier le présent et même qui vous êtes. Il n'y a plus d'Amérique, plus de Mrs Carrington, une jeune femme un peu trop belle et un peu trop sûre d'elle...

– Qui suis-je alors ?

– Une dame de la Cour. Vous êtes... comtesse, ou marquise... Oui, je crois que marquise vous sied. Vous vous sentez émue car c'est la première fois que l'on vous invite à Trianon, rare faveur réservée à ceux dont la reine aime à s'entourer. Et moi j'éprouve une joie profonde à vous conduire auprès d'elle. Vous êtes toute nouvelle à la Cour mais je sais que vous y brillerez...

– Cela veut dire que vous me jugez prête ? fit la jeune femme d'une voix émue.

– Oui. Depuis hier j'en ai la certitude.

– Vraiment ? D'où vous est-elle venue ?

– Je vous le dirai plus tard. Oublions qui nous sommes. Ce soir, Marie-Antoinette donne sa dernière grande fête mais elle ne le sait pas encore. Néanmoins ce sera la plus belle car tout se déroule ici, dans ces jardins à l'anglaise et dans le petit théâtre que vous verrez tout à l'heure. C'est le 21 juin 1784 et la Reine reçoit « chez elle » le roi Gustave III de Suède qui revient d'Italie et visite la France incognito sous le nom de comte de Haga...

– Le roi de Suède ? Cela veut-il dire que M. de Fersen est là ?

– D'autant plus qu'en réalité c'est surtout pour lui que la reine offre cette fête. Elle ne l'a pas vu depuis longtemps car il a dû suivre son roi dans son voyage, alors elle a voulu leur donner à tous deux la joie secrète de ce bal des neiges. Car on dirait, ce soir, qu'il a neigé sur Trianon. Tous les invités sont vêtus de blanc et le coup d'œil est féerique. Les jardins sont éclairés par des lampes couvertes aux reflets si doux que les personnages semblent voltiger au long des allées comme de scintillants fantômes... Là-bas, près de la cascade, on a disposé de grands « transparents » sur lesquels sont peints des herbes, des rochers, des buissons de fleurs qui s'intègrent merveilleusement au paysage. Sur le petit théâtre, la Comédie Italienne et les danseurs de l'Opéra ont donné *le Dormeur éveillé* de Marmontel avec une musique de Gréry au milieu d'une assemblée de satins, de velours, de dentelles, de plumes et de fleurs blanches sur laquelle scintille une profusion de diamants... Fermez les yeux et vous les verrez !

– Et... la reine ? souffla Alexandra emportée par la magie de l'évocation.

– Ne la voyez-vous pas ? Elle est royalement belle ce soir dans ses grands paniers de satin blanc brodés de lys d'eau argentés dont le cœur est fait de perles. Sur sa tête poudrée, le « Sancy », l'un des plus beaux joyaux de la Couronne, retient des aigrettes... Regardez ! Elle vous sourit...

Comme s'il la menait vraiment vers la souveraine, Jean laissa glisser le bras de la jeune femme pour prendre sa main qu'il éleva et ils s'avancèrent ainsi le long du petit lac où glissaient de grands cygnes semblables à ceux qui paraient ce dernier bal. Et, tout en marchant, Fontsommes continua son incantation dont sa voix chaude faisait la plus douce des musiques.

Jamais encore Alexandra n'avait ressenti trouble semblable à celui qu'il éveillait en elle.

Arrivés près d'un vieux banc de pierre moussu, il la fit asseoir et resta debout mais sans lâcher sa main :

– Elle s'est assise ici le jour où elle reçut Fersen qui, pour lui plaire, avait revêtu son brillant uniforme d'officier suédois. L'amour naissait alors entre eux. Une toute jeune reine découvrait les émois du cœur.

– Que se sont-ils dit ?

– Comment savoir avec certitude ? Mais je pense qu'il a dû s'agenouiller devant elle, murmura Jean qui, en même temps, plia le genou, qu'on lui a sans doute permis de poser ses lèvres sur la belle main qu'on lui avait offerte et qu'alors peut-être il a chuchoté les mots qu'il ne pouvait plus retenir...

– Les mots ?... Quels mots ? balbutia la jeune femme de plus en plus troublée.

– Quelle femme ne les devinerait ? Ils sont si simples !... Il suffit de laisser parler le cœur... de dire tout simplement « je vous aime »... Depuis des jours, des nuits – oh, surtout des nuits ! – vous hantez ma pensée et vous faites brûler mon sang... Lorsque vous êtes loin de moi, je ne cesse de vous imaginer et je pense surtout à l'instant où je pourrai enfin vous tenir dans mes bras, fermer vos yeux sous mes baisers avant de prendre vos lèvres... Si j'osais poser ma main sur votre cœur, je suis sûr que je le sentirais battre aussi vite que le mien...

Peu à peu ses mains glissaient sur les bras de la jeune femme et la rapprochaient de lui. Elle put sentir son souffle sur son visage comme le soir où elle l'avait repoussé mais cette fois elle n'en eut pas le courage. Ce fut peut-être la magie du décor, la puissance de l'évocation ou l'ardeur presque douloureuse de cette voix qui priait... Elle le laissa se relever à demi en la serrant contre sa poitrine, se pencher sur sa bouche qu'il caressa doucement, légèrement de ses lèvres avant de l'écraser. Elle se sentait sans forces, inerte, emportée dans une langueur bienheureuse où elle souhaitait se fondre... C'était à la fois terrible et délicieux et ce baiser qui n'en finissait pas lui chavirait l'âme. Mais alors, emporté par le désir, Fontsommes eut un geste malheureux : tandis qu'il prolongeait encore son baiser, l'une de ses mains emprisonna d'une lente caresse le sein de la jeune femme sous lequel le cœur battait la chamade.

Ce fut instantané. Ressuscitant d'un seul coup, Mrs Carrington repoussa l'audacieux avec tant de brusquerie qu'il trouva, au bout du banc, une chute peu glorieuse dont il se releva d'ailleurs vivement pour faire face à une véritable furie :

– *How dare you ?...* Comment osez-vous ?... Vous êtes... vous êtes...

Ne trouvant aucun qualificatif susceptible de traduire son indignation, elle resta un instant debout devant lui, rouge de colère, étouffant presque sous l'impitoyable pression du corset, brandissant son ombrelle dont, finalement, elle lui assena un coup sur la tête en exhalant :

– Je ne veux plus... vous voir ! Vous entendez ?... Plus jamais !... D'ailleurs... dès demain... je rejoindrai... ma tante !...

Virant sur les fins talons de ses bottines de soie, elle s'enfuit en courant aussi vite que le lui permettaient sa robe un peu étroite et ses jupons de dentelles.

Deuxième partie

LE TRAIN

CHAPITRE VI

LES VICISSITUDES D'UNE VERTU...

Dût sa vie en dépendre, Alexandra fut toujours incapable de se rappeler comme elle était rentrée au Ritz. Il lui sembla pourtant que ses pas éperdus la ramenèrent au Trianon-Palace et que, refusant la tasse de thé roborative qu'un maître d'hôtel, inquiet de son agitation, lui offrait, elle s'engouffra dans une voiture de grande remise qui devait se trouver là et qui la ramena chez elle avant même que son émotion fût calmée.

Arrivée à destination, elle traversa le grand hall d'un pas rapide et mécanique, sans accorder la moindre attention aux saluts qu'on lui adressait, négligea le compliment fleuri du grand romancier Marcel Proust et, ayant repéré Olivier Dabescat qui se dirigeait vers le salon cerise, lui courut littéralement après pour lui intimer l'ordre de lui retenir un sleeping sur le prochain Méditerranée-Express à destination de Cannes.

– Ce sera donc pour demain, madame, car pour aujourd'hui il est trop tard, expliqua doucement le grand homme fort surpris de l'état dans lequel se trouvait sa belle cliente. – Dois-je en conclure que vous quittez notre maison ?

– Oui... non. Pas vraiment ! Je garde notre appartement mais je dois rejoindre ma tante...

– Bien, madame. Faut-il vous retenir une chambre sur la Côte ?

– Bien sûr. Je ne vais pas coucher sous les ponts... Seulement... je ne me rappelle plus où est descendue...

– Miss Forbes ? A l'hôtel du Parc. Je vais m'en occuper sur-le-champ mais, si je peux me permettre, dois-je appeler un médecin ?

Alexandra considéra l'aimable Olivier d'un œil aussi sévère que s'il avait proféré une incongruité :

– Un médecin ? Qu'est-ce que vous voulez que je fasse d'un médecin ?... Je vais très bien.

– Alors... une tasse de thé peut-être ?

– Qu'est-ce que vous avez tous à vouloir à tout prix que j'avale du thé ? Je préférerais de beaucoup un peu de cognac...

En laissant le roi des maîtres d'hôtel à demi foudroyé, Mrs Carrington se dirigea d'un pas olympien vers les ascenseurs sans imaginer un seul instant l'aspect curieux que lui donnaient ses chaussures poudreuses et son chapeau bergère qui, ne tenant plus que par deux épingles, voletait doucement sur sa tête au rythme indigné de sa démarche. A cette minute, elle haïssait Paris et tout ce qu'il renfermait, elle haïssait le monde entier et elle regrettait presque de ne pouvoir embarquer tout de suite pour les États-Unis mais il était impossible de laisser tante Amity à ses idées folles et surtout à ce M. Rivaud qui, à la lumière de sa propre expérience, lui paraissait de plus en plus suspect.

Une fois dans sa chambre, elle se jeta à plat ventre sur son lit et se mit à pleurer toutes les larmes de son corps. Larmes de rage auxquelles se mêlait la honte du délicieux frisson ressenti entre les bras de Fontsommes. Son corps, un instant, l'avait trahie et elle se sentait terrifiée à la pensée de ce qui aurait pu se passer si elle avait permis à son suborneur de poursuivre ses privautés... sans oser toutefois s'appesantir trop sur le scandaleux plaisir qu'elle en aurait peut-être éprouvé.

Quand elle eut bien pleuré, elle se releva, passa dans la salle de bains où les miroirs lui renvoyèrent une image qu'elle jugea déplorable et qui lui fit pousser un cri d'horreur : le chapeau voguait à la dérive sur une chevelure en désordre dont de longues mèches pendaient sur son visage tuméfié et sa jolie robe si fraîche tout à l'heure n'était plus qu'un chiffon. Elle se débarrassa du tout qu'elle jeta dans un coin, se passa la figure à l'eau froide, défit complètement ses cheveux qu'elle brossa énergiquement puis, s'enveloppant dans un ample peignoir de soie blanche, revint dans le salon où, sur un guéridon, une main attentive avait déposé un verre de cognac. La lettre était posée tout à côté contre un vase de cristal contenant des roses pâles.

Alexandra ne la vit pas tout de suite parce qu'une fleur la recouvrait à demi en se penchant sur elle. C'est seulement quand elle eut absorbé une gorgée de l'alcool parfumé qu'elle l'aperçut. Reposant alors son verre, elle s'en saisit avec une exclamation de joie et alla s'asseoir près d'une fenêtre pour la lire plus à son aise. En effet, c'était une lettre de Jonathan, « la » lettre salvatrice qu'elle attendait depuis des jours. Décidément, le Seigneur Dieu savait récompenser ceux de ses enfants qui savaient lutter vaillamment contre les tentations !

Hélas, le sourire qui éclairait son visage tandis qu'elle décachetait l'enveloppe à l'aide d'un coupe-papier de jade s'effaça dès les premières lignes de sa lecture. En termes assez brefs qui traduisaient un certain agacement, le juge Carrington déclarait que non seulement il n'avait aucune envie de traverser l'Atlantique mais aussi qu'il espérait voir sa femme regagner New York par un prochain bateau :

« Il n'a jamais été convenu que vous seriez absente si longtemps. Voici bientôt deux mois que vous êtes partie. J'ose espérer que vous avez eu tout le loisir d'accomplir votre pèlerinage dans le passé ainsi que de piller à votre aise couturiers, modistes et joailliers. Je considère comme un caprice peu raisonnable cette idée de passer le mois de juillet à Venise. C'est une ville malsaine dont je ne suis pas près d'oublier l'odeur fétide et les canaux noirâtres. D'ailleurs, Délia vous attend pour que vous l'aidiez à choisir sa robe de mariée ainsi que celles de ses demoiselles d'honneur. Enfin personne ne comprendrait que vous ne soyez pas à Newport pour la saison et surtout pour les grandes régates... »

Suivait encore une demi-page de ces considérations sérieuses marquées au coin du bon sens américain, tout juste capables de susciter l'indignation et la colère d'une jeune femme habituée à mener sa vie à sa guise et trop gâtée pour ne pas considérer que ses caprices ont force de loi.

Deux ou trois fois, Alexandra relut les feuillets couverts de la grande écriture régulière de son époux sans parvenir à comprendre ce qui avait pu arriver à Jonathan. Mentionner la saison de Newport comme une impérieuse raison de retour ne tenait pas debout et pas davantage la robe de Délia. Habituée à n'en faire qu'à sa tête, la jeune fille n'avait jamais eu besoin de personne pour s'habiller sauf dans sa petite enfance. Enfin, Alexandra se souvenait d'avoir indiqué trois ou quatre mois comme durée de son absence. Jonathan n'avait pas le droit de lui écourter ainsi ses vacances quand il était si simple pour lui, puisque sa mission était achevée, d'exaucer la prière de sa femme et de venir passer trois ou quatre semaines avec elle. Elle comptait sur lui pour aller à Vienne... et surtout pour la protéger contre les soupirants un peu trop pressants.

Nerveuse, elle commença par froisser la lettre pour la jeter dans la cheminée mais elle se ravisa, l'étala sur une table et la lissa soigneusement du plat de la main avant de la replier puis de la ranger dans la cassette réservée à sa correspondance... enfin elle décida de l'oublier, de faire comme si elle n'était arrivée qu'après son départ. Cela lui permettrait de laisser « refroidir » un peu sa colère et de se donner à elle-même le temps de mûrir soigneusement sa réponse. Mais, de toute façon, il ne pouvait être question de se plier à l'ukase de Jonathan et de regagner les États-Unis avec la docilité d'une petite fille réprimandée. Les Orseolo lui avaient trop vanté les merveilles de la nuit du Rédempteur pour qu'elle reparte sans les avoir admirées. Même pour une Américaine, Newport devait faire piètre figure auprès de Venise en fête...

Satisfaite d'elle-même et de sa détermination, Alexandra acheva posément son verre de cognac, décida qu'elle avait faim, se commanda un dîner léger et enfin demanda une femme de chambre pour faire préparer quelques bagages... Juste ce qu'il fallait pour un voyage de trois semaines environ car elle pensait faire un saut à Vienne depuis la Côte d'Azur. Ce serait amplement suffisant pour oublier ce duc de Fontsommes et ses maléfices.

Empilés sur deux chariots métalliques, les « quelques bagages » d'Alexandra – neuf grandes malles, douze boîtes à chapeaux et quelques sacs, peu de chose d'ailleurs pour une élégante de l'époque par comparaison avec les soixante-quinze coffres emportés récemment par Mme Sarah Bernhardt pour un petit voyage à New York – s'arrêtèrent près d'un fourgon tandis que la jeune femme longeait les beaux wagons de teck verni à la recherche de la voiture n° 5 qu'elle trouva rapidement. Un fonctionnaire en uniforme marron et casquette galonnée se tenait debout auprès du marchepied, un grand carnet à la main.

Alexandra s'approcha de lui et offrit son billet qu'il prit en adressant à la voyageuse un salut souriant que l'étonnement figea soudain :

– Veuillez me pardonner mais... n'êtes-vous pas miss Forbes ?

– Je l'ai été mais à présent je suis Mrs Carrington. Nous nous sommes déjà rencontrés ? fit-elle d'un ton hésitant.

Elle cherchait en effet à se rappeler où elle avait déjà vu ce visage imberbe, ouvert et sympathique, aux yeux clairs un peu rêveurs. Et soudain, elle pâlit :

– Mon Dieu !... N'étiez-vous pas traducteur à la légation de France à Pékin quand... Vous vous appelez... Pierre Bault, n'est-ce pas ?... Oh, Seigneur... comment ne vous ai-je pas reconnu tout de suite ?

Il eut pour elle, à nouveau, ce sourire qui était son plus grand charme.

– Cet uniforme sans doute et puis la surprise. Vous ne vous attendiez pas à me rencontrer ici.

– En effet. Comment êtes-vous entré dans les chemins de fer ?

– Je le dois à M. Antoine Laurens dont vous vous souvenez peut-être ?

– D'autant mieux que j'ai passé récemment quelques jours à Paris en sa compagnie. Nous nous sommes rencontrés sur le bateau. Comment d'ailleurs aurais-je pu oublier ceux qui m'ont sauvé la vie... et plus encore peut-être ?

Voyant le visage de la jeune femme s'altérer davantage, Pierre Bault comprit que le rappel des instants terribles vécus aux mains des Boxers lui était pénible et il se hâta de changer de sujet. D'ailleurs un couple de voyageurs venait de les rejoindre et lui facilita la transition :

– Votre compartiment est le n° 15, Mrs Carrington. Permettez que je vous accompagne ! Madame, monsieur, je vous demande très peu d'instants...

Prenant des mains d'Alexandra le léger sac de voyage et la boîte à bijoux qu'elle portait, il guida la voyageuse jusqu'à ce qui allait être sa chambre pour la nuit, ouvrit la porte d'acajou et déposa les bagages sur la banquette de velours marron.

– Je reviendrai tout à l'heure voir si vous n'avez besoin de rien. Le dîner est à sept heures et je veillerai à ce que vous ayez une table agréable.

Il s'éclipsa sans attendre la réponse et Alexandra se retrouva seule dans le compartiment qu'elle examina d'un œil critique sans trouver, d'ailleurs, quoi que ce soit à redire : tout était d'un goût et d'une élégance parfaits, depuis l'épaisse moquette du sol et l'acajou des boiseries en passant par le velours frappé brun garni de passementeries des tentures, le grand miroir biseauté et les tulipes de cristal renfermant l'éclairage sans oublier le mignon cabinet de toilette équipé de porcelaines de Paris. En vérité on ne trouvait pas mieux en Amérique et, oubliant un peu le besoin de fuir qui l'avait saisie à Versailles, elle se laissa aller au plaisir du voyage dont elle était certaine de ne jamais se lasser.

Assise dans le coin de la fenêtre et à demi cachée par le rideau retenu par une embrasse, elle s'intéressa au va-et-vient du quai en espérant seulement que personne de connaissance ne se trouverait dans ce train. Elle appréciait infiniment, en effet, de faire seule ce parcours d'une quinzaine d'heures. Cela lui donnait l'impression d'être en vacances de sa famille comme de sa vie quotidienne.

Bien que la saison fût déjà avancée pour un séjour dans le Midi, les voyageurs étaient assez nombreux. Elle vit défiler sous ses yeux toute une collection de chapeaux féminins dont elle s'amusait à deviner qui les avait signés. Presque tous arrivaient précédés d'un porteur en costume de toile bleue serré à la taille par une ceinture de cuir qui trimballait valises et sacs au moyen d'une sangle passée sur une épaule. Des bribes de conversation venaient jusqu'à elle. Deux dames discutaient des mérites comparés du Riviera-Palace de Nice et de l'Hôtel de Paris à Monte-Carlo sans parvenir à se mettre d'accord. Elle vit passer aussi le journaliste Jean Lorrain et en fut contrariée. D'abord parce qu'il lui déplaisait, ensuite parce que c'était la plus mauvaise langue de toute la presse française. La rubrique « Pall Mall » qu'il tenait dans *le Journal* lui servait surtout à raconter les mésaventures et autres turpitudes d'un monde où il avait pourtant ses grandes et ses petites entrées. Une vraie commère ! Et laid avec ça ! Bouffi, parfumé, les cheveux et la moustache teints au henné, le visage fardé, les cils passés au rimmel et les pommettes vernissées de rose, ce colosse normand qui s'appelait en réalité Duval ressemblait à une vieille cocotte mais il possédait des yeux d'un vert glauque admirable, assorti aux nombreuses bagues qui bosselaient ses doigts, et dont le regard pouvait devenir inquiétant lorsqu'il virait au vert émeraude. Homosexuel déclaré, il faisait sa compagnie habituelle de deux lutteurs dont il aimait à caresser la nuque lorsqu'il se rendait avec eux dans un cabaret.

C'était à Robert de Montesquiou qu'Alexandra devait d'avoir fait sa connaissance chez lady Decies. Le journaliste qui pouvait être un admirable conteur, poète à ses heures, amusait beaucoup le grand seigneur dont l'esprit acéré se plaisait à des joutes oratoires qui faisaient les délices de leurs amis au cours des dîners somptueux donnés par Lorrain sur des nappes en fil d'or, où des crapauds en pierres dures aux yeux de rubis, d'émeraudes ou de diamants scintillaient au milieu de corbeilles d'orchidées jaunes et d'iris noirs. C'était, en effet, un hôte fastueux, surtout lorsqu'il recevait Mme Sarah Bernhardt à laquelle il vouait une véritable dévotion car il la considérait comme une sorte de déesse descendue du ciel. Sa beauté était la seule qui réussît à l'émouvoir dans la gent féminine mais, présenté à Mrs Carrington, il lui débita un délicat compliment prouvant qu'il savait apprécier l'éclat d'une autre femme.

Après l'habituel concert de coups de sifflet et de claquements de portières, le Méditerranée-Express s'ébranla en glissant sur ses rails avec une majestueuse lenteur qui s'accéléra peu à peu. Passé l'abri des grands toits de la gare, une soudaine rafale de pluie vint gifler les vitres pour s'y dissoudre en rigoles. Depuis le matin, les nuages menaçaient et le temps, presque froid, n'avait rien de commun avec celui, en tout point délicieux, de la veille. Alexandra y avait vu un signe du ciel lui conseillant d'abandonner toute cette grisaille pour rejoindre le soleil... et aussi le sûr refuge que constituait tante Amity.

Le paysage banlieusard ne l'intéressant guère, elle ouvrait son sac pour y prendre son livre quand on frappa à la porte. Sur son invitation, le conducteur entra :

– Ce compartiment vous convient-il, Mrs Carrington, ou bien en préféreriez-vous un autre ? demanda-t-il.

– Non, merci, je suis très bien mais... y a-t-il tellement de places libres ?

– Non, le train est presque plein mais nous gardons toujours au moins un sleeping pour une personnalité de dernière minute. Celui-ci est peut-être un peu trop proche des roues ?

– Je m'y sens très bien.

– Désirez-vous boire quelque chose ? Un peu de thé ou un verre de champagne ?

– Ni l'un ni l'autre, je vous remercie. Il est tard pour le premier, un peu tôt pour le second... Y a-t-il longtemps que vous travaillez ici ?

– Trois ans, environ. J'ai quitté la Chine en même temps que M. Laurens. Ma santé n'étant plus très bonne, alors, j'ai demandé mon retour en France.

– Étonnant ! Ce que vous faites actuellement n'est-il pas plus fatigant ? Il me semble que le métier d'interprète dans une légation...

– A plus d'élégance que celui-ci ? acheva Pierre Bault avec son fin sourire. Je n'en suis pas certain. La Compagnie, étant donné la qualité des voyageurs que nous transportons, se montre très sévère pour le choix de ses employés. Nous devons parler plusieurs langues, posséder une certaine culture et, surtout, une bonne éducation. Pour ma part j'éprouve plus de plaisir à ce rôle de « conducteur » qu'à traduire sempiternellement dans un bureau plus ou moins poussiéreux des dépêches souvent dépourvues d'intérêt.

– Sans doute, sans doute...

Comme la jeune femme ne semblait pas disposée à entretenir la conversation, Bault prétexta les devoirs de sa charge et se retira. Un peu triste d'ailleurs. Il gardait le souvenir d'une charmante jeune fille gaie et pleine de vie mais il semblait que le mariage eût modifié quelque peu son caractère. Elle était devenue extraordinairement belle mais il sentait en elle une réserve, une sorte de froideur qui semblait vouloir marquer nettement leurs places respectives dans la société. Elle eût sans doute préféré rencontrer un voyageur nommé Pierre Bault plutôt qu'un employé des Wagons-Lits en qui elle devait voir quelque chose comme un domestique. Ces Américaines, décidément, aimaient à se donner de grands airs contrairement à certaines vraies grandes dames qui savaient se montrer si simples ! Dernièrement une autre rescapée du siège des Légations, la belle marquise Salvago Raggi, se trouvait dans le Méditerranée-Express et elle avait tenu à ce que l'ancien interprète vînt bavarder un moment avec elle et boire un verre de champagne :

– Nous sommes tous deux d'anciens combattants, expliqua-t-elle à l'amie qui l'accompagnait. Nous avons vécu ensemble des heures trop dramatiques pour les oublier jamais.

Apparemment, l'ex-miss Forbes en jugeait autrement et le jeune homme se promit de ne s'occuper d'elle que le strict nécessaire jusqu'à l'arrivée en gare de Cannes. Pour rien au monde il ne voulait qu'elle pût deviner qu'il avait été, un court instant, un peu amoureux d'elle. Elle était si fraîche, si rayonnante alors !... Un joli souvenir qu'il valait mieux effacer définitivement ! Néanmoins, il ne put s'empêcher de se demander à quoi pouvait bien ressembler l'homme qui l'avait épousée.

A son grand soulagement, Alexandra constata qu'elle ne connaissait aucune des personnes qui se trouvaient au wagon-restaurant lorsqu'elle y pénétra. Tandis que le maître d'hôtel la guidait vers sa table, elle récolta son habituelle moisson de regards curieux, intéressés, admiratifs ou vaguement envieux mais aucun salut et ce fut avec un vif plaisir qu'elle prit place près d'une fenêtre et opta, sur le menu, pour un velouté de homard au paprika, des cailles de vigne à la Richelieu et une salade Aïda arrosés d'un chablis bien frais. L'impression d'être en vacances persistant, elle se sentait disposée à s'offrir une petite fête mais n'osa tout de même pas se commander du champagne. Décidément, c'était tout à fait délicieux de voyager seule et même un peu exaltant !

Unique occupante de sa table quand on lui servit son potage, elle espérait bien le rester quand une chaîne de montre en or grosse comme un câble d'amarrage et d'énormes bagues ornées d'émeraudes apparurent dans son champ de vision. En même temps une voix un peu enrouée lui demandait la faveur d'une place et elle comprit qu'elle n'échapperait pas à Jean Lorrain.

– Que vous a fait Paris, madame, pour que vous le délaissiez en plein milieu de son printemps ? demanda-t-il après l'avoir saluée avec une grande politesse. Aurait-il osé vous déplaire ?

– En aucune façon mais j'ai assez peu de temps à passer en France et je désirais voir la fameuse Côte d'Azur. Ma tante, miss Forbes, se trouve d'ailleurs à Cannes en ce moment. Je vais la rejoindre. Mais vous-même, n'est-ce pas un mauvais moment pour un journaliste de s'éloigner ?

– Je me rends souvent à Nice où ma mère habite, avenue de l'Impératrice, une maison agréable. Il y fait bon se reposer des fatigues de la capitale. Ma santé n'est pas des meilleures [1]...

Surprise du ton las de sa voix, Alexandra le regarda mieux. La lumière tamisée par la soie rose de la petite lampe posée sur la table était flatteuse pour un visage et celui de Lorrain, enluminé de fard, rougeoyait comme une tomate en voie de mûrissement. Néanmoins, le maquillage ne pouvait rien contre les poches sous les yeux, les plis las de la bouche et d'étranges ombres qui déjà marquaient sinistrement cette figure de viveur usé par la noce crapuleuse où il aimait à se vautrer.

– Je ne connais pas encore Nice, dit-elle, mais je crois savoir que c'est une ville très gaie...

– Gaie ? Toutes les folles et tous les fous de la terre, tous les déséquilibrés et tous les hystériques se donnent rendez-vous là. Il en vient de Russie, il en vient d'Amérique, il en vient du Tibet et de l'Afrique australe ; et quel choix de princes et de princesses, de marquises et de ducs, les vrais et les faux !... Et que sais-je encore ? Toutes les unions morganatiques, toutes les anciennes maîtresses d'empereurs, tout le stock des anciennes favorites ! Et des croupiers épousés par des millionnaires yankees, et des tziganes enlevés par des princesses, et des pianistes déconcertants pour tous les concerts intimes, et des...

Blessée dans son orgueil national, Alexandra interrompit sèchement la philippique de Lorrain :

– Vous venez, par deux fois, de faire allusion à mes compatriotes en termes désobligeants, monsieur, et cela ne me plaît guère. Singulièrement cette histoire de croupiers...

– Pardonnez-moi mais je parle en connaissance de

1. Il devait mourir en 1906.

cause. Le pays natal de la Liberté ne saurait-il accepter la vérité ?

– La vérité ? Votre vérité. Vous autres, Européens, ne savez qu'inventer pour nous ridiculiser.

– Arrangez-vous alors pour ne pas nous donner matière à gloser. Par exemple Mr Neal, le créateur de la crème Tokalon...

– Créer un bon produit n'a rien de ridicule, il me semble ?

– Sans doute... mais convoquer à coups de revolver ses domestiques en prétextant que les couloirs du château quasi féodal qu'il possède au-dessus de Nice sont trop longs, me paraît pour le moins bizarre. Comme cette fausse lune qu'il fait tourner autour de sa demeure au moyen d'un réseau de fils de fer parce qu'il trouve la pleine lune romantique. Comme aussi ces...

– En voilà assez, monsieur ! Je vous serais reconnaissante de quitter ma table. J'entends en effet savourer en paix ce délicieux repas et, si possible, le digérer. Ce qui ne saurait se faire de façon harmonieuse en votre compagnie. Je vous donne le bonsoir, monsieur !

Sans chercher à calmer la colère de Mrs Carrington, Lorrain haussa les épaules et se leva en laissant peser sur la jeune femme un regard qui avait pris la teinte de l'émeraude et qu'elle eût peut-être jugé inquiétant si elle l'avait remarqué mais elle regardait par la fenêtre les petites lumières qui s'allumaient ici ou là dans la campagne. Le journaliste fit signe au maître d'hôtel :

– Trouvez-moi une autre place, Lucien ! Ces Américaines n'ont vraiment d'intéressant que leur argent ! fit-il de manière que, seuls, l'hôte du wagon-restaurant et la jeune femme l'entendissent. Celle-ci continua de regarder au-dehors mais elle pâlit un peu et les ailes de son nez se pincèrent cependant qu'avec un « oh, monsieur ! » scandalisé, le maître d'hôtel emmenait le grossier personnage à l'autre bout de la voiture à une table où avaient pris place un couple de Hongrois visiblement en voyage de noces et une vieille Anglaise laide comme le péché mais d'une austère distinction, qui fusilla le nouveau venu, ses bagues et son maquillage d'un regard franchement dégoûté, se leva... et demanda à changer de place. Un instant plus tard, Alexandra héritait de lady Glossop qui, après l'avoir gratifiée d'un sourire pincé, se hâta de lui expliquer en fixant sur son verre un œil de granit que l'usage des vins français menait tout droit au delirium tremens et que seul le thé constituait une boisson saine et capable de préserver la beauté d'une femme. Orfèvre en la matière apparemment !

Désespérant de pouvoir dîner tranquille, Mrs Carrington expédia son dessert, but son chablis jusqu'à la dernière goutte en posant sur son vis-à-vis un regard de défi puis quitta le restaurant en demandant qu'on lui serve son café dans son compartiment.

En son absence, son lit avait été préparé mais elle n'avait aucune envie de se coucher si tôt. Elle enleva le léger mantelet de soie vert amande rayée de blanc assorti à la robe qui couvrait ses épaules puis ôta les longues épingles qui fixaient son chapeau et les piqua dans un coussinet de velours brun disposé à cet effet devant la glace. Un serveur apparut à cet instant avec le café qu'elle avait demandé, releva une tablette et posa le petit plateau d'argent, emplit la tasse, salua et sortit.

Assise près de la fenêtre, Alexandra dégusta l'odorant breuvage en regardant la campagne française s'enfoncer dans la nuit. Elle avait baissé la lumière et ouvert les rideaux afin de mieux voir. Elle avait plaisir à découvrir une région inconnue comme cette vallée de l'Yonne ponctuée de vieilles églises et de nobles châteaux dont elle entrevoyait quelques lumières en essayant d'imaginer les gens dont elles éclairaient la table familiale ou la quiétude d'un salon aux fenêtres ouvertes sur la douceur du soir. Parfois c'était une ferme où des femmes en coiffe et en tablier, des hommes en blouse revenaient de s'occuper des bêtes. Il y avait beaucoup de verdure, des fleurs aussi mais il faisait de plus en plus sombre et, bientôt, la jeune femme ne distingua plus rien. Elle ralluma, alors, mais sans refermer les rideaux. Elle n'aimait pas beaucoup, en effet, qu'un espace réduit fût entièrement clos. Il serait bien assez tôt lorsqu'elle se coucherait.

Avec un soupir de satisfaction, elle se réinstalla confortablement et prit son livre. Elle aimait beaucoup les bêtes et les petites scènes imaginées par Mme Colette Willy l'enchantaient mais il était écrit que la tranquillité ne serait pas son lot ce soir-là et qu'elle n'avancerait pas beaucoup dans la connaissance de Kiki-la-Doucette et de Toby-chien : la porte qui faisait communiquer son compartiment avec le voisin s'ouvrit brusquement et le duc de Fontsommes parut.

– Bonsoir ! dit-il sobrement.

La stupeur et l'indignation clouèrent un instant Mrs Carrington à son siège mais ce fut vraiment très bref. Bondissant sur ses pieds elle fit face à l'intrus :

– Vous ici ?... Et qui vous permet d'entrer chez moi ?... Sortez ! Sortez à l'instant ou j'appelle !

L'explosion de colère, bien naturelle, de la jeune femme ne parut pas l'émouvoir.

– Vous m'avez traité hier d'une façon que je ne peux admettre... Il fallait que je vous voie, que je vous parle... et vous ne m'avez guère laissé le choix puisque vous avez refusé de me recevoir.

C'était vrai mais Alexandra s'estimait parfaitement en droit d'agir ainsi et elle le dit sans ambages :

– Qu'espériez-vous d'autre ? Vous vous êtes comporté envers moi d'une façon indigne. Vous m'avez...

– Je vous ai embrassée... comme j'en avais envie depuis des jours, des nuits, des semaines ! A présent je ne peux plus taire ce que je ressens. Je vous en supplie, venez un instant à côté !

– Que j'aille chez vous, moi ?

– Ce n'est pas chez moi. J'ai loué ce compartiment au nom d'une dame qui n'existe pas et qui, bien entendu, n'a pas pris le train. Moi j'habite le compartiment suivant. Dans celui-là vous ne trouverez que des fleurs.

Sans se retourner, il repoussait d'une main le battant, laissant voir un véritable buisson de roses.

– Vous voyez ? Ce n'est pas une chambre mais un salon. Je vous en supplie, venez vous y asseoir un instant. Juste le temps de m'écouter...

– N'y comptez pas ! Ce serait manquer à ma dignité.

– Votre dignité ? Vous n'avez que ce mot-là à la bouche ! Et la mienne, qu'en faites-vous ? Croyez-vous que j'aie pour habitude de poursuivre une dame, une vraie, pour satisfaire un simple désir ? Le jour où je vous ai vue, boulevard de la Madeleine, vous m'avez ébloui, charmé, ensorcelé... Votre blondeur vous faisait rayonnante et si j'ai osé vous suivre, ce n'était pas le réflexe machinal d'un homme émoustillé par une jolie fille, mais un besoin impératif. Il me semblait que, si je vous perdais, il manquerait toujours quelque chose à ma vie...

– Vous ne dites pas la vérité car vous m'aviez perdue. Cela ne vous a pas empêché de vous montrer chez

Maxim's avec cette superbe créature... Liane de Pougy, je crois ?

– Comme vous pouvez être injustes, vous les femmes ! Liane est une amie, une femme exquise que son art de vivre, sa piété et ses sentiments placent bien au-dessus de sa condition... Elle pourrait être princesse et, d'ailleurs, le sera peut-être...

– Je vois. Vous cherchiez auprès d'elle une consolation à votre chagrin de m'avoir perdue ?...

– Si étrange que cela vous paraisse, c'est un peu ça... mais, par grâce, laissez un peu votre cuirasse d'Américaine trop sûre d'elle et essayez un instant, rien qu'un instant, d'être un peu humaine. Une femme comme les autres, sensible, fragile, capable d'un peu de faiblesse...

– Soyez logique avec vous-même ! Si j'étais une femme comme les autres, seriez-vous ici ? J'attends d'ailleurs que vous m'expliquiez ce que vous venez y faire.

– Je vous l'ai dit : vous parler, vous prier...

– Me surprendre surtout et mener à bien je ne sais quelle basse entreprise de séduction ?

La flamme passionnée qui brûlait dans les yeux du jeune homme se chargea de colère :

– En ce cas, madame, je serais venu plus tard et je vous aurais trouvée sans défense.

– Oh !... Quelle inqualifiable audace ! Vous auriez pu entrer chez moi et...

– Et vous faire mienne sans que vous puissiez seulement résister ! Et peut-être qu'en découvrant quelle femme sommeille au fond de vous-même vous me l'auriez pardonné.

– Jamais ! Oh non, jamais ! Quelle horreur !

– J'aurais pu faire cela en effet si je vous aimais moins. Seulement je vous aime...

– Vous m'aimez, vous? fit la jeune femme en essayant un petit rire qui sonna faux.

– Est-ce si difficile à croire! Alexandra... soyez un instant honnête envers vous-même! N'avez-vous pas tout fait pour me conduire à vos pieds? Votre coquetterie...

– Pourquoi ne serais-je pas coquette puisque vous voulez bien m'accorder quelque beauté?

– Coquette... et hypocrite! Ou bien les hommes de votre pays n'ont pas de sang dans les veines ou bien ils sont faits d'un métal que j'ignore. Comment ne pas devenir fou quand une adorable femme vous enveloppe jour après jour de son parfum, de ses sourires; quand elle s'abandonne dans vos bras au rythme de la valse en fermant à demi ses beaux yeux, quand vous voyez ses lèvres s'entrouvrir si près des vôtres? Tout Paris sait que je suis amoureux de vous, alors ne venez pas me dire que vous l'ignoriez?

Il y eut un petit silence. A cet instant, la passion transfigurait Fontsommes. Jamais Alexandra ne l'avait vu aussi beau... ni aussi dangereux... Elle eut envie, tout à coup, de laisser tomber ce qu'il appelait sa cuirasse, de tendre les bras vers lui, de se laisser saisir, emporter, noyer dans les flots brûlants de cet amour que son corps jamais éveillé aspirait à connaître. Sous le satin du corset et les dentelles de son décolleté, son cœur s'affolait et ne demandait qu'à se rendre mais son orgueil, une fois de plus, vint à son secours.

– J'avoue que je l'espérais, soupira-t-elle, mais aussitôt elle ajouta: J'ai peur que vous ne réussissiez jamais à nous comprendre, nous les Américaines. C'est vrai que... nous ne détestons pas côtoyer le danger. Nous sommes incapables de nous refuser ce que nous appelons *an admirer*, un admirateur, mais, chez nous, le jeu est bien établi et cela une fois pour toutes.

– Cela veut-il dire que, chez vous, un homme accepte de se laisser berner, ridiculiser, transformer en petit chien de manchon sans jamais protester ?

– Mais bien sûr. C'est déjà un grand honneur d'être admis par une femme belle et distinguée à l'escorter et à lui rendre tous les petits soins qui font la vie si agréable...

Jean la regarda avec une stupeur non déguisée. Les horizons qu'elle lui ouvrait dépassaient son entendement.

– Et vos... admirateurs ne demandent jamais rien de plus en échange de leurs attentions ?

– Bien sûr que non. Il arrive parfois, hélas, qu'une dame oublie ses devoirs et se laisse aller à donner plus qu'il ne convient mais alors il faut qu'elle prenne grand soin de se cacher sinon il y va de sa situation mondaine, de son rang dans la société...

En dépit de son étonnement, le duc ne put s'empêcher de rire :

– Je commence à croire que vous avez suscité une nouvelle race d'hommes et une race qui, je l'espère, demeurera essentiellement transatlantique.

– Je ne connais personne qui se plaigne de cet état de choses, fit-elle avec dignité. Nos maris nous savent honnêtes, et comme en général ils travaillent, ils ont l'esprit libre tandis que rien ne nous empêche de nous amuser un peu avec une entière tranquillité de conscience.

– Et vous appelez ça une civilisation ? Je ne m'étonne plus que tant de vos compatriotes choisissent de se marier en Europe...

– C'est stupide et je le désapprouve. Ces malheureuses sont attirées par je ne sais quel besoin de connaître autre chose, de frôler peut-être ces mondes raffinés mais forcément décadents, de s'approprier des noms ronflants, des titres prestigieux...

– Vous n'ajoutez pas que cela leur coûte cher ? ricana-t-il. Ce qui n'est pas toujours vrai, sachez-le ! Un Orseolo, par exemple, s'intéressait fort peu à la dot de sa femme et leur mariage a été ce qu'il devrait toujours être : l'union de deux êtres que l'amour pousse à se fondre l'un dans l'autre. Vous n'arriverez jamais à instaurer en Europe vos... coutumes étranges. Je ne sais si vous essayez de ressusciter l'amour courtois du Moyen Age mais nous, les Français, les Italiens, les Espagnols, même les Anglais sommes faits d'une autre matière car nous savons depuis longtemps que le jeu d'amour, si on le joue avec celle que l'on aime, ouvre sur des instants miraculeux. Sentir frémir le corps d'une femme adorée, regarder, éperdu de bonheur, ses yeux pâlir dans l'émoi du premier don d'elle-même...

Sa voix se faisait plus basse, plus chaude et plus pressante. Subjuguée, Alexandra l'écoutait, le souffle un peu court, la poitrine haletante et Jean, ébloui, plongeant son regard dans les grands yeux sombres qui se troublaient, voyait avec une joie profonde la victoire tant désirée s'approcher de lui, une victoire que d'ailleurs il ne voulait pas savourer dans ce train mais cueillir plus tard, quand sa reine Guenièvre serait bien convaincue de son amour, dans le jardin d'orangers et de jasmins d'une ancienne bastide qu'il possédait près de Grasse, la cité des parfums. Là, elle deviendrait sienne. Là, elle achèverait de s'épanouir sous ses caresses et il ferait d'elle son bien le plus cher, la souveraine absolue de toute la beauté répandue sur la terre car, à ce moment, il était prêt à toutes les folies pour posséder à jamais Alexandra.

Debout devant elle, il parlait, l'enveloppait de ses

paroles comme d'un ardent sortilège et, entre eux, passait le fluide magnétique du désir, les premiers accords de ce qui serait bientôt une symphonie sublime. Attirée vers Jean comme par un aimant, Alexandra qui s'était assise se releva machinalement. Elle se sentait vaincue et elle en éprouvait une joie étrange. A cet instant, le Méditerranée-Express freina brusquement et elle se trouva projetée contre le jeune homme qui, aussitôt, referma ses bras sur elle avec une exclamation de joie et la serra contre lui à la briser en enfouissant son visage dans le satin tiède de son cou :

– Mon amour, murmura-t-il, je veux passer ma vie à vous chérir...

Ces quelques mots cependant pleins de tendresse dégrisèrent subitement la jeune femme. En un éclair elle entrevit tout ce que cela pouvait signifier et en fut effrayée. Sans brusquerie mais fermement, elle se dégagea des bras où cependant elle se trouvait si bien :

– Qu'avez-vous dit ? Vous voulez passer votre vie avec moi ?

– Cela vous surprend ? J'ai compris qu'à une femme comme vous je ne pouvais rien offrir d'autre. Je vous veux tout entière mais aussi je veux me donner à vous.

Il essaya de l'attirer à nouveau mais elle recula jusqu'à la vitre. Et soudain son regard se durcit :

– Étrange programme ! fit-elle sèchement. Si je comprends bien, vous voulez faire de moi votre maîtresse déclarée, m'afficher aux yeux du monde comme votre conquête.

– Par tous les saints du Paradis, où diable allez-vous chercher des idées pareilles ? s'écria-t-il. Je veux vous épouser tout simplement...

– M'épouser ? Oubliez-vous que je suis mariée ?

– Je n'oublie rien et surtout pas que le divorce existe

en Amérique, comme d'ailleurs chez nous. Vous divorcerez...

– Que je divorce ? Moi, une Forbes, moi l'épouse de Jonathan Carrington... que je déchaîne sur les miens et sur moi un tel scandale ? Vous ne savez pas ce que vous dites.

– Croyez-vous que faire de vous une duchesse de Fontsommes sera facile pour moi ? Je blesserai sans doute ma mère. Seulement je vous aime assez pour accepter tout et j'en attends autant de vous.

– Je n'ai jamais dit que je vous aimais... murmura-t-elle en détournant la tête.

– Néanmoins, j'en suis sûr. Regardez les choses en face, Alexandra, et surtout examinez bien votre cœur ! Nous pouvons être merveilleusement heureux ensemble... En outre vous ne perdrez pas au change, ajouta-t-il avec un léger sourire. Vous aurez un château historique, un hôtel à Paris, un palais à Venise, des propriétés... et des joyaux célèbres. Vous serez une très grande dame... et vous me donnerez de beaux enfants.

Elle s'attendait si peu à cela qu'elle devint très rouge.

– On ne dit pas de ces choses ! fit-elle choquée.

– Pourquoi donc dès l'instant où il est question de mariage ? Vous n'êtes tout de même pas une quakeresse ?... Alexandra, Alexandra, là où je vous mettrai vous n'aurez rien à craindre des émois ridicules du monde... Venez avec moi à côté car il n'est pas convenable que je reste dans ce qui est votre chambre pour cette nuit. Nous causerons de tout cela et je vous dirai si bien mon amour que vous oublierez tout ce qui vous fait si peur.

Doucement, il prit ses deux mains et chercha à l'entraîner mais elle résista :

– Non... Je ne veux pas aller avec vous ! Je ne

veux pas vous épouser... Je veux rester ce que je suis... Je veux...

Elle haletait, au bord des larmes, si vulnérable tout à coup que Jean sentit son cœur fondre de tendresse. Il la fit asseoir et l'attira contre lui :

– Calmez-vous ! J'admets que c'est un peu inattendu pour vous et je vous en demande pardon, mais songez seulement que je vous aime et ne voyez dans mon impatience qu'un désir...

– Allez-vous-en !

A nouveau, elle lui échappait et cherchait refuge vers la porte :

– Un désir ! Voilà le grand mot lâché ! Voilà une heure que vous me jouez une indigne comédie.

– Moi ? Je vous joue la comédie ?

– Et quoi d'autre ? Que vous ayez envie de moi, j'en suis bien certaine, mais l'amour ? Vous êtes un homme à femmes et sachant bien que vous n'obtiendriez rien de moi en cherchant à me soumettre, vous avez trouvé cette idée folle : demander en mariage une femme mariée et bien mariée.

Il pâlit et, se redressant de toute sa taille, il la considéra avec un mélange de tristesse et de dédain.

– Vous refusez de croire à mon amour ?

– Positivement. Si je vous suivais à côté je sais trop bien ce qui se passerait...

– Ne dites pas de sottises. Mon honneur vous garantit...

– Votre honneur ? Où était-il quand vous avez décidé de vous introduire chez moi ?

– Je ne l'aurais jamais fait si vous vous étiez comportée comme une femme normale, si vous ne m'aviez pas poussé à bout avec votre infernale coquetterie.

– Sans doute ai-je eu tort... Je le reconnais et...

disons que vous m'avez donné une leçon qui me sera... profitable.

Les mots qu'elle prononçait étaient sans couleur, monocordes comme lorsqu'un enfant récite ou déchiffre un texte. Elle détournait la tête, fuyant ce regard qui la brûlait et se sentait néanmoins malheureuse comme jamais elle ne l'avait été.

– Laissez-moi ! murmura-t-elle. J'ai besoin d'être seule.

– Si c'est votre désir, je vous obéis mais je vais rester tout près de vous par la pensée. Songez à tout ce que je viens de vous dire et demain...

– Demain ? Il n'y aura pas de demain. A présent partez !

Brusquement, la voix d'Alexandra venait de changer. Elle redevenait dure, coupante, vibrante d'une colère qui, en fait, n'était que de la peur, une peur d'elle-même impossible à exprimer et que Fontsommes ne comprit pas. Il était las de prier, las de ce combat contre l'amour qu'elle l'obligeait à mener. Il eut un haut-le-corps et ses yeux se glacèrent.

– Vous voulez que je parte ? Pour toujours alors ?

– Je l'espère bien ! jeta-t-elle sans le regarder.

Cette réponse si peu féminine dégrisa le jeune duc et éteignit son désir. Même l'amour passionné auquel il était prêt à tout donner, tout sacrifier vacilla comme une lampe qui manque d'huile. Alexandra lui parut tout à coup différente et il en éprouva ce bizarre sentiment de méfiance qu'Antoine Laurens avait ressenti avant lui. Ce corps superbe, cette tête ravissante, tout cet ensemble ensorcelant n'était-il qu'une apparence, l'éblouissante façade d'une maison vide et creuse ? Cette femme avait tout fait pour le séduire, l'attirer à elle et l'amener... justement là où il en était, c'est-à-dire à deux doigts du ridicule.

– Je m'étais trompé sur vous, dit-il froidement. Veuillez m'en excuser...

Et il sortit lentement, sans tourner la tête. La porte du compartiment aux bouquets de roses se referma silencieusement. Le premier mouvement de Mrs Carrington la jeta sur le battant d'acajou dont elle ferma le verrou qu'un doigt perfide avait tiré pendant son absence. Elle s'y adossa, insensible au balancement du train, comprimant de ses deux mains les battements affolés de son cœur. Elle se sentait haletante et trempée de sueur comme si elle venait de disputer une dure partie de tennis ou de courir longtemps sous le soleil.

« Quelle histoire, mon Dieu, quelle histoire!... »

Jean de Fontsommes dans sa chambre, lui parlant d'amour, demandant même sa main et cherchant à l'entraîner avec lui dans le piège qu'il avait si habilement tendu! Et le pire était qu'elle avait souhaité, éperdument, l'y suivre et s'abandonner à ce désir insidieux qui s'était glissé en elle depuis qu'elle le connaissait. Par bonheur elle avait su résister, déjouer toutes les chausse-trapes ouvertes devant elle. Son sens de la vertu et la conscience de sa dignité ne l'abandonnaient pas au moment du péril mais il fallait bien admettre que ces pays d'Europe offraient des dangers insoupçonnables avec ce fichu amour dont ils ne cessaient d'honorer la toute-puissance.

– Pas moi! lança-t-elle tout haut. Grâce à Dieu, je ne suis pas comme tous ces gens-là!

Une soudaine pensée lui vint : comment se faisait-il que la porte de communication eût été déverrouillée ? A cela, elle ne voyait qu'une seule explication : Fontsommes avait acheté le conducteur pour qu'il accomplît ce vilain geste au moment de préparer le lit. Et cette idée lui fut insupportable. Si, eu égard au service rendu jadis, elle ne protestait pas, ce Pierre Bault en tirerait la conclusion logique : elle avait passé la nuit avec le duc. Sans peut-être y attacher beaucoup d'importance d'ailleurs : ce genre de pratique devait être courant dans ces trains de luxe.

Ouvrant sa porte, elle aperçut le conducteur assis au bout du long couloir sur le siège où il passerait la nuit et l'appela. Il vint aussitôt. Elle le fit entrer dans son compartiment puis, désignant le verrou qu'elle avait à nouveau tiré :

– Comment se fait-il que ceci ne soit pas fermé ?

Il se pencha un peu pour considérer l'objet du litige :

– Mais... ce verrou est tiré. Je m'en assure toujours lorsque l'on prépare les couchettes pour la nuit.

– Vous avez dû mal à vous en assurer car cette porte s'est ouverte tout à l'heure et quelqu'un est entré chez moi.

– Comment est-ce possible ? Il n'y a personne dans le compartiment voisin, sinon un monceau de roses.

Tirant son carnet de sa poche il l'ouvrit et le consulta :

– Voilà ! Il a été loué au nom d'une Mme Grassanov qui a d'ailleurs manqué le départ...

– Je sais cela. Seulement ce n'est pas une dame qui s'est introduite chez moi mais un homme que vous devez connaître fort bien car je suppose qu'il vous a payé un bon prix pour cette infamie.

Pierre Bault devint très pâle et ses traits se figèrent.

– Je ne suis pas un valet que l'on achète, Mrs Carrington. Je suis un employé de la Compagnie Internationale des Wagons-Lits et j'ai toujours été au-dessus de tout soupçon. Que celui-ci vienne de vous m'est encore plus pénible...

– Pourquoi donc ? Le fait que vous vous soyez

comporté en homme courageux lorsque nous étions dans une situation critique ne vous met pas à l'abri des tentations. Vous n'êtes certainement pas riche ?

– Et je n'éprouve pas le besoin de l'être davantage si ce devait être au détriment de ma conscience. A présent, madame, il vous faut aller jusqu'au bout de votre accusation : ou bien vous déposerez une plainte contre moi à ma compagnie... ou bien vous me direz qui s'est introduit chez vous.

– Je ne ferai ni l'un ni l'autre car je n'ai aucun moyen de prouver votre culpabilité, d'une part et, d'autre part, si les choses se sont passées comme je le pense vous devez bien savoir de qui il s'agit...

– Dans ce cas, je vais essayer de trouver moi-même... Il y a cinq messieurs et quatre dames dont vous-même dans cette voiture. Je serai vite renseigné.

Il passa dans le compartiment que Fontsommes avait fait fleurir en indiquant à Mrs Carrington de tirer le verrou derrière lui et y examina toutes choses avec le soin d'un policier. Personne, de toute évidence, ne l'avait occupé. Aucune trace de passage et pas la moindre fleur dérangée ! Il ne put s'empêcher de penser qu'en dépit de leur splendeur elles évoquaient un peu une chambre mortuaire, puis il resta un instant songeur en face de l'autre cloison derrière laquelle le bruit de l'eau courante et le déclic d'une cuvette se faisaient entendre. Le grand seigneur qui occupait le sleeping voisin n'en était pas ressorti depuis le départ, pas même pour se rendre au wagon-restaurant. C'était d'autant plus bizarre qu'appartenant à la haute société, il devait connaître plusieurs personnes dans ce train. S'il était resté caché c'était, comme eût dit M. de La Palice, parce qu'il ne souhaitait pas qu'on le vît. Surtout, peut-être, une certaine personne.

Faisant mentalement le tour de ses voyageurs, Pierre Bault acquit la quasi-certitude de la culpabilité du duc qui avait déjà voyagé dans sa voiture et assez souvent accompagné d'une jolie femme.

A ce moment, le train qui avait accéléré son allure passé le tunnel de Blaisy-bas, se mit à ralentir considérablement. Il allait entrer en gare de Dijon et le conducteur dut remettre à plus tard la suite de ses investigations bien qu'il fût très mécontent. Il détestait que l'on vînt saboter son travail, et plus encore que quelqu'un pût mettre en doute sa droiture et sa probité...

Pendant ce temps, dans l'étroit espace qui lui était imparti, Alexandra tournait comme une ourse en cage. L'immobilité soudaine du Méditerranée-Express, le silence relatif qui l'enveloppait ne parvenaient pas à calmer une agitation qui, au contraire, ne faisait que croître. Elle ne se sentait plus en sûreté et bien qu'elle l'eût soigneusement bouclée, elle craignait sans cesse de voir se rouvrir cette maudite porte et Jean de Fontsommes reparaître avec ses paroles d'amour et son regard. Elle ne croyait pas un mot de sa dernière phrase. Lui, disparaître pour toujours alors qu'il venait d'essuyer une défaite cuisante! Quelle stupidité! Tapi dans son coin, il devait déjà ourdir une nouvelle trame pour faire tomber dans ses filets celle qu'il convoitait. Sans doute en compagnie de ce Pierre Bault qui, de toute évidence, était son complice. Quelle indignité! Se dire gentilhomme et agir de la sorte en allant même jusqu'à se servir du mariage, ce lien sacré, pour en venir à ses fins!

Pour tenter de se calmer un peu, la jeune femme but un grand verre d'eau fraîche pris à la carafe qui accompagnait son café. Elle se sentait très lasse tout à coup et elle éprouvait l'envie de se coucher, de prendre un léger somnifère et de plonger dans un bon sommeil réparateur. Elle se barricada chez elle, chercha sa trousse de voyage et commença à dégrafer sa robe. Le léger bruit de conversations qui venait du couloir s'éteignit. Les essieux du train grincèrent cependant qu'une voix à l'accent bourguignon criait :

– En voiture !

Quelques portières claquèrent. Un coup de sifflet strident se fit entendre et la grosse locomotive recommença à tirer le convoi. Par les interstices des rideaux, des éclats de lumière passèrent et disparurent. Le train était reparti.

A ce moment, une idée traversa l'esprit de Mrs Carrington et lui fit interrompre son déshabillage. Cet homme avait dit qu'il allait enquêter ou quelque chose comme ça ? Très certainement, il reviendrait dans un laps de temps plus ou moins long. Il ferait beau voir qu'elle le reçût en robe de chambre ! Elle entendait recevoir ses explications avec le maximum de dignité.

Forte de cette décision, elle s'assit sur son lit et attendit mais le temps passa sans ramener le conducteur. Alexandra sentit croître son agacement. Ce fonctionnaire n'allait tout de même pas se moquer d'elle plus longtemps ! Sortant dans le couloir, d'ailleurs désert, elle l'aperçut qui, assis à sa place, lisait un journal :

– Eh bien ? appela-t-elle sèchement. C'est ainsi que vous cherchez ?

Il accourut :

– Je ne me serais pas permis de vous déranger encore, Mrs Carrington. Je pensais qu'après ces émotions il valait mieux vous laisser reposer et que demain matin...

– Reposer ? Alors que n'importe qui peut entrer chez moi ?

– Vous n'avez plus rien à craindre et je peux vous assurer que vous ne serez plus importunée. Je crois savoir d'ailleurs qui s'est permis cette... inqualifiable intrusion et je suis certain...

– Vous croyez savoir ? ricana Alexandra hors d'elle. Quelle phrase bien tournée ! Mais vous l'avez toujours su, mon ami. Le malheur avec vous autres, Français, c'est que vous n'avez aucune moralité. Alors naturellement vous vous soutenez... Tenez ! On vous sonne !... Allez répondre !

En effet, on réclamait le conducteur au sleeping n° 2. Saluant froidement la jeune femme, il passa devant elle et se dirigea vers l'autre bout du wagon tandis que, véritablement hors d'elle, Alexandra réintégrait son compartiment dont elle claqua la porte derrière elle.

Un instant, elle considéra sa couchette d'un œil aussi méfiant que rancunier. Jamais après ce qui venait de se passer elle ne pourrait dormir là-dedans ! Elle voulait un lit honnête dans une chambre honnête et autant que possible dans une maison honnête car elle avait besoin d'être seule, tranquille et loin, le plus loin possible de tous ces gens perfides. Et surtout, elle décréta que s'il lui fallait seulement apercevoir son suborneur sur le quai de la gare de Cannes, elle en mourrait de honte sur place ! Pour éviter ce malheur, il n'y avait qu'une seule solution.

Avec détermination, Mrs Carrington passa un peu d'eau sur son visage, remit son chapeau en prenant bien soin de fixer sa voilette, enfila son manteau, ses gants, rassembla son sac de nuit, sa boîte à bijoux et un absurde parapluie de soie bleue à long manche de cristal qui ne déployait qu'un abri tout juste suffisant pour sa coiffure puis attendit que le train ralentisse comme il le faisait chaque fois que l'on approchait d'une gare un peu importante.

Lorsque ce fut le cas, elle se leva, tendit le bras et tira la sonnette d'alarme avec décision...

CHAPITRE VII

UNE SURPRISE DÉSAGRÉABLE

Le Méditerranée-Express poussa une sorte de ululement, lâcha sa vapeur, courut un instant sur son erre et, enfin, s'immobilisa dans un long grincement de freins. Aussitôt, à l'intérieur, on passa du silence à une agitation de ruche dérangée. Au long des différentes voitures on sortait dans les couloirs où s'attardaient les fumées de cigares, on s'interrogeait, on allait aux nouvelles auprès des conducteurs. Pour sa part, Alexandra quitta calmement son compartiment et se rendit près de la portière qu'elle ouvrit d'une main ferme sous l'œil stupéfait d'un vieux militaire orné de grandes moustaches blanches qui ressemblaient à des ailes de séraphin.

Voyant qu'elle déposait ses bagages près des marches pour descendre les mains libres, il secoua sa torpeur :

– Accordez-moi excuses, madame, mais... vous ne prétendez pas descendre ?

– Si...

– Vous savez que nous sommes dans la campagne ? Il n'y a pas de gare.

Alexandra qui avait saisi les barres d'appui se pencha un peu :

– J'en vois une et elle n'est pas bien loin...

– Mais, madame, il n'y a pas de quai. Vous allez vous casser quelque chose...

– Vous voulez parier ? fit-elle avec un aimable sourire.

Et avant qu'il ait pu l'en empêcher, elle avait sauté sur le ballast, opéré un rétablissement dû à la faible pente du sol, repris ses mallettes et son parapluie puis, sans s'inquiéter davantage de la perturbation créée, elle releva le menton et se dirigea d'un pas ferme vers les quelques lumières qui brillaient un peu plus loin et se reflétaient dans le double ruban d'acier des rails. Elle atteignait la hauteur de la voiture-restaurant quand Pierre Bault, renseigné par le vieux militaire, la rejoignit :

– Mrs Carrington ! s'écria-t-il. A quoi pensez-vous ?

– A quoi voulez-vous que je pense ? répondit-elle sans ralentir le pas. J'ai jugé incompatible avec ma dignité de continuer mon voyage dans votre train. Vous voudrez bien faire le nécessaire pour mes bagages quand vous arriverez à Cannes !

– C'est vous qui avez tiré la sonnette d'alarme ?

C'était à peine une question et Alexandra haussa les épaules :

– Naturellement. Vous n'imaginiez pas que j'allais attendre une nouvelle entreprise de votre complice... Comment se nomme cette gare où nous arrivons ?

– Beaune ! Mais vous n'avez rien à y faire et je vous prie de bien vouloir remonter dans le train.

– A aucun prix ! Rien ne me fera rentrer dans ce train-là.

– Ridicule ! Que voulez-vous donc faire ?

– Me rendre à... Beaune ? C'est bien cela ?

– Tout à fait ! Et qu'y ferez-vous ?

– C'est une gare, non ? Il doit bien y passer d'autres convois que ce lupanar de luxe ? Eh bien, j'attendrai qu'il en passe un qui se rende à Cannes, un brave train honnête et de bonne compagnie!

– Aucun grand express, honnête ou pas et desservant la Côte d'Azur, ne s'arrête à Beaune. Les stations les plus proches sont Dijon que nous venons de quitter ou Lyon qui est nettement plus loin.

– Eh bien, je me rendrai à Lyon. Il doit bien y avoir un moyen quelconque d'y aller?

Cette entêtée qui s'obstinait à parcourir un bas-côté de voie de chemin de fer empierré avec de fines bottines qui seraient en charpie avant d'atteindre le quai donnait à Pierre Bault l'envie de la battre puis de la hisser sur son épaule afin de la remettre de force dans son compartiment, mais elle était déjà plus que prévenue contre lui et ce geste ne ferait qu'aggraver son cas. Elle le soupçonnait déjà d'être un entremetteur. Une plainte pour brutalité n'arrangerait rien et il pourrait dire adieu à sa carrière ferroviaire. Il s'obligea donc à la douceur :

– Je vous en supplie, miss Alexandra, soyez raisonnable! Nous sommes responsables de votre sécurité et sur le bord de cette voie vous êtes en danger.

– Tant que votre train se tient tranquille, je ne vois pas en quoi. Et je ne vous empêche pas de m'accompagner jusqu'à la gare!

– Il faut que le Méditerranée-Express reparte! Dans une heure, un autre train doit passer sur cette voie...

– Je n'ai rien contre! Retournez à votre poste et allez-vous-en!

– Madame! s'écria le conducteur perdant patience. Il est au moins une chose dont vous devez avoir conscience : on ne stoppe pas un grand express impunément et sur un caprice.

– Ce qui veut dire ?

– Que vous allez devoir payer ! Et assez cher, je le crains !

Mrs Carrington s'arrêta net. On arrivait alors à la hauteur de la locomotive dont l'un des chauffeurs, descendu de sa machine, considérait l'étrange couple avec une surprise goguenarde :

– Envie de se dégourdir les jambes, la p'tite dame ? fit-il aimablement.

– Allez au diable ! lui déclara la jeune femme qui, ensuite, se retourna vers Bault. Vous ne pensez pas qu'une vulgaire question d'argent puisse m'arrêter ? Je vous ai déjà dit de m'accompagner jusqu'à cette gare ! Là, je vous signerai un chèque et vous pourrez reprendre votre chemin.

L'arrivée en renfort du chef de train ne changea rien au climat ambiant : Mrs Carrington avait décidé de quitter le Méditerranée-Express à Beaune et aucune force humaine ne pourrait la faire changer d'avis.

– Ce sera comme vous voulez, madame, soupira le nouveau venu, mais remontez au moins pour que nous vous mettions en gare ! Il y a encore un petit bout de chemin et vous n'allez pas faire ça à pied ?

Alexandra considéra ses bottines qui, en effet, commençaient à grimacer et la gênaient plutôt.

– D'accord ! fit-elle, mais sur la locomotive ! Comme cela vous n'aurez pas l'audace d'oublier de vous arrêter !

On ne put l'en faire démordre et, quelques instants plus tard, ce fut debout sur le marchepied de la grosse machine noire et en compagnie du chef de train que Mrs Carrington fit son entrée à Beaune à la plus grande stupéfaction du chef de gare qui voyait pour la première fois le Méditerranée-Express faire halte chez lui. Aussi se mit-il en quatre pour la belle Américaine un peu timbrée à qui il devait cet honneur inattendu destiné à enjoliver plus tard ses souvenirs de retraité durant de nombreuses années.

Laissant l'intraitable voyageuse en finir avec les formalités inhérentes à son geste vengeur, Pierre Bault, renonçant à un combat perdu d'avance, regagna sa voiture. En escaladant le marchepied, il se trouva nez à nez avec un Jean Lorrain dégoulinant de malice perverse et qui, bien sûr, n'avait pas perdu une miette de l'épisode dont Mrs Carrington venait d'être l'héroïne.

– Une dame essentiellement impulsive et pittoresque, n'est-ce pas ? fit-il. On peut savoir quelle mouche l'a piquée ?

L'œil brillant, la lippe gourmande, le journaliste ressemblait de façon frappante à un matou qui s'apprête à croquer une souris. Il se pourléchait positivement et le conducteur n'aima pas beaucoup cela en dépit de la rancune qu'il gardait à l'ex-miss Forbes :

– J'ai toujours soutenu, soupira-t-il, qu'il faisait beaucoup trop chaud dans nos wagons ! Cette jeune dame a été victime... d'un coup de chaleur.

– Mon ami, vous ne me ferez pas avaler ça ! J'ai voyagé dans son pays et je sais qu'on étouffe littéralement dans leurs pullmans. Comme toutes les Américaines, Mrs Carrington est une grande voyageuse et...

– ... et même une grande voyageuse n'est pas à l'abri de la claustrophobie. C'est malheureusement ce qui s'est passé, conclut Bault avec un regard d'une si complète innocence que l'autre faillit s'y laisser prendre mais le côté malveillant de son esprit trouva tout de suite la parade :

– En ce cas, que n'est-elle descendue à Dijon ? Il me semble que c'eût été plus simple... et moins onéreux ?

– Monsieur, fit le conducteur avec une grande politesse, ce n'est pas à un observateur de votre force que j'apprendrai les étranges méandres de la logique féminine. Les dames américaines sont habituées à voir leurs moindres caprices exaucés sur l'heure. Elles ont en outre la puissance de l'argent. Mrs Carrington a fait ici ce qu'elle aurait fait chez elle, tout simplement...

– Il se peut que vous ayez raison, fit Lorrain en tournant les talons tandis que le train repartait lentement.

A travers la vitre de la portière où il s'appuyait, Pierre Bault aperçut Alexandra qui, assise dans le bureau du chef de gare, semblait s'entretenir avec lui aussi naturellement que si elle se trouvait dans un salon. Le brave homme avait l'air sous le charme et, au fond, tant mieux. Que cette femme insupportable se débrouille comme elle l'entendait ! Lui était bien décidé à ne plus jamais s'occuper d'elle si d'aventure le destin les mettait en présence une troisième fois.

Un moment, alors qu'il tentait de la convaincre de remonter en voiture, il avait pensé lui dire que le duc de Fontsommes était descendu à Dijon, sans un mot d'explication d'ailleurs, mais cela aurait tout juste servi à renforcer l'idée bien ancrée d'une complicité entre les deux hommes. Il fallait oublier ce désagréable épisode le plus vite possible !

Tandis que le train s'enfonçait dans la nuit bourguignonne, le conducteur alla s'asseoir quelques instants dans le compartiment que Fontsommes avait fait fleurir. Il adorait les roses et, pensant qu'il était dommage que leur beauté et leur parfum ne profitent à personne, il se promit de revenir de temps en temps les visiter.

Un chef de gare ne pouvant quitter son poste, celui de Beaune alla réveiller le tenancier de la buvette pour qu'il sorte sa carriole et conduise la belle étrangère à l'hôtel de l'Arbre d'Or et de la Poste aux Chevaux où elle trouverait tout le confort et tous les soins qu'elle pouvait désirer. Alexandra avait bien émis l'idée de s'installer dans la salle d'attente jusqu'au passage du prochain train pour Lyon, mais la perspective de rester assise sur un banc pendant une douzaine d'heures avait eu raison de ce projet.

Une heure plus tard, installée confortablement dans un grand lit bien blanc dont l'ornement principal était un énorme édredon écarlate qui ressemblait à une gigantesque fraise, perchée sur plusieurs matelas de bonne laine, elle plongeait dans le meilleur sommeil qu'elle eût connu depuis longtemps.

Elle se trouva même si bien que, le lendemain, quand une servante vint lui dire que la « voiture » de la gare l'attendrait une heure plus tard pour la conduire au train de Lyon, elle fit répondre qu'elle resterait là jusqu'au lendemain. En effet, lorsqu'elle ouvrit ses volets traversés de longues traînées lumineuses, elle découvrit que son auberge était située au bord d'une cité ancienne close de murailles moussues et de larges tours rondes, écrêtées mais couronnées de vieux arbres, de grands toits bruns qui semblaient faits de velours et d'admirables flèches d'église. Le tout paraissait fraîchement sorti des mains inspirées d'un maître flamand du XVe siècle.

« Ce serait trop bête de ne pas visiter ! » pensa-t-elle. D'autant que rien ne la pressait puisque tante Amity n'était pas avertie de son arrivée. Et ce serait sûrement très amusant de s'offrir une journée de vacances dans ce pays où personne ne la connaissait.

Ce fut, en vérité, une expérience délicieuse. Débarrassée par les soins d'une habile chambrière des traces laissées par son bref séjour sur la locomotive et chaussée de bons souliers de marche que Mme Brenet, l'hôtelière, lui fit chercher dès l'ouverture des boutiques, Mrs Carrington parcourut de vieilles rues un peu mystérieuses bordées d'anciennes demeures refermées sur un passé prestigieux qu'annonçaient ici ou là une échauguette, un portail richement sculpté, de vieilles poutres historiées, d'antiques armoiries au front d'une porte en accolade, une somptueuse grille de ferronnerie, une fenêtre à colonnettes et d'étranges toits couverts de tuiles vernies noir et or.

Elle entra dans des églises fraîches et silencieuses où de vieux saints de bois rêvaient sur un entablement de colonne. Il y en eut même une qu'emplissait la magie d'un choral de Bach joué par un organiste invisible et qui la tint longtemps assise sur un prie-Dieu. Elle vit une grande halle couverte sous laquelle le marché du jour faisait pousser un jardin habité de bruyantes jardinières en coiffe, un beffroi qui semblait s'être trompé de pays et cependant s'intégrait si bien au décor qui l'entourait... Elle vit enfin le plus beau, le plus riche, le plus étonnant des hôpitaux, une vision du passé incroyable pour la jeune femme moderne qu'elle était : une admirable maison-Dieu habitée par des religieuses qui ressemblaient à des châtelaines avec leurs longues robes bleues dont la traîne se rattachait à la ceinture et leurs grands hennins de fine toile blanche.

Grâce à une vieille femme en fichu noir qui, devant son émerveillement visible, la prit par la main sans lui dire un mot, elle put y entrer et se retrouva dans un autre monde, celui, médiéval et splendide, de ces siècles où régnait sur l'Europe la magnificence des ducs de Bourgogne. Il y avait là cette qualité de silence que compose une volonté unanime de donner aux malades – car, sous la haute voûte en carène de navire de la grande « Salle des Pauvres », presque tous les lits de chêne ciré à rideaux rouges étaient occupés – le calme du corps et la paix de l'âme.

Relayant la vieille femme qui l'avait entraînée, une jeune religieuse souriante guida l'Américaine à travers l'hospice, lui montra une étonnante apothicairerie, d'immenses cuisines étincelantes qui semblaient sorties tout droit d'un manuscrit et aussi le joyau de la maison, le polyptyque de Roger van der Weyden représentant le Jugement dernier devant lequel Alexandra resta de longues minutes en contemplation.

– Acceptez-vous des pensionnaires ? demanda-t-elle soudain tandis que son guide la reconduisait à travers une grande cour qui ressemblait davantage à celle d'un palais que d'un hôpital.

– Cela peut arriver s'il s'agit de guérir une âme comme nous nous efforçons de guérir les corps. Cette maison, depuis sa fondation par dame Guigonne de Salins en 1453, est vouée surtout aux pauvres.

– Et vous pensez qu'une femme comme moi n'aurait rien à y faire ? demanda l'Américaine à sa façon directe. Il me semble pourtant que si, un jour, j'étais malheureuse, j'aurais une chance de l'être moins ici.

– L'asile est toujours ouvert à qui le réclame, murmura la jeune religieuse. Néanmoins pour votre bonheur, madame, je préférerais ne jamais vous revoir. Jc prierai pour cela...

En se retrouvant dans la rue, Alexandra eut l'impression de changer de planète et s'avoua qu'elle ne comprenait rien à ce qui venait de lui arriver. Fallait-il qu'elle fût perturbée au plus profond d'elle-même pour qu'appartenant, de façon épisodique il est vrai, à l'Église épiscopale, elle se trouvât tout à coup si proche de ces femmes en costume d'un autre âge et qui avaient choisi de vivre comme au XVe siècle. Elle savait qu'elle ne les oublierait jamais, en espérant que, de leur côté, elles conserveraient un bon souvenir d'elle... ne fût-ce qu'à cause du don généreux fait pour les pauvres.

Durant le reste de la journée, elle retrouva cette impression de vacances qui lui était venue dès le réveil et qui tranchait si heureusement avec le souvenir des dangereuses minutes vécues dans le Méditerranée-Express. Elle fit connaissance avec une cuisine régionale qu'elle ne soupçonnait pas, se régala d'un délicieux jambon persillé qui sentait bon les herbes fraîches, d'œufs en meurette dont la sauce onctueuse cachait des surprises délectables et d'un admirable brochet à l'oseille, après avoir refusé farouchement de goûter aux escargots qui étaient cependant l'une des gloires de la maison.

– Comment pouvez-vous manger des choses aussi répugnantes ? déclara-t-elle sans ambages à son hôtesse. J'ai entendu dire qu'en France on mange aussi les grenouilles.

– C'est tout à fait exact et c'est dommage que vous n'acceptiez pas d'y goûter, fit Mme Brenet avec un sourire. Je suis bien certaine que si l'on vous bandait les yeux et que l'on vous serve l'un et l'autre sans que vous sachiez ce que c'est, vous changeriez d'avis...

– C'est possible mais je n'ai pas du tout envie de tenter l'expérience. J'aime savoir ce que je mange et d'ailleurs j'estime que, dans la nourriture, l'œil a son mot à dire.

Le lendemain matin, revigorée par son escapade, Alexandra embarquait dans un train omnibus qui allait la conduire à Lyon d'où elle repartirait presque aussitôt par un express qui desservait Marseille et la Côte d'Azur. Tous les employés de la gare l'escortèrent à son wagon où, impressionnés par son allure et son élégance, les voyageurs qui s'y trouvaient déjà lui cédèrent une place près de la vitre. En face d'elle une grosse femme enveloppée d'un grand châle noir et coiffée d'un étonnant chapeau à coques de crêpe parsemé de jais serrait entre ses genoux et son ample giron un grand panier qui devait contenir des fromages si l'on en jugeait au parfum qu'il répandait. Le voisin immédiat de Mrs Carrington était un petit homme à longue moustache grise, mis avec cette élégance cossue qui caractérise les magistrats ou les notaires de province. Seul élément inhabituel dans son costume : l'extraordinaire casquette à carreaux et à bavolets qui lui donnait l'air d'un épagneul âgé. Le troisième personnage était un long et frêle jeune homme coiffé d'un canotier de paille et qui, dès l'apparition de la belle Américaine, ne la quitta plus de l'œil. Signe d'émotion certain : au-dessus de son col en celluloïd, sa pomme d'Adam ne cessait de monter et de descendre.

Le train qui cheminait paisiblement à travers la campagne en s'arrêtant à toutes les gares ne présentait guère de points communs avec le superbe Méditerranée-Express. On y était assis plutôt à la dure. Néanmoins le voyage fut charmant et Alexandra s'en amusa beaucoup. Son vis-à-vis, qui était une riche fermière des environs de Dijon, se rendait à Mâcon auprès d'une sœur qui s'était cassé la jambe et elle lui apportait quelques gâteries mais son panier recelait aussi les provisions prévues pour le voyage et elle les partagea généreusement avec ses compagnons, surtout d'ailleurs avec le jeune homme frêle dont la maigreur l'attristait. Grâce à elle, Alexandra mangea du saucisson, un peu d'un sublime fromage d'Epoisses et de belles cerises arrosées d'un joli vin de Marsannay tenu frais grâce à une serviette humide et à un habillage de joncs verts. Le pseudo-notaire qui était tout simplement rentier et portait avec bonhomie le gentil nom de Moineau, lui offrit des nonnettes fourrées à la confiture d'abricot et des pâtes de cassis en causant agréablement du temps qu'il faisait, des espoirs que l'on pouvait fonder sur les prochaines récoltes et surtout de la qualité des vendanges à venir. Savoir si 1904 serait une grande ou une petite année était, de toute évidence, d'une importance vitale pour ces gens. Le tout en roulant les « r » comme il convient lorsque l'on est bourguignon.

A Mâcon il fallut se séparer. La fermière qui s'appelait Mme Baroin et le jeune homme firent leurs adieux au grand regret de leurs compagnons et surtout d'Alexandra qui n'avait pas vu le temps passer. Aucun voyageur ne les remplaçant, Alexandra et M. Moineau restèrent seuls et en profitèrent pour s'installer plus commodément mais n'échangèrent plus que de rares paroles. La jeune femme s'intéressait au paysage, admirait la campagne dont, comme Jules Renard, elle aurait pu dire qu'elle était d'un vert multicolore. Tout y semblait si paisible qu'elle finit par s'endormir bercée par le train et ne se réveilla qu'une fois à Lyon.

Là, elle et son compagnon se quittèrent. M. Moineau avait à faire en ville et rejoignait l'hôtel où il avait retenu une chambre. Alexandra resta dans la gare en attendant son train. Malheureusement, elle l'attendit trois heures par suite, ainsi qu'un fonctionnaire courtois le lui expliqua, d'un incident. Elle aurait pu, bien sûr, décider de passer la nuit à Lyon mais elle voulait rester sous le charme de Beaune et n'éprouvait pas la moindre envie de faire connaissance avec une autre ville. D'autant qu'étant pratiquement sans bagages, elle souhaitait vivement, à présent, changer de vêtements et arriver à Cannes le plus tôt possible.

Hélas, non seulement le train ne rattrapa pas son retard mais l'augmenta encore en gare de Marseille où il dut rester sur une voie de garage afin de laisser le passage libre au train spécial d'un potentat oriental pour qui le Quai d'Orsay avait toutes les révérences. En outre, il y avait beaucoup de monde, même en première, et il faisait très chaud, ce qui éprouva beaucoup la jeune femme. Enfin, elle s'aperçut un peu tard que le train en question ne s'arrêtait pas à Cannes mais seulement à Nice où elle n'arriva qu'aux petites heures du matin, éreintée et d'autant plus furieuse qu'elle eut toutes les peines du monde à trouver une voiture pour rejoindre enfin sa destination première.

Hélas, si elle espérait, vu l'heure matinale, effectuer une entrée discrète à l'hôtel du Parc, il lui fallut déchanter. Son attelage de mules avec pompons et sonnailles n'étant guère fait pour passer inaperçu, le palace, dès qu'elle y eut mis le pied, fut en ébullition :

– Nous étions fort en peine de vous, Mrs Carrington, lui déclara le directeur qui accourut les cheveux encore mouillés en achevant d'enfiler sa redingote.

– Je me demande bien pourquoi, répondit Alexandra en le toisant avec quelque sévérité.

– N'est-ce pas avant-hier que vous deviez arriver ? Le Ritz en retenant votre appartement nous avait précisé que vous preniez place dans le Méditerranée-Express et...

– ... et nous nous tournons les sangs depuis quarante-huit heures, tonna, depuis le fond du hall, la voix de tante Amity qui jaillissait de l'ascenseur dans un envol de linon bleu pâle et de dentelles blanches, le chef accommodé d'une sorte de fanchon assorti. Tout juste sortie de son lit de toute évidence. « Où diable étiez-vous passée, Alexandra ? »

Sans même lui laisser le temps de répondre, elle embrassa sa nièce avec autant de chaleur que si elle arrivait d'une croisade en Terre sainte et ce ne fut qu'après une ou deux minutes que celle-ci, touchée d'ailleurs pour cet accueil, réussit à placer un mot :

– Vous n'étiez pas censée être au courant de ma venue, tante Amity ? Je voulais vous faire la surprise.

– Eh bien la surprise a été amère. En constatant avant-hier que vous n'étiez pas à l'arrivée du train, Mr Ellmer a téléphoné à Paris pour savoir si vous aviez changé d'idée. Le Ritz ayant confirmé votre départ sur le Méditerranée-Express, on m'a naturellement mise au courant.

– Nous avons regretté d'en venir là, coupa le directeur, car miss Forbes était dans tous ses états... Nous espérons, madame, qu'il ne vous est rien arrivé de fâcheux ?

– Rien du tout, sinon que j'ai fait un voyage affreux pour arriver jusqu'ici et que j'aimerais beaucoup gagner ma chambre... si toutefois vous me l'avez gardée.

– Étant en peine de vous, Mrs Carrington, nous ne nous serions pas permis d'en disposer. Surtout s'agissant d'une compatriote, conclut avec dignité Mr Ellmer qui, en effet, avait vu le jour de l'autre côté de l'Atlantique. Si vous voulez bien me suivre !

– Ne vous dérangez donc pas, fit miss Forbes. Je vais la conduire, moi ! Veillez plutôt à lui faire monter un petit déjeuner un peu sérieux ! Elle doit en avoir besoin.

– J'ai surtout besoin d'un bain et de vêtements frais. J'espère que mes bagages sont arrivés ?

Ils l'étaient et, selon le directeur, c'était même ce qui avait ajouté à l'inquiétude générale : pour qu'une dame élégante eût abandonné ses malles, il fallait qu'il lui fût arrivé quelque chose de grave : enlèvement ou accident. Alexandra l'ayant rassuré, ce fut avec un vif plaisir qu'elle gagna la grande chambre aux meubles laqués blancs et dont les fenêtres défendues par des stores à rayures jaunes ouvraient sur l'immensité indigo de la mer par-dessus un moutonnement gris et vert de chamærops, d'agaves, d'araucarias, d'orangers et d'oliviers interrompu de pelouses d'un vert anglais d'où surgissaient des palmiers rares, des lauriers-roses foisonnants et les feuilles vernies des camélias défleuris. Par endroits, un bassin sommé d'un jet d'eau en forme de point d'interrogation auscultait le ciel avant de retomber en pluie scintillante sur les couronnes de primevères et de giroflées pourpres qui l'entouraient.

Charmée par ce paysage que ponctuaient, au large, des îles chevelues, Alexandra, oubliant sa fatigue et ses vêtements sales, s'avança jusqu'à la balustrade qui clôturait sa terrasse privée et s'y accouda un instant.

– J'aurais dû venir plus tôt, soupira-t-elle. C'est magique ici.

– Vous avez tout le temps de vous y habituer. Par contre moi j'aimerais bien savoir pour quelle raison vous avez jugé bon d'arrêter votre train en actionnant le signal d'alarme ?

– Comment diable savez-vous ça ? exhala Mrs Carrington stupéfaite.

– Le plus simplement du monde. Devant mon inquiétude, mon excellent ami, M. Rivaud, s'est rendu au siège niçois de la Cie Internationale des Wagons-Lits pour tenter de savoir pourquoi, étant montée dans le Méditerranée-Express à destination de Cannes, vous n'en étiez pas ressortie une fois à destination. Et il a appris l'arrêt imprévu que vous avez imposé au train.

– Qu'aviez-vous besoin de vous tourmenter, alors, puisque vous saviez que j'étais descendue en Bourgogne ?

– Vous plaisantez, je pense ? Je me suis tourmentée cent fois plus encore en me demandant ce qui avait pu vous obliger à ce geste incroyable...

Abandonnant sa contemplation, Alexandra tourna le dos au panorama et fit face à sa tante :

– Je vous raconterai tout plus tard... peut-être ! Pour l'instant, j'ai besoin de repos, d'eau chaude et d'un bon café !

Un moment après, les deux femmes prenaient ensemble leur petit déjeuner sur la terrasse. Plus fine que ses allures brusques ne le laissaient supposer, miss Forbes évitait de poser de nouvelles questions mais observait discrètement Alexandra. De toute évidence celle-ci avait de gros soucis et il était possible qu'elle eût subi une épreuve. Ses yeux n'avaient pas leur vivacité habituelle et il y avait, au coin de sa bouche, un petit pli de lassitude qu'on ne lui connaissait pas. Pour rester dans les généralités, elle se contenta de demander des nouvelles des Orseolo, de Dolly et d'autres amis parisiens. Mrs Carrington répondait avec cette aisance machinale que donne une grande habitude du monde sans toutefois s'animer vraiment.

Mais lorsque miss Forbes entama le sujet de la visite à Versailles, la jeune femme qui se versait à cet instant une nouvelle tasse de café eut un mouvement si malheureux que la tasse se renversa, inondant le toast entamé qui attendait sur une assiette.

– Suis-je assez maladroite ? fit-elle avec un petit rire nerveux en repoussant le tout. Puis, elle soupira : Vous parliez de Versailles, je crois ?

– En effet ? L'avez-vous enfin visité ?

– Oui. La veille de mon départ. C'est tout à la fois magnifique et infiniment triste car, en dépit des efforts de M. de Nolhac, le conservateur, qui s'y dévoue corps et âme, il semble que les Français s'intéressent peu à ce témoin de leur ancienne splendeur. Les demeures du faubourg Saint-Germain sont beaucoup plus fastueuses et je ne vous cache pas que cela m'a choquée. Au fond, voyez-vous, je crois qu'il vaut mieux rêver les choses que les approcher de trop près.

– Vous voilà bien désenchantée, il me semble ? Bien sévère aussi. N'aimez-vous plus les Français ?

– Je me demande s'il n'est pas plus facile de les aimer de loin, eux aussi. Et, à propos de château, qu'est-ce que ceci ? ajouta Mrs Carrington en désignant, par-delà la terrasse, une sorte d'antique forteresse, un ensemble médiéval de tours et de courtines crénelées qui surgissaient à courte distance de l'hôtel d'un bosquet de palmiers et de mimosas.

– C'est le château des Tours et je crains bien que, pour les gens d'ici, ce ne soit une raison de ne pas nous apprécier autant que nous le méritons, nous autres Américains.

– Je ne comprends pas.

– C'est simple pourtant. Mr Ellmer que vous venez de voir a fait raser une grande surface du parc de ce manoir pour construire l'hôtel et, ce faisant, il a commis une manière de sacrilège aux yeux des Cannois.

– Et pourquoi donc ? C'est un château historique ?

– Pas vraiment. Oh, M. Rivaud vous expliquerait cela mieux que moi, néanmoins je vais essayer. Cette demeure a été celle de la duchesse de Vallombrosa dont le souvenir est vénéré ici à cause du bien immense qu'elle n'a cessé de faire aux déshérités. Elle est morte il y a une dizaine d'années je crois mais elle est toujours présente dans l'esprit et le cœur des gens d'ici. On l'appelait – on l'appelle toujours – la Duchesse comme s'il n'en existait pas d'autre au monde [1].

– Ce n'est pourtant pas ce qui manque en France, remarqua sèchement Alexandra. Il est vrai que celle-ci devait être italienne ?

Miss Forbes regarda sa nièce avec stupeur. Que s'était-il donc passé pendant qu'elle était seule à Paris ? N'osant pas formuler cette question, elle se contenta de remarquer :

– Décidément vous êtes amère ! Avez-vous pris en grippe tout à coup cette haute société où vous vous plaisiez tant ?

– Mais non, voyons ! Simplement je me sens un peu accablée par tant de titres ronflants dont on ne sait jamais ce qu'ils recouvrent vraiment. Ces gens semblent penser qu'ils sont d'une essence supérieure et qu'être comte, marquis ou duc donne tous les droits.

– Je vois ! fit tante Amity gentiment ironique. Vous traversez une période de simplicité. En ce cas, oublions Mme de Vallombrosa dont je vous signale tout de même qu'elle était française... et qu'une de ses aïeules, gouvernante des Enfants de France, a suivi la reine Marie-Antoinette dans sa fuite à Varennes et jusqu'à la prison du Temple.

Sans répondre, Alexandra quitta la table et alla s'appuyer à la balustrade qui fermait la terrasse. Elle était frappée de cet étrange concours de circonstances qui la ramenait toujours au souvenir de la reine martyre et elle en éprouva un peu d'angoisse comme si cette destinée tragique devait avoir des prolongements sur la sienne. Comme si tout se liguait pour rappeler le dan-

1. Geneviève des Cars, duchesse de Vallombrosa.

gereux mirage dont Jean de Fontsommes l'avait enveloppée dans les jardins de Trianon.

Ignorant qu'il avait quitté le train à Dijon, elle contempla avec une sorte de crainte les tours rousses à demi recouvertes d'aristoloches et de bougainvillées. Allait-il surgir à présent de ce parc avec ses mots trop tendres et ses yeux ardents ? Et si cela arrivait, aurait-elle encore le courage de fuir ?

Au bout d'un instant, elle tourna le dos au parc et revint vers sa tante :

– Si vous me parliez un peu de vous ? Était-elle intéressante cette voyante qui vous a fait venir ici ?

– Plus qu'intéressante. C'est une étonnante créature mais le terme de voyante ne lui convient pas. Il faut dire plutôt un médium prodigieux dont la puissance agit sur les meubles les plus lourds qu'elle déplace sans peine en dépit d'une évidente fragilité. Elle peut même entrer en lévitation et autour d'elle les esprits se matérialisent. Une expérience... très impressionnante ! Mais vous pourrez le constater par vous-même car il y aura encore une séance demain soir, à la villa Fiorentina.

– Non merci. Vous savez ce que je pense de toutes ces manifestations censées venir de l'au-delà. Naturellement, votre M. Rivaud en est aussi entiché que vous ?

– Eh bien non. L'autre soir, après la séance, il semblait soucieux, mal à l'aise. Je crois qu'il a des doutes touchant la véracité des phénomènes paranormaux. Il a même avancé le mot de truquage. Nous... nous nous sommes presque disputés. Ce qui a beaucoup fait rire sa sœur.

– Pourquoi ? Votre amitié pour son frère lui déplaît-elle ? fit Alexandra déjà prête à entrer en guerre.

– Quelle idée ? Mathilde Rivaud est une femme selon mon cœur et nous nous entendons parfaitement, sauf en ce qui concerne le spiritisme. Elle vous ressemble jusqu'à un certain point. Un esprit fort qui voit en Eusapia Palladino une simple farceuse. Par malheur, son frère semble à présent pencher de son côté...

– Un bon point pour lui ! Serait-il plus sérieux que je ne le pensais ?

– Sérieux, sérieux ! s'indigna miss Forbes. Est-ce vraiment la seule qualité qui vous séduise chez un homme ? Pour ma part je lui préfère la gentillesse, la courtoisie, la générosité de cœur, l'esprit et la fantaisie. Néanmoins, ajouta-t-elle avec un soupir, ce genre de penchant va très bien à l'épouse de Jonathan Carrington. Au fait, avez-vous reçu de ses nouvelles ?

Prise au dépourvu, Alexandra devint ponceau :

– Non !... Je ne sais pas ce qui se passe mais il n'a pas répondu à ma lettre. Naturellement... j'ai laissé des instructions au Ritz pour qu'on le dirige sur Cannes s'il arrivait...

– Vous y croyez encore, vous, à sa venue ?

– Et pourquoi pas ? Seule, une raison impérative a empêché Jonathan de m'accompagner dans ce voyage et je ne vois pas pourquoi il ne me rejoindrait pas.

Miss Forbes n'insista pas. La nervosité de sa nièce lui semblait de plus en plus suspecte et elle l'imaginait fuyant Paris pour ne pas avoir à répondre à une missive qui lui aurait déplu. Ce qui ne la mettait pas bien loin de la vérité. Jonathan devait commencer à regretter d'avoir laissé sa femme partir sans lui et il était beaucoup plus homme à réclamer son retour qu'à faire ses bagages pour venir s'ennuyer dans des pays qui ne lui plaisaient pas.

– Laissons votre époux où il est, conclut-elle, et voyons plutôt à vous procurer un séjour agréable et reposant ! La majorité des hivernants a quitté la Côte mais celle-ci n'en est que plus agréable. Vous n'êtes pas pressée de rentrer à Paris ?

– Oh non ! L'important est d'y être pour la grande semaine des Courses où nous rejoindrons les Orseolo avant de les accompagner à Venise.

– Vous tenez vraiment à y aller ? Je croyais que vous désiriez vous rendre à Vienne ?

– J'y ferai un saut après Venise. Ensuite j'espère que vous ne verrez pas d'inconvénient à rentrer en Amérique ? Moi je veux vivre cette fameuse nuit du Rédempteur que l'on dit magique. Mettons que ce sera mon dernier caprice européen ! Après... je rentrerai sagement à la maison.

Le ton amer et résigné acheva de renseigner miss Forbes. Elle alla passer son bras autour des épaules de sa nièce dont elle attira la tête contre la sienne :

– Vous savez bien que je vous aime, alors pourquoi voulez-vous me cacher la vérité ?

– La vérité ? Mais...

– Celle qui vous a blessée : non seulement le juge Carrington n'a pas l'intention de venir vous rejoindre mais il vous a priée de rentrer au bercail. La récréation a assez duré !

– Comment avez-vous deviné ?

– Cela lui ressemble tellement ! Et sachez que je vous approuve ! A présent, allez vous reposer ! C'est déjà beau que vous ne vous soyez pas endormie dans votre tasse de café...

Néanmoins, avant de gagner son lit, Alexandra descendit au bureau de Mr Ellmer pour confier ses bijoux au coffre-fort de l'hôtel comme elle avait l'habitude de le faire. Et c'est en ouvrant la mallette pour en donner le détail qu'elle s'aperçut qu'on lui avait volé sa parure d'émeraudes et le médaillon de jade blanc.

Devant ce désastre, Mr Ellmer, indigné, s'attendait à une légitime explosion de colère. Or, il n'en fut rien. Simplement, Alexandra se laissa tomber dans le fauteuil de son bureau et éclata en sanglots.

Nicolas Rivaud reposa l'étroite et longue fourchette à l'aide de laquelle il venait de décortiquer habilement sa langouste et considéra Alexandra avec sympathie.

– Je continue à penser que vous devriez malgré tout prévenir la police. Pas celle d'ici, bien sûr, qui n'est pas fort active mais au moins la Sûreté afin qu'elle mène une enquête sérieuse. Le vol que vous subissez est important.

– Très. Néanmoins je ne comprends pas que l'on se soit limité à ce collier et à ce pendentif. Il y avait plusieurs autres pièces de grande valeur...

– Je trouve, moi, que c'est assez malin. S'emparer de la mallette aurait donné aussitôt l'alerte. La vider aussi car vous auriez senti une différence de poids. Le plus étonnant est que la serrure n'ait pas été forcée. C'est, de toute évidence, du travail de professionnel. Je dirais même de grand professionnel !

– Nicolas ! s'indigna tante Amity. Vous ne voudriez pas qu'on le décore par hasard ? Ce ton admiratif !

– Je n'admire pas : je constate et cela peut avoir de l'importance. Ainsi je dis qu'il faut porter plainte. Cette méthode habile porte peut-être la signature d'un voleur connu de la police et je vous propose de faire appel à l'un de mes bons amis, le commissaire principal Langevin. Si quelqu'un peut retrouver vos joyaux, c'est lui. Laissez-moi lui téléphoner...

– Bonne idée, fit miss Forbes. Mais d'abord récapitulons : vous dites que, de tout le voyage, vous n'avez pas ouvert votre boîte à bijoux ?

– Non. Je l'ai garnie au coffre du Ritz, je l'ai fermée à clef, j'ai mis la clef sans mon sac et je n'y ai plus touché avant de me rendre tout à l'heure chez Mr Ellmer. Je ne vois pas quelle occasion j'aurais pu avoir de porter des diamants, des rubis ou des émeraudes en cours de route ? Les perles que j'avais au cou étaient bien suffisantes, même pour un train de luxe.

– Bien, fit M. Rivaud. Et dans le train qu'en avez-vous fait ? Vous ne l'avez pas emportée au wagon-restaurant, je suppose ?

– Non. J'avais toute confiance dans ma serrure et aussi dans la surveillance du train. Je me suis contentée de la glisser sous ma couchette et je n'ai d'ailleurs pas été très longtemps absente. Je n'avais pas très faim...

– Ce soir non plus, apparemment, remarqua tante Amity. Mangez donc votre langouste grillée, Alexandra, elle est exquise.

– Je sais mais j'avoue que j'ai un peu l'appétit coupé.

– C'est tout naturel, fit M. Rivaud avec un bon sourire. Ces pièces vous étaient très précieuses, sans doute ?

– Je l'avoue. Mon époux m'avait offert cette parure d'émeraudes qu'il avait achetée à une vente chez Christie. Elles ont une valeur historique car elles appartenaient à cette princesse aztèque dont Cortés fit sa compagnc...

– La belle Malinche, précisa M. Rivaud un rien content de lui-même devant l'air admiratif de ses compagnes. Je comprends que vous y teniez. C'est le cadeau royal d'un époux sans doute très épris... Et l'autre joyau ?

– Il a une longue histoire, fit Alexandra un peu gênée en se décidant à attaquer sa langouste presque froide. Je l'ai acheté à Pékin, peu avant le siège des

Légations. Un très beau médaillon en jade blanc serti d'or...

– Un jade blanc ? Mais la vente en est interdite en Chine ? Ils sont l'apanage de la famille impériale. Comment avez-vous fait...

– Oh... un coup de chance !

– C'est la raison pour laquelle ma nièce a toujours considéré ce bijou comme son porte-bonheur.

– J'espère sincèrement que vous les retrouverez. Permettez-moi néanmoins encore une ou deux questions. Ce sera toujours autant que vous n'aurez pas à apprendre à Langevin...

– Vous pensez qu'il viendra m'interroger ?

– J'en suis persuadé. Voilà plusieurs années déjà qu'il cherche à mettre la main sur un audacieux voleur de bijoux qui semble d'ailleurs avoir un faible pour les émeraudes. Vous allez l'intéresser prodigieusement... Alors, si vous le voulez bien, revenons-en à votre voyage ! Après votre descente du train, qu'est-il advenu de votre cassette ?

– Je ne l'ai pas lâchée. Pas un instant. Même pour visiter Beaune je l'avais avec moi et pour les repas aussi. Je n'avais pas vraiment confiance dans les défenses de l'hôtel où je suis descendue.

– Vous auriez pu, sourit M. Rivaud. Il y a un coffre-fort dans cet établissement, qui est fort bien tenu et que je connais d'ailleurs.

– Existe-t-il en France et même en Europe un hôtel, un restaurant ou autre chose d'agréable que vous ne connaissiez pas ? dit miss Forbes en riant. Vous devriez écrire un guide pour vos amis... mais il me vient une idée : demain soir j'emporterai l'un des gants que vous portiez pendant votre voyage, Alexandra. Peut-être qu'Eusapia Palladino pourra nous dire quelque chose sur votre voleur. Je crois qu'en Italie elle a déjà aidé la police.

– Pourquoi pas ? dit Nicolas Rivaud. Cela ne coûte rien d'essayer. En attendant, je vais téléphoner à Langevin. Veuillez m'excuser un moment !

Tandis qu'il rentrait à l'intérieur du bâtiment, Alexandra se laissa aller contre le dossier de son fauteuil en rotin blanc et ferma les yeux pour sentir la brise venue de la mer caresser son visage. M. Rivaud, pour la distraire un peu, les avait emmenées, Amity et elle, dîner sur la terrasse du Cercle nautique dont l'élégante façade blanche couronnée de balustres et d'un fronton triangulaire faisait face à la Méditerranée. Possédant un voilier ancré dans le port de Cannes, M. Rivaud était vice-président de ce club sélect et très britannique où les femmes n'étaient admises que pour le dîner.

Alexandra appréciait cette initiative qui l'éloignait de la curiosité des gens de l'hôtel et elle admettait volontiers que ses préventions concernant Nicolas Rivaud étaient tout à fait injustifiées. C'était l'un de ces vieux messieurs charmants, cultivés, sympathiques et un rien vieille France comme elle les appréciait et elle comprenait à présent que tante Amity lui eût donné son amitié. Sa compagnie devait la changer de celle de ses amies de Philadelphie et des quelques hommes qu'une demoiselle célibataire pouvait se permettre de rencontrer.

Néanmoins, elle n'était pas certaine que son idée d'alerter un policier de haut rang lui fût agréable. Cet homme allait lui poser des questions et que répondrait-elle ? Que l'envie soudaine lui était venue, peu après l'arrêt de Dijon, de visiter la Bourgogne en pleine nuit ? S'il fallait raconter son aventure avec le duc de Fontsommes, elle en mourrait de honte. D'autant qu'une idée terrible lui avait traversé l'esprit après la découverte du vol de ses bijoux : celui-ci n'avait pu avoir lieu que dans le Méditerranée-Express et deux personnes seulement, en dehors d'elle-même, avaient eu accès à sa cabine : l'ancien interprète à la légation de France qu'elle n'arrivait pas à croire coupable et un grand seigneur au-dessus de tout soupçon. Elle ne pouvait pas, elle ne voulait pas parler d'eux. Mieux valait encore passer pour une folle, ou tout au moins une excentrique. C'était un travers dont on taxait volontiers les Américaines dans ce pays et ce serait, après tout, de peu d'importance : dans deux mois au plus tard, elle reprendrait le bateau pour New York!... Peut-être même serait-elle obligée de rentrer plus tôt. Jonathan semblait déjà d'assez mauvaise humeur. Que serait-ce s'il la voyait revenir sans ses émeraudes!

Elle trouva tout de même un sourire pour M. Rivaud quand il vint rejoindre ses invitées en annonçant que le commissaire arriverait le surlendemain au matin :

– Afin que sa visite soit aussi discrète que possible, il descendra chez ma sœur qui le connaît bien et sera enchantée de le recevoir : elle adore les histoires de crimes et voue une sorte de culte à Sir Arthur Conan Doyle et à son célèbre héros Sherlock Holmes... Plus il y a de mystère et de sang et plus elle est contente, conclut-il avec un bon sourire.

Alexandra pensa que cette dame s'entendrait certainement avec Jonathan et se demanda à quoi pouvait ressembler une personne ayant de tels goûts. Aussi fut-elle fort surprise quand, le lendemain, M. Rivaud conduisit ses deux amies déjeuner chez sa sœur. Mlle Mathilde, avec ses joues roses et ses cheveux argent, était la plus charmante vieille demoiselle qu'elle eût jamais vue. Pas très grande et menue, elle semblait avoir adopté définitivement la mode Empire, arborait de longues robes de percale ou de mousseline à taille haute l'été, de velours ou de lainage l'hiver et portait ses cheveux tressés en couronne qu'elle ornait de petits bonnets, de fanchons de dentelle ou d'une coiffe qui rappelait celle des Arlésiennes. Ainsi accommodée elle était tout à fait anachronique mais ces atours d'un autre âge allaient bien avec son maintien plein de dignité. Tout au moins quand Mlle Mathilde ne piquait pas un fou rire car elle était pleine d'humour et d'un caractère vraiment gai. De toute évidence, elle et tante Amity s'entendaient à merveille.

Sa maison lui ressemblait en ce sens qu'elle n'avait rien de moderne. Située près de la Croix des Gardes, elle nichait au milieu d'un véritable jardin exotique un clair pavillon, une sorte de folie dans le style provençal du XVIIe siècle avec de hautes fenêtres à petits carreaux, un toit plat orné aux quatre angles de pots à feu en terre cuite et exhaussé sur une terrasse bordée de buis taillé à laquelle on accédait par un escalier à double révolution encadrant un bassin rond où l'eau ruisselait d'une vasque de pierre en forme de coquille. De cette terrasse adossée à de grands pins la vue était admirable car on découvrait toute la baie de Cannes où sur la mer indigo les îles de Lérins ressemblaient à des corbeilles vertes, la ville nouvelle étirée au long de la Croisette, le port et le vieux bourg dominés par la vieille tour de guet du Suquet, l'église Notre-Dame-d'Espérance et la tour de l'Horloge : des voiles blanches voltigeaient ici et là sur la mer et, dans le port, les marins d'un grand trois-mâts carré sur le point d'appareiller s'activaient dans les haubans.

Servi sous un berceau de jasmin, le déjeuner, œuvre

de Céline qui, avec son époux Constant, formait tout le domestique de Mlle Rivaud, fut simple et délicieux. Il était composé de melons, d'agneau grillé, de salades fraîches et de framboises à la crème. La maîtresse de maison l'égaya en racontant à Alexandra une foule d'histoires sur Cannes et ses habitants réguliers ou temporaires. Elle parla avec amitié de lord Brougham qui avait en quelque sorte découvert et « lancé » Cannes et dont la villa Éleonore-Louise, à présent déserte, s'élevait non loin de chez elle. Elle l'avait connu dans sa jeunesse mais, parmi les habitués de l'hiver, il y en avait un dont elle raffolait : c'était le grand-duc Michel, oncle du tzar, dont la villa Kazbeck renfermait une armée de domestiques et de cosaques et qui avait des manies incroyables :

– Vous rendez-vous compte qu'il ne se rend jamais au golf sans être accompagné d'une vache ?

– Une vache ? s'exclama miss Forbes, mais pourquoi ?

– Pour la faire traire au moment – qu'on ne peut jamais prévoir – où il exigera une tasse de thé. Le samovar et les ustensiles *ad hoc* le suivent toujours sur les greens, la vache aussi et, de cette façon, il est certain d'avoir du lait frais.

En regagnant l'hôtel du Parc, Alexandra se sentait d'humeur plus légère. Même le vol de ses bijoux l'angoissait moins et elle se fût volontiers attardée davantage chez Mlle Mathilde mais le commissaire Langevin arrivait le matin suivant et elle devait le rencontrer vers onze heures comme M. Rivaud en était convenu au téléphone. Ensuite, tout le monde déjeunerait à nouveau dans la jolie maison de Mlle Mathilde.

Ce soir, elle serait seule à l'hôtel puisque Amity et Nicolas se rendaient à leur cercle spirite et elle n'en était pas mécontente. Cela lui permettrait de préparer les réponses qu'elle ferait aux questions du policier et aussi de réfléchir dans le silence, d'essayer de comprendre quelque chose aux étranges réactions de sa sensibilité, de prendre, en quelque sorte, conseil d'elle-même...

Il était écrit, néanmoins, que sa soirée allait être beaucoup moins tranquille qu'elle ne le souhaitait...

CHAPITRE VIII

LE SECRET DE TANTE AMITY

La nuit était superbe, tiède, pleine d'étoiles qui se reflétaient dans le bleu laiteux de la mer. Le parc embaumait le myrte et la fleur d'oranger. Pour mieux goûter ces instants de beauté, Alexandra s'était installée en déshabillé sur une chaise longue de la terrasse après avoir tout éteint dans sa chambre. Elle se sentait merveilleusement bien et commençait même à s'assoupir quand le bruit d'une porte claquée suivi de sanglots convulsifs fit éclater sa paix en mille morceaux.

Vivement relevée, elle constata que tout cela venait de chez sa tante dont la porte-fenêtre donnant sur la même terrasse était éclairée. Elle s'en approcha sans bruit et l'aperçut jetée à plat ventre en travers de son lit comme un vêtement que l'on vient d'abandonner.

Un moment, elle resta là interdite, ne sachant que faire. C'était la première fois qu'elle voyait pleurer tante Amity et ce spectacle lui serra le cœur. Qu'avait-il bien pu lui arriver pour la mettre dans cet état ? Si jamais le coupable était Nicolas Rivaud...

Elle entra doucement, alla jusqu'à la salle de bains pour y prendre une serviette qu'elle mouilla d'eau fraîche et d'eau de Guerlain puis revint vers le lit et s'efforça de relever la tête qu'Amity cachait dans ses bras croisés. Elle entendit un murmure confus qui devait signifier « laissez-moi » mais elle se garda bien d'obéir.

– Tante Amity, supplia-t-elle, permettez-moi de vous aider. Cela me crève le cœur de vous voir pleurer...

– Per... personne... ne peut... rien... pour moi.

– Je suis sûre du contraire parce que je vous aime autant que ma mère et je ne supporte pas de vous voir malheureuse.

– Alors... si vous voulez... faire quelque chose... sonnez une... femme de chambre pour qu'elle fasse... mes bagages et dites... au bureau... de l'hôtel qu'on... me retienne une place... sur le premier train.

– Tante Amity ! Il est dix heures du soir ! Faire lever une femme de chambre serait inhumain et les bureaux de réservation sont fermés.

– Alors... une voiture pour aller... à la gare ! J'attendrai... là-bas !

– En voilà assez ! Vous allez me dire ce qui se passe !

Empoignant Amity par les épaules, elle la retourna comme une crêpe puis l'obligea à se redresser, découvrant un pauvre visage défiguré qu'elle se hâta de rafraîchir :

– Mais qu'est-ce qui a pu vous mettre dans un état pareil ? Vous vous êtes disputée avec M. Rivaud ?

Amity renifla :

– Lui ?... pauvre cher homme !... Il a... essayé de me retenir... et il m'a couru après... mais je me suis cachée. Le... regarder en face m'aurait fait mourir... de honte !

– De honte ?

– De honte...

Et de sangloter de plus belle. Devant ce cataclysme, Alexandra s'efforça de ne pas perdre la tête. Elle sonna le garçon d'étage et lui demanda d'apporter un verre de cognac ou de tout autre remontant énergique. Elle fut obéie en un temps record et revenant vers sa tante qui se tenait tassée sur le lit, les mains inertes sur ses genoux et les larmes coulant sans arrêt de ses yeux, elle lui fit avaler presque de force la moitié du verre.

Miss Forbes s'étrangla, toussa, cracha, renifla puis, saisissant le verre, le vida jusqu'au fond avant de le rendre à sa nièce en disant d'une voix tout de même plus nette :

– Je suis déshonorée aux yeux de mon meilleur ami ! Il faut que je rentre à la maison !

La patience n'avait jamais compté au nombre des vertus de Mrs Carrington. Pour ce soir, elle n'en avait plus de reste et elle décida d'employer les grands moyens :

– Tante Amity ! Ou bien vous me dites ce qui s'est passé ou bien je téléphone à M. Rivaud pour lui demander des explications.

– Vous n'allez pas faire ça ?

– Alors parlez ! Vous n'êtes pas allés à cette séance de spiritisme ?

– Oh si ! fit lugubrement miss Forbes. C'est de là que vient tout le mal, hélas !

– Cette fois vous en avez trop dit ou pas assez. Vous savez que je n'ai jamais aimé ces invocations d'esprits et je ne suis pas autrement étonnée qu'il vous soit arrivé quelque chose de désagréable. Reste à savoir jusqu'à quel point il faut y accorder crédit.

Et sur ce, Alexandra remplit à nouveau le verre qu'elle garda dans ses mains en cas de besoin et vint s'asseoir auprès de sa tante, attendant qu'elle parle.

Cela n'alla pas tout seul. Miss Forbes poussa une collection de soupirs, se donna du courage en sirotant encore un peu de cognac et, finalement, déclara :

– Vous êtes trop jeune encore pour le savoir, Alexandra, mais il y a, dans une vie humaine, certains événements que l'on croit à jamais enfouis sous le poids des années et qui, tout d'un coup, reparaissent sans que l'on sache pourquoi...

– C'est ce qui vous est arrivé ?

– Hélas !

Encore quelques objurgations, une nouvelle menace d'en appeler à M. Rivaud, une nouvelle gorgée de cognac et enfin la vérité se fit jour.

Au début de la séance, miss Forbes, pleine de confiance dans les talents du médium, lui avait fait remettre un gant appartenant à sa nièce avec un petit mot de sa main expliquant que la jeune femme venait de subir un vol important et souhaitait qu'on pût la mettre sur la trace du coupable. Plus tard dans la soirée, Eusapia Palladino, petite femme d'une cinquantaine d'années aux cheveux gris et au profil acéré, prit le gant, déclara qu'il s'agissait de bijoux importants et qu'un homme était l'auteur du larcin mais elle fut incapable d'en donner une description quelconque : elle ne voyait qu'un costume sombre et un visage brumeux. Elle tenait encore dans ses mains le gant et le billet écrit par miss Forbes quand, soudain, sa voix changea et devint celle d'un jeune homme s'exprimant moitié en anglais, moitié dans l'idiome usité sur les quais de Naples. Cela donnait un sabir un peu confus mais qui, pour la pauvre Amity, n'était que trop clair. L'esprit qui venait de surgir était celui d'un certain Virgilio, pêcheur de corail sur l'île de Capri et avec lequel, selon toute apparence, la jeune Amity Forbes avait vécu, jadis, une aventure passionnée au cours d'un voyage qu'elle effectuait avec son frère Stanley et sa gouvernante.

– Il était extraordinairement beau ! Il ressemblait au *Persée* de Benvenuto Cellini qui se trouve à Florence... soupira-t-elle. Un matin où il m'avait convaincue de venir le rejoindre pour me montrer les bains de Tibère, il m'a dit qu'il m'aimait et... et je l'ai cru.

– Jusqu'à quel point ? demanda doucement Alexandra.

– Jusqu'à un point... que l'on n'oublie pas. J'ajoute qu'il m'a convaincue de partir avec lui. Nous avons gagné Amalfi dans sa barque et nous avons trouvé refuge là-bas, chez sa sœur...

– Qu'espériez-vous donc ? L'épouser ?

– Bien sûr ! Je n'imaginais rien de mieux que passer ma vie dans une petite maison sur les rochers... à attendre le retour du pêcheur, à lui faire la cuisine, à élever les enfants...

– Autrement dit : une vie misérable. Et c'est vraiment cela que vous vouliez ?

– Oui. Si délirant que cela puisse vous paraître, oui ! Je voulais vivre à ses côtés, passer mes jours... mes nuits avec lui. Vous ne pouvez pas savoir ce que c'est que de découvrir à dix-sept ans la passion d'un homme jeune et ardent. Je lui dois des heures... inoubliables et dont j'espérais emporter le secret avec moi.

– Et ça s'est terminé comment ?

– De la façon la plus banale. Stanley n'a eu aucune peine à me retrouver et un matin, alors que Virgilio était en mer, il a débarqué avec un officier de police... et pas mal d'argent. La sœur qui n'était pas autrement enchantée de ma présence a été trop heureuse de recevoir une belle somme. Elle l'a peut-être même gardée pour elle. Quant à moi j'ai eu beau protester, me débattre, tenter de fuir, rien n'y a fait. Cette mégère les a aidés à me faire monter en voiture. Quelques heures plus tard, j'embarquais à Naples sur un paquebot à destination de Londres puis dans un autre en partance pour New York. Des jours et des jours de mer enfermée dans des cabines dont je refusais de sortir, alternant les nausées et les crises de larmes. J'étais à moitié morte quand je suis arrivée à Philadelphie mais j'avais la chance d'avoir une mère et une sœur – votre mère à vous – qui m'aimaient assez pour s'atteler à ma guérison. Elles ont réussi et puis... le temps s'est écoulé. J'aimais déjà les chiens, les chevaux...

– Et Thomas Jefferson ?

– Oui, son histoire m'a toujours fascinée et j'ai trouvé plus commode d'aimer un grand homme défunt qu'un petit homme vivant, puisque Virgilio était à jamais perdu pour moi. Et j'avoue qu'avec les années j'en suis venue à considérer cette aventure comme l'une de ces belles histoires qu'on lit dans les romans. Un peu comme si quelqu'un d'autre l'avait vécue... et c'est ainsi que je suis devenue une vieille fille... l'insupportable miss Forbes.

Tendrement, Alexandra prit sa tante dans ses bras et la berça comme un grand bébé :

– Je ne vous ai jamais trouvée insupportable... et je vous aime beaucoup !

– Je sais, ma petite... J'ai toujours pensé que si je devais raconter cette histoire à quelqu'un, ce serait à vous. D'ailleurs souvenez-vous ! Sur la *Lorraine* je vous ai dit que j'avais des souvenirs et qu'un jour peut-être je vous les confierais. Eh bien voilà qui est fait ! Évidemment je n'imaginais pas que ce serait dans des circonstances aussi délirantes...

– Que s'est-il donc passé à cette séance ?

– C'est incroyable mais, tout à coup, cette Italienne en transe s'est exprimée avec la voix de Virgilio... Je sais à présent qu'il est mort mais en l'entendant m'appeler... comme autrefois « Amitia mia »... et dire qu'il n'avait jamais cessé de m'aimer... j'ai cru devenir folle. Il parlait... de notre amour... du premier matin aux bains de Tibère... et des nuits d'Amalfi... Je n'ai pas pu le supporter et je me suis enfuie en courant, laissant certainement derrière moi un affreux scandale.

– Pardonnez-moi mais... votre ami Rivaud n'a rien fait ?

– Bien sûr que si. Il m'a couru après et rattrapée dans le vestibule. J'étais hors de moi et je... je lui ai crié que ce Virgilio avait été jadis mon amant... et que lui je ne voulais plus jamais le voir !

– Ah !... Vous vous êtes attachée à lui, n'est-ce pas ?

– Oui... oui, je l'avoue. C'est véritablement un homme délicieux. Et dire qu'il me prenait pour une demoiselle bien convenable ! Une Messaline sur le retour, voilà ce que je dois être à ses yeux maintenant !

– Si je me souviens bien de vos paroles sur la *Lorraine*, vous m'avez justement dit que vous n'étiez pas Messaline. Je pense d'ailleurs qu'il n'y a aucun point de comparaison...

– C'est peut-être excessif, en effet, mais j'ai perdu son respect à tout jamais... et peut-être aussi le vôtre, ma chérie.

– Et pourquoi, s'il vous plaît ? Parce que vous avez connu l'amour et lui avez cédé ?

– Bien sûr. Comment pourriez-vous comprendre ?

Alexandra se leva, alla se verser un verre de cognac qu'elle avala d'un trait puis revint s'asseoir auprès de la victime du spiritisme :

– Tante Amity, dit-elle avec décision, je vais à présent vous raconter pourquoi j'ai tiré la sonnette d'alarme du Méditerranée-Express... Et vous saurez alors que j'ai été, non pas à deux doigts, mais à un cheveu de faire comme vous...

Il pouvait être neuf heures, le lendemain matin, quand Mrs Carrington, tirée à quatre épingles, descendit faire quelques pas dans le jardin de l'hôtel. Outre qu'elle et tante Amity s'étaient couchées fort tard, elle n'avait guère dormi. Ne sachant trop comment allait se dérouler la suite des événements, elle avait tout de même réussi à convaincre la désespérée de ne pas fuir par le premier train. Pour rien au monde, bien entendu, elle ne voulait la laisser partir seule et il lui fallait au moins rester quelques heures afin de rencontrer ce commissaire Langevin. Il avait la courtoisie de se déranger pour elle et il eût été du dernier grossier de lui tourner le dos de cette façon.

Cependant elle devait prévenir le directeur de leur intention de quitter sa maison le soir même ou, au plus tard, le lendemain matin. Il serait en effet cruel d'imposer un plus long séjour à la pauvre Amity, ensevelie dans son désespoir et sa honte, et fermement décidée à ne quitter sa chambre que pour la voiture de l'hôtel qui la conduirait à la gare.

L'air du matin était bleu, frais, chargé de senteurs marines infiniment agréables et Alexandra eût aimé le respirer plus longtemps mais elle avait un devoir à remplir. Après s'être accordé encore un instant au bord d'un grand bassin de pierre où nageaient des poissons aux couleurs tendres, elle exhala un profond soupir et reprit d'un pas ferme le chemin de l'hôtel.

Au détour d'un if, elle vit M. Rivaud venir à sa rencontre et son aspect extérieur la frappa. Au lieu de l'habituel costume du matin usité sur la Côte et qui se composait d'une veste et d'un pantalon de coutil clair, d'un gilet de piqué blanc, d'un panama et d'une cravate flottante, il portait une jaquette noire, fort bien coupée d'ailleurs, un pantalon gris rayé, un col à coins cassés et un chapeau haut de forme – qu'il ôta dès qu'il l'aperçut – et des gants « beurre frais ». Bref l'équipement complet pour assister à une cérémonie.

Constatant qu'il avait les traits tirés, indice certain d'une nuit inconfortable et qu'il semblait assez ému, elle l'accueillit d'un sourire un peu vague :

– Vous allez au-devant de mes intentions, monsieur, car je rentrais pour vous téléphoner.

– J'en suis heureux, Mrs Carrington, néanmoins je vous prie de bien vouloir excuser l'inconvenance d'une visite aussi matinale.

– Vous êtes tout excusé.

– Soyez-en remerciée ! Je craignais, voyez-vous... qu'une... décision soudaine vous ait déjà fait quitter Cannes. Ce dont j'aurais été... profondément malheureux.

En fait, il n'avait pas l'air à son aise. Entre ses favoris légers, son aimable visage était tout retourné et Alexandra aurait juré qu'il y avait des larmes dans ses yeux. Visiblement, il avait besoin d'aide.

– Si je peux quelque chose pour vous, dit-elle d'un ton encourageant, n'hésitez pas à me le demander. Excusez ma franchise mais vous avez l'air bouleversé. Les événements imprévus d'hier soir, je pense ?

Au mépris de tout protocole, il tira un mouchoir de sa poche et s'épongea le front :

– Vous n'imaginez pas à quel point ce fut horrible ! soupira-t-il. Nous avons d'abord dû essuyer une manifestation de l'Association des Amis de la Libre Pensée associée à je ne sais quelle loge de matérialistes qui s'est traduite par la chute imprévue d'un conseiller référendaire dans la fosse d'orchestre. Nous avons eu beaucoup de mal à expulser tous ces gens et à retrouver le silence et le recueillement sans lesquels aucun médium ne saurait entrer en transe. Cette malheureuse Eusapia n'y arrivait d'ailleurs pas. Il n'y a eu aucun phénomène intéressant et pas l'ombre d'une matérialisation, si j'ose m'exprimer ainsi. Elle a répondu à quelques questions et puis... et puis il y a eu ce... ce drame.

Il prit un temps puis, avec une grande timidité :

– Puis-je vous demander comment... comment se porte miss Forbes, ce matin ?

– Je n'en sais rien. Elle dort encore. Mais hier au soir c'était affreux. Elle était malade de honte, se proclamait déshonorée.

– Déshonorée ? Mais je ne vois pas du tout pourquoi ?

– Vous êtes un homme, vous ne pouvez pas comprendre. Elle a été bouleversée de voir resurgir un épisode lointain et douloureux. En outre, elle est persuadée d'avoir causé un affreux scandale. Elle dit qu'elle n'osera plus jamais vous regarder en face, Mlle Mathilde et vous...

Comme si un ressort venait de se détendre dans sa personne, M. Rivaud se leva soudain, enfila ses gants et s'inclinant devant Alexandra :

– Mrs Carrington, dit-il avec gravité, puisque vous êtes ici la seule représentante de votre famille, j'ai l'honneur de vous demander la main de miss Forbes, votre tante...

De saisissement, Alexandra se laissa choir sur un banc qui, par bonheur, se trouvait là.

– Vous voulez épouser tante Amity ?

– Je n'ai pas de plus cher désir. Depuis que je la connais, j'ai conçu pour elle une profonde tendresse renforcée d'un infini respect. Nous aimons être ensemble et elle possède un extraordinaire sens de l'humour. Ma sœur partage en grande partie ces sentiments.

– Vous voulez épouser tante Amity ! répéta Alexandra qui ne s'en remettait pas.

– Est-ce si difficile à admettre ? Nous ne sommes jeunes ni l'un ni l'autre et nous avons tous deux suffisamment souffert de la vie pour savoir qu'elle nous offre peut-être une chance non négligeable. J'ajoute que je possède assez de fortune pour offrir à ma femme la vie qui lui plaira.

Mrs Carrington gardant toujours le silence, il ajouta, un peu gêné à présent :

– Évidemment, je comptais attendre encore un peu pour lui faire cette proposition mais... les événements d'hier l'ont tellement bouleversée que j'ai eu peur... de la perdre. C'est pourquoi je me suis permis de venir si tôt. Je serais navré si ma demande... vous déplaisait en quoi que ce soit et je... je comprendrais très bien que vous refusiez... d'en faire part à miss Amity. J'aurai alors l'honneur, ajouta-t-il d'un ton devenu soudain très ferme, de la lui présenter en personne. Même si, pour cela, je dois la suivre jusqu'à Philadelphie. Je... je l'aime ! Voilà ! Vous savez tout !

L'allure était martiale mais Nicolas Rivaud avait tout de même les larmes aux yeux et le cœur d'Alexandra fondit. Elle se releva, prit l'excellent homme aux épaules et l'embrassa sur les deux joues.

– Je lui présenterai votre demande dès qu'elle sera réveillée et j'espère sincèrement pouvoir, un jour prochain, vous appeler oncle Nicolas. Après la secousse d'hier rien ne pouvait lui faire plus de bien. Je crois qu'elle partage vos sentiments.

– Oh, vraiment ?

– J'en suis à peu près certaine.

– Et... votre famille ? Comment prendra-t-elle ce mariage, à votre avis ?

– Honnêtement je n'en sais rien mais vous avez pour vous un atout important puisque l'un de vos ancêtres a combattu pour notre indépendance.

– Je ne vous remercierai jamais assez et je...

– Chut ! Nous verrons cela plus tard. Et pour changer de sujet, est-ce que votre policier est arrivé ?

– Oui. Il vous attend chez ma sœur. Peut-être, ajouta-t-il en tirant de son gousset une belle montre en or, est-il encore un peu tôt ? Nous avions dit onze heures. Il est vrai qu'il faut le temps de monter à la Croix-des-Gardes.

– Je vais vous dire ce que nous allons faire : rentrer à l'hôtel, afin que vous puissiez déguster en paix le bon café dont vous avez sans doute le plus grand besoin. Pendant ce temps, je parlerai à ma tante puis je vous rejoindrai tandis qu'elle se préparera. Si elle accepte de devenir Mme Rivaud, vous n'aurez qu'à revenir la prendre pour le déjeuner lorsque je m'entretiendrai avec le commissaire. Sinon...

– Sinon c'est moi qui viendrai déjeuner avec elle. C'est une cause pour laquelle je suis tout à fait décidé à me battre !

– Il est possible en effet que vous soyiez plus convaincant mais je vous préviens : d'abord elle est têtue et ensuite il faut surtout éviter qu'elle vous croie animé par la pitié ?

– La pitié ? C'est une femme pour laquelle on doit pouvoir éprouver toutes sortes de sentiments mais certainement pas de la pitié...

En pénétrant un instant plus tard dans la chambre de sa tante, Alexandra pensa que Nicolas se trompait et que tante Amity pouvait être pitoyable : affalée plus qu'assise dans son lit, les cheveux en désordre et la figure sillonnée par de nouvelles larmes, elle trempait d'un air absent un croissant dans sa tasse de café et même l'y oubliait.

Alexandra vint s'asseoir au bord du lit, ôta prudemment la tasse qui menaçait de déborder sans obtenir d'ailleurs la moindre réaction puis, jugeant que les préliminaires n'étaient pas de mise et qu'il serait plus salutaire de frapper un grand coup, elle déclara paisiblement :

– Je viens de voir M. Rivaud. Il m'a demandé votre main.

Il y eut un silence, troublé seulement par un reniflement. Puis, Amity souleva péniblement ses paupières et offrit à sa nièce un regard d'épagneul battu. Enfin, Alexandra entendit :

– Il a demandé quoi ?

Pensant qu'on l'avait mal entendue, la jeune femme haussa la voix :

– Votre main ! Il veut vous épouser parce qu'il vous aime. Et moi je trouve ça très bien ! Alors cessez de pleurer !

– Ne criez pas ainsi, je ne suis pas sourde ! fit miss Forbes et, un instant plus tard, elle éclatait en sanglots tout en jaillissant de son lit avec tant d'impétuosité que le contenu du plateau se renversa, partie sur sa chemise de nuit, partie sur les draps puis elle se jeta dans les bras de sa nièce... qui n'eut plus qu'à aller se changer après avoir tout de même réussi à démêler des propos confus de sa tante qu'elle s'estimait la femme la plus heureuse du monde ou quelque chose d'approchant. Ce qui n'était pas autrement évident...

Un moment plus tard, ravissante dans une robe de

foulard blanc ornée de pois multicolores et sous un chapeau de paille d'Italie soutenant un vrai parterre de fleurs, Alexandra rejoignait M. Rivaud qui avalait d'un air absent sa quatrième tasse de café et devenait nerveux.

– Oncle Nicolas, dit-elle gaiement, je crois que vous allez pouvoir nous offrir du champagne à midi!

Et ce fut lui, cette fois, qui lui tomba dans les bras. En pleurant.

Le commissaire Langevin fit à Alexandra l'effet d'un homme uniformément gris : le costume, les yeux, la moustache et la barbiche. L'expression normale de son visage était la lassitude et il semblait toujours sur le point de succomber au sommeil. Néanmoins, il ne fallait pas s'y fier : sous son air endormi, il couvait des réactions aussi brutales qu'imprévues.

Assis au centre d'un petit salon tendu de toile de Jouy derrière une table de jeu à pieds de biche garnie de velours vert rayé, il écoutait Alexandra lui raconter comment elle avait été amenée à tirer le signal d'alarme du Méditerranée-Express :

– Il m'arrive rarement de voyager seule, expliquait-elle, et je ne suis pas habituée aux trains français. J'ai été prise... d'une crise de claustrophobie dans ce compartiment trop bien fermé. Je me sentais étouffer...

– Vous pouviez aller dans le couloir, ou même retourner au wagon-restaurant.

– Sans doute mais c'était insuffisant. Il aurait bien fallu que je rentre dans cette boîte capitonnée à un moment ou à un autre.

– C'est bien la première fois que j'entends une voyageuse se plaindre du confort d'un sleeping. Si vous vous sentiez souffrante, vous pouviez aussi descendre à Dijon ?

– Je sais, soupira la jeune femme, mais je pensais que cela passerait.

– Et cela n'a pas passé ?

– Non. C'est même devenu insupportable. Alors...

Le relatif silence d'une pièce ouverte largement sur un jardin empli de chants d'oiseaux s'établit entre les deux personnages. Sous ses paupières à peine soulevées, Langevin contemplait en artiste le délicat profil de cette femme ravissante qui se détachait sur le velours vert de la profonde bergère à oreilles où elle était assise. Sous la masse lumineuse de ses cheveux elle avait quelque chose d'irréel et le policier estima que cette Américaine était sans doute l'une des dix ou douze plus belles créatures du monde. Rien d'étonnant à ce qu'elle suscitât des passions et aussi des haines, leur contrepartie logique.

Il toussota pour s'éclaircir la voix mais n'éleva pas le ton en demandant :

– Vous êtes bien certaine de me dire la vérité ?

– Monsieur le commissaire ! protesta Mrs Carrington, je ne vois pas ce qui pourrait vous inciter à penser le contraire.

– Vraiment ? Loin de moi la pensée de vous offenser, madame, mais... les choses seraient plus simples si vous vouliez bien voir en moi autre chose qu'un policier. Il arrive que, dans certains cas, notre rôle s'apparente à celui du confesseur.

– N'étant pas catholique, je n'ai jamais eu de confesseur, riposta sèchement la jeune femme. En outre, je vois mal ce que je pourrais avoir à vous confier.

– Pas même... ceci ?

Tirant de sa poche un journal, il le déplia, l'ouvrit à la page qui convenait, souligna quelque chose d'un trait de crayon puis tendit le tout à Alexandra. C'était un numéro du *Journal* datant de la veille et l'article était signé de Jean Lorrain.

Avec sa verve habituelle, le chroniqueur y racontait les mésaventures d'une belle Américaine qui, durant plusieurs semaines, avait fait l'ornement des salons parisiens et qui, prise d'une soudaine envie de voyager, s'était embarquée à bord d'un train en partance pour la Côte d'Azur au moment même où l'un de ses plus ardents admirateurs prenait place à bord du même train. Cet homme, un fort grand seigneur, était curieusement descendu en gare de Dijon où il n'avait sans doute rien à faire et, chose étrange, quelques kilomètres plus loin, la belle dame, incapable sans doute de supporter son départ, tirait le signal d'alarme et se faisait déposer à Beaune. Il s'agissait là, très certainement, de l'aboutissement logique d'un roman mondain comme Paris en voyait fleurir à chaque printemps. Le Méditerranée-Express aurait même retenti des échos d'une dispute à la suite de laquelle le gentilhomme aurait choisi de quitter le train suivi à courte distance par sa belle amie. Le signataire de l'article supposait aimablement qu'une réconciliation pouvait avoir eu lieu dans quelque agréable auberge d'une côte qui, si elle n'était pas d'azur mais d'or, offrait bien des délices à qui savait les découvrir. Naturellement, aucun nom n'était mentionné mais une simple initiale devenait très révélatrice.

Lorsque Mrs Carrington eut achevé sa lecture, elle était si pâle et si visiblement bouleversée que Langevin eut pitié d'elle. S'il n'avait pas cru un mot de son histoire de claustrophobie, la version de Lorrain lui inspirait une instinctive méfiance. D'abord parce qu'il ne l'aimait pas et haïssait le plaisir que ce favorisé de la fortune prenait à faire le mal. Ensuite à cause de la souffrance réelle qu'il lisait dans les yeux de cette femme... Elle avait laissé tomber la feuille et à présent semblait absente :

– Il était descendu à Dijon, murmura-t-elle pour elle-même plus que pour son interlocuteur. Si j'avais su...

Abandonnant son siège derrière cette table qui lui donnait un air un rien trop officiel, le commissaire tira un fauteuil et vint s'asseoir près d'Alexandra :

– Oubliez un moment ce torchon, madame, et tâchons d'y voir clair dans cette affaire peu banale ! Voulez-vous enfin m'accorder votre confiance et me dire ce qui s'est réellement passé ?

– Oui, parce que j'en viens à croire que vous êtes ma seule chance de réparer plus ou moins ma réputation qui, à cette heure, doit être en morceaux. Ce misérable n'a pas perdu de temps pour se venger d'une rebuffade...

– Que lui avez-vous fait ?

Alexandra raconta la scène du wagon-restaurant et comment, agacée par ses attaques contre ses compatriotes, elle avait prié le journaliste d'aller dîner ailleurs :

– J'ai hérité à sa place d'une lady Glossop qui n'était pas beaucoup plus récréative et j'ai abrégé mon repas en demandant que l'on me serve le café chez moi.

– Bien. A présent, dites-moi : le duc de Fontsommes, puisqu'il doit s'agir de lui si je traduis bien l'initiale et la description de Lorrain, était-il aussi au wagon-restaurant ?

– Non. J'ignorais même sa présence dans le train sinon j'en serais descendue en gare de Lyon. C'est à cause de lui que j'ai quitté Paris et il était la dernière personne que je souhaitais rencontrer.

– Je vois. Pouvez-vous maintenant m'en dire plus ? J'ajoute que ma discrétion vous est acquise pour tout ce qui pourrait blesser votre sensibilité.

– Je n'en doute pas... Donc, M. de Fontsommes s'était arrangé pour qu'à l'exception du conducteur personne ne sût sa présence à bord du Méditerranée-Express. J'admets que, ces dernières semaines, on nous a beaucoup vus ensemble et que... j'avais plaisir à sa compagnie...

– Seulement plaisir... ou un peu plus ?

– Si vous le connaissez vous devez savoir qu'il est fort séduisant et que sortir avec lui est plutôt flatteur. Je reconnais cependant qu'il m'a inspiré... un peu plus que de la sympathie... De son côté, il semble qu'il en ait tiré des conclusions peut-être excessives.

Et de raconter avec une netteté et une franchise que Langevin admira sans réserve tout ce qui s'était passé entre elle et Jean à Versailles d'abord et ensuite dans le Méditerranée-Express.

– Après cette scène vraiment éprouvante j'ai été prise d'une terrible envie de fuir ce train. Ignorant que le duc était descendu à Dijon, je ne m'y sentais plus en sûreté et lorsque je dis que j'y étouffais, je ne travestis en rien la vérité. Il fallait que je sorte à n'importe quel prix.

Langevin se permit un sourire :

– Le prix a dû être assez élevé. Cela coûte cher de stopper un express...

– C'était de peu d'importance en comparaison de la sensation de liberté et aussi de sécurité que j'ai éprouvée. En outre j'ai découvert une ville ravissante.

– Je suis né à quelques kilomètres de Beaune et je suis heureux que vous l'ayez appréciée... A présent revenons-en au vol de vos bijoux : si je m'en tiens à ce que m'a appris mon ami Rivaud, vous n'avez perdu votre mallette de vue que durant le temps de ce dîner en compagnie de Lorrain d'abord, de la vieille lady ensuite ?

– Absolument et là-dessus je suis formelle. Pendant ma nuit à Beaune, ma chambre était bien fermée et lorsque je suis allée visiter la ville comme au cours des repas, je l'ai gardée avec moi. Ce n'est pas un bagage très lourd ni très encombrant.

– Bien. De ce que vous me dites, il ressort que, dans le Méditerranée-Express, deux personnes seulement ont pu accomplir le vol : le conducteur, mais je ne vous cache pas que cela m'étonnerait beaucoup car je le connais depuis longtemps...

– Moi aussi. Je l'ai rencontré en Chine quand il était interprète à la légation de France. Il a contribué à me sauver la vie... Qui est la deuxième personne ?

– Cela tombe sous le sens : le duc de Fontsommes.

– Ah, vous trouvez ? Mais, commissaire, c'est absurde ! Le duc est riche à ce que l'on m'a dit.

– Très riche même et je vous avoue que je le vois mal se lançant dans une entreprise de ce genre envers la femme à laquelle il allait demander de l'épouser. Il nous reste les deux autres voyages en train que vous avez effectués pour venir jusqu'ici. Il faut me décrire aussi fidèlement que possible vos compagnons de route et me dire où se trouvait alors votre mallette. Sur vos genoux ?

– Tout de même pas. Elle était dans le filet au-dessus de ma tête avec mon sac de nuit.

– Vous êtes-vous endormie ?

– Oui. Entre Mâcon et Lyon d'une part et ensuite après Marseille, mais personne n'aurait pu prendre cette cassette sans que je m'en aperçoive.

– A un voleur habile tout est possible...

– Même d'ouvrir un bagage sans fracturer la serrure ni forcer le cadenas ?

– Même ça. L'Amérique est-elle donc un pays si

vertueux qu'elle n'ait à souffrir d'aucun cambrioleur de grande classe ?

– Il y a chez nous trop de gens riches pour ne pas exciter la convoitise. Nous avons nous aussi nos aigrefins. Mais, si je repense à mes compagnons de voyage, aucun ne ressemblait à un grand voleur.

– A quoi ressemble, selon vous, un voleur de classe ? fit le commissaire avec un sourire.

Alexandra réfléchit un instant puis s'avoua vaincue :

– Au fond je n'en sais rien du tout, n'ayant comme modèle que ceux que l'on voit au théâtre.

– Alors, vous allez, à présent, me décrire aussi soigneusement que possible ceux qui ont voyagé avec vous.

Elle le fit avec une grande conscience, s'appliquant comme une petite fille à qui l'on a donné un devoir difficile mais elle avait une excellente mémoire et, surtout, elle oubliait rarement un visage. Langevin l'écouta attentivement, prenant quelques notes dans un carnet.

– Pensez-vous tirer quelque chose de tout cela ? demanda-t-elle quand elle en eut terminé.

– Oh oui ! C'était fort instructif et je crois pouvoir affirmer que le vol doit avoir eu lieu avant Lyon. Après, il y avait trop de monde dans votre compartiment et à moins de supposer que vous êtes tombée au milieu d'une bande organisée...

– Avant Lyon ? Vous voulez dire que le coupable pourrait être ce monsieur si aimable et si respectable, si drôle aussi avec sa casquette à bavolets ?

– Eh oui ! Il s'est présenté sous le nom de Moineau ?

– En effet.

– Eh bien, nous allons essayer de le retrouver. Votre description vient de réveiller un vieux souvenir. Permettez-moi de vous remercier... et de vous libérer. Votre supplice est terminé.

– Vous avez fait en sorte que ça n'en soit pas un. C'est à moi de vous remercier.

Le déjeuner qui suivit fut des plus animés. Alexandra ayant tenu à ce que chacun prît connaissance du « papier » de Jean Lorrain, ce fut un tollé unanime. Pour sa part, M. Rivaud prit la chose avec gravité :

– Cet homme vous a bien dit qu'il se rendait à Nice ?

– Oui. J'ignore pour combien de temps, par exemple. Sa mère possède une maison avenue de l'Impératrice.

– Parfait. Je vais aller le voir cet après-midi même...

– Nicolas ! s'écria miss Forbes qui s'empourprait chaque fois qu'elle prononçait le prénom de son « fiancé ». Est-ce que ce n'est pas un peu dangereux ?

– Dangereux ? protesta Mlle Mathilde. Ce n'est pas mon frère qui risque de recevoir des coups de canne, c'est l'autre.

L'image qu'elle évoquait détendit l'atmosphère. On but avec enthousiasme au bonheur des futurs époux, à l'arrestation du voleur d'Alexandra et au châtiment bien mérité d'un homme de plume venimeux.

N'ayant rien d'autre à faire en attendant le train du soir qui le ramènerait à Paris, le commissaire Langevin choisit d'accompagner son ami dans son expédition punitive et les deux Américaines rentrèrent à l'hôtel. Tante Amity souhaitait écrire à sa famille pour lui annoncer son prochain mariage.

– Je me demande comment ils vont réagir ? plaisanta Alexandra. Vous croyez qu'oncle Stanley va nous arriver un beau jour flanqué d'un commissaire de police pour vous arracher à votre séducteur.

– Je ne suis pas certaine, Alexandra, que cette allusion à un passé regrettable soit du meilleur goût ! dit

Amity avec sévérité. Cette fois, je ne crois pas avoir grand-chose à craindre et je suis persuadée que votre mère sera enchantée. Quant à l'aîné de vos oncles, Richard, je sais d'avance ce qu'il va dire : « J'ai toujours pensé qu'Amity était timbrée et c'est une excellente chose qu'un homme courageux accepte de s'en charger. Grand bien lui fasse ! »...

Alexandra se mit à rire et déclara qu'elle allait écrire elle aussi à Philadelphie pour faire connaître à la famille tout le bien qu'elle pensait de Nicolas Rivaud. C'était tellement gentil à lui de prendre en main, dès à présent, les intérêts de sa future nièce ! D'ailleurs, elle espérait bien que le nouveau couple – le mariage aurait lieu à Paris dans trois semaines – l'accompagnerait lorsqu'elle regagnerait les États-Unis dans les débuts du mois d'août.

Elle pensa aussi annoncer la nouvelle à Jonathan. Assister au mariage de sa tante était une raison plus que suffisante pour prolonger son séjour en France mais elle ne voulut pas employer ce moyen. La lettre impérative du juge Carrington lui restait sur le cœur et elle était à présent tout à fait décidée à ne donner aucune nouvelle jusqu'à ce que Jonathan prenne conscience de ce qu'il avait fait. Ce serait une excellente leçon pour lui d'apprendre le mariage de tante Amity par quelqu'un d'autre que par sa femme...

Repoussant le souvenir de son époux pour qui elle ne se sentait plus aucune tendresse, Alexandra, son courrier achevé, retourna au jardin où seul un couple âgé se promenait à petits pas. Le château abandonné l'attirait et aussi l'ombre de cette femme qui s'y attachait, celle que l'on appelait la « Duchesse ». Lentement elle en fit le tour, saisie d'une étrange tristesse devant les murs où les plantes grimpantes n'arrivaient pas à masquer les fissures. La demeure abandonnée s'en allait lentement vers sa mort définitive. Un jour, peut-être prochain, elle ne serait plus qu'une ruine romantique auprès de laquelle les jeunes couples en voyage de noces s'en iraient rêver.

Cette pensée lui fit sentir, soudain, sa solitude. Elle était en froid avec Jonathan et elle avait rejeté loin d'elle, à jamais sans doute, le seul homme qui eût fait battre son cœur presque jusqu'à la reddition. Elle savait, à présent, qu'elle ne verrait pas Jean apparaître au détour d'une allée de ce parc ainsi qu'elle l'avait espéré secrètement et en éprouvait une tristesse dont elle ne mesura pas la profondeur.

Ainsi, il avait quitté le train peu de temps après la scène qui l'avait si profondément bouleversée ? Où pouvait-il être, à cette heure ? A Paris ou au bout du monde ? Les derniers mots qu'ils avaient échangés résonnaient encore dans sa mémoire : « Pour toujours alors ? – Je l'espère bien... » et maintenant, ils rendaient un son étrangement tragique. Avec le recul du temps, sa colère et son indignation s'étaient dissipées et si elle ne regrettait pas encore d'avoir maintenu haut et ferme l'étendard de sa vertu, elle en venait à se reprocher une trop grande dureté. L'amour de Jean, et il semblait sincère, ne méritait pas cela. Après tout, il l'avait suppliée de l'épouser, d'accepter d'être sa duchesse contre les vents et les marées d'antiques traditions familiales où le divorce ne devait pas être admis et moins encore un mariage avec une divorcée, en dépit du chagrin d'une mère profondément attachée sans doute à sa religion et peut-être contre sa propre situation dans la haute société. Une chose était certaine : elle avait eu très peur et de là venait tout le mal, mais elle se demandait si les choses se passeraient à présent de la même manière. Depuis qu'elle avait retrouvé tante Amity, elle baignait dans une atmosphère d'amour tout à fait inattendue. Il y avait eu la double découverte du roman secret de sa tante et, par la même occasion, de la jeune femme qu'elle avait été. Amity n'était pas une vieille fille ignorante des joies de la chair. Elle avait connu la passion et pour cette passion elle était prête à accepter une vie misérable, tellement éloignée de son existence habituelle!... Sans doute, avec le temps, l'eût-elle regretté et elle devait y penser à présent que le destin lui offrait une nouvelle chance de bonheur. Un bonheur différent sans doute mais qui devait avoir sa valeur.

A la lumière de tout cela, la femme de Jonathan Carrington essayait de voir clair en elle-même. Son mariage avait été une sorte de... oui, de challenge! Elle avait voulu le plus beau parti possible et elle l'avait gagné mais elle savait bien que jamais, dans les bras de son époux, elle n'avait connu cette fièvre éprouvée dans ceux de Jean et que la folie était absente de leurs étreintes. Lorsque Jonathan la rejoignait dans son lit, elle l'accueillait volontiers, mais n'ayant jamais été initiée au vrai plaisir des sens, elle se laissait aimer sans chercher à découvrir autre chose.

Elle revoyait tante Amity à bord de la *Lorraine* buvant du champagne après avoir posé les aventures d'*Huckleberry Finn* et elle l'entendait lui affirmer qu'elle « ignorait tout des joies du septième ciel ». Elle savait à présent que sa tante parlait en connaissance de cause.

Que se passerait-il si elle se retrouvait en présence du duc de Fontsommes? S'il avait regagné Paris cela se produirait immanquablement et alors... alors, il faudrait bien qu'elle essaie d'effacer le mal qu'elle lui avait fait. Peut-être souffrait-il beaucoup et, avec ce bel égoïsme féminin, elle l'espérait plus ou moins. Ce serait sans doute un jeu grisant de le reconquérir et, pourquoi pas, d'oublier, ne fût-ce qu'une seule nuit, qu'elle était une femme honnête, une épouse respectable et une grande mondaine new-yorkaise ?...

Tout à coup, elle eut envie de rentrer à Paris. Ce beau pays s'endormait aux approches de l'été et ne se réveillerait que l'hiver venu. Et comme il n'y avait vraiment aucune chance d'y rencontrer le gentilhomme qui occupait tellement ses pensées...

Aussi fut-ce avec une secrète satisfaction qu'elle accueillit le retour à Cannes des deux chasseurs bredouilles : Jean Lorrain n'avait séjourné à Nice que quarante-huit heures : une affaire urgente l'avait rappelé à Paris.

– Voilà qui me dicte ma conduite, déclara Nicolas Rivaud. Je partirai par le même train que mon ami Langevin...

D'une même voix, Amity et Alexandra annoncèrent qu'elles les suivraient très certainement le lendemain :

– Si simple que soit la cérémonie que nous projetons, elle exige tout de même quelques préparatifs.

– Vous ne voulez pas assister à la dernière séance de cette Mme Palladino ? demanda en toute innocence Mlle Mathilde que son frère n'avait pas jugé bon de mettre au courant du drame dont le médium avait été l'involontaire truchement.

– Non, dit miss Forbes. J'en ai assez vu. Et si je ne regrette pas d'avoir fait le voyage de Cannes pour elle, je reconnais volontiers que le spiritisme a perdu pour moi beaucoup de son intérêt...

– Comme c'est curieux ! Vous employez à peu de chose près les mêmes termes que Nicolas. On jurerait que cette Italienne vous a dégoûtés tous les deux de la fréquentation des esprits ?

– Ça peut s'expliquer facilement, dit son frère en prenant la main de sa fiancée. Sans nier le bien que peuvent faire certains cercles honnêtes comme celui où nous nous sommes rencontrés, je crois que nous cherchions l'un et l'autre un dérivatif à une trop grande solitude, Amity a perdu jadis un ami cher, moi j'ai perdu Marguerite et notre fils unique. A l'un comme à l'autre les consolations de l'Église nous semblaient à la fois sévères et irréelles. C'était bon d'essayer d'entrer en contact avec ceux que nous avons perdus. A présent, nous nous sommes trouvés et, sans oublier nos anciennes amours, nous avons découvert que nous pouvions vivre l'un près de l'autre et y trouver le bonheur.

– Eh bien, soupira la vieille demoiselle, voilà une bonne chose de faite ! Vous allez redevenir fréquentables et personne ne s'en réjouit plus que moi. Je vous en donnerai la preuve en « montant » à votre fichu Paris pour votre mariage ! Il doit y avoir vingt ans que je n'y ai mis les pieds.

– Vous ne quittez jamais Cannes ? demanda Alexandra.

– Pour quoi faire ? A-t-on envie de visiter l'enfer quand on la chance d'habiter le paradis ?

– Sans doute mais les voyages peuvent avoir du charme.

– Je ne les ai jamais aimés. Voyez-vous, ma petite, je suis une vieille vestale qui s'imagine vouée au dernier supplice si elle laisse s'éteindre le foyer familial...

– Vous avez des serviteurs tout à fait capables de l'entretenir... et j'aimerais beaucoup vous présenter notre domaine familial de Delaware Bay ainsi que Philadelphie...

– Pas New York ?

Le regard d'Alexandra embrassa le paisible et chatoyant panorama que l'on découvrait de la terrasse, le bleu intense de la mer, l'exubérance du jardin fleuri et pour finir la silhouette fragile et hors du temps de Mlle Mathilde. Amity alors l'entendit murmurer ces mots impensables quelques semaines plus tôt chez l'arrogante Mrs Carrington.

– Non. New York ne vous plairait pas. C'est une ville sale où le mauvais goût s'étale trop souvent... Elle n'est pas faite pour vous mais vous pourriez aimer Philadelphie.

Ce fut alors au tour de Nicolas de se perdre en conjectures quand sa sœur répondit :

– Vous me tentez, ma petite! Nous verrons! Je ne dis pas non...

Deux jours plus tard, débarquant au matin d'un Méditerranée-Express dépourvu cette fois de toute originalité et on ne peut plus quotidien, Mrs Carrington et la future Mme Rivaud opéraient leur entrée dans le hall du Ritz où, au mépris de tout protocole, Olivier Dabescat vint les saluer en personne.

– C'est avec un grand soulagement que nous avons appris hier soir l'annonce de votre retour, Mrs Carrington et miss Forbes, dit-il aux voyageuses.

– Du soulagement ? fit Amity. Votre hôtel manque-t-il à ce point de clients ? Menacez-vous de faire faillite ?

– Grâce à Dieu, il n'en est rien. Nous sommes même débordés. Seulement hier matin nous avons reçu une jeune demoiselle, miss Hopkins, qui vous a réclamée en disant qu'elle est votre belle-sœur.

– Cordélia. Ici ?

– Oui, en compagnie de deux dames de New York et nous ne savions s'il fallait vous avertir de cette arrivée ou conseiller à notre nouvelle cliente de vous rejoindre à Cannes. A notre grand regret nous n'avons pu lui offrir qu'un appartement au second étage. La semaine du Grand Prix approche et, à vingt-quatre heures près, nous ne pouvions rien lui offrir du tout...

Il aurait pu discourir ainsi pendant un long moment ; Alexandra ne l'écoutait pas. Une seule chose pouvait l'intéresser : que venait faire ici la sœur de Jonathan ?

CHAPITRE IX

UN SEUL ÊTRE VOUS MANQUE...

– C'est tout simple ! Je suis venue choisir ma robe de mariée à Paris. Je n'ai rien trouvé qui me plaise à New York...

– Vous vous imaginez que je vais croire ça, Délia ? fit Alexandra en souriant. Dites la vérité : c'est Jonathan qui vous envoie ?

– Lui ? Pauvre cher garçon ! Il ignore tout de mon escapade. Aux dernières nouvelles il était à Washington pour je ne sais quel congrès. Je n'ai jamais compris cette passion que nos Américains éprouvent pour ces grandes réunions. Je suppose que ce sont de bonnes occasions d'oublier un peu le foyer conjugal. Quant à moi...

– N'essayez pas de noyer le poisson, jeune fille ! Si Jonathan n'est pas au courant votre mère doit l'être... ou bien vous êtes-vous enfuie en quelque sorte ?

– Bien sûr que non. Maman est tout à fait d'accord, ce qui veut dire qu'elle s'en moque complètement. Vous savez que nous nous portons mutuellement une affectueuse indifférence ? Quand je me suis embarquée, elle faisait ses bagages pour Newport. Elle était aux cent coups : la dernière tempête a malmené le yacht familial...

– Et de deux ! ironisa Mrs Carrington. A présent

causons du troisième personnage pouvant prétendre à quelque influence sur vous : votre fiancé ? Ne me dites pas que ce cher Peter, qui ne sera tranquille que lorsqu'il vous aura passé l'anneau au doigt, vous a encouragée à venir faire des folies à Paris ? Cela ne lui ressemblerait guère.

– Je vous accorde qu'il n'est pas très content mais il s'en remettra. Je lui ai bien expliqué que je ne me sentais pas le courage de me passer la corde au cou sans un dernier petit tour dans les boutiques françaises. Il a fini par admettre...

– ... que cela valait tout de même mieux que de vous voir repousser encore la date de votre mariage ? Je jurerais que vous lui avez tenu ce genre de discours...

– Disons que je l'ai suggéré... mais sans méchanceté. C'est mon dernier caprice et voilà tout ! J'ai promis de rentrer avec vous.

– Il n'en est pas question ! Je ne rentrerai qu'au mois d'août et vous avez mille choses à faire pour votre mariage...

– Je n'ai rien à faire du tout. Ceci regarde ma mère, Peter et un tas de gens mais pas moi ! Vous n'imaginez pas que j'aie traversé l'océan pour huit jours ?

– Soyez raisonnable ! Vous tenez vraiment à faire souffrir ce pauvre Peter ?

Délia haussa les épaules puis se mit à virevolter à travers le salon, examinant les objets qu'Alexandra avait achetés depuis son arrivée et passant d'un biscuit de Sèvres à un tableautin signé Renoir.

– Il ne souffre pas vraiment. L'attente, vous savez bien que c'est délicieux et ensuite il n'appréciera que mieux le bonheur de vivre en ma compagnie. Vous allez toujours à Venise ?

– Oui, fit assez sèchement Mrs Carrington. Je suis

invitée par des amis pour assister, le 18 juillet, à la fameuse fête du Rédempteur. Mais comment pouvez-vous savoir ?

– Par Jonathan, bien sûr. Il était furieux mais si cela en vaut la peine, j'estime que vous avez raison... Et j'aimerais beaucoup vous accompagner. Vos amis seront peut-être assez gentils pour m'inviter aussi ?

Alexandra se contenta de soupirer. Délia était toujours la même : charmante et d'une humeur égale, pleine de vie et de gaieté... mais déplorablement mal élevée parce que trop gâtée par la nature d'abord et par un frère aîné qui, en fait, ne savait rien lui refuser. Sa mère qu'elle amusait lui laissait la bride sur le cou et, depuis qu'elle avait jeté son dévolu sur Peter Osborne, le pauvre garçon, éperdument amoureux, était autant dire réduit à l'esclavage.

En la regardant aller et venir, ouvrir un carton à chapeau pour en tirer une toque composée de tulle bouillonné autour d'un bouquet de muguet et se mettre à l'essayer devant une glace, elle pensa qu'elle était en train de devenir une des plus jolies filles de New York sinon la plus jolie, et elle n'avait que dix-huit ans. Elle avait la nerveuse finesse d'un pur-sang, une taille presque trop mince portée sur de longues jambes mais qui mettait bien en valeur une poitrine haute et ronde. En fait, avec ses cheveux d'un blond argenté et ses larges prunelles transparentes de ce bleu-vert des belles turquoises, elle ressemblait à une Norvégienne ou à une Danoise plus qu'à une fille née sur les bords de l'Hudson.

Prenant soudain conscience de l'examen qu'elle subissait, Délia revint vers sa belle-sœur dont elle entoura le cou de ses bras d'un joli geste tendre :

– Je vous aime beaucoup, vous le savez bien, alors

n'en abusez pas ! Laissez-moi rester avec vous ! Ce n'est pas charitable de vouloir garder pour vous seule toutes ces choses ravissantes et j'en veux ma part ! Maman s'est montrée très, très généreuse.

Alexandra se mit à rire :

– D'accord ! Je vais vous aider à ruiner votre mère... D'ailleurs, en attendant vos noces, je vous offre un rôle de demoiselle d'honneur... si vous consentez à m'épargner des yeux ronds et des exclamations de stupeur : dans trois semaines ma tante Amity se marie.

– Et vous n'avez pas commencé par cela ? s'écria la jeune fille. Mais c'est la meilleure nouvelle ! Et que va-t-elle devenir ? Comtesse ? Marquise ? Baronne ?

– Rien du tout ! et c'est l'une des choses qui me plaisent dans cette union : elle épouse un homme charmant, cultivé, riche et plein de générosité qui saura, je crois, la rendre heureuse mais elle s'appellera tout simplement Mme Nicolas Rivaud.

– Dire que sans mon escapade j'aurais pu manquer ça ! Oh, Alexandra, je ne me le serais jamais pardonné !... Sans compter que la famille va en tomber sur le derrière !

– Cordélia ! protesta Mrs Carrington choquée. Si vous voulez rester avec moi, il faudra songer à surveiller votre langage.

Tandis qu'au Ritz Alexandra tentait de raisonner la jeune Cordélia, deux voitures élégantes s'arrêtaient avec ensemble devant la maison qu'habitait Jean Lorrain. De l'une descendit M. Rivaud, de l'autre le duc de Fontsommes et son ami le comte Robert de Montesquiou mais, de toute évidence, les trois personnages étaient animés d'intentions similaires. Néanmoins, étant plus près de la porte, l'ancien ingénieur des

Mines s'arrêta, jeta un rapide coup d'œil à la portière armoriée de l'autre voiture et, au lieu de sonner, alla au-devant des deux gentilshommes qu'il salua courtoisement :

– Veuillez me pardonner de m'adresser à vous sans avoir été présenté, dit-il. C'est bien M. le duc de Fontsommes que j'ai l'honneur de rencontrer ?

Le regard froid du jeune homme s'adoucit un peu devant l'amabilité de ce visage, l'élégance du personnage et le fait qu'il était commandeur de la Légion d'honneur.

– En effet, monsieur, et si vous voulez bien me dire qui vous êtes...

– Je n'ai pas le bonheur d'être connu de vous. Je me nomme Nicolas Rivaud, ingénieur des Mines en retraite, mais vous comprendrez mieux pourquoi je me présente à vous quand je vous aurai dit que je vais épouser prochainement miss Amity Forbes...

– La tante de Mrs Carrington ? dit Fontsommes avec un sourire un tout petit peu malicieux. Je vous en fais bien mon compliment et je vous offre mes vœux les plus sincères.

– Je vous en remercie mais ce n'est pas pour vous apprendre cette nouvelle que je suis venu vers vous. En fait... je suis extrêmement heureux d'avoir pu vous rencontrer avant que vous n'entriez dans cette maison. Je suppose que la même raison nous y amène tous deux ? Il s'agit de certain article paru dans le « Pall-Mall » du *Journal* ?

– C'est exact et je vous serais reconnaissant de me laisser la priorité. J'ai l'intention de corriger ce misérable de façon à lui ôter l'envie de recommencer. Je suis assez fort en boxe...

– Je ne doute pas que vous ne veniez facilement à

bout d'un homme malade. Vous risquez même de le tuer.

Fontsommes eut un dédaigneux mouvement d'épaules qui signifiait que ce serait pour lui sans importance.

– .. auquel cas, continua M. Rivaud sans se laisser démonter, vous serez accusé de meurtre et salirez définitivement la réputation d'une jeune femme tout à fait innocente.

– Là ! Qu'est-ce que je disais ? intervint Montesquiou. Je suis, monsieur, tout à fait de votre avis. Néanmoins vous admettrez qu'une correction... modérée est la seule solution. Quand on est le duc de Fontsommes, on ne se bat pas en duel avec un plumitif...

– Un duel n'arrangerait pas davantage le renom de ma future nièce. En réalité, ce serait l'affaire de son mari mais il est loin.

– Un rude imbécile, si vous me permettez cette opinion, jeta le duc. Laisse-t-on une jeune femme aussi belle courir seule les grands chemins d'Europe ? Mais ces considérations ne nous avancent pas : que proposez-vous de faire ?

– Que vous me laissiez agir. Je suis beaucoup plus âgé que vous et je possède quelques armes. En fait, aucun nom n'a été écrit ?

– Rien que des initiales ! grinça Fontsommes, mais ô combien transparentes !

– Justement. Je pense obliger ce Lorrain à écrire un autre « papier » mondain mais, cette fois, avec des noms entiers ! Et je crois que vous pourrez vous estimer satisfait...

– Vous n'y arriverez pas ! C'est obstiné, cette espèce de gratte-papier...

– Voulez-vous parier ? Si je perds, je vous donne cent louis mais si je gagne...

– Ce sera à moi de vous les donner, sourit Fontsommes qui aimait les paris autant qu'un Anglais.

– Non. Ce que je désirerais c'est que vous quittiez Paris pendant quelque temps. Mrs Carrington doit revenir ce matin et il serait mieux, je crois, que l'on ne puisse plus vous voir ensemble...

– Vous voulez lui faire manquer le Grand Prix et les Drags, fit Montesquiou scandalisé. C'est tout bonnement impensable !

– Mais salutaire, je pense, pour la paix du cœur d'Alexandra. Ceci vaut bien cela, j'imagine ? Vous pourriez... tomber malade ?

– Personne n'y croirait, remarqua Montesquiou, sauf les femmes. Elles monteraient à l'assaut de sa demeure en rangs serrés...

– Alors, éloignez-vous ! Après notre mariage, Mrs Carrington se rendra à Venise pour assister à la fête du Rédempteur où elle est invitée.

– Elle ne va plus à Vienne ?

– Je l'ignore. Tout ce que je sais, c'est qu'elle regagne l'Amérique au début du mois d'août. Que décidez-vous ?

D'un mouvement spontané, le jeune duc tendit la main à ce vieux monsieur si digne et qui avait su gagner sa sympathie.

– Agissez à votre guise, monsieur ! Dès ce soir, je partirai pour mon château de Picardie. Et je vous souhaite bonne chance avec ce mécréant...

– Si vous n'en venez pas à bout, c'est moi qui m'en chargerai au nom de l'hospitalité française ! conclut Robert de Montesquiou en serrant à son tour la main de Nicolas Rivaud.

Les deux hommes remontèrent en voiture et s'éloignèrent tandis que le fiancé d'Amity, soulagé d'un grand poids, pénétrait dans l'immeuble.

Se faire recevoir par le journaliste ne fut pas une mince affaire. Un domestique à tête de bandit corse, aimable comme un furoncle, apprit au visiteur que Monsieur s'était couché fort tard, en conséquence de quoi il dormait encore.

– Fort bien ! dit Nicolas. Je vais donc attendre son réveil ! Ce que j'ai à lui dire est trop important ! Vous avez bien un siège à m'offrir, mon ami ?

Il fallut que le valet malgracieux se résigne à ouvrir la porte d'un salon oriental qui ressemblait assez à un champ de bataille.

Un salon magnifique, d'ailleurs, avec des tapis superbes, de grands divans couverts de fourrures et de tissus précieux, une infinité de coussins et d'immenses plantes vertes dont les pots de faïence colorée avaient dû servir de cendriers. Les coussins étaient répandus un peu partout avec des bouteilles vides ; seuls les verres, peut-être précieux, avaient été enlevés et les vitrines renfermant une belle collection d'animaux en pierres dures étaient intactes. Sur le tout régnait un grand portrait de Sarah Bernhardt, aérienne et mystérieuse dans des mousselines ambrées d'où émergeait son visage de chat aux longs yeux verts couronné d'une mousse de cheveux roux.

Avec un soupir, M. Rivaud ignorant la durée de son attente s'assit sur un coin de divan lamé d'or en maudissant cette mode orientale qui n'était vraiment pas faite pour un rhumatisant. Il aurait sûrement toutes les peines du monde à se relever. Heureusement pour lui, il n'eut pas le temps de s'engourdir et put exécuter sans trop de peine cet exercice si périlleux pour sa dignité : le maître de maison faisait son entrée.

Pas vraiment glorieuse cette entrée en dépit d'une robe de chambre à ramages dorés digne d'un calife !

Sous sa frange de cheveux d'un blond ardent, le visage était gris, bouffi, comme cloqué. L'homme puait le chypre et le vin et quand il parla, son visiteur éprouva la puissance d'une haleine à tuer un cheval. Le maquillage de la veille n'avait été ni enlevé ni refait et présentait un bariolage surprenant mais le regard hostile des yeux glauques n'avait rien d'encourageant.

Sans se laisser impressionner par cet extérieur, M. Rivaud bien campé sur sa canne se présenta et exposa calmement le but de sa visite. Lorrain l'écouta avec une visible impatience :

– Si vous me connaissez, monsieur, articula-t-il enfin, vous devez savoir que je ne reviens jamais sur ce que j'ai écrit...

– Vraiment ? Même si vous savez pertinemment que vous avez menti et que les choses ne se sont pas passées comme vous les avez décrites ?

– J'ai menti, moi ? Votre Mrs Carrington n'a pas arrêté le train ? Elle n'est pas descendue à Beaune ?

– Il y a mille raisons pour en venir à un tel geste. Celle que vous avez imaginée n'était pas la bonne.

– Vous en êtes sûr ? Et puis d'abord qu'est-ce que vous en savez ?

– Je connais Mrs Carrington qui, je vous l'ai dit, sera ma nièce sous peu. Or, vous avez gravement porté atteinte à son honneur.

Le journaliste haussa les épaules et entreprit d'astiquer ses bagues avec un mouchoir tiré de son giron :

– Laissez-moi rire ! Les femmes sont toutes les mêmes... elles sentent mauvais !

– Celle-là aussi ? fit M. Rivaud en désignant le portrait du bout de sa canne.

– Celle-là ? roucoula soudain le journaliste. Ce n'est pas une femme. C'est une nymphe, un lis, une déesse, la muse et le souffle même de la poésie. Elle est divine. Les autres ne sont que de la boue. Seul l'homme est beau...

– On sait vos goûts! Vous êtes sodomite, sadique, démoniaque. Vous prenez plaisir à pervertir. Surtout de jeunes hommes.

– On vous a mal renseigné. Je n'aime pas les éphèbes : ils sentent le poulet; mais j'aime les hommes, les vrais...

– Ah! Ils sentent quoi, selon vous?

– Le pain chaud! Le bon pain chaud! Ils en ont la senteur rustique, la chaleur. Ils sont...

– Quel enthousiasme! Vous me faites regretter d'en avoir retenu deux au seuil de votre porte. Deux vrais hommes, croyez-moi, et fermement décidés à vous casser leur canne sur le dos... ou peut-être vous abîmer un peu la figure. Évidemment, le dommage n'aurait pas été bien grand!

La colère empourpra soudain la figure bariolée de l'écrivain. Ses yeux verdâtres se mirent à luire comme un marais sous un rayon de lune :

– Vous avez eu tort de les empêcher de venir. Ça aurait pu être amusant. Lucien! appela-t-il, viens un peu, mon petit!

La porte parut soudain trop petite. Une espèce d'ours blond venait de s'y encadrer, à peu près nu à l'exception d'une serviette nouée à la taille mais qui, grâce à un foisonnement de poils, aurait pu à la rigueur se passer de vêtement. De longues moustaches à la gauloise décoraient un visage rouge qui semblait verni. M. Rivaud se souvint alors du goût de Lorrain pour les forts des halles et se surprit à se demander si celui-ci sentait le pain chaud.

– Tu vois ce monsieur? ricana le journaliste. Il

pense avoir droit à ma reconnaissance parce qu'il a empêché deux freluquets de venir jouer de la canne sur mon dos ? Tu devrais lui montrer ce que tu sais faire.

Mais avant que le mastodonte se fût seulement ébranlé, M. Rivaud avait tendu un bras vers Lorrain :

– Je pense, dit-il d'une voix coupante, que nous avons assez ri. A présent vous allez m'obéir !

Glissant sa canne sous son bras, il fit, des deux mains, un geste qui pétrifia le journaliste. Celui-ci pâlit soudain et arrêta l'élan de son garde du corps :

– Retourne dans la chambre, mon Lucien ! Il y a maldonne ! Je te rejoins bientôt !

Une fois seuls, les deux hommes restèrent un instant face à face mais sous le regard devenu soudain incroyablement dur de l'aimable M. Rivaud, le journaliste perdit peu à peu de sa superbe et parut se recroqueviller.

– Vous auriez dû commencer par ça ! grogna-t-il. Vous êtes un maître ?

– Plus que cela.

– Un vénérable ?

– Plus encore. Sachez que j'ai atteint le dix-huitième degré et que j'ai le pouvoir de vous briser si vous ne faites pas ce que je suis venu vous demander courtoisement.

– Que voulez-vous au juste ?

– Rien qu'un petit article. Vous êtes assez habile pour remettre les choses en place sans vous couvrir de ridicule. Mais je le veux vite ! Il me déplairait qu'à cause de vous, Mrs Carrington qui doit séjourner encore quelques semaines chez nous voie se fermer devant elle les portes des salons !

– C'est entendu. Je m'y mets tout de suite.

– Dans ce cas nous oublierons l'un et l'autre ce qui vient de se passer. Serviteur, monsieur !

Le surlendemain, Jean Lorrain signait dans sa rubrique habituelle un article intitulé : « Un nouveau mariage franco-américain », et y annonçait sur le mode le plus aimable le prochain mariage de miss Amity Forbes, de Philadelphie, avec M. Nicolas Rivaud, commandeur de la Légion d'honneur, etc. Il ajoutait que la fiancée et sa nièce, la belle Mrs Carrington, étaient fort prisées, à juste titre, dans la haute société internationale et que la jeune femme, au retour d'un voyage de quelques jours en Hollande avec des amis, avait appris avec joie la prochaine union de sa tante. Enfin, l'auteur offrait ses excuses navrées à « cette grande amie de la France » que certains esprits malavisés avaient cru reconnaître dans l'héroïne d'un écho à la fois récent et burlesque par la faute d'une malencontreuse initiale...

L'article fut d'autant mieux reçu qu'on savait Jean Lorrain incapable de présenter des excuses et, du coup, les spécialistes des cancans se mirent à chercher frénétiquement qui pouvait bien être l'héroïne du Méditerranée-Express. Mais il était temps : escortant sa belle-sœur chez les grands couturiers, Alexandra avait déjà remarqué l'attitude bizarre de deux ou trois dames de connaissance qui s'étaient livrées à toutes sortes de contorsions pour éviter de lui tourner le dos franchement. Le pire était qu'au nombre il y avait une Américaine dont nul n'ignorait qu'elle trompait outrageusement son vieil époux.

Mortifiée au point de se demander s'il ne serait pas plus sage de tomber diplomatiquement malade et de confier à tante Amity, pure de tout péché, la mission d'accompagner Délia à sa place, elle fut d'autant plus sensible à l'invitation que lui envoya son amie Dolly d'Orignac à venir prendre le thé avec elle au polo de

Bagatelle, l'endroit peut-être le plus élégant et le plus fermé de Paris pendant la belle saison.

« Ne vous avisez pas de refuser ! ajoutait Dolly. Ce que l'on vous a fait est immonde et vous pouvez compter sur mon mari et moi-même pour mener à vos côtés le bon combat... »

Dévouement méritoire qui toucha profondément la pestiférée mais heureusement inutile. Au matin du jour choisi pour l'invitation, le Tout-Paris cancanier s'arrachait le « papier » de son chroniqueur favori. Et ce fut d'un cœur allégé qu'Alexandra put conduire sa jeune belle-sœur faire ses premiers pas dans la haute société parisienne où sa beauté romantique lui valut un vif succès. Sous l'œil frondeur de Dolly, la table des Américaines vit défiler tout le gratin venu féliciter Alexandra du prochain mariage de sa tante.

– Quel merveilleux prétexte pour cette bande d'hypocrites ! souffla Mme d'Orignac.

Seul le marquis de Modène eut le courage de ses opinions. Après s'être incliné sur la main d'Alexandra, il s'installa carrément auprès d'elle et lui chuchota :

– Vous n'imaginez pas combien je regrette qu'il y ait eu erreur sur la personne. J'aurais beaucoup aimé vous savoir un peu coupable.

– Vous avez tellement envie de me voir déchirée par les lions ?

– Ma chère, il faut savoir que vos lions sont avant tout des bêtes ! Quant à moi je trouve dommage qu'avec votre beauté chaleureuse vous soyez une femme tellement inaccessible ! J'ai toujours préféré Vénus à Minerve. Elle m'agace un peu avec son casque, sa lance, sa chouette et son air empaillé.

– Néanmoins qu'auriez-vous fait si Jean Lorrain n'avait pas mis les choses au point ? Seriez-vous assis à cette table à l'heure qu'il est ?

– Je serais peut-être même assis dessus pour être mieux vu. Dolly savait parfaitement que je serais là aujourd'hui et fermement décidé à rompre pour vos beaux yeux autant de lances qu'il aurait fallu.

Le chaleureux sourire d'Alexandra le paya d'une amitié qu'elle devinait sincère et la jeune femme put goûter pleinement le charme de cet après-midi passé entre une foisonnante roseraie et le vert gazon où évoluaient chevaux et cavaliers. Son regard, d'ailleurs, revenait volontiers vers les joueurs. Elle savait que Fontsommes pratiquait le polo mais n'osant pas prononcer son nom, elle se contenta de demander qu'on lui fasse connaître les participants, ce dont Modène se chargea bien volontiers.

Tandis qu'il lui désignait les membres des « teams » en présence, il l'observait du coin de l'œil. Incontestablement la belle Américaine avait changé depuis leur dernière rencontre et la contrariété causée par le stupide papier de Lorrain n'en était certainement pas la cause. Papier dont, personnellement, il pensait qu'il détenait une part de vérité. Il connaissait bien Jean de Fontsommes et l'avait deviné en proie à l'une de ces brutales passions qui s'abattent parfois sur un homme comme un orage. Quant à cette éblouissante Alexandra qui se voulait si froide, il en avait noté soigneusement les brèves rougeurs et les émotions vite réprimées quand elle se trouvait en face du jeune duc. Pour les avoir vus danser ensemble, et si merveilleusement accordés qu'il avait osé imaginer ce que ces deux êtres pourraient être dans l'amour, il avait acquis la certitude qu'il se passait quelque chose. Mais quoi ? Et jusqu'où étaient-ils allés ? La beauté de la jeune femme semblait plus douce, plus vulnérable et il y avait de l'inquiétude dans ses grands yeux qui semblaient chercher quelque chose... ou quelqu'un...

Non loin de leur table, la voix haut perchée d'une dame se fit entendre par-dessus le murmure discret des conversations :

– Tout le Jockey est là ! Comment se fait-il que l'on ne voie pas Fontsommes ?

Le marquis n'entendit pas la réponse faite à voix beaucoup plus basse d'ailleurs : il était trop occupé à épier sa belle voisine. Il l'avait vue se raidir légèrement comme si un projectile la frappait et dans ses doigts, gantés de suède rose, la tasse de fragile porcelaine de Sèvres trembla, menaçant de renverser le thé qu'elle contenait. Alexandra la reposa sans heurter la soucoupe et tourna la tête vers Dolly pour lui demander quand elle comptait partir pour son château de Dordogne. Sa voix alors fut aussi calme, aussi unie que si elle n'avait rien entendu et le vieux gentilhomme admira en connaisseur sa maîtrise de femme du monde.

Il en profita pour se détourner légèrement car il croyait bien avoir reconnu le timbre aigu de la dame et aperçut en effet l'une des plus redoutables commères du faubourg Saint-Germain. Elle regardait d'ailleurs de leur côté et le marquis acquit la certitude que la question posée trop haut l'avait été délibérément. « On dirait que le repentir de ce plumitif n'a pas convaincu tout le monde », pensa-t-il. Et il se promit, dès que Mrs Carrington et miss Hopkins auraient regagné leur voiture, de s'occuper personnellement de cette pimbêche. Le ciel l'avait doté d'un esprit mordant, redoutable et même meurtrier tel qu'on le pratiquait jadis à Versailles. Il n'était pas pour rien le petit-fils d'un page de Louis XV...

Malheureusement Alexandra s'attarda, renforçant la conviction de Modène : elle attendait, elle espérait la venue de Fontsommes... Et comme il ne vint pas, le marquis vit, avec chagrin, s'éteindre le beau regard qu'il aimait. Une profonde pitié s'empara de lui avec le besoin de venir en aide à sa jeune amie.

– Irez-vous ce soir au bal des Latour-d'Auvergne ? demanda-t-il en offrant son bras à Mrs Carrington pour la ramener à sa voiture.

– Sans doute... Oh, pas pour moi. Je vous avoue que le monde m'ennuie un peu mais il ne faut pas que Cordélia ait fait ce long voyage pour le seul plaisir de contempler les boiseries du Ritz...

– Alors je viendrai vous chercher. Vous êtes trop belles toutes deux pour sortir sans cavalier et mon âge... mon amitié aussi font de moi un mentor inattaquable.

Touchée, Alexandra lui tendit la main. Cette amitié-là était sans prix car nul n'était plus recherché, plus redouté aussi que le marquis de Modène. Nul ne pouvait se permettre, fût-il le plus impudent coquin ou la plus venimeuse des bavardes, d'attaquer la femme à laquelle il offrait son bras sans s'exposer à une rebuffade ou même simplement à l'un de ces mots impitoyables qui vous mettent au ban d'une société. Il était, en effet, des exemples...

Ainsi, un lundi soir où il allait occuper son fauteuil à l'orchestre de l'Opéra, une femme n'avait pas craint de se plaindre de l'odeur de violette et d'iris qu'il répandait, fidèle en cela aux usages de l'ancien régime :

– Quelle horreur que ces parfums ! lança-t-elle assez haut pour être entendue d'une dizaine de personnes.

Alors, se tournant vers l'imprudente qu'il toisa de son hautain monocle, Modène riposta :

– Madame, je ne vous empêche pas de sentir mauvais...

Après l'attaque dont elle venait d'être la victime, Alexandra pensa que sortir avec lui serait une vraie joie. Délia elle-même, bien qu'elle portât toujours sur choses et gens un jugement bien personnel et parfois trop rapide, s'avoua impressionnée par le vieux gentilhomme.

– Il me semble, confia-t-elle à sa belle-sœur, que j'aimerais mieux mourir que déplaire à ce grand seigneur.

– Vous n'avez rien à redouter de lui, dit Alexandra. Il vous trouve charmante... et il est mon ami.

Il ne fallut pas moins de cette amitié pour supporter le bal, très brillant cependant, où elle se rendit. Vêtue de tulle d'un jaune doux pailleté d'or comme les feuilles de lauriers qui la couronnaient, Alexandra était plus belle que jamais et partagea avec Délia, ravissante en mousseline du même vert que ses yeux, le plus grand succès de la soirée. Le carnet de bal de la jeune fille fut bientôt trop plein cependant que sa belle-sœur, décidée à demeurer auprès de son vieil ami, refusait systématiquement toutes les danses. Mais les heures s'égrenèrent sans amener celui qu'elle attendait...

Il en fut de même le lendemain et le surlendemain. La semaine du Grand Prix, prélude au départ de toute la haute société pour ses châteaux ou pour les différentes villes d'eaux, accumulait les courses, les goûters, les bals, les dîners et les réceptions de tous ordres. Toujours chaperonnées par le vieux marquis et par les d'Orignac, les belles Américaines ne manquèrent aucune de ces manifestations. Mais, à mesure que coulaient les jours, la gaieté – un peu factice sans doute – de Mrs Carrington s'effritait, s'évanouissait. Jamais elle n'avait été plus éclatante et on la citait partout comme la femme la plus élégante de la saison mais elle ne pouvait plus retrouver cette joie du dernier printemps, celle qu'elle éprouvait à se parer pour le simple bonheur de lire un peu d'admiration dans un regard d'homme. Fontsommes avait disparu, Fontsommes était devenu invisible et cette absence lui semblait d'autant plus cruelle qu'elle suscitait de nombreux commentaires. Où pouvait-il être ? Qu'était-il devenu, lui qui ne manquait jamais cette période si importante pour les amoureux du cheval ? On disait son hôtel fermé et les cogitations les plus insensées se donnaient libre cours : il faisait route vers la Terre de Feu, il naviguait quelque part au large de l'Islande sur le yacht d'un prince anglais... Certains allaient même jusqu'à prétendre qu'il faisait une retraite dans une abbaye bénédictine...

Outre une absence qui la torturait à présent, Alexandra devait subir toutes ces conjectures, tous ces potins sans consistance en dépit du soin que prenait Modène à les lui épargner le plus possible. Néanmoins, lui-même se posait des questions. Lorsqu'il ne se trouvait pas en compagnie d'Alexandra, il ne se privait pas d'interroger sans avoir l'air d'y toucher, exercice auquel il était passé maître, mais en dépit des bruits qui couraient personne n'avait une réponse valable à apporter. Lorsque vint le jour du Grand Prix et qu'aucun cheval aux couleurs du duc ne prit le départ, il fallut bien se rendre à l'évidence : Jean de Fontsommes avait disparu, pour longtemps peut-être, et Paris perdit son charme aux yeux d'Alexandra puisque son « admirateur » n'était plus là pour lui en faire l'hommage.

Mais pas à ceux de Cordélia. Après avoir pillé le faubourg Saint-Honoré et quelques couturiers – Jeanne Lanvin lui avait dessiné la plus belle robe de mariée qui soit – elle entendait profiter pleinement de sa jeunesse, de sa liberté bientôt perdue et des nombreuses invitations que lui valaient son charme plein de vitalité, son éclat rayonnant... et la discrète réputation de sa dot. Pour sa part, Dolly d'Orignac, désireuse d'augmenter le contingent européen des Américaines, ne se faisait pas faute de travailler dans ce sens. Elle ne connaissait pas Peter Osborne et n'avait aucun scrupule à vanter les agréments de la vie en France. Dans les derniers jours, c'était elle qui chaperonnait Délia, Alexandra éprouvant de plus en plus de peine à sortir.

En dehors de quelques lettres de sa mère, aucune nouvelle ne lui arrivait plus d'Amérique. Aussi sa tante attribuait-elle au silence obstiné de Jonathan la tristesse grandissante de la jeune femme :

– Je n'ai aucune tendresse pour le juge Carrington que je considère comme le plus obstiné des mulets, lui dit-elle un soir où Alexandra venait de se décommander pour un dîner chez Dolly. Néanmoins, je pense que vous devriez songer au retour. Nous en parlions hier avec Nicolas et nous sommes tout disposés l'un et l'autre à vous ramener à New York. Il n'est pas bon de laisser s'installer un malentendu.

– Rentrer à la maison tête basse, en chemise et la corde au cou avec de la cendre dans les cheveux ? Pas question ! Outre que je n'admets pas l'autoritarisme de Jonathan, je ne renoncerai pas au plaisir que je compte trouver à Venise. D'ailleurs on nous attend, Délia et moi, ajouta-t-elle en montrant une lettre d'Elaine Orseolo reçue au courrier du matin. A leur grand regret, en effet, la jeune femme et son mari avaient dû renoncer, cette fois à cause d'un procès qu'un voisin de leur propriété de terre ferme leur intentait, à passer la semaine du Grand Prix à Paris. « Mais nous comptons sur vous, ajoutait Elaine. D'ailleurs vous seriez un ange de me choisir quelque chose de joli chez Paquin, j'ai grand besoin de toilettes du soir pour l'été... »

– Vous voyez, conclut Alexandra, que je ne saurais à présent refuser. D'ailleurs Délia rêve de connaître les fêtes vénitiennes après celles de Paris. Nous rentrerons en août comme prévu. Et vous pouvez aller passer votre lune de miel en Touraine, comme vous l'avez décidé.

– Faites à votre guise, ma chérie, mais expliquez-moi alors pourquoi vous êtes si mélancolique ?

– Je ne suis pas mélancolique. Seulement un peu fatiguée. Néanmoins, je ne vous cache pas que l'attitude de mon époux ne m'est pas agréable. Je croyais qu'il m'aimait davantage ! Je suis certaine que votre Nicolas ne sera pas et de loin un mari aussi sévère. Il vous gâte effroyablement, il me semble ?

En effet, depuis son retour au Ritz, Amity recevait chaque matin un superbe bouquet de fleurs et elle portait à présent un très beau saphir d'un bleu profond entouré de diamants dont la remise, au cours d'un dîner intime dans l'un des petits salons du Ritz, lui avait causé une joie enfantine. Déjà, tous les achats qu'elle avait effectués depuis son arrivée avaient pris le chemin du grand appartement que son fiancé possédait quai Voltaire et M. Rivaud, sachant sa future femme habituée à vivre au grand air, comptait, au cours de leur voyage de noces, faire l'acquisition d'un manoir au bord de la Loire.

– Vous avez raison, reconnut-elle, et je suis très heureuse mais, Alexandra, il me semble, que Jonathan s'est toujours montré plus que généreux avec vous, rendez-lui cette justice ? Vous possédez quelques-uns des plus beaux joyaux d'Amérique et...

– Vous faites bien d'en parler ! Oubliez-vous que l'on m'a volé mes émeraudes ? Croyez-vous que si je rentre sans elles, l'humeur de Jonathan s'en trouvera améliorée ? Et ce commissaire qui me laisse sans nouvelles !

Elle se montait peu à peu, devenait nerveuse et sa tante jugea plus prudent de parler d'autre chose. En fait, Alexandra attendait avec impatience le mariage d'Amity afin de pouvoir partir pour Venise en compagnie de Délia. Elle supportait de plus en plus mal ces manifestations mondaines qui lui plaisaient tant auparavant comme la quotidienne promenade au Bois de Boulogne où les victorias emportaient dans leurs conques des dames somptueuses, empanachées de plumes, d'aigrettes et de fleurs, enroulées de tulle et de perles, la poitrine en offrande précédée d'un bouquet que la belle portait languissamment à ses narines. Alexandra avait été de ces femmes mais, à présent, l'allée des Acacias ne l'attirait plus puisqu'elle était quasi certaine qu'aucun étalon noir portant un cavalier suprêmement élégant ne déboucherait d'une allée pour venir baiser sa main sans quitter la selle. Paris n'avait plus de couleurs, Paris n'avait plus de ciel bleu pour elle...

Il lui fallut même se forcer pour se rendre à une vente d'objets ayant appartenu à la reine Marie-Antoinette. L'attrait romantique exercé par la reine s'envolait en fumée. Comme beaucoup d'êtres jeunes et comblés par la fortune, Alexandra avait éprouvé le besoin d'associer sa propre vie au drame fascinant d'un destin à la fois merveilleux et tragique. A présent ce qu'elle vivait l'intéressait bien davantage...

Malgré tout elle se laissa entraîner par Nicolas et Amity à cette vente où se pressaient les descendants des anciens courtisans de la souveraine, venus là comme à des funérailles. Ne fallait-il pas donner le change ? Mais quand son futur oncle lui offrit un mouchoir brodé arraché de haute lutte au duc de La Rochefoucauld, elle l'accepta avec des larmes dans les yeux et pleura toute la nuit sur ce carré de fine batiste couronnée qui lui rappelait le souvenir des jardins de Trianon et du premier baiser de Jean. Un dernier espoir l'avait soutenue toute cette journée : celui de le voir paraître enfin. N'était-ce pas la place toute désignée d'un homme qui comptait dans ses ancêtres le seul véritable amour de la belle Autrichienne ? Vaine espérance une fois de plus ! Fontsommes ne vint pas et Alexandra comprit alors que tout était fini et qu'il entendait s'en tenir aux derniers mots que tous deux avaient échangés : « Pour toujours alors ? – Je l'espère bien... » Comment avait-elle pu penser même un instant qu'un homme de sa trempe, voyant son amour aussi brutalement rejeté, pourrait revenir jouer avec elle la comédie légère d'un flirt mondain ?

Ce fut Délia qui fit les frais de l'humeur douloureuse d'Alexandra. La jeune fille, qui adorait l'équitation, montait tous les matins au Bois en compagnie de tante Amity et de Nicolas qui, en son temps, avait été l'une des gloires de Saumur. Naturellement, elle y retrouvait toujours quelques-uns des jeunes gens qui, depuis son arrivée, bourdonnaient autour d'elle comme un essaim d'abeilles et ce jour-là, entrant dans le salon de sa belle-sœur, elle se jeta sur un canapé après avoir lancé, avec beaucoup d'adresse, son tricorne de velours noir sur une statue de bronze :

– Décidément Paris est la ville du monde la plus agréable et je commence à regretter mes fiançailles...

– Je ne vois pas le rapport ! dit Alexandra sèchement.

– Il est bien clair, pourtant ! Savez-vous que j'ai reçu ce matin ma dix-huitième demande en mariage depuis mon arrivée ?

– Qui était-ce, cette fois ?

– François de Limeuil. Jeune, beau, riche...

– C'est lui qui le dit!

– Ne soyez pas aussi sévère, Alexandra! Depuis toujours, vous êtes persuadée que les nobles européens n'ont d'autre espoir pour vivre convenablement que de voir une grosse dot américaine leur tomber dans la main? Celui-là est loin d'être pauvre: il a château, équipages, un hôtel quelque part dans Paris. En outre je le trouve plein d'esprit, très amusant même. Je pourrais être comtesse et...

– En voilà assez!

Rejetant le polissoir d'argent avec quoi elle perfectionnait la beauté de ses ongles, Alexandra se dressa telle une furie devant la jeune fille.

– Je ne veux plus jamais entendre la moindre parole dans ce sens s'écria-t-elle. Sinon, que vous le vouliez ou non, je vous ramène au Havre sur-le-champ et vous embarque dans le premier paquebot venu! Cette ville est en train de vous rendre folle!

Si elle croyait impressionner Délia, elle se trompait: la jeune fille éclata de rire:

– Eh bien, vrai, je ne pensais pas vous faire un tel effet? Où est passé votre sens de l'humour, Alexandra? Comme vous y allez! Me faire embarquer de force? Je ne vous savais pas si féroce.... d'autant que je suis de taille à me défendre.

– Je ne suis pas féroce mais votre mère n'aurait jamais dû vous permettre de venir me rejoindre. Il y a ici trop de pièges tendus à la naïveté d'une jeune fille.

– Des pièges? Où en voyez-vous? Les hommes ne sont pas plus dangereux ici que chez nous! J'ai toujours beaucoup flirté et Peter le sait mais il sait aussi que, puisque j'ai accepté son anneau de fiançailles, dit-elle soudain sérieuse, en faisant tourner autour de son doigt la grande émeraude qui préludait à l'alliance, c'est parce que j'ai l'intention de l'épouser lui et pas un autre...

Mrs Carrington poussa un soupir de soulagement :

– Vous m'avez fait peur. Heureusement que nous ne sommes plus ici pour longtemps. J'ai vraiment hâte de vous emmener à présent...

– En Italie, songez-y ! s'écria Délia en riant de nouveau. On dit que les hommes y sont encore pires qu'ici ! Au moins, en France, personne ne vient gratter de la mandoline sous nos fenêtres...

La veille du mariage, l'oncle Stanley, fraîchement débarqué de la *Touraine*, tomba au Ritz comme la foudre, réclamant à la fois un appartement confortable et sa sœur. On lui fournit le premier sur-le-champ et il trouva l'autre dans le jardin intérieur où elle prenait le thé en compagnie d'Alexandra et de Délia.

A la vue de son frère qui fonçait sur leur table comme s'il voulait la prendre d'assaut, la pauvre Amity devint rouge brique et s'étrangla, visiblement terrifiée : est-ce que la scène d'Amalfi allait recommencer ? Elle se rassura un peu néanmoins en constatant qu'aucun officier de police ne voguait dans le sillage de son frère.

Tandis que Délia lui tapait dans le dos, Alexandra fit courageusement face à l'ennemi :

– Oncle Stanley ! Vous ne pouviez pas nous annoncer votre arrivée ?

– Vous ne vouliez tout de même pas que je perde du temps au Havre pour télégraphier ? J'avais tout juste celui d'attraper le train...

– Et... qu'est-ce qui vous amène ?

– Comment ce qui m'amène ? Est-ce que vous ne vous mariez pas demain, Amity ?

D'une voix encore un peu étouffée, l'interpellée réussit à murmurer :

– Si... Stanley. Est-ce que... cela vous... contrarie ?

– Il ferait beau voir ! protesta Mrs Carrington. Il me semble que tante Amity est en âge de faire ce qu'elle veut de sa vie.

– Amity, dites à votre nièce qu'elle réponde seulement lorsque je m'adresserai à elle.

Puis, tirant à lui une chaise de jardin, il s'empara d'un éclair au chocolat qu'il engloutit en deux coups de dents avant de déclarer avec un sourire séraphique :

– Je sais parfaitement que vous êtes une indomptable créature, Amity, mais vous n'auriez tout de même pas voulu marcher à l'autel autrement qu'au bras de votre frère ? Maintenant, si vous voulez bien appeler pour que l'on me serve un double whisky, vous me comblerez de joie. Vous savez très bien que je déteste la tisane britannique !

Le mariage eut lieu à la mairie du VIe arrondissement, lieu de résidence de Nicolas, puis au consulat des États-Unis. Très élégante dans un ensemble de soie gris pâle garni de Chantilly, coiffée d'un chapeau de « paille de soie » d'un dessin hardi garni de plumes d'autruche nuancées de plusieurs tons de gris, Amity était superbe. Depuis plusieurs semaines déjà un grand coiffeur disciplinait sa crinière léonine dont les mèches argentées adoucissaient la teinte flamboyante. Légèrement maquillée elle avait rajeuni de dix ans et son frère, visiblement impressionné, se contenta de lui déclarer :

– J'en connais qui ne me croiront pas quand je leur dirai ce que j'ai vu aujourd'hui. Vous êtes splendide, Amity... mais du diable si vos vieilles amies vous reconnaîtraient !

– Il faudra bien qu'elles s'y fassent, répondit la jeune mariée avec satisfaction et conseillez-leur donc de choisir soigneusement les termes de leurs compliments quand nous viendrons, Nicolas et moi ! Ma langue, elle, est toujours la même...

Le déjeuner eut lieu dans un petit salon du restaurant Laurent, avenue Gabriel, et réunit autour de sa table fleurie et du nouveau couple Mlle Mathilde habillée comme Madame Mère et presque aussi imposante qu'elle, l'oncle Santley qui avait eu l'honneur de lui offrir son bras au sortir des cérémonies et qui semblait la trouver fort divertissante car tous deux riaient beaucoup, Alexandra et Délia dont on ne pouvait dire laquelle était la plus ravissante, les d'Orignac, le commissaire Langevin, enfin le marquis de Modène et Robert de Montesquiou qui avaient joyeusement accepté d'être les cavaliers des deux jeunes femmes, ce dont Mrs Carrington leur fut très reconnaissante bien qu'elle regrettât l'absence de son ami Antoine Laurens dont elle ignorait ce qu'il avait pu devenir en dépit de plusieurs appels téléphoniques à son domicile rue de Thorigny. Il semblait que l'appartement fût vide.

Le repas fut délicieux. Le fameux poulet Laurent cuisiné avec des champignons, de la crème et du porto y fut accompagné d'écrevisses en gratin, de bouchées champenoises, d'un baron d'agneau jardinière flanqué de pommes de terre Duchesse, de salades Périgueux, d'une compote d'oranges et d'un superbe gâteau de mariage. Le tout arrosé bien sûr des meilleurs crus, M. Rivaud étant un fin connaisseur. Il fut aussi très gai et très chaleureux car chacun des convives avait conscience de le partager avec de véritables amis.

Néanmoins, quand vint, pour les nouveaux époux, le moment de monter en voiture à destination de l'hôtel des Réservoirs, à Versailles, où ils passeraient leur première soirée avant de partir pour la Touraine, Alexandra, prise d'une soudaine émotion, eut peine à retenir ses larmes. Elle avait l'impression que les liens si étroits qui l'unissaient à sa tante venaient de se détendre : l'Amérique, une fois de plus, perdait une de ses filles au profit de la France. Miss Forbes venait de disparaître pour faire place à Mme Rivaud et elle en eut la conscience aiguë presque douloureuse.

Sans doute Amity éprouva-t-elle quelque chose d'analogue car elle serra très fort sa nièce dans ses bras puis se tournant vers Cordélia :

– Je vous la confie ! Veillez bien sur elle car j'ai peur qu'en dépit de quatre ans de différence, elle ne soit plus enfant que vous...

– Soyez sans crainte ! Et ne pensez plus à nous pendant votre joli voyage ! Dites-vous que nous allons bien nous amuser à Venise... et que j'aime beaucoup ma belle-sœur, ajouta-t-elle en passant sous le bras d'Alexandra un bras chaleureux.

De son côté, Nicolas fit à sa nouvelle nièce des adieux affectueux :

– Ne m'en veuillez pas trop de vous la prendre ! Je vais faire de mon mieux pour la rendre heureuse et en outre vous ne la perdrez pas tout à fait. Nous serons à Paris le 1er août pour nous préparer à vous accompagner en Amérique.

– Eh bien ! fit sa sœur, il ne me reste pas grand-chose à dire sinon que je vous souhaite beaucoup de bonheur. Quant à vous, ma chère enfant, si après toutes ces festivités vous souhaitiez un séjour tranquille et reposant en face d'une des plus belles baies du monde, sachez que Cannes et ma maison seront toujours heureuses de vous recevoir...

Ce fut le mot de la fin. On se sépara : les trois Américains regagnaient le Ritz, les d'Orignac partaient pour leur domaine des bords de la Dordogne, le marquis de Modène pour Vichy et Robert de Montesquiou pour Deauville. Durant quelques semaines, Paris devrait se contenter de ses habitants ordinaires, de ses monuments et des touristes étrangers. Sa beauté n'en serait pas affectée mais il lui manquerait cet air d'élégance et de folie, ces beaux équipages et ces grandes coquettes qui lui donnaient ce charme inimitable et un peu pervers. Encore quelques jours et les théâtres afficheraient « Relâche ». Le temps des vacances commençait pour une haute société que la grande revue et les lampions du 14 juillet, ses flonflons et ses bals auraient fait fuir de toute façon : les descendants des victimes de la Révolution n'étaient guère enclins à célébrer l'anniversaire de la prise de la Bastille.

Trois jours après le mariage, l'oncle Stanley repartait pour les États-Unis cependant qu'Alexandra et Délia se dirigeaient vers Venise.

CHAPITRE X

LA NUIT DU RÉDEMPTEUR

Il était onze heures du soir et tout Venise s'éparpillait sur la lagune. Des grappes humaines encombraient les gondoles et le Grand Canal était plus animé que la Merceria en fin d'après-midi. Toutes les embarcations se dirigeaient vers l'île de la Giudecca et l'église du Rédempteur dont le dôme si pur s'éclairerait tout à l'heure des fusées et des soleils d'un immense feu d'artifice. Des barques, des pontons où des familles entières avaient pris place s'étaient transformés en restaurants flottants où l'on mangeait au son de la musique. Des lanternes brillaient au front des palais comme de grandes ferronnières ainsi qu'à la poupe des petits bateaux décorés de feuillages et de fleurs. Les accords des mandolines et des guitares rejoignaient ceux, plus populaires, des accordéons et, jusqu'au lever du soleil, Venise allait chanter de joie en errant sur le flot paisible, un verre de chianti à la main. Ce soir, il n'y avait qu'un seul peuple, une seule liesse unissant le patricien et le gondolier dansant à l'arrière de sa mince embarcation. La même frénésie de plaisir émanait des demeures les plus nobles comme des masures de l'ancien ghetto tous enveloppés fraternellement dans la douceur d'une nuit quasi orientale embrasée par les flammes des torches, les lampions, les quinquets et les chandeliers que l'on avait allumés un peu partout depuis les hautes cheminées à entonnoir jusqu'au ras de l'eau. Cette fête émouvante commémorait depuis des siècles la fin de la peste de 1577 qui fit cinquante mille morts parmi lesquels le divin Titien alors âgé de 99 ans.

Dès le matin, comme pour la Fête-Dieu, Venise la pieuse brandissait ses étendards, ses reliques, ses images saintes et ses croix sous lesquels défilaient les corporations, les chanoines en rochet, les moines de tous les couvents et le clergé des églises paroissiales somptueusement vêtu de drap d'or semé de perles et de gemmes. Mais, au lieu de s'embarquer, le cortège franchissait à pied, sur un pont de bateaux long de près de cent mètres et large de trois, d'abord le Grand Canal puis celui de la Giudecca. Le Doge, alors, tout de blanc vêtu, un manteau de brocart d'argent agrafé aux épaules, s'engageait à son tour sur la passerelle avec les sénateurs vêtus d'écarlate et les ambassadeurs étrangers au son des cloches de toute la ville, des trompettes et du grondement des canons...

Cela c'était autrefois. Il n'y avait plus de Doge, plus de sénateurs et le Grand Livre d'Or était parti aux mains d'un conquérant, mais Venise aurait cru perdre son âme si elle n'avait perpétué le fabuleux souvenir de ces heures inimitables.

Debout sur le balcon flamboyant du palais Orseolo, Alexandra regardait la foule des embarcations pavoisées et illuminées glisser doucement sur l'eau étoilée cependant que, devant le perron dont les marches s'enfonçaient dans le canal, des gondoles somptueuses déversaient des personnages de légende. Sous les feux de la vieille demeure illuminée, les satins et les velours luisaient, les perles des turbans, les broderies des pourpoints, les pierreries des parures scintillaient en un kaléidoscope de reflets, d'éclats et de miroitements. Un à un les esquifs accostaient auprès des *palli* enrubannés de noir et de blanc et, dans les jeux d'ombres et de lumières des torches haut levées par des valets en tabards armoriés et toquets emplumés, on voyait paraître puis disparaître sous le portail du palais le flot des invités à la grande soirée que le comte et la comtesse Orseolo donnaient en l'honneur de leurs amies américaines. Pour quelques heures les fastes de la Sérénissime au temps où elle était la porte de l'Orient et où ses navires parcouraient les mers jusqu'aux terres les plus lointaines ressuscitaient pour les yeux émerveillés de leurs invitées.

Le bal commençait seulement et Alexandra ne se lassait pas du spectacle de ces arrivées successives sans songer un seul instant que, debout à ce balcon ancien où les flammes des pots à feu l'éclairaient doucement, elle ajoutait à la façade du vieux palais un merveilleux ornement. Son immense robe de satin corail, toute brodée d'or, ainsi que ses amples manches à crevés, ouvrait sur des fonds de satin blanc. Une résille d'or retombant sur ses épaules nues emprisonnait une partie de ses magnifiques cheveux où couraient des fils de perles. D'autres perles encore à ses poignets, à ses oreilles en lourdes girandoles et à ses doigts aux ongles roses, mais aucun bijou ne déparait la splendeur de son décolleté qui semblait offrir ses seins dans une douce corbeille de satin et d'or... Bien des regards se levaient vers elle et elle trouvait un vif plaisir féminin dans l'admiration qu'elle y lisait.

Cette nuit magique marquait la fin de son séjour à Venise et préludait à celle de ses vacances. Dans quelques jours, elle partirait pour Vienne et enfin regagnerait Paris à la fin du mois. Ensuite, il faudrait songer à rentrer même si elle n'en avait guère envie car il serait dangereux de laisser Délia s'attarder plus longtemps en Europe.

A leur arrivée les deux jeunes femmes s'étaient installées à l'hôtel Royal Danieli sur le quai des Esclavons, tout près du palais des Doges. Elaine leur y avait retenu le plus romantique des appartements, celui où la femme de lettres française George Sand et le poète Alfred de Musset vécurent la fin d'une passion volcanique et, pour la jeune femme, le début d'une autre avec le médecin italien qui soignait son amant. Néanmoins le style néogothique, les lourdes tentures, les meubles tarabiscotés et abondamment dorés ne plaisaient guère à Alexandra qui préférait de beaucoup son appartement du Ritz bien que la vue sur le bassin de Venise fût d'une splendeur rare. Les couchers de soleil s'y montraient sublimes et la jeune femme passait de longs moments à les contempler.

Délia, elle, s'amusait franchement. Comme partout où elles se rendaient, les deux Américaines se retrouvaient vite le centre d'une coterie élégante et joyeuse. Elaine Orseolo leur avait fait les honneurs de Venise et les invitations pleuvaient sur le plateau du courrier à la grande joie de la jeune fille qui se déclara bientôt amoureuse de cette incomparable cité. Les Italiens étant, par nature, les admirateurs les plus démonstratifs de la beauté féminine, Délia adorait courir les musées et les boutiques pour le plaisir bien féminin d'entendre se lever sur son passage des exclamations enthousiastes ou même des sifflements admiratifs. Elle aimait qu'on se retourne sur elle et regrettait profondément de ne pas parler l'italien pour mieux comprendre les louanges lyrico-religieuses dont on la couvrait car, en général, ces messieurs prenaient à témoin de leur extase leur saint patron, celui de la ville ou même le Seigneur et sa Très Sainte Mère.

Alexandra en recevait tout autant bien sûr mais elle n'y trouvait pas le plaisir qu'elle eût goûté naguère encore... juste avant certaine rencontre boulevard de la Madeleine. Elle découvrait que depuis ce jour les hommages masculins lui semblaient fades et sans grand intérêt.

Ce qu'elle aimait par-dessus tout, c'était errer interminablement le long de rues liquides à demi couchée dans la gondole qu'elle louait pour la durée de son séjour. Très fier de la beauté de sa passagère, Beppo, son batelier, savait respecter son silence et ne parlait que lorsqu'elle s'adressait à lui. A la tombée de la nuit, il chantait parfois mais uniquement à sa demande.

Grâce à lui, Alexandra apprit Venise, ses ruelles glauques où le soleil, jouant sur une façade lépreuse, l'habillait de lumière et en magnifiait la misère, ses fenêtres closes sur des légendes, ses balcons aériens d'où coulaient des feuillages et des fleurs, ses portes étroites et mystérieuses dont le seuil tombait droit dans l'eau, ses petits ponts ajourés arrondissant leurs escaliers d'une maison à l'autre au-dessus des barques lentes, des pesantes barges et des gondoles effilées comme de noirs espadons. Elle sut le nom de tous les palais étirés comme une double haie d'honneur au long du Grand Canal qui trouvait son point d'orgue dans l'église de la Salute dont la coupole semblait surgie, telle une énorme perle grise, de l'écume marine.

Entre toutes, l'une de ces demeures patriciennes faisait battre son cœur sur un rythme plus vif : c'était l'un des plus anciens palais, noble et gracieux à la fois avec ses hautes fenêtres lancéolées dont les lignes blanches s'enlevaient sur l'ocre adouci des murs. Un balcon soulignait une galerie faite de minces colonnettes contrastant avec l'austérité d'un rez-de-chaussée aveugle que perçait seulement une haute porte en chêne armée de pentures de fer. Dès le premier jour, elle avait su que c'était la maison natale de donna Caterina Morosini, duchesse de Fontsommes. Elaine Orseolo, qui ignorait tout de ce qui s'était passé entre Jean et Alexandra, la lui avait indiquée en déplorant seulement l'absence de la maîtresse de maison que les grandes foules estivales faisaient fuir vers le pays de terre ferme et la grande villa palladienne que les princes Morosini possédaient sur les bords de la Brenta.

– J'aurais tellement aimé vous présenter à elle ! En dépit de son âge, elle conserve une beauté frappante. Jean lui ressemble beaucoup d'ailleurs.

Courageusement, Mrs Carrington chassa le regret qu'elle éprouvait. C'était mieux ainsi. Dieu sait ce qu'elle eût ressenti en face de cette femme incarnant trop bien un souvenir qu'à présent elle voulait chasser à tout prix et, de préférence, avant de reprendre, au Havre, le bateau pour New York !

– Il faut que je redevienne moi-même ! Il le faut à tout prix !

Hélas, c'était peut-être encore plus difficile dans cette ville hors du temps où aucun des principes sur lesquels elle s'était appuyée jusqu'à présent ne semblait avoir cours. Ici, les histoires d'amour surgissaient un peu partout et chaque demeure semblait posséder la sienne depuis la tragédie de Desdémone jusqu'au roman de Richard Wagner avec Cosima von Bülow, en passant par les innombrables aventures de Casanova, la passion de Lord Byron pour Thérésa Guiccioli, les amours lointaines de la dernière reine de Chypre, Caterina Cornaro, et celles, tumultueuses et très actuelles de la Duse, la grande comédienne avec son poète Gabriele D'Annunzio. Il n'était jusqu'à l'escalier des Géants devant lequel la fille de Philadelphie aimait aller seule rêver à ce Doge, traître par amour et que l'on y avait décapité... Sans compter les innombrables amoureux dont les gondoles abritaient les serments et les baisers !

Venise suait l'amour par tous les pores de ses pierres et le rose qui la teintait venait du sang qu'avait fait verser le plus cruel de tous les dieux...

Ce soir, pourtant, la musique et les éclats de la fête chassaient la *morbidezza* qui montait des canaux avec la brume du soir. Éros prenait le masque et la mandoline d'Arlequin et, si le temps revenait, ce n'était qu'une apparence, un mirage que chasseraient les premiers rayons du soleil.

Une gondole couleur amarante ornée d'un cygne en bronze doré approcha. Elle portait un imposant mandarin chinois accompagné de deux porte-lanternes et d'une jolie femme vêtue de satin fleur de pêcher, une tiare de rubis et de roses sur la laque noire de ses cheveux. Des rires et des exclamations joyeuses les accueillirent mais, bien qu'elle eût parfaitement reconnu le prince Contarini, Alexandra sentit son cœur se serrer. Cela tenait sans doute au costume trop parfait : une robe de satin bleu de nuit brodée d'or, un chapeau de velours noir dont le bouton de saphir retenait une plume de paon... Le décor s'effaça et elle revit l'arrière-boutique de Yuan-chang et le prince qui voulait la protéger de tout mal, qui, sans la connaître, l'avait aimée assez pour lui offrir son propre talisman. Celui-là ne demandait rien en échange sinon la certitude qu'un être de pure beauté ne serait pas détruit. Il était mort, à présent, et un voleur avait fait main basse sur le bijou, emportant avec lui, sans le savoir, ce bonheur allègre, insouciant et léger dont était tissée l'existence de la jeune femme. Jamais il ne se retrouverait un homme capable d'aimer avec cette abnégation... Jamais plus!

Une main touchant son épaule la fit tressaillir. Son hôte était derrière elle, son aimable visage surmonté d'un turban qui ressemblait à une citrouille surmontée d'une aigrette :

– On vous cherche partout, belle amie! Si vous restez là vous allez manquer les « entrées » les plus brillantes : celle du roi de France Henri III, celle du Doge...

– Ce que j'ai découvert de ce balcon est déjà très beau.

– Certes, mais il y manque l'ambiance, la musique... Tous vos admirateurs vous réclament et puis nous avons une surprise pour vous.

– Vraiment ? Laquelle ?

– Qu'est-ce qu'une surprise que l'on dévoile cinq minutes trop tôt ? Allons, venez!

Elle se laissa emmener pour plonger dans un univers de couleurs et de scintillements. Gaetano avait raison : le coup d'œil de ses salons était féerique. Sous les hauts plafonds peints à fresque et la douce lumière de centaines de bougies, les contemporains de la bataille de Lépante avaient repris vie, amis et ennemis mélangés, la cuirasse de Don Juan d'Autriche côtoyant familièrement le turban d'un kaboudan-pacha cependant que de belles odalisques assiégeaient un provéditeur de Venise. Des Indiens, des rois nègres, des Japonais et des Chinois affirmaient l'internationalisation d'un bal qui se voulait aux dimensions de la planète au XVIe siècle.

En bonne maîtresse de maison qui ne doit en aucun cas éclipser ses invitées, Elaine avait choisi un costume assez simple, celui – velours brun et mousseline blanche – de la *Jeune Fille au miroir* du Titien... en y ajoutant toutefois quelques-uns des diamants de la famille.

– Une drôle d'idée! confia Orseolo à sa compagne, car cela l'a obligée à roussir un peu de ses jolis cheveux blonds mais elle tenait à incarner un personnage de notre grand peintre. Devant mes réticences, elle m'a menacé de prendre le costume de la *Vénus* d'Urbino! Vous voyez ça d'ici!

– Elle est assez belle pour s'y risquer et personne ne l'aurait regretté, fit Alexandra en riant.

Elle s'apprêtait à taquiner son amie vers qui Gaetano la conduisait mais son rire s'arrêta net. A leur approche, un seigneur sévèrement vêtu de velours noir, à la mode espagnole, se retourna et Alexandra vit Jean de Fontsommes s'incliner devant elle.

– Je n'espérais plus vous revoir, madame, mais je suis charmé de cette rencontre, fit-il avec un léger sourire.

Tandis qu'ils échangeaient les phrases courtoises qu'un certain automatisme facilite tant, la jeune femme examinait son ancien soupirant avec une sorte de rancune, offusquée de le trouver plus beau encore que dans son souvenir. Le pourpoint noir qu'ennoblissait une Toison d'Or convenait à ses larges épaules et sur le blanc éclatant de la fraise, son visage brun se détachait avec la vigueur d'un portrait du Greco, mais il n'y avait plus de flamme dans les yeux sombres qui semblaient la défier, plus d'émotion sur ses lèvres et, dans sa voix, plus trace de cette chaleur qui avait si bien su la faire vibrer. Éteint le désir que Fontsommes savait si mal dissimuler naguère, éteinte la passion qui avait bien failli emporter ses défenses! Se pouvait-il que ce fût le même homme?

– Vous voudrez bien m'excuser de ne pas vous inviter à danser, disait-il à cet instant, mais vous le voyez je porte des bottes...

Ses longues cuissardes de cuir noir auraient mieux convenu en effet à une chevauchée.

– Quelle idée de venir à un bal ainsi chaussé ! fit Alexandra en haussant les épaules. Vous l'avez fait exprès ?

– Naturellement ! Il fait beaucoup trop chaud pour cet exercice. Puis-je néanmoins vous féliciter ? Vous êtes admirablement belle, ce soir.

Le compliment était sûrement sincère, pourtant Alexandra n'en éprouva aucun plaisir. Peut-être parce que Jean l'avait formulé d'une voix tranquille. Une simple constatation, somme toute !

– Vous n'êtes pas mal non plus. Un peu sévère peut-être et sans ce colifichet... fit-elle en soulevant d'un doigt dédaigneux le bélier d'or.

– Un colifichet ? Comme vous y allez ! protesta Orseolo. Il est dans sa famille depuis la fondation de l'ordre...

– Pour l'amour de Dieu, ne te lance pas dans l'Histoire ! coupa Jean. Nos gloires anciennes ne peuvent intéresser une Américaine et Mrs Carrington a toujours été persuadée qu'elles nous servaient uniquement à piéger les dots de ses compatriotes... Veuillez m'excuser, mais je ne veux pas manquer l'entrée de Mocenigo qui nous arrive sous l'apparat de son ancêtre le Doge...

Sur un salut bref, il s'éloigna de quelques pas pour applaudir l'apparition, très réussie, d'un homme grand et maigre mais d'une extrême majesté sous une dalmatique de pourpre, d'or et d'hermine, le *corno* d'or en tête. Une véritable cour de sénateurs en robe rouge et de pages en satin blanc l'environnait et, après avoir reçu avec dignité le salut du maître et de la maîtresse de maison, il gagna le haut fauteuil exhaussé de quelques marches et couvert d'un dais écarlate qui l'attendait devant une admirable tapisserie des Flandres.

De tout cela Mrs Carrington ne vit pas grand-chose. Elle applaudit comme les autres mais le geste était purement machinal. Il lui semblait qu'autour d'elle tout devenait gris et triste. Et ce fut avec une sorte de soulagement qu'elle accepta le bras offert par le mandarin à la robe bleue qui était l'un de ses admirateurs pour se rendre au buffet. Une coupe de champagne, voilà tout ce dont elle avait besoin pour se remettre un peu... Du moins le pensait-elle.

De son côté, Fontsommes se dirigeait vers le grand escalier qui rejoignait une galerie ajourée donnant sur la grande salle afin d'être un peu seul. Il se sentait à la fois déçu et curieusement allégé. Depuis la rebuffade d'Alexandra, il avait cruellement souffert de son désir frustré et de son orgueil blessé. Jamais il n'avait voulu une femme comme il voulait celle-là ! Au point d'en perdre tout sens commun et d'être prêt à se lancer dans les pires aventures. D'avoir trop respiré son parfum, il en restait comme empoisonné. Durant des nuits entières, on put le voir errer près des étangs qui cernaient son château de Picardie sans pouvoir trouver le sommeil, ravagé par la faim douloureuse qu'il avait de ce corps, de cette chair blonde. Des fureurs le prenaient et il regrettait amèrement d'avoir agi comme il l'avait fait. Il aurait dû attendre jusqu'au cœur de la nuit qu'Alexandra soit endormie et alors seulement la rejoindre, la soumettre et au besoin la forcer. Il y a des femmes qu'il faut prendre d'assaut et qui parfois, d'ailleurs, ne vous le reprochent que du bout des lèvres... En dépit de la promesse faite à Nicolas Rivaud, il dut lutter souvent contre l'envie de revenir à Paris pour la revoir et peut-être pour tenter une dernière fois de la soumettre. Pourtant il avait su résister jusqu'aux approches de cette fête du Rédempteur à laquelle il savait qu'elle assisterait. En fait il n'était venu à Venise que pour elle et voilà qu'en la revoyant, toute l'exaltation dont il avait nourri son délire et sa rancune venait de tomber d'un seul coup.

C'était à n'y rien comprendre! Jamais peut-être Alexandra n'avait été plus belle ni plus désirable. La nuit vénitienne, le cadre du palais illuminé, la robe qu'elle portait, tout concourait à la magnifier et pourtant, à son extrême surprise, il ne ressentait aucun trouble. Tandis qu'ils échangeaient des phrases polies, il l'examinait avec une sorte de curiosité. Cette créature modelée tout entière par les mains de l'amour n'était rien qu'une belle enveloppe recouvrant un bloc de glace. Elle se voulait honnête, vertueuse mais en fait elle n'y avait aucune peine car plus froide qu'elle ne se pouvait trouver. Il se sentait à nouveau dégrisé comme il l'avait été dans le compartiment lorsqu'elle lui avait jeté à la figure son : « Je l'espère bien ! » si peu féminin.

Du haut de la galerie, il l'observa encore tandis que, sans se soucier d'anachronisme, il allumait tranquillement un cigare et en savourait le parfum. Elle bavardait avec le beau Contarini, coquetait, buvait du champagne mais souvent aussi tournait la tête, cherchant visiblement quelque chose ou quelqu'un... En pensant que c'était peut-être lui, il eut un sourire cruel. Espérait-elle donc, en le revoyant tout à l'heure, pouvoir lui imposer à nouveau son joug de coquette sans cœur ? Oui... sûrement ! Peut-être même regrettait-elle de l'avoir rejeté sans avoir goûté avec lui au fruit défendu... quitte à clamer très haut, ensuite, qu'il l'avait eue par surprise.

– Quel imbécile j'ai été! murmura-t-il en pensant à l'espoir qui l'avait conduit jusqu'ici. Encore un peu et elle me reprenait à son piège!... Par contre, il serait peut-être amusant d'essayer de savoir jusqu'à quel point elle est déçue de mon attitude. La victoire alors pourrait avoir le goût amer et délicieux de la vengeance...

Déjà prêt à redescendre, il chercha des yeux un récipient quelconque pour y éteindre son cigare. Et soudain, il oublia jusqu'à la présence d'Alexandra : surgie des ombres de la galerie au long de laquelle s'alignaient des statues et de grandes poteries anciennes, une merveilleuse apparition se dirigeait vers l'escalier en s'arrêtant parfois pour contempler la fête de haut. Caché par une colonne, il la regarda s'avancer lentement et même retint son souffle de crainte de la voir s'évanouir comme un fantôme mais, en dépit des longs voiles de mousseline neigeuse qui l'enveloppaient en traînant derrière elle, elle était bien réelle : sous la simple couronne de roses qu'un flot de rubans retenait sur ses longs cheveux dénoués d'un extraordinaire blond argenté, c'était la plus ravissante jeune fille qu'il eût jamais vue! Elle avait la sveltesse et la grâce d'une nymphe et, de temps en temps, elle respirait le parfum du bouquet de roses qu'elle portait attaché à son poignet.

Quand elle fut tout près de lui, Jean laissa tomber son cigare sans plus s'en soucier et surgit de derrière sa colonne. L'apparition poussa un petit cri et il reçut en plein visage le regard rieur, pas effrayé du tout, de deux larges prunelles qui avaient la couleur d'une profondeur marine dans le soleil.

– Dieu! que vous m'avez fait peur, dit-elle en français. A-t-on idée de se cacher ainsi dans les coins sombres pour effrayer les gens ?

– Pardonnez-moi mais je ne cherchais à effrayer personne ! J'étais simplement monté ici pour fumer tranquillement... et puis je vous ai vue.

– Et vous n'avez plus eu envie de fumer ? Je suis très flattée...

– Moi je suis ébloui... Un instant j'ai cru que les violons du bal avaient invité Desdémone à renaître mais votre léger accent évoquerait plutôt Ophélie...

– Eh bien vous êtes gracieux, monsieur l'inconnu ! Deux malheureuses créatures mortes tragiquement ! Il est vrai que celle dont je porte le nom n'a pas eu beaucoup plus de chance.

– La bonne règle veut que je vous demande comment vous vous appelez.

– Cordélia... mais on me nomme Délia.

– Shakespeare vous poursuivrait-il ? fit-il en riant puis déclamant soudain :

Fairest Cordelia, that art most rich, being poor;
Most choice, forsaken, and most loved, despised [1]...

Aussitôt la jeune fille enchaîna :

Thee and thy virtues here I seize upon [2].

– Vous voyez que l'on connaît ses classiques...

– Bravo ! Ainsi vous êtes anglaise ?

– Pas du tout !

1. Cordelia, tu es la plus belle dans ta pauvreté
Tu es un choix plus précieux dans l'abandon...
2. Toi et tes qualités je les prends tout de suite.

– Ah ! Seriez-vous... suédoise ? Norvégienne ? Finlandaise ?... Ou bien venez-vous de...

– De New York, tout simplement.

– Oh non ! Pas vous ? Pas encore ! gémit le jeune homme.

– Eh bien vous êtes aimable ! Pour un peu vous auriez dit : « Quelle horreur ! »

– Tout de même pas mais, voyez-vous, je me sens un peu... accablé par vos compatriotes. On dirait qu'elles ont décidé d'envahir Venise. Elaine Orseolo est américaine et ce bal est donné en l'honneur de deux Américaines, l'admirable Mrs Carrington et une miss Je-ne-sais-plus-quoi...

– Hopkins ! Miss Cordélia Hopkins... autrement dit moi.

Il la contempla avec une stupeur incrédule. Que cette adorable enfant qui semblait sortie tout droit d'un conte d'Andersen fût un produit de la « civilisation » du mécanisme et de l'argent dépassait son entendement ! De son côté Délia ne pouvait s'empêcher de le trouver magnifique. Jamais encore elle n'avait rencontré un homme qui lui plût autant ! Il ressemblait tellement au Prince Charmant des légendes de son enfance qu'il n'avait pas l'air vrai...

– Alors... vous êtes la sœur de Mrs Carrington ? demanda Jean.

– Sa belle-sœur et même sa demi-belle-sœur puisque son mari n'est que mon demi-frère. J'entends par là que nous avons la même mère... et une grande différence d'âge. Mais, au fait, vous êtes là à me poser des questions. N'aurait-il pas été plus poli que vous commenciez par vous présenter ? Qui êtes-vous ?

Il le lui dit tout en lui adressant un profond salut et Délia éclata d'un rire frais et joyeux qui fit pétiller ses yeux.

– Alors c'est vous ?

– Mon nom aurait-il le privilège de vous être familier ?

– Je pense bien ! Depuis que nous sommes arrivées à Venise, Elaine n'a cessé de parler de vous. Voilà une femme qui vous adore !

– Comment l'entendez-vous ? Je ne suis pas certain que ce verbe plairait à mon ami Orseolo...

– Mes paroles dépassent quelquefois ma pensée. Cela tient à ce que je parle beaucoup et sans trop réfléchir. Je veux dire... qu'elle a beaucoup parlé de vous et en termes très flatteurs...

– Comme c'est gentil à elle ! Chantait-elle aussi mes louanges devant votre belle-sœur ?

– Au début, oui, mais cela n'avait pas l'air de plaire à Alexandra. Elaine a cru comprendre alors que vous n'étiez pas en très bons termes avec elle et qu'il avait dû se passer quelque chose après son départ de Paris. L'auriez-vous offensée ?

Ce langage direct et franc était une nouveauté pour Fontsommes accoutumé aux subtilités souvent fumeuses du discours féminin mais, peut-être parce qu'elle lui plaisait infiniment, il décida de la payer de retour.

– Dans un sens, oui. Je lui ai fait la cour, ce printemps...

– Ne me dites pas qu'elle n'a pas aimé ? A New York elle évolue toujours au milieu d'un cercle d'hommes bêlant d'admiration et s'en amuse beaucoup.

– Eh bien moi je ne l'ai pas amusée du tout. Je dirais même qu'elle m'a pris au tragique... Pendant que j'y pense, on dit « béant » d'admiration et pas bêlant.

– Vous croyez ? L'image me paraissait convenable. Mais revenons à ma belle-sœur ! Vous avez peut-être voulu aller trop loin ? Cela ne fait pas partie de son jeu.

– Son jeu ? Elle aimerait...

– Jouer avec ses admirateurs, bien sûr. Nous sommes toutes un peu comme ça, d'ailleurs : faire tourner un homme en bourrique et puis le planter là, c'est assez drôle. Alexandra est très forte à cet exercice, seulement il faut savoir où s'arrêter.

– Vous êtes comme ça, vous ? Je n'en crois rien.

Délia prit un petit temps qu'elle employa à respirer ses fleurs d'un air songeur.

– Un peu, oui, soupira-t-elle enfin. Du moins je l'étais jusqu'au jour où cela ne m'a plus amusée. Ce jour-là j'ai accepté de me fiancer, ajouta-t-elle en mettant sous le nez de Fontsommes la grande émeraude carrée qui ornait son annulaire...

– Ah !... Et, naturellement, vous aimez votre fiancé ?

– Oh... oui, je crois. Je veux dire que je l'aime bien...

Jean l'aurait volontiers embrassée pour cet adverbe plus que révélateur. Il découvrait avec étonnement qu'il n'eût pas supporté de la savoir amoureuse d'un autre et soudain il n'endura pas davantage l'idée qu'il allait falloir la rendre à cette foule chamarrée qui dansait en bas. Il eut envie de la garder pour lui seul durant cette nuit de fête. Vivement, il prit sa main :

– Venez ! décida-t-il. Venez avec moi !

– Et où irons-nous ?

– Fêter le Rédempteur avec tout Venise. Ma gondole est en bas, laissez-moi vous enlever pour quelques heures et vous montrer ma ville comme vous n'aurez sans doute plus l'occasion de la voir !

– Vous voulez que nous quittions le bal ?

– Ce n'est qu'un bal ! Moi, je vous propose celui des étoiles et la joie d'un peuple entier. Venez-vous ?

Elle leva sur lui un regard rayonnant.

– Allons vite ! Mais... comment sortir sans se faire voir ?

– Suivez-moi !

Il l'entraîna en courant vers le fond de la galerie tandis qu'en bas, les trompettes annonçaient une nouvelle entrée : celle du roi de France, Henri III, qui, à son retour de Pologne, avait visité Venise où il avait laissé un grand souvenir...

Quelques instants plus tard, une rapide gondole noire profilée comme un requin emportait sous les rideaux de brocart de son *felze* le plus beau couple que l'on eût vu depuis longtemps à Venise.

Reine désignée de la fête, Alexandra eut l'honneur de souper entre le Doge Mocenigo et le roi de France qui, sur un costume de velours noir, arborait des perles à faire pâlir d'envie n'importe quelle femme. Tous deux rivalisèrent pour elle d'amabilité et d'esprit mais elle y porta peu d'attention, uniquement sensible au fait que Fontsommes semblait avoir disparu et que Délia était introuvable.

Elaine à qui elle confia son inquiétude se contenta d'un sourire ambigu et d'une réponse qui ne l'était pas moins :

– Votre inquiétude est hors de saison, Alexandra. Cette nuit, Venise tout entière ne songe qu'à la joie de vivre et au plaisir. Délia doit flirter quelque part. Quant à « Giani », vouloir le retenir serait aussi vain que chercher à domestiquer le vent. Dieu seul sait où il est !

Il était impossible d'interroger davantage. Elaine se devait aux nombreux invités qui occupaient sa demeure. Pourtant, une voix secrète soufflait à Mrs Carrington que, réunis par un fatum inexorable, Délia et le duc s'étaient rejoints et vivaient à leur façon, quelque part, cette nuit exceptionnelle.

Pour elle ce fut une nuit affreuse. Il fallut sourire,

coqueter, flirter, jouer jusqu'au bout son rôle d'invitée d'honneur alors qu'elle brûlait d'anxiété :

« Tu as voulu la vivre, cette nuit, lui soufflait une impitoyable voix intérieure. A présent tu dois la subir jusqu'au bout... »

Quand, enfin, Beppo l'aida à s'étendre sur les coussins de sa gondole, elle se sentait épuisée comme si elle avait couru depuis des heures et des heures...

– La signora est bien pâle ! remarqua le jeune batelier. Ne s'est-elle pas amusée ?

– Pas vraiment...

– La fête était bien belle pourtant...

– Oui, très belle mais il en est des fêtes comme de toutes choses. Vient un moment où l'on souhaite pardessus tout rentrer chez soi.

– Je ramène la signora, fit le jeune gondolier pour qui aucun « chez-soi » ne pouvait s'incarner autrement que dans le luxe pompeux du Royal Danieli... Et d'un geste plein de force et de grâce, il lança l'étroite embarcation sur l'eau noire du canal...

Côte à côte sur la place du Lido, Jean et Délia regardèrent en silence l'aurore rosir le ciel et glisser sur l'eau calme de la lagune. Ils se tenaient par la main comme deux enfants. Ils pensaient tous deux la même chose : ce soleil levant qu'ils attendaient était peut-être le plus important de leur vie. Toute la nuit ils s'étaient laissé emporter à travers la ville illuminée, passant d'un bal de coin de rue où l'on avait acclamé leur couple hors du temps au calme d'un rio obscur où seul le clapotis soulevé par la longue rame troublait les tranquilles ténèbres. Ils avaient regardé des églises rêver au clair de lune et des amoureux rechercher l'obscurité complice d'une ruelle et jamais, pour eux, la Sérénissime n'avait mieux mérité son nom parce qu'à la parcourir ils avaient éprouvé la même et curieuse impression que leurs cœurs s'apaisaient, pleins de calme et de certitude comme ces grands voiliers qui trouvent enfin le port après des alternances de gros temps et de calme plat.

Pourtant, ils n'avaient pas parlé d'amour mais seulement de ce qu'ils étaient, de ce qu'avait été leur vie jusqu'à cette nuit comme si c'eût été la seule chose importante. Jean savait que sa quête était achevée et Délia comprenait qu'elle n'épouserait pas Peter Osborne...

Et puis, quand la première flèche du soleil les atteignit, Jean prit Délia dans ses bras pour poser sur ses lèvres un peu tremblantes un baiser léger, un effleurement plus qu'une caresse :

– Jamais plus je ne vous laisserai repartir, murmura-t-il.

– Jamais plus je n'accepterai d'être séparée de vous...

Quelques mots qui avaient la valeur et la gravité d'un serment. Tous deux sentaient que les heures à venir ne seraient pas faciles mais leur détermination était entière, absolue : ils feraient tout pour abattre les obstacles dressés sur leur chemin par leurs familles, mais pour avoir été arraché de haute lutte, leur bonheur n'en serait que plus grand.

Le premier choc se présenta pour Délia quand, un moment plus tard, Alexandra entra dans sa chambre sans même se donner la peine de frapper. La jeune fille, debout devant une glace, était en train de brosser vigoureusement ses longs cheveux après en avoir ôté la couronne de roses. Elle adressa à l'intruse un bref sourire :

– Entrez donc ! fit-elle seulement sans s'interrompre.

– Où étiez-vous ? Nous vous avons cherchée partout...

– Qui « nous » ? Un soir de fête on ne perd pas son temps à courir les uns après les autres...

– C'est selon ! Le bal était donné en notre honneur et vous avez jugé bon de disparaître avant même que tout le monde soit arrivé. Quelle grossièreté ! Elaine était furieuse...

Elle mentait. Renseignée par le petit billet que Fontsommes avait remis à un laquais avant de partir, la comtesse Orseolo, sans révéler ce qu'il contenait, avait au contraire pris la chose avec une grande philosophie et cherché à calmer le mécontentement, un peu trop vif peut-être, de son amie.

– Qu'à cela ne tienne, fit Délia, j'irai lui présenter mes excuses avec un bouquet de fleurs tout à l'heure... Je vous les offre à vous aussi puisque vous vous êtes inquiétée. Vous avez eu grand tort. Il fallait seulement songer à vous amuser puisque vous étiez la reine de la fête.

– M'amuser ? Quand un membre de ma famille se comporte d'une telle façon ? A ce propos, vous n'avez pas répondu à ma question : où étiez-vous ?

Dans le miroir, Cordélia offrit à son charmant reflet un radieux sourire :

– Je visitais Venise...

– Vraiment ? Depuis trois semaines que nous sommes ici, vous avez eu amplement le temps de la découvrir. Il est vrai que vous marquiez une nette préférence pour les bains du Lido.

– Vous ne pouvez pas comprendre. La ville que j'ai vue cette nuit, il faut un autre œil que celui d'un touriste pour en goûter le charme...

– Et vous étiez seule, bien sûr, pour accomplir ce miracle ? ricana Alexandra.

La dureté du ton, la voix altérée de sa belle-sœur surprirent Délia. Abandonnant son image, elle regarda la jeune femme, vit qu'elle était pâle et qu'un cerne marquait ses yeux. Elle eut l'impression soudaine qu'elle avait vieilli et sentit son cœur s'emplir de compassion mais, bien entendu, elle se trompa complètement sur la raison profonde de ce changement.

– Non, dit-elle avec une grande douceur, je n'étais pas seule et si vous vous êtes tourmentée, je vous en demande infiniment pardon mais vous voyez bien qu'il ne m'est rien arrivé de mal.

Elle vint à Alexandra et voulut l'embrasser mais celle-ci la repoussa.

– Il vous reste à me dire avec qui.

Blessée par cette attitude et surtout par la rudesse du ton, Délia fronça les sourcils :

– Suis-je en train de subir un interrogatoire ? Permettez-moi alors de vous rappeler que vous n'êtes pas ma mère et que, même de Jonathan, je n'accepterais pas ce traitement.

– C'est à moi que l'on vous a confiée tacitement puisque l'on ne m'a pas demandé mon avis. J'ai le droit de savoir.

– Mais il n'y a là aucun mystère. J'ai rencontré hier soir un homme comme je ne croyais pas qu'il pût en exister. D'ailleurs vous ne pouvez qu'être d'accord avec moi puisque vous le connaissez. Il paraît même que vous avez beaucoup flirté. Votre beauté l'avait ensorcelé...

Les yeux sombres d'Alexandra lancèrent des éclairs :

– Ne me dites pas que vous avez passé la nuit avec le duc de Fontsommes ?

– Pourquoi ne le dirais-je pas puisque vous l'avez reconnu ?

– Vous êtes folle, je pense ? Cet homme est le plus dangereux coureur de jupons qu'il m'ait été donné de rencontrer et vous n'avez rien à faire avec lui.

– Ce n'est ni son avis ni le mien...

– Naturellement ! fit Mrs Carrington en haussant dédaigneusement les épaules. Il est très fort à ce jeu ! J'espère seulement que vous n'avez pas couché avec lui ?

La brutalité de la question scandalisa la jeune fille en lui inspirant même du dégoût : que l'on pût entacher d'une telle vilenie les heures exquises passées auprès de Jean la révulsait. Si innocente qu'elle fût, l'idée qu'Alexandra fût peut-être jalouse l'effleura.

– Je ne vous pardonnerai jamais d'avoir osé me demander cela.

Comprenant qu'elle avait été trop loin et que son attitude pouvait être suspecte, Alexandra fit machine arrière.

– Pardonnez-moi à votre tour ! Les mots ont dépassé ma pensée mais comprenez enfin que j'aie de bonnes raisons de m'inquiéter ! Vous vous mariez dans deux mois, Délia et...

– Non. Je ne me marie plus...

– Qu'est-ce que vous dites ?

– Je dis que je ne veux plus épouser Peter. Je vais d'ailleurs lui écrire tout à l'heure et, en même temps, je préviendrai ma mère et Jonathan.

Alexandra sentit trembler ses jambes et chercha le secours d'un fauteuil. Ce qui arrivait était encore pire que tout ce qu'elle avait pu imaginer...

– C'est de la folie ! Pourquoi voulez-vous rompre ? Parce qu'un galantin vous a fait la cour ?

– « Giani » n'est pas un galantin. Il est... ce dont j'ai toujours rêvé, celui que j'attendais sans bien m'en rendre compte...

– Délia, je vous en supplie, réfléchissez ! Vous ne pouvez briser votre vie et celle d'un garçon de valeur comme Peter pour le caprice d'une nuit d'été, pour une rencontre au cours d'un bal ?

– Ce n'est ni mon premier bal ni ma première rencontre. Ce que j'éprouve est impossible à expliquer...

– J'appellerais cela un accès de fièvre dont vous guérirez vite. Car enfin vous ne pouvez pas croire que votre beau seigneur va vous épouser ?

– Vous voulez parier ? Je sais qu'il demandera ma main et que je la lui accorderai.

– Votre dot aussi, bien sûr ! lança Mrs Carrington avec une ironie mordante. Ainsi, vous êtes comme les autres ? La perspective de porter un titre vous fait perdre la tête ? Je ne vous croyais pas à ce point parvenue !

– Il n'a rien d'un coureur de dot et vous le savez parfaitement, s'écria Délia pâle de colère. Quant à moi, il m'est bien égal qu'il soit duc ou simple balayeur. Il a suffisamment de charme pour qu'on l'aime pour lui-même.

– Nous verrons ce qu'en pensera la famille. Vous ne pouvez vous marier sans son consentement. D'ailleurs, je suis bien tranquille ! M. de Fontsommes ne demandera pas votre main. Il n'aura pas cette audace !

– Voulez-vous me dire ce qui pourrait l'en empêcher ? Et puis qu'il la demande ou pas est de peu d'importance. Jamais je n'épouserai un homme avec l'image d'un autre dans le cœur car alors je serais malhonnête et méprisable. A présent, j'aimerais que vous me laissiez me reposer. J'ai besoin de dormir.

– J'espère qu'au réveil vous aurez retrouvé votre bon sens, nous reprendrons cette conversation plus tard !

Incapable de contenir plus longtemps la fureur et le

chagrin qui la submergeaient, Alexandra sortit de la chambre en courant. La porte claqua violemment derrière elle mais Délia ne s'en souciait déjà plus : elle souriait de nouveau à son image dans le miroir et à son beau rêve.

Après avoir verrouillé avec décision la porte qui faisait communiquer sa chambre avec leur petit salon commun, elle se coucha. Puis elle demanda qu'on lui apporte, à deux heures, du thé, des toasts et des fruits. Elle et Fontsommes s'étaient donné rendez-vous à quatre heures chez Elaine Orseolo.

– Tôt ce matin je lui enverrai les fleurs du repentir, avait dit le jeune homme. Ensuite, il faudra tout faire pour qu'elle se range dans notre camp. Nous allons avoir besoin d'alliés...

Sur ces heureuses perspectives, Délia, un peu épuisée tout de même par sa nuit blanche et par son premier affrontement avec Alexandra, s'endormit dès que sa tête eut touché l'oreiller...

De son côté, Alexandra rentrée chez elle le cœur en déroute prit une douche froide, réclama un petit déjeuner avec beaucoup de café, s'enveloppa dans un peignoir de fraîche batiste et, finalement, s'étendit sur son lit pour mieux réfléchir. Ce qui lui arrivait était terrible, impensable, délirant même. Cette fameuse nuit du Rédempteur qu'elle avait attendue comme le point culminant de son beau voyage, voilà qu'elle se retournait contre elle ! Mais comment aurait-elle pu imaginer qu'une rencontre entre Délia et Jean donnerait un tel résultat ? Néanmoins, trop droite pour ne pas reconnaître ses torts, elle admettait que le Destin lui infligeait là une punition amplement méritée. Elle avait joué avec le feu, s'entêtant à venir à Venise et, surtout, après avoir chassé Fontsommes dans le Méditerranée-

Express, elle avait cherché à le retrouver dans l'espoir inavoué de le reconquérir en admettant qu'il en eût besoin et, surtout, de reprendre avec lui le dialogue amoureux si stupidement interrompu. Elle n'avait désiré ce voyage en Italie que pour cela et peut-être aurait-elle pu réussir ? Hier, son premier regard disait clairement son admiration... mais l'orgueil l'avait éloigné d'elle... et puis Délia, Dieu sait où, Dieu sait comment lui était apparue...

Elle s'en voulait aussi de s'être laissé aller à la colère tout à l'heure. Si elle-même avait été si près de la chute, comment une innocente jeune fille de dix-huit ans aurait-elle résisté à un enchanteur pervers comme celui-là ?

Car, en vérité, il fallait qu'il soit un monstre pour oser offrir le mariage à une jeune fille inconnue quelques semaines seulement après l'avoir suppliée, elle, de l'épouser ! Peut-être cherchait-il tout simplement une vengeance ?... Bien sûr ! Comment pourrait-il en être autrement ?

Réconfortée par cette idée qui satisfaisait au moins son orgueil blessé, Alexandra s'accorda un peu de repos, dormit quelques heures, s'habilla avec le soin qu'elle mettait habituellement à cette opération et décida qu'il était temps d'avoir une nouvelle conversation avec Cordélia mais, quand elle frappa à sa porte, personne ne répondit. Au même moment, elle aperçut, par la fenêtre, la jeune fille qui, dans une gondole, se dirigeait vers le Grand Canal. Un bouquet de fleurs reposait devant elle et Mrs Carrington en conclut avec juste raison qu'elle se rendait chez Elaine pour lui offrir ses excuses. L'y rejoindre eût été du dernier maladroit : la comtesse Orseolo saurait sans doute faire entendre raison à cette écervelée.

Satisfaite sur ce point, la jeune femme pensa qu'il était temps de prendre certaines dispositions. Elle se rendit dans le hall pour demander qu'on lui retienne deux sleepings à destination de Vienne pour le lendemain, puis, peu désireuse d'entrer en conversation avec qui que ce soit, remonta chez elle où elle se fit servir le thé et sonna une femme de chambre :

– Nous partons demain, miss Hopkins et moi, lui dit-elle. Voulez-vous, s'il vous plaît, faire préparer nos bagages... Auparavant, faites prévenir Beppo que je vais sortir.

En effet, elle mit un chapeau, prit son ombrelle et rejoignit l'embarcadère qui se trouvait sur l'un des côtés de l'hôtel.

– Emmène-moi vers les îles ! ordonna-t-elle. Je pars demain et j'ai envie de les revoir...

Ce qu'elle voulait surtout c'était se laisser bercer par la gondole en rencontrant le moins de gens possible. Elle ne reviendrait jamais dans cette cité sortilège qui venait de la blesser. Contempler le ciel et la lagune était tout ce qu'elle souhaitait.

Sachant bien que ce serait le dernier avant bien des jours, elle goûta là un moment de paix profonde. Devant elle, la proue d'acier denté de la gondole taillait l'horizon bleuté d'où surgissaient les murs et les cyprès de San Michele, l'île aux morts, comme pour lui rappeler que tout s'achevait là mais elle n'en éprouva aucune tristesse. Sa vie à elle se trouvait ailleurs, dans une ville trépidante qui ne laissait aucune place à la rêverie morbide, aussi ne devait-elle penser qu'à cela. A Murano, elle tint à descendre pour une visite à la verrerie où elle commanda un service diapré d'or dont chaque pied était un petit dauphin. Une façon comme une autre de se rattacher à la vie quotidienne. D'ailleurs, elle n'avait jamais su résister à un bel objet.

En rentrant au Royal Danieli, elle se sentait presque sereine. Demain, elle et Délia tourneraient le dos à ce décor d'un autre âge et à sa dangereuse magie. Vienne leur apporterait un changement salutaire, après quoi l'on rejoindrait à Paris tante Amity et oncle Nicolas pour le voyage de retour.

Hélas, cette humeur bénigne qu'elle rapportait avec elle ne résista pas à la jeune furie qui l'attendait à la fenêtre de leur petit salon en creusant le tapis d'un talon impatient. Elle n'eut même pas le temps d'ouvrir la bouche. Délia attaquait :

– Qui vous a permis de commander mes bagages ?

– La nécessité, Délia. Nous partons demain. Ce n'est d'ailleurs pas une nouveauté. J'ai seulement avancé notre départ pour Vienne de vingt-quatre heures...

– Quelle audace ! Vous n'avez aucun droit de disposer de moi.

– Vous savez bien que si. J'ai celui de la famille puisque je suis ici votre seule parente. Il faut partir et le plus tôt sera le mieux.

– Vous partez peut-être, vous, mais pas moi.

– Vous êtes folle, je pense ? Vous n'imaginez pas que vous allez pouvoir, à dix-huit ans, séjourner seule dans un hôtel étranger ? Ce serait d'une inconvenance ! Votre réputation n'y résisterait pas.

– Je suis d'accord avec vous sur ce point.

– Alors où irez-vous ?

– Chez les Orseolo, bien sûr ! Elaine est toute disposée à m'offrir l'hospitalité en attendant l'arrivée de ma mère.

– Depuis quand votre mère doit-elle venir ?

– C'est tout nouveau ! fit Délia avec un beau sourire. Je lui ai écrit tout à l'heure pour la mettre au courant de ce qui s'est passé entre Jean et moi. Telle que je la connais, elle sautera certainement dans le premier bateau en partance !

– Parce que vous croyez encore que cet homme va vous épouser ?

– Mais bien sûr ! Il me l'a répété tout à l'heure et d'ailleurs il me présentera à la duchesse douairière un jour prochain. Soyez généreuse, Alexandra, ajouta-t-elle affectueusement. Ce n'est tout de même pas ma faute si l'amour, le vrai, le grand m'est tombé sur la tête hier soir comme une cheminée un jour de grand vent !

– Quelle heureuse comparaison ! Et combien poétique... mais au fond très juste. Vous avez reçu un choc, de ce genre de maladie on guérit vite à votre âge. Songez un peu à ce malheureux Peter ! Comment croyez-vous qu'il réagira quand votre mère lui lira votre lettre ?

Délia détourna son visage assombri et se mit à effeuiller d'innocentes fleurs qui jusque-là s'épanouissaient tranquillement dans un vase de majolique...

– Soyez certaine que j'y pense et que j'ai un peu honte de lui manquer de parole. J'espère seulement qu'il ne sera pas trop malheureux ! Il sait bien comme je suis : fantasque, étourdie...

– Égoïste aussi, n'oubliez pas !

– Vous avez raison. En résumé quelqu'un de peu digne d'être regretté et je souhaite sincèrement qu'il se fasse rapidement une raison...

– Vous êtes admirable en vérité ! Vous décidez, vous taillez dans la vie des autres et vous semblez tenir pour acquis le consentement de votre mère...

– Je la connais. Elle sera ravie de voir sa fille devenir duchesse.

Le mot frappa Alexandra au cœur. C'était vrai : ce

joli titre qu'elle avait refusé, Délia pourrait s'en parer puisque, apparemment, cette histoire de fous avait l'air de prendre corps...

– C'est indigne ! Indigne ! s'écria-t-elle. En tout cas je peux vous assurer que Jonathan, lui, refusera et que, si vous vous obstinez, il risque de ne jamais vous le pardonner.

– Tant pis ! fit la jeune fille avec simplicité. J'en aurai de la peine mais je ne renoncerai pas à mon bonheur pour faire plaisir à Jonathan. Et si vous vouliez bien m'aider un peu...

– A quoi ? A vous déshonorer et à briser la vie d'un homme ? N'y comptez pas !

– Au moins restez avec moi jusqu'à ce que nous ayons des nouvelles. Vous savez combien je vous aime...

– Alors prouvez-le-moi en venant avec moi. Si votre... duc vous aime tant, il saura bien patienter un peu. D'ailleurs il habite surtout en France, il me semble ? Vous n'avez aucune raison de rester à Venise.

– Vous oubliez qu'il doit me présenter à sa mère. J'aurais aimé vous avoir auprès de moi en cette circonstance...

– Je n'en ai nulle envie et je partirai demain. Cela vous laisse la nuit pour réfléchir.

Cette fois, la porte se referma doucement derrière elle. Rentrée dans sa chambre, Alexandra pensa qu'il lui restait quelque chose à faire, quelque chose de très important : il fallait à tout prix qu'elle eût un entretien avec Fontsommes. Si, comme elle le supposait, il cherchait une vengeance en courtisant Délia, c'était à elle, Alexandra, de le remettre à sa place.

Elle ne savait pas très bien comment tournerait l'entretien mais elle devait aborder l'ennemi avec le plus d'armes possible. Elle fit dire à Beppo de tenir la gondole prête pour neuf heures, se déshabilla, prit un bain et entreprit une toilette encore plus minutieuse que d'habitude. Si quelqu'un lui avait dit que, ce faisant, elle se comportait en courtisane qui prépare son corps et sa beauté pour la séduction d'un homme, elle eût repoussé la comparaison avec fureur. Pourtant, c'était un peu ça : affolée par l'idée d'imaginer Délia entre les bras de Jean, elle était, sans vouloir seulement y arrêter sa pensée, prête à tout pour empêcher ce mariage. Impossible qu'un homme aussi ardemment épris pût changer en si peu de temps ! Réveiller sa passion était sûrement la meilleure manière de l'amener à laisser Délia tranquille.

Quand, une fois prête, elle se regarda dans son miroir, elle pensa avec juste raison qu'elle n'avait jamais été plus à son avantage. La robe de tulle noir qu'elle avait choisie était d'une extrême simplicité. Supportant parfaitement l'audacieuse absence de corset que la jeune femme s'était permise, elle épousait étroitement son corps de la poitrine aux genoux où elle s'évasait en un bouillonnement qui s'allongeait en traîne. Les épaules et la gorge jaillissaient d'un énorme ruché affreusement hypocrite dont les caprices découvraient ou voilaient des seins parfaits. Dans ses cheveux coiffés lâche et descendant sur le cou, à l'encontre de la mode, en un lourd chignon, elle piqua des étoiles de diamants, accrocha à ses oreilles de longues girandoles assorties, rejeta tout collier qui eût fait son buste moins nu, se contentant d'épingler un bouquet d'autres étoiles au creux profond du décolleté.

En contemplant son visage, Alexandra pensa qu'il avait changé. La douleur d'amour le rendait plus vivant et plus sensible. Il avait perdu cette orgueilleuse sûreté de soi qui lui faisait considérer les hommes comme une sorte de gibier... Elle était plus que jamais prête à conquérir mais aussi à se laisser vaincre. En fait, elle ne désirait rien d'autre.

A la manière des belles coureuses d'aventures du temps jadis, elle s'enveloppa dans une ample et légère mante de soie dont elle baissa le capuchon, regrettant presque que le temps des masques fût passé... En descendant rejoindre sa gondole, le cœur lui battait un peu vite mais c'était une sensation délicieuse car il semblait à la jeune femme qu'elle était au seuil d'instants merveilleux. Néanmoins, ce fut d'une voix ferme qu'elle ordonna à Beppo de la conduire au palais Morosini. L'idée ne lui venait même pas que Fontsommes pût être absent. Il était là, il ne pouvait pas ne pas être là puisqu'elle venait à lui. Et, de fait, quand un grand laquais en costume amarante lui offrit la main pour l'aider à poser sur le débarcadère son pied chaussé de satin, il déclara que « Monsieur le duc était là ».

Un instant plus tard, dans une large galerie décorée de rostres et d'anciennes lanternes de navire, le valet ouvrit devant elle une haute porte donnant sur une bibliothèque, près de la cheminée où Jean, en habit, se tenait debout, fumant un cigare.

– Entrez! dit-il simplement. Je vous attendais.

CHAPITRE XI

LA FUITE EN AVANT

Avec ses fenêtres gothiques, les caissons enluminés du plafond et ses milliers de livres reliés de cuirs précieux, la pièce était d'une rare beauté. Le portrait d'un doge en formait le point d'orgue. Alexandra embrassa cet ensemble d'un coup d'œil tandis que Jean venait à elle après avoir jeté son cigare dans la cheminée. Il s'inclina et prit pour la baiser la main qu'on lui tendait.

– Comment pouviez-vous m'attendre ? fit la jeune femme. Je n'ai pas annoncé ma visite.

– Disons que je l'espérais. Sinon, je comptais me rendre demain au Danieli pour vous demander audience.

Elle frissonna légèrement quand les mains du jeune homme l'effleurèrent en la débarrassant de sa mante et surtout quand elle put lire dans son regard qu'il appréciait l'image qu'elle lui offrait.

– Il semble, dit-il avec un sourire, que vous possédiez le pouvoir d'être toujours plus belle lorsque nous nous rencontrons. Je m'en réjouis puisque nous allons tisser entre nous des liens de famille.

Le mot et surtout ce qu'il évoquait rendit à la jeune femme son irritation.

– Nous n'en sommes pas là, fit-elle sèchement. Et je

suis venue vous demander de mettre un terme à cette comédie.

– Il ne s'agit pas d'une comédie.

– Vous osez me dire cela en face après ce qui s'est passé entre nous ?

– Mais il ne s'est rien passé entre nous, fit-il avec une grande douceur. J'avoue l'avoir profondément regretté et je reconnais bien volontiers aussi que vous m'avez fait souffrir. A présent je vous remercie d'avoir montré de la raison pour deux. Et si je voulais me rendre auprès de vous demain, c'était pour implorer de vous mon pardon.

– L'amour n'a pas besoin de pardon, murmura-t-elle avec une tristesse qui n'échappa pas au jeune homme. Et vous prétendiez m'aimer ?

– J'étais sincère. Vous m'aviez fait perdre la tête. Depuis notre rencontre, j'ai connu durant des semaines des alternances d'espoir et de rage au point de ne plus penser ni agir que pour vous conquérir. Vous avoir à moi, vous faire mienne était mon unique espérance, mon unique désir. Je vous ai voulue de toutes mes forces... au point d'aller jusqu'à vous offrir le mariage, à vous... une femme mariée... Je me suis couvert de ridicule.

– La sincérité n'est jamais ridicule. Malheureusement, je n'y croyais pas...

– C'est, madame, de la fausse modestie ou de l'inconscience. Votre miroir ne vous dit-il pas chaque jour à quel point vous êtes séduisante ? Mon excuse vient de ce que je me suis complètement trompé sur vous, mais comment imaginer que sous une beauté aussi brûlante que la vôtre court un sang glacé ? Il est vrai que je ne connais guère les Américaines. Il paraît que chez vous le flirt représente un passe-temps et rien de plus...

– Ne confondez-vous pas la froideur et l'honnêteté ? Ce que chez vous l'on appelle la vertu ?

– Avec une femme telle que vous on ne peut que confondre. Les femmes vertueuses que je connais – et croyez-moi, il y en a ! – ne s'amuseraient jamais à ces jeux cruels qui consistent à affoler un malheureux pour le repousser ensuite avec un entier dédain...

Alexandra haussa les épaules et, quittant le siège qu'il lui avait offert, se dirigea vers l'une des fenêtres pour contempler les reflets des lumières dans l'eau du Grand Canal :

– Cela tient peut-être à ce que, gâté par trop de femmes, vous êtes trop sûr de vous. Dès le début de nos relations je vous ai laissé entendre que je n'étais pas accessible.

– Alors il fallait cesser de me voir au lieu de m'attirer ; il fallait me tourner le dos à chacune de nos rencontres et ne pas accepter mes hommages comme vous l'avez fait ; il fallait refuser de danser avec moi et Dieu sait si nous avons dansé souvent ! Avez-vous oublié avec quel abandon vous vous laissiez emporter par moi ? Mais, avouez-le, vous preniez plaisir à me tourner la tête.

– Il n'a jamais été défendu à une femme d'être un peu coquette...

– Un peu ? Vous l'êtes effroyablement... et ne me dites pas qu'il s'agit là d'une qualité commune à toutes les Américaines ? Dolly d'Orignac et Elaine Orseolo sont la preuve du contraire.

– N'est-ce pas un peu facile de me traiter en coupable après la façon dont vous vous êtes conduit, après surtout ce que vous venez de faire ?

– Si vous voulez parler de Délia, je l'aime, tout simplement.

– Un sentiment un peu soudain ?

– Nul n'est maître de son cœur. Je ne m'attendais pas à le voir m'échapper hier.

– Et vous êtes bien certain cette fois qu'il s'agit d'amour ? Vous semblez confondre assez facilement, il me semble ?

– Je l'avoue, avec vous j'ai confondu l'amour et le désir. Ce que j'éprouve pour elle est bien différent. Je la trouve exquise... pleine de vie et de grâce. Elle incarne le rêve que tout homme porte en lui lorsqu'il évoque celle à laquelle il souhaite consacrer sa vie. En outre, elle est, je crois, prête pour l'amour, ce que – pardonnez ma brutalité – vous ne serez jamais...

– Qu'est-ce qui vous donne le droit de l'affirmer ?

Elle avait presque crié et une telle révolte vibrait dans sa voix que Fontsommes la regarda, scrutant ce visage dont les grands yeux brillaient de larmes contenues, dont les lèvres entrouvertes ressemblaient à un fruit gonflé de sève. Il eut un éblouissement : se pouvait-il qu'elle fût venue pour se donner ? Cette robe audacieuse, ce décolleté révélateur, ce regard qui se noyait ! Il n'avait qu'un geste à faire pour qu'elle tombe dans ses bras et qu'il puisse enfin, sur ce canapé, vaincre ce corps dont il avait tant rêvé...

Leur vie à tous deux se joua dans cet instant de silence. Alexandra fit deux pas en direction du jeune homme qui sentit son désir revenir. Comment résister à une telle sirène ?... Et, soudain, quelque part au-dehors, un rire joyeux de femme lui parvint par la fenêtre ouverte et ce rire ressemblait à celui de Délia. Aussitôt, il crut la voir telle qu'elle lui était apparue dans la galerie. Qu'il cède à la tentation et il la perdrait à tout jamais ! Une perte dont il traînerait le regret sa vie entière car Délia, elle, ne se marchandait pas. Elle ignorait tout des ruses et des faux-semblants, et son amour, elle n'avait pas cherché à le dissimuler.

Qu'aurait-il en échange ? Une heure de passion brûlante, la satisfaction orgueilleuse d'avoir vaincu cette femme et ensuite ? La pensée lui vint, fulgurante, qu'elle ne venait pas à lui uniquement sous l'impulsion d'un désir égal au sien mais pour le forcer à briser le lien tissé avec Délia. Quelle meilleure façon d'ouvrir les yeux d'une innocente sur la valeur réelle de l'homme qu'elle voulait épouser ?

Alexandra fit encore un pas. Qu'elle en fît un autre et elle serait presque contre lui. Alors il recula puis, se détournant, il alla jusqu'à un cabinet Renaissance fait d'ébène, d'ivoire et de pierres dures qu'il ouvrit pour en sortir deux tulipes de cristal :

– Je manque à mes devoirs essentiels et vous en demande pardon. Puis-je vous offrir quelque chose ? La soirée est un peu fraîche.

Au prix d'un immense effort de volonté, Alexandra retint le cri de douleur et de colère qu'elle sentait monter. Cet homme dont elle savait bien à présent qu'elle l'adorait venait de la refuser. C'était aussi net que s'il l'avait repoussée de la main. Elle sentit sa raison vaciller mais l'orgueil vint à son secours. Le gifler comme elle brûlait d'envie de le faire et s'enfuir ensuite ne serait rien d'autre qu'un aveu de défaite. Alors elle décida de faire face. Le combat ne devait pas finir ainsi. Avec nonchalance, elle alla s'asseoir sur l'un des canapés, toussota pour s'éclaircir la voix comme une cantatrice sur le point d'entamer un grand air et soupira :

– Un rien de brandy me ferait plaisir...

Il la servit avant de venir s'asseoir en face d'elle juste sous le portrait du Doge dont la ressemblance avec lui devint évidente. Ils burent en silence puis Mrs Carrington reprit :

– Savez-vous que ce mariage, puisque vous semblez y tenir, va briser la vie d'un homme ? Vous faites bon marché, vous et ma belle-sœur, des sentiments de Peter Osborne. Il est bien loin d'être un pantin de salon... et il devait épouser Délia dans deux mois.

La phrase délibérément offensante n'arracha à Jean qu'un sourire dédaigneux :

– Je le sais mais en ce cas pourquoi l'avoir laissée partir ?

– Parce que personne n'a jamais pu empêcher Délia d'en faire à sa tête. Vous pourriez vous en apercevoir.

– Je n'ai pas peur. A la place de son fiancé je ne lui aurais pas permis de me quitter ou alors je serais parti avec elle.

– Peter travaille, fit Alexandra avec sévérité. Il est avocat. On ne fait pas toujours ce que l'on veut.

– Je veux bien faire semblant de le croire mais quand un homme a découvert un trésor, non seulement il ne s'en éloigne pas mais il se bat pour le garder. Cela est d'ailleurs valable aussi pour votre mari. En vérité, je ne comprends pas les Américains : ils semblent tout ignorer des lois de l'amour.

– Ils ont confiance en nous et ils ont raison. Dans la majeure partie des cas, tout au moins.

– Vous en êtes la parfaite illustration. Pourtant, je vous crois assez bonne pour ne pas accabler Délia sous votre mépris car elle ne le mérite pas.

– Possible, néanmoins elle sait déjà qu'elle ne doit pas compter sur moi pour plaider sa cause. Mon mari ne lui pardonnera pas ce qu'il va considérer avec juste raison comme une forfaiture.

– Il n'est que son demi-frère, je crois, et Délia prétend que sa mère ne lui opposera pas de résistance...

– Par snobisme peut-être mais sachez tout de même

qu'une fois mariée Délia n'aura guère intérêt à revenir chez nous, la société new-yorkaise la tiendra à l'index...

Le sourire de Fontsommes fut un poème d'ironie un rien dédaigneuse :

– Il faudra qu'elle se contente de la haute société française et italienne. Par ailleurs, je lui donnerai assez d'amour pour qu'elle n'en souffre pas. J'ajoute qu'elle espérait mieux de vous car elle vous aime beaucoup...

– Désolée mais en cette affaire je me rangerai aux côtés de Peter Osborne. Question de loyauté...

– Votre affection n'est guère solide. Eh bien, en ce cas, je crains que nous n'ayons plus guère l'occasion de nous revoir. Vous comprendrez sans peine que chez nous on choisisse le camp de la jeune duchesse de Fontsommes. Je ne suis pas certain que l'avis de quelques douairières new-yorkaises compte beaucoup dans l'aristocratie européenne.

– Vous méprisez l'Amérique ? C'est ça... Vous ne dédaignerez pas cependant la dot de Délia ? lança Mrs Carrington hors d'elle.

– Je ne la dédaigne pas : je la refuse formellement. Le notaire de ma famille recevra des instructions dans ce sens. Délia doit être assurée que je la veux elle et rien d'autre, madame !

C'était un congé en bonne et due forme. Ainsi, après l'avoir repoussée, cet arrogant personnage osait la mettre à la porte ! Maîtrisant difficilement sa colère, Alexandra prit son manteau jeté sur un fauteuil puis redressant sa tête dorée où les étoiles allumaient des éclairs, elle toisa le jeune homme.

– Soyez sûr que je ferai tout au monde pour empêcher Délia de faire cette sottise.

– Vous n'êtes venue que pour cela et je sais qu'en effet vous étiez prête... à tout !

– Ce qui veut dire ?

– Qu'il vaut mieux vous éloigner avant que je ne me laisse aller à mes instincts... bestiaux et oublie le respect que l'on doit à une vertueuse Américaine. Votre époux a beaucoup de chance que Délia ait traversé ma vie par la plus belle nuit de l'été... une nuit qui aurait pu être la nôtre. Je ne suis venu ici que pour vous revoir. Cela devrait apaiser l'égratignure – oh bien petite ! – que j'ai infligée à votre amour-propre...

Ainsi tout s'achevait là ! Alexandra sentit des sanglots se nouer dans sa gorge, ce qui lui ôtait toute possibilité d'avoir le dernier mot. Elle trouva suffisamment de courage pour traverser dignement le palais jusqu'à l'embarcadère où attendait sa gondole. Le valet qui la précédait tenait un flambeau et aurait pu voir ses larmes. Mais, une fois que Beppo eut, d'une puissante poussée de sa rame, envoyé l'esquif dans le courant du Grand Canal, elle se pelotonna sur les coussins et pleura comme elle ne se souvenait pas d'avoir jamais pleuré.

Le lendemain, Mrs Carrington quittait Venise sans revoir personne. Elle ne pouvait plus supporter l'atmosphère subtilement trouble de cette ville témoin de sa pire humiliation. Elle laissa derrière elle deux lettres : l'une pour Délia à qui elle donnait rendez-vous à Paris dans les premiers jours du mois d'août et une autre adressée à Elaine Orseolo dans laquelle, après lui avoir reproché de pousser miss Hopkins à renier un engagement sacré, elle la lui confiait formellement et la priait d'escorter elle-même ou de faire escorter la jeune fille à Paris. En effet, Alexandra ne croyait pas à une venue rapide de sa belle-mère et espérait que livrée à elle-même et certaine de la réprobation de toute sa famille,

Délia reviendrait à une plus juste conception des choses et reprendrait le chemin du devoir.

Dans le train qui l'emmenait à Vienne, la jeune femme se trouva étrangement mal à l'aise. Elle n'avait pas vraiment envie d'aller en Autriche. Ce qu'elle souhaitait surtout, c'était rentrer chez elle comme l'animal blessé qui cherche la sécurité de sa tanière pour y lécher ses plaies mais elle ne voulait pas décevoir sa chère tante Amity en reprenant sans elle le chemin du pays. Or, il était convenu de se retrouver à Paris dans les premiers jours du mois d'août. Au fond, ce qu'elle allait faire, c'était tuer le temps pendant une dizaine de jours.

A peine arrivée, elle se demanda ce qu'elle venait faire là. Depuis quelques jours la capitale des Habsbourg étouffait sous un soleil de plomb auquel des orages secs n'apportaient aucune détente. Le fameux Danube « bleu » était couleur de mercure et les feuilles des arbres grisonnaient sous la poussière. Venant d'une région maritime, Alexandra sentit que l'air lui manquait. Néanmoins la ville était en pleine animation. La Sainte-Anne, l'une des deux grandes fêtes religieuses de Vienne en dehors de Noël et de Pâques, avait lieu quatre jours plus tard, le 26 juillet et, de toutes les régions environnantes, les gens affluaient.

Cependant le Royal Danieli avait accompli l'exploit de lui retenir un appartement à l'hôtel Impérial, le plus huppé de la ville, le rendez-vous de toute la noblesse austro-hongroise qui aimait se retrouver sous ses lambris de marbre blanc, rose et gris et sous ses énormes lustres à cristaux. L'empereur lui-même qui lui avait donné son nom « Impérial » ne dédaignait pas d'y venir. Ce superbe palace avait d'ailleurs fait partie des nouvelles constructions érigées sur le Ring, ce grand boulevard circulaire planté d'arbres et coupé de jardins que

François-Joseph fit établir sur l'emplacement des anciennes murailles fortifiées qu'il abattit en 1857. Son luxe fabuleux n'impressionna pas la jeune Américaine : elle en trouva l'ameublement lourd et peu conforme à ses goûts mais puisqu'il ne s'agissait que de quelques jours.

Hélas, si elle espérait trouver là un peu de paix pour se pencher sur l'enfance de cette pauvre Marie-Antoinette – un peu perdue de vue depuis quelque temps –, il lui fallut déchanter. Ses compatriotes étaient rares en Autriche et à l'hôtel elle était la seule bien qu'on y fût accoutumé à recevoir les plus hautes personnalités étrangères comme le président Mac-Mahon, Bismarck, Wagner et le shah de Perse. Elle s'aperçut vite qu'elle y soulevait une curiosité extrême et faisait figure de personnage exotique. Sa beauté et son élégance ne laissaient personne indifférent. Elle ne pouvait traverser le hall sans voir converger sur elle tous les regards, ce à quoi elle était habituée, mais elle eut aussi à faire face à des hommages masculins parfois indiscrets. Les brillants officiers qui pullulaient dans les salons du palace montraient une nette tendance à prendre pour ce qu'elle n'était pas cette éblouissante créature qu'aucun homme n'accompagnait. Eût-elle clamé d'ailleurs ses liens avec l'attorney général de l'État de New York que cela n'eût servi à rien : ses admirateurs ne devaient même pas savoir ce que ce spécimen pouvait bien être !

Certains de ces jeunes hommes étaient beaux, attirants, élégants, distingués ; tous arboraient une allure martiale dans leurs uniformes blancs, rouges ou verts mais Alexandra n'éprouvait plus la moindre envie de se laisser faire la cour par qui que ce soit. Apparemment, sa mine hautaine et ses rebuffades à peine polies ne suffirent pas : la femme de chambre ne cessait d'apporter des fleurs accompagnées de cartes que la jeune femme ne lisait pas. La camériste se voyait automatiquement priée d'en faire ce que bon lui semblerait, aussi ne sachant plus où les mettre, cette âme simple les fit porter à l'église voisine.

Au bout de deux jours, Alexandra envisageait des solutions extrêmes : rester dans sa chambre ou bien ne sortir qu'habillée de noir et avec un voile de crêpe sur la figure.

Le troisième jour, décidée à voir coûte que coûte le palais de Schönbrunn et, pour ce faire, à rejoindre la voiture qu'elle avait louée à la semaine, elle jeta dans les bras de sa soubrette un énorme bouquet de roses rouges qu'on venait de lui apporter, puis descendit dans le hall en serrant fermement dans sa main une ombrelle de shantung blanc brodée de vert dont elle pensait se servir pour s'ouvrir un passage.

Effectivement, à peine fut-elle au bas de l'escalier qu'un magnifique cavalier de la garde noble de l'empereur s'avança vers elle, rectifia la position et entreprit de se présenter :

– Comte Franz-Josef von...

Alexandra ne le laissa pas achever. Le toisant avec une froideur polaire, elle déclara :

– Je ne vous connais pas, monsieur, et n'ai aucune envie de vous connaître. Veuillez, s'il vous plaît, ne plus m'importuner et, pour l'instant présent, me laisser passer.

Elle avait parlé français et apparemment le jeune homme, un grand blond doté de magnifiques yeux bleus, connaissait cette langue. Il devint très rouge mais refusant de céder la place, il entreprit de plaider sa cause :

– Madame, dit-il, je suis celui qui.....

Il était écrit que ce jour-là il n'irait pas au bout de son discours. Une main se posa sur son épaule tandis qu'une voix particulièrement sèche déclarait :

– Lieutenant, ma nièce vient de vous faire entendre que vous l'importunez. Je m'étonne qu'un gentilhomme s'obstine dans cette voie regrettable...

Alexandra retint une exclamation de joie : le marquis de Modène, admirablement accommodé de fin drap couleur biscuit, gilet de soie brodée et gardénia à la boutonnière, souriait férocement à l'imprudent qui, impressionné par la haute mine du vieux seigneur, battit en retraite sans demander son reste en bredouillant de fumeuses excuses.

– Marquis ! exhala la jeune femme avec un soulagement plein de reconnaissance, quelle joie de vous revoir ! Mais que faites-vous ici ?

– C'est à vous ma belle enfant qu'il faudrait poser la question. Je vous croyais à Venise ?

– On en revient, comme vous voyez ! Je m'ennuyais sur cette lagune trop calme...

– Et vous êtes venue voir si le Danube serait plus agité ? Au fait, où donc alliez-vous ? Nous n'allons pas rester tout le jour au pied de cet escalier, si magnifique soit-il ?

– Je voulais voir Schönbrunn. Ma voiture attend devant la porte.

– Alors prenons-la ! Mais vous ne pourrez pas approcher le palais : c'est le séjour d'été de la famille impériale et l'empereur s'y trouve... Vous êtes toujours sur les traces de notre pauvre reine ?

– Oui. Je ne voulais pas rentrer chez moi avant d'avoir vu les lieux de son enfance.

– Vous comptez repartir prochainement ?

– Au début du mois prochain quand... M. et Mme Rivaud seront revenus de Touraine... Nous quitterons la France ensemble.

Tandis que la voiture les emportait vers l'ouest de la ville, Modène contemplait le profil de sa voisine. A ce fin psychologue, l'air enjoué de celle-ci ne parvenait pas à cacher tout à fait la blessure qu'elle portait au cœur. Une blessure dont il convenait d'approcher avec une infinie délicatesse. Hélas, en croyant prendre un chemin détourné, le marquis appuya brutalement sur la plaie :

– Qu'avez-vous fait de votre ravissante belle-sœur ? Vous l'avez convaincue de rejoindre son fiancé ?

– Non. Je l'ai laissée à Venise aux soins de la comtesse Orseolo. En fait de fiancé, elle s'en est trouvé un autre.

– Ah bah ! Mais que me dites-vous là ? Un autre fiancé ? Je reconnais qu'elle rencontre beaucoup de succès mais qui donc...

– Ne cherchez pas ! Elle va épouser le duc de Fontsommes. Ils se sont rencontrés au cours d'un bal... pendant la nuit du Rédempteur. Le coup de foudre, mon cher marquis !

L'amertume qui transparaissait en dépit de la volonté de la jeune femme, sa soudaine pâleur étaient plus que révélatrices. Sincèrement désolé, Modène se tut pour lui donner le temps de se remettre. Mais la douleur qu'il venait de réveiller était de trop fraîche date et il vit, avec chagrin, une larme rouler sur la joue satinée. Alors, ôtant ses gants, il chercha la main d'Alexandra et la serra doucement :

– Pardonnez-moi ! murmura-t-il.

Du bout d'un doigt, elle écrasa la larme indiscrète puis, après un petit moment, elle demanda :

– Vous saviez ?

– J'avais, je crois, deviné beaucoup de choses. Ce printemps, lorsque je vous voyais ensemble, j'étais persuadé d'assister à la naissance d'une de ces grandes tempêtes du cœur comme notre monde, si froid cependant, en connaît quelquefois. Fontsommes était visiblement fou de vous.

– Et je crois bien que je l'étais de lui mais je ne voulais pas l'admettre. Jamais d'ailleurs je n'ai admis qu'une femme telle que je veux l'être puisse céder à la tentation, si pressante qu'elle soit. Je n'ai aucune indulgence pour celles qui oublient leur devoir... et j'ai chassé le duc... Ensuite, il a rencontré Délia.

– Et vous pensez qu'il a voulu se venger ?

– J'avoue que je l'ai cru... mais nous avons eu... une entrevue qui m'a éclairée sur ce point. Il aime Délia sincèrement. Tout au moins il le dit.

– S'il veut l'épouser ce doit être vrai. Je connais bien Fontsommes. Dieu sait s'il a eu des aventures ! Trop au goût de sa mère qui les déplorait. On lui a présenté au moins cent jeunes filles belles, nobles, riches ou tout à la fois. Aucune n'a réussi à le séduire. En tout cas votre famille peut être sûre d'une chose : ce n'est pas la dot de miss Hopkins qui l'intéresse : il est l'un des hommes les plus riches de France.

– Je sais. Il m'a même fait connaître son intention de la refuser.

– Cela ne m'étonne pas. Ma chère Alexandra, si vous me permettez cette familiarité, il faut à tout prix que vous tourniez cette page pénible. Je devine ce que vous ressentez : votre cœur et votre orgueil sont également blessés et peut-être regrettez-vous à présent de ne pas avoir cédé à... un élan.

– Oui, je l'avoue. Il disait qu'il m'aimait...

– Et il était sincère. Je suis certain qu'il se sentait

prêt à toutes les folies pour vous gagner mais... vous êtes américaine, donc accoutumée à fréquenter des hommes bien différents des Européens et surtout d'un Fontsommes en qui se mélangent le sang français et le sang italien. Il peut leur arriver de confondre un violent désir avec l'amour et vous êtes, ma chère, de celles qu'aucun mâle digne de ce nom ne peut approcher sans la désirer.

– Pas tous, croyez-moi! Voulez-vous un exemple? Mon ami Antoine Laurens, le peintre que j'ai rencontré sur le bateau, n'avait qu'une hâte : s'éloigner de moi le plus vite possible!

– Cela ne veut rien dire, dit le marquis avec un sourire. Napoléon prétendait qu'en amour la seule victoire possible était la fuite et il s'y connaissait. Laurens a dû juger plus sage d'appliquer cette philosophie...

– Soit, je veux bien l'admettre, néanmoins j'en arrive à me demander si, de ce côté-ci de l'Atlantique, je ne fais pas un peu peur aux hommes?

– Sans aucun doute! Il fallait la témérité de Fontsommes pour oser s'attaquer à la forteresse que vous êtes : une bastille superbe, imprenable, souverainement altière... et passablement dédaigneuse. Seuls vos compatriotes trouvent grâce à vos yeux et vous ne le cachez pas.

– Je ne vous ai jamais fait peur à vous?

– Non, parce que je suis un vieux dur à cuire et que je n'ai pas l'âge des délires amoureux. Néanmoins vous êtes si belle que... vous avez arraché quelques battements et quelques soupirs à un cœur dont je n'avais plus entendu parler depuis longtemps. Ah! vous venez de sourire! J'aurai au moins réussi cela! Tenez, nous arrivons! Voici le palais de Schönbrunn.

La voiture s'était arrêtée à quelque distance pour

qu'Alexandra eût une vue panoramique assez large. Tout de suite, elle aima la longue façade d'un jaune doux qui lui rappela Versailles en moins imposant et surtout en plus familier, en plus vivant. La demeure élevée à la gloire du Roi-Soleil n'était plus qu'une sublime coquille vide, le fantôme de siècles fastueux. Schönbrunn vivait toujours. Des gardes veillaient à ses grilles et dans la grande cour d'honneur passaient des uniformes aux couleurs vives mêlés aux jaquettes officielles et aux robes claires de l'été. Derrière les bâtiments on apercevait les frondaisons d'un grand parc et la visiteuse pensa que c'était un bien joli cadre pour une petite princesse. Elle eût aimé y pénétrer.

Devinant ce qu'elle pensait, Modène soupira :

– Quel dommage de ne pas vous avoir rencontrée plus tôt ! J'aurais pu vous faire recevoir par « le vieux monsieur »...

– Le vieux monsieur ?

– C'est ainsi que les Viennois appellent leur empereur, avec beaucoup de respect et d'affection d'ailleurs. Il a tant souffert ! La mort de son fils à Mayerling, l'assassinat de sa femme par un anarchiste. Autant de plaies qu'il dissimule bien mais qui ne se sont pas refermées. Ajoutez-y le fait qu'il n'aime pas l'archiduc François-Ferdinand, son héritier actuel...

– Et vous pourriez m'obtenir une audience ?

– Sa Majesté a bien voulu me recevoir moi-même plusieurs fois et avec faveur mais nous n'avons plus le temps. Après la Sainte-Anne l'empereur part pour Ischl où il passe le plus lourd de l'été. Il y chasse et puis c'est là qu'il a rencontré « Sissi » et s'est fiancé à elle. Il ne peut être question d'aller l'y déranger.

– C'est si long pour obtenir d'être reçue ?

– Encore assez. Il y a l'étiquette quasi espagnole qui

régit la Cour... et puis il y a la Police toujours très pointilleuse et qui ne laisse approcher aucun étranger par crainte d'attentats mais si vous revenez en Europe je me mettrai à votre service...

– Je ne reviendrai pas en Europe. Avant très longtemps tout au moins. Et puis, au fond, c'est sans importance : je cherche une petite archiduchesse, pas un vieux monsieur... J'aurais aimé me promener dans son parc au son d'une ariette de Mozart...

– Pour vous consoler je vais vous emmener déjeuner chez Papperl, au Prater ! Vous y mangerez les meilleurs *knödels* sur un fond de valses de Strauss.

La voiture fit demi-tour et entreprit de traverser Vienne sur sa plus longue diagonale. Chemin faisant, les deux amis s'efforcèrent de maintenir la conversation dans d'agréables généralités. Modène, en traits vifs et alertes, parla de l'entourage de l'empereur, des personnalités de Vienne, du grand compositeur Gustav Mahler qui dirigeait l'Opéra – malheureusement fermé en cette saison ! – depuis sept ans et aussi d'un personnage étrange, le professeur Sigmund Freud nommé deux ans plus tôt à l'Université de Vienne.

– Un homme étonnant ! Il semblerait que l'âme humaine n'ait pas de secrets pour lui.

– Me suggérez-vous d'aller le consulter ? fit Alexandra avec un demi-sourire.

– Vous, un modèle d'équilibre ? Chère amie, ajouta-t-il affectueusement, votre guérison est en vous, auprès de vous. Vous semblez aimer beaucoup votre époux. Je vous ai entendue dire plusieurs fois qu'il était « une splendide créature »...

– Oui... cependant il ne m'a pas aimée assez pour venir à mon secours lorsque j'avais besoin de lui. Je lui avais écrit en lui demandant de me rejoindre pour que nous finissions ensemble ces vacances. Je n'ai reçu en retour qu'une lettre sèche et impérative m'ordonnant pratiquement de rentrer par le premier bateau. S'il était venu... rien ne serait arrivé et je serais encore une femme heureuse.

– Cette lettre vous a offensée à ce point ?

– En effet. Elle me prouvait que non seulement Jonathan me connaissait mal mais aussi qu'il ne m'aimait pas comme je le croyais.

– Que lui avez-vous répondu ?

– Rien. Je n'ai pas écrit depuis plus d'un mois...

– Je ne suis pas certain que vous ayez raison. La femme doit obéissance à son mari.

– Pas chez nous. Jamais une Américaine n'accepterait de s'asservir à ce point. Nous sommes les égales des hommes et il faudra bien qu'un jour la loi le reconnaisse en nous accordant le droit de vote.

Pour le coup Modène éclata de rire :

– Vous, une suffragette ? Permettez-moi de vous dire que cela ne vous va pas du tout. Celles qu'il m'a été donné d'apercevoir en Angleterre ne vous ressemblent en rien : elles ont l'air de dragons habillés par l'Armée du Salut.

– J'aurais dû me douter que vous n'approuveriez pas.

– Je n'approuve ni ne désapprouve : cela m'amuse. Néanmoins, je crois nos femmes plus sages. Au lieu de se vouloir officiellement égales des hommes elles préfèrent les asservir autrement et pour ce combat vous êtes mieux armée que beaucoup d'entre elles. Croyez-moi, mon amie, rentrez chez vous le plus vite possible ! Votre mari n'a pas contemplé votre sourire depuis des semaines : ne l'en privez pas plus longtemps. Je suis certain qu'il ne demande qu'à ouvrir ses bras.

– Ce n'est pas moi qui ai tort : c'est lui et si quelqu'un doit demander pardon...

– Qui parle de pardon ? Retournez à New York, Mrs Carrington ! Vous n'êtes pas faite pour être une voyageuse solitaire et, quand vous aurez mis la largeur de l'Atlantique entre vous et nous, je suis bien certain que vous redeviendrez vous-même : la reine de New York !

– Qu'est-ce qu'une reine lorsqu'elle rentre vaincue ? La France a pris ma tante et à présent c'est le tour de cette jeune folle.

– Je ne vois pas les choses comme vous. Ce sont elles qui ont vaincu... et ne soyez pas trop dure pour cette petite miss Hopkins ! Songez plutôt à la punition qui l'attend !

– Une punition ? Et laquelle ?

Le marquis prit la main de sa belle voisine et la baisa :

– L'esclavage, ma chère ! L'horrible esclavage de nos femmes. Ne va-t-elle pas devoir jurer obéissance ?

Le déjeuner fut charmant et, le soir, Modène conduisit Alexandra à une « reprise » du fameux Manège espagnol de la Hofburg où elle put admirer les évolutions des Lipizzans, les superbes chevaux blancs uniques en Europe montés par des cavaliers comptant parmi les meilleurs du monde. Enfin, il l'emmena souper chez Sacher en écoutant les tziganes et en buvant du vin de Tokay.

Alexandra goûta chaque instant de cette soirée. C'était, elle le savait, la dernière qu'ils passaient ensemble : le lendemain, Modène quittait Vienne pour la Hongrie où il était attendu chez le prince Esterhazy. Très certainement ils ne se reverraient pas avant très longtemps. Il se pouvait même que ce soit jamais.

Quand vint l'instant de se séparer au pied du monumental escalier de l'hôtel Impérial, la jeune femme sentit un peu de mélancolie. Ce parfait gentilhomme s'était montré pour elle le meilleur des amis et elle savait qu'elle ne l'oublierait pas.

– Souhaitez-moi bon voyage, marquis ! dit-elle en lui tendant la main. Moi aussi je quitterai Vienne demain.

– Vous partez déjà ?

– Oui. J'étais venue ici sans trop savoir pourquoi. Notre rencontre a donné un sens à cette escapade mais à présent je n'ai plus la moindre envie d'y rester puisque vous n'y serez plus !

– Vous me touchez, madame, plus que je ne saurais dire ! fit-il d'une voix émue. Certes, je ne suis pas un bien fameux chrétien mais je prierai Dieu qu'il vous rende au moins votre belle joie de vivre, et pourquoi pas, votre bonheur.

– Je n'aime pas écrire mais s'il vous exauce, vous serez le premier à le savoir...

En dépit de ce qu'elle avait annoncé Alexandra ne put partir que le surlendemain à cause de l'horaire des trains. L'Orient-Express en direction de Paris s'arrêtait en effet en gare de Vienne à 8 h 35 du matin et quand la jeune femme demanda qu'on lui retînt un wagon-lit le train était parti depuis dix minutes. Elle en fut contrariée car son « oncle » n'étant plus là pour la protéger de ses admirateurs, elle craignit d'être importunée mais par la grâce de sainte Anne il n'en fut rien : la plupart des officiers des régiments impériaux participaient à la grande procession à la suite de l'empereur et de sa famille qui se rendaient à la cathédrale pour la messe solennelle. Ensuite, la ville tout entière s'en allait pique-niquer dans les prairies qui se trouvaient à la lisière des faubourgs et de la campagne en attendant de danser toute la nuit dans les guinguettes ou les somptueuses salles de bals populaires. C'était, en effet, un peu l'équivalent de la Saint-Valentin en Angleterre et en Amérique car nombre de jeunes Autrichiennes se prénommaient Anne, ce qui donnait le charmant diminutif de Nannerl. On leur offrait alors des fleurs, des éventails, de menus cadeaux et parfois même des sérénades. Tout Vienne retentissait de l'écho des orchestres et la valse y régnait plus que jamais.

Avec la conscience aiguë de sa solitude, Alexandra, qui n'avait aucune envie de se mêler à la liesse générale, choisit de rester dans son appartement et tua le temps comme elle put, s'accordant seulement une dernière promenade en voiture tout au long des quatre kilomètres du Ring en contemplant l'extraordinaire ensemble de bâtiments, unique au monde, réalisé par François-Joseph sur son boulevard tout neuf. Tout cela dans un mélange de styles allant du néogothique au pseudo-Renaissance en passant par quelques touches gréco-romaines qui traduisaient bien l'horreur du souverain pour la nouveauté et l'amour du pastiche de ses architectes. Néanmoins réussissant malgré tout à composer, au milieu des marronniers et des pelouses, une orchestration architecturale grandiose et même impressionnante. Mais il était écrit que la solitaire ne profiterait même pas de sa dernière promenade jusqu'au bout : l'orage attendu depuis tant de jours éclata brusquement sur la ville qu'elle enveloppa des zébrures des éclairs et des grondements du tonnerre avant de la noyer sous les trombes d'eau. Alexandra se hâta de rentrer à l'hôtel, paya royalement son cocher moustachu et regagna sa chambre pour n'en sortir que le lendemain matin.

Il pleuvait encore lorsqu'elle monta dans le grand train européen, luxueux et confortable à souhait qui en près de vingt-quatre heures allait la ramener à Paris. Curieusement, lorsqu'elle s'installa dans le velours et l'acajou de son compartiment, elle poussa un soupir de soulagement. Elle avait l'impression de rentrer chez elle même si ce n'était pas encore tout à fait vrai, même si elle allait rester encore quelques jours à Paris. La capitale française lui était devenue familière et plus chère qu'elle ne le pensait. Peut-être parce qu'elle voyait dans le Ritz une halte agréable et une sorte de succursale de sa chère maison.

Le voyage fut à son goût. Aucune personne de connaissance ne se trouvait dans sa voiture et elle put jouir d'un vrai repos en regardant défiler les paysages du nord de l'Autriche et de la Bavière. Elle dormit aussi comme une enfant et, lorsque l'Orient-Express, avec une exactitude d'horloge, entra en gare de l'Est le lendemain à 7 h 25 du matin, elle se sentait extraordinairement fraîche et reposée, consciente d'avoir établi une grande distance entre elle et ceux qui lui avaient fait tant de mal. Et puis, il avait plu la veille et Paris, lavé de frais, s'offrit à elle sous un joyeux soleil. Elle lui sourit à travers les vitres du fiacre en se promettant de profiter de ces derniers jours pour revoir les endroits qu'elle aimait et visiter ce qu'une intense vie mondaine l'avait empêchée de découvrir.

A l'hôtel où elle fut reçue avec le respect chaleureux que l'on réserve à une jolie femme et à une fidèle cliente, de nombreuses lettres l'attendaient car elle avait défendu que l'on fît suivre son courrier mais son cœur battit plus vite en découvrant qu'il y avait parmi elles une enveloppe portant l'écriture de Jonathan.

Sans même prendre le temps d'ôter son chapeau et

son cache-poussière, elle se déganta vivement, saisit le coupe-papier de jade vert et ouvrit la missive. Elle contenait deux feuillets et un carré de papier journal qu'elle reconnut avec horreur : c'était l'article de Jean Lorrain.

« Chère Alexandra, écrivait Jonathan, je ne vous envoie pas ce vilain papier pour vous faire de la peine ou pour éveiller en vous des remords mais pour que vous compreniez mieux la décision que je vais prendre. C'est avec une profonde inquiétude dont je ne vous ai rien dit que je vous ai laissée partir pour l'Europe. Quelque chose me soufflait que j'allais vous perdre. En effet, j'ai toujours su que je n'étais pas celui dont vous rêviez. Trop âgé pour votre jeunesse, trop occupé pour vous entourer comme je l'aurais voulu ! D'autre part je n'ai jamais réussi à vous montrer les sentiments que vous m'inspirez : je suis trop maladroit pour cela.

« Lorsque nous nous sommes mariés, je n'arrivais pas à croire à ma chance et, je vous l'avoue, votre extraordinaire beauté dont j'étais si fier me faisait un peu peur. Vous m'impressionniez, voilà le mot et dans nos instants d'intimité je me sentais gauche et comme paralysé... Mais n'épiloguons pas plus avant. Je veux avant tout votre bonheur et je vous rends votre liberté. Notre divorce se fera sans éclats et sans tapage pour ne pas nuire à votre futur état non plus qu'à ma position. Mes avocats recevront des instructions précises à ce sujet afin que notre séparation se fasse à l'amiable et sans léser en quoi que ce soit vos intérêts... Votre famille se chargera volontiers, je pense, de tous les détails qui pourraient vous être désagréables. Il vaut mieux en effet que vous ne rentriez pas en Amérique avant quelque temps.

« Ne vous donnez pas la peine de m'écrire pour des

explications bien inutiles et des excuses qui ne serviraient à rien. D'ailleurs je compte m'éloigner de New York durant quelques semaines. Vous comprendrez sans peine que j'aie besoin de calme et de silence. Notre correspondance passera désormais par le cabinet juridique dont je vous joins l'adresse.

« Je déplore seulement, ma chère, que vous n'ayez pas eu assez de confiance en moi pour m'apprendre vous-même que vous aviez fait choix d'un autre et si je n'ai pas le courage de vous souhaiter beaucoup de bonheur, j'aurai celui de vous dire : Bonne chance ! »

Un long moment, Alexandra resta sur place, pétrifiée, serrant la terrible lettre entre ses doigts crispés. Puis, d'un pas de somnambule, elle marcha vers sa chambre et s'abattit enfin sur son lit, secouée de sanglots si violents que, lorsqu'ils cessèrent après un long temps, ils ne lui apportèrent pas le soulagement habituel.

Le même jour mais quelques heures plus tard, Antoine Laurens tournait le coin de la rue Campagne-Première et du nouveau boulevard Montparnasse. Il était rentré la veille même d'une expédition qui ne l'avait pas conduit plus loin que Moscou et Saint-Pétersbourg car, arrivé là-bas, il avait trouvé chez l'ambassadeur de France une dépêche du colonel Guérard disant, en quelque sorte, qu'il y avait maldonne et que ses services hautement qualifiés n'auraient pas leur emploi sur le théâtre des opérations russo-japonaises. Comme officiellement il voyageait toujours sous la couverture de son art, il ne pouvait repartir aussi vite et Antoine eut l'occasion de faire quelques portraits dans la haute société. Il passa des jours agréables et même quelques heures charmantes en compagnie d'une danseuse du Kirov.

Comme il rapportait aussi quelques « souvenirs », sa première visite avait été pour la Closerie des Lilas où il espérait rencontrer le père Moineau. Or, on ne l'avait pas vu de la journée et même Lucien se montrait inquiet : lorsque son plus fidèle client devait s'absenter, il prévenait.

– Je vais aller jusque chez lui voir s'il n'est pas malade, assura Antoine et, quelques minutes plus tard, il abordait la petite rue tranquille où son vieil ami logeait au premier étage d'une maison bourgeoise derrière laquelle il y avait un jardin. Toute l'animation de cette artère quasi provinciale et presque campagnarde venait d'un centre d'équitation et du Dépôt des Petites-Voitures flanqué d'un café où les cochers se retrouvaient. En dehors de cela, elle était surtout fréquentée par les femmes allant aux provisions et par les chats du quartier. Aussi Antoine fut-il plutôt surpris de voir, sur le pas de la porte de son vieil ami, la concierge, le chignon en bataille, discutant avec un sergent de ville et ne s'interrompant que pour pleurer dans un grand mouchoir à carreaux. Il s'approcha néanmoins, pensant que la bonne femme avait dû se faire voler quelque chose et contait ses malheurs au fonctionnaire idoine, mais quand il voulut franchir le seuil l'agent l'arrêta poliment en touchant son képi :

– Sauf vot'respect, monsieur, où est-ce que vous allez ?

– Voir un ami.

– Et qui ça ?

– Je vous trouve bien curieux ! fit le peintre surpris et vaguement inquiet. Mais qu'à cela ne tienne ! Le père Moineau, ça vous dit quelque chose ?

Il ne comprit pas ce que lui répondait le sergent de ville parce que la concierge se remettait à pleurer de plus belle tout en se lançant dans une sorte de lamento incompréhensible, mais qui eut pour résultat d'attirer quelqu'un à la fenêtre du premier étage située juste au-dessus de la porte. A son grand étonnement, Antoine reconnut le commissaire Langevin qu'il avait déjà rencontré plusieurs fois.

– Ça va durer longtemps, ce vacarme ?... Tiens, monsieur Laurens ? Que faites-vous par ici ?

– Il veut voir le père Moineau, déclara son subordonné.

– Vraiment ? Donnez-vous donc la peine de monter, cher ami !

Tout cela ne disait rien qui vaille à Antoine, persuadé que le vieux receleur avait de gros ennuis dans lesquels il serait plus sain pour lui de ne pas s'immiscer. Il était même d'autant plus tenté de prendre le large qu'il avait dans sa poche un collier et des boucles d'oreilles en rubis et diamants, tout fraîchement rapportés de Russie sans doute mais dont il eût été bien empêtré d'expliquer ce qu'ils faisaient là. Et le commissaire Langevin était la dernière personne qu'il eût envie de rencontrer mais il n'y avait vraiment pas moyen d'y couper.

Prenant son courage à deux mains, il s'élança dans l'escalier soigneusement ciré qu'il escalada quatre à quatre et trouva le commissaire sur le palier.

– Venez voir ! dit seulement celui-ci.

A sa suite, le peintre franchit la petite entrée étroite et sombre simplement meublée d'un portemanteau, d'un porte-parapluies en cuivre et d'un aspidistra en pot, pénétra dans la salle à manger qui lui faisait suite et recula d'horreur, l'estomac soudain remonté dans la gorge : l'agréable pièce dont il gardait le souvenir avec ses meubles Henri II toujours luisants de bonne santé, sa suspension en verre de couleur, son poêle Godin en céramique brune et son confortable fauteuil Voltaire en velours vert placé près de la fenêtre semblaient avoir subi le passage d'un train. Au milieu d'un monceau de bois éclatés, de vaisselle et de verres brisés d'où le sang dégouttait de toutes parts, le père Moineau gisait les yeux grands ouverts et la gorge tranchée d'une oreille à l'autre. Le corps portait en outre une seconde blessure à la hauteur du cœur.

Ce n'était pas, et de loin, le premier cadavre qu'Antoine rencontrait. Il avait déjà été confronté à des atrocités mais il se sentit pâlir. En même temps, une froide colère s'emparait de lui qu'il eut peine à dissimuler à l'œil scrutateur du policier.

– Qui a pu faire ça ? murmura-t-il pour lui-même plus que pour l'autre. Le père Moineau n'a jamais fait de mal à personne...

– Vous le connaissiez ?

– Pas vraiment... mais je l'aimais bien. Quand je suis à Paris, il m'arrive souvent d'aller boire un verre à la Closerie des Lilas. On y rencontre des poètes, des peintres comme moi... On y rencontrait aussi le père Moineau. Je suis venu ici parce que le patron de la Closerie m'a dit qu'on ne l'avait pas vu de la journée... Quand est-ce que ça s'est passé ?

– Il n'y a pas très longtemps. Le corps commence seulement à refroidir. Un voisin, en descendant chercher du pain, a vu la porte ouverte, est entré et a donné l'alarme...

– Tout ce gâchis a dû tout de même faire du bruit ?

– Le voisin habite au cinquième et jouait du violon. Quant à la concierge, elle était allée boire un petit verre à l'estaminet des cochers. Mais pour en revenir à votre question de tout à l'heure, je peux au moins vous dire une chose : l'assassin doit être un Chinois ou quelque chose d'approchant.

– Comment savez-vous ça ? On a vu le meurtrier ?

– Non, mais la blessure de la poitrine a été faite avec ceci... qui fixait cela.

Dans la vaste poche de son éternel paletot mastic, Langevin prit un paquet composé de son mouchoir qui enveloppait une sorte d'alène de cordonnier à manche de bois et un morceau de parchemin troué et taché de sang sur lequel deux idéogrammes chinois étaient tracés à l'encre rouge.

– Je crois que le crime est signé, soupira le commissaire. Reste à faire traduire ça !

– Inutile. J'ai souvent vu ces deux signes lorsque j'étais à Pékin enfermé dans les légations assiégées. Cela veut dire « Ts'eu-hi ».

– La vieille impératrice ? Ne me dites pas qu'à son âge elle a traversé la moitié du monde pour venir poignarder un vieux receleur.

– Il est certain que quelqu'un a tué en son nom... mais, ajouta Antoine avec une entière hypocrisie, pourquoi dites-vous que le père Moineau était un receleur ?

– Venez voir !

Langevin ouvrit devant le peintre la seconde porte de l'entrée et découvrit la chambre du vieillard, bouleversée elle aussi. Mais une surprise de taille l'y attendait : un adjoint du commissaire, assis sur un coin du lit éventré, était occupé à répertorier toute une collection de très beaux bijoux au nombre desquels figuraient quelques pièces qu'Antoine lui-même avait volées.

– Vous êtes convaincu ?

– Ça alors ! exhala-t-il avec une entière sincérité : il n'arrivait pas à comprendre en effet comment le vieil homme à la vie si modeste avait pu lui acheter des bijoux qu'il ne revendait pas.

– J'ai peut-être eu tort, d'ailleurs, d'employer le mot

receleur, ajoutait Langevin, j'aurais dû dire collectionneur. Ce qui peut paraître surprenant mais si vous ajoutez que ce doux vieillard ami des oiseaux, ce petit rentier si français était en réalité russe, rejeton dévoyé d'une famille fort riche et qu'il se nommait Fédor Apraxine, vous commencerez peut-être à comprendre ? J'ajoute que les journaux connaissaient surtout ce génial dévaliseur de banques sous le nom de l'« Homme à la casquette » et qu'il y a longtemps que je le cherche...

Pour éviter de répondre, Antoine s'avança dans la chambre jusqu'à l'homme occupé à noter une description rapide des bijoux. Il lui fallait, en effet, le temps de s'habituer car il ne pouvait encore imaginer que ce vieux bonhomme eût été ce Fédor Apraxine que toutes les polices d'Europe avaient recherché en vain : une sorte de génie de la cambriole qui dut, en effet, ramasser une fortune suffisante pour s'adonner à sa passion des pierres précieuses. Mais, au fond, tout était bien ainsi : quelques-unes de ses victimes allaient retrouver leur trésor sans se douter un seul instant qu'elles l'avaient aidé, lui, à rétablir ses domaines... et à se constituer un début de collection. C'était cela d'ailleurs qui les avait rapprochés, lui et Moineau : leur commune passion pour les belles gemmes...

Le policier était en train d'examiner un très beau collier d'émeraudes et de diamants qu'Antoine n'avait jamais volé mais qui ne lui était pas étranger.

– Je connais ce collier, dit-il en enlevant le joyau des mains de l'homme. Il appartient à Mrs Carrington, une de mes amies...

– ... à laquelle il a été volé dans un train omnibus reliant Dijon à Lyon, compléta Langevin. J'espérais que ce serait lui mais je n'en étais pas certain. D'autant que le médaillon manque à l'appel.

– Mrs Carrington dans un train omnibus ? Qu'est-ce que c'est que cette histoire ?

– Je vais vous raconter ça quand le médecin légiste sera arrivé. Nous avons trouvé tous ces bijoux là où vous les voyez. L'assassin les a dédaignés. Néanmoins je me demande s'il ne cherchait pas uniquement ce médaillon chinois.

– Une pièce de jade blanc sertie d'or et représentant un lotus ?

– Exactement. On l'a volé en même temps que les émeraudes.

– Alors, dit Antoine d'une voix sombre, ne cherchez pas plus loin le mobile du crime. Ce bijou appartenait au trésor de Ts'eu-Hi. C'est lui que l'on voulait... Alexandra a été folle de le garder et plus encore de l'apporter en France. L'étonnant est qu'il ne lui soit rien arrivé à elle.

– Quelle femme extraordinaire! fit le commissaire avec un demi-sourire. Pas facile de voler quelqu'un qui ne tient pas en place! J'imagine qu'en la rencontrant, notre Moineau ignorait ce qu'il allait trouver. Il a dû être fasciné par la petite mallette à bijoux qu'elle portait, l'a ouverte pendant qu'elle dormait et s'est contenté de prendre ce qu'il y avait dans le compartiment du dessus... C'était déjà fort beau et sans doute ne voulait-il pas dépouiller complètement une aussi jolie femme. En son temps, il avait une certaine réputation de délicatesse...

Un moment plus tard, le policier et le peintre sortaient de la Taverne du Palais, située en face du Palais de Justice où ils étaient allés s'installer pour boire un café en partageant fraternellement leurs informations.

– Allez-vous faire le voyage de New York pour rapporter sa parure à Mrs Carrington ? demanda Antoine.

– Certainement pas. Elle est peut-être revenue à Paris en ce moment. Elle devait aller visiter Venise avant de rentrer pour rejoindre sa tante, la nouvelle Mme Rivaud...

– Miss Forbes mariée ! s'écria Antoine en riant. Qui aurait jamais imaginé cela ?

– J'ai appris qu'avec les Américaines on pouvait s'attendre à tout mais je vous assure que Nicolas Rivaud, l'un de mes vieux amis, est un gentilhomme à sa manière. En tout cas, ils forment tous deux un couple heureux et vous verrez que « tante Amity » fait une Parisienne très convaincante.

– Pourquoi pas ? Que pensez-vous faire à présent ? Voulez-vous que nous poussions jusqu'au Ritz voir si Mrs Carrington est rentrée ?

– J'y pensais. Ce sera un plaisir que de voir sourire cette adorable femme...

– Vous n'aurez droit qu'à un demi-sourire puisque son médaillon manque à l'appel. J'avoue néanmoins être soulagé, personnellement, que cette dangereuse babiole ne soit plus entre ses mains.

Quand ils arrivèrent au palace de la place Vendôme, les deux hommes trouvèrent Olivier Dabescat dans tous ses états et il s'en fallut de peu qu'il n'éclatât en sanglots quand ils demandèrent Mrs Carrington.

– Elle n'est plus là, messieurs ! s'écria-t-il d'un ton tragique tout à fait digne du grand Mounet-Sully. Concevez-vous cela ? Elle est arrivée ce matin par l'Orient-Express et elle est partie il y a un moment pour la gare de Lyon sans même défaire ses bagages ?

– La gare de Lyon ? fit Antoine. Où allait-elle donc ?

– Ne me le demandez pas, je n'en sais rien ! Tout ce que je peux vous dire c'est qu'elle semblait bouleversée, qu'elle a laissé une lettre pour miss Forbes... je veux dire Mme Rivaud et qu'elle comptait attraper le Méditerranée-Express ! C'est à devenir fou, croyez-moi !

CHAPITRE XII

UN REFUGE...

Alexandra atteignit le train une minute seulement avant la fermeture des portières. En la voyant accourir flanquée d'un porteur et aussi vite que le permettaient sa longue jupe, ses jupons mousseux et le bon équilibre de son chapeau, Pierre Bault eut l'impression qu'une nouvelle bourrasque d'un vent de catastrophe allait souffler sur son wagon. D'autant que la jeune femme semblait bouleversée et qu'en dépit d'un poudrage hâtif, son visage portait d'évidentes traces de larmes :

– On m'a dit que vous aviez encore de la place! fit-elle en essayant de reprendre son souffle.

– Oui, montez vite!

Il hissa la jeune femme et s'empara des bagages que le porteur lui jeta plus qu'il ne les lui passa. Il était vraiment temps : le coup de sifflet du départ se faisait entendre. Alexandra glissa vivement un billet dans la main du bagagiste puis regarda le conducteur d'un air un peu hagard :

– Il était écrit que je vous encombrerais encore! soupira-t-elle. Conduisez-moi vite à mon compartiment : j'ai vraiment besoin de repos...

– C'est visible à l'œil nu, madame. Malheureusement, vous serez sur les roues. C'est ma seule cabine libre.

– Aucune importance. Il me semble que je pourrais dormir sur le lit de clous d'un fakir.

– Grâce à Dieu je vous offrirai mieux, fit Pierre avec un demi-sourire. Puis-je vous demander où vous allez ?

– A Cannes.

Un instant plus tard, Alexandra prenait possession d'un sleeping en tout point semblable à celui dont elle avait conservé le souvenir. A cette différence près qu'aucune porte de communication ne permettait de passer chez le voisin...

– Voulez-vous boire quelque chose ? proposa le conducteur. Vous semblez en avoir grand besoin, Mrs Carrington.

– Vous vous souvenez de mon nom ?

– Oh, madame, vous êtes de celles qu'avec la meilleure volonté du monde on ne peut oublier. Mais si je peux me permettre, vous avez l'air recrue de fatigue : comme si vous veniez d'accomplir un long voyage.

– C'est un peu cela : je suis arrivée de Vienne ce matin. Est-il possible de me servir ici un semblant de dîner : un consommé par exemple et peut-être une omelette... Je n'irai pas au wagon-restaurant.

– Je comprends que vous n'en ayez pas gardé un excellent souvenir... Je vous ferai porter tout ce que vous voudrez.

– Merci... J'avoue que, pour l'instant, un peu de cognac me ferait plaisir.

Pierre Bault qui, en proposant une boisson, pensait à un thé bien chaud garda pour lui ses réflexions. Décidément, les dames américaines ne ressemblaient pas tout à fait à leurs sœurs européennes mais à tout prendre, il trouva cela plutôt sympathique : à moins d'être Anglais une tasse de thé n'avait jamais réconforté personne, selon lui.

Un moment plus tard, nantie d'une honnête ration d'un sublime « trois étoiles », Alexandra, débarrassée de son chapeau et de son cache-poussière, dégustait le breuvage en regardant défiler la banlieue parisienne qu'elle jugea tout aussi déprimante qu'à son premier passage.

En fait, Alexandra ne savait plus très bien où elle en était. Son premier mouvement lorsqu'elle avait émergé de son lit et de ses vagues de désespoir avait été de s'enquérir des prochains départs de paquebots pour l'Amérique mais elle avait raccroché le téléphone intérieur avant même d'entendre la voix du portier. Qu'irait-elle faire à New York où d'ailleurs Jonathan ne serait pas et où peut-être sa maison lui serait fermée ? Attendre dans un hôtel en étouffant de chaleur et sous l'œil goguenard des malveillants que son époux daigne revenir, se traîner ensuite à ses pieds pour implorer un pardon tout à fait hors de saison et le faire annuler une décision pour le moins hâtive ? Carrington avait condamné sa femme sans même l'entendre, sans lui accorder le droit légitime de se disculper. Plus grave encore : il avait cru sans l'ombre d'une hésitation un vil ragot de journaliste. Comment, dans ces conditions, la jeune femme ne se sentirait-elle pas offensée ? Et d'autant moins disposée à faire fi de son orgueil en présentant une quelconque défense...

S'il y avait une chose qu'elle détestait entre toutes, c'était l'injustice. Or l'arrêt que venait de rendre le juge Carrington criait l'injustice même si l'on pouvait comprendre un accès de mauvaise humeur dû au silence épistolaire de sa femme. Ce qui d'ailleurs ne constituait pas une excuse.

Une autre idée traversa l'esprit d'Alexandra : et s'il

ne s'agissait que d'une manœuvre destinée à l'évincer ? Si Jonathan venait de saisir au bond une balle représentant pour lui un très valable prétexte ? Alexandra n'ignorait pas qu'à New York elle ne comptait pas que des amies, tant s'en faut. Il y avait toutes celles et tous ceux que son mariage avait déçus ou même dépités, tous les envieux, tous les aigris, tous ceux qui ne lui pardonnaient ni son éclat ni ses succès mondains. Sans compter tous ceux qu'elle ne connaissait pas... ou qui ne la connaissaient que par ouï-dire ou par les échos des potins.

Qui pouvait dire si une femme n'avait pas réussi à séduire Jonathan ? D'ailleurs seule une femme avait pu être assez perfide pour faire parvenir à l'attorney général le venimeux papier en prenant bien soin de ne pas y ajouter les excuses du journaliste.

Pendant plusieurs heures, les idées se bousculèrent dans la tête d'Alexandra au point qu'elle s'avoua bientôt incapable de voir clair dans sa situation.

Naturellement, elle pensa tout de suite à sa chère tante Amity et souhaita chercher refuge auprès d'elle et aussi auprès de l'oncle Nicolas dont la sagesse, l'amitié et l'esprit clairvoyant faisaient un inappréciable conseiller. Hélas, lorsqu'elle appela au téléphone l'appartement du quai Voltaire, elle n'atteignit qu'un serviteur à la voix solennelle. M. et Mme Rivaud n'étaient pas encore rentrés de Touraine et, comme il se doit lorsqu'il s'agit d'un voyage de noces, on ignorait où ils se trouvaient.

Alexandra, incapable de supporter l'idée de tourner en rond place Vendôme pendant plusieurs jours, faillit bien replonger dans son désespoir initial quand elle pensa soudain à Mlle Mathilde. Ne lui avait-elle pas dit, le jour du mariage de son frère, que si elle éprouvait le besoin d'un refuge paisible loin des agitations quotidiennes, elle pouvait venir s'installer chez elle quand bon lui semblerait ?

Aussitôt son parti fut pris. Elle regarda l'heure, appela le portier pour qu'on lui retienne une place dans le premier train de nuit pour Cannes, ne sourcilla même pas quand elle apprit qu'il s'agissait du Méditerranée-Express, demanda que l'on redescende ses bagages et, pressée par le temps, sauta dans un fiacre en direction de la gare de Lyon. Elle ne visiterait pas encore Paris à fond mais quelle importance ? Elle réfléchirait tellement mieux dans la jolie maison d'où l'on découvrait la baie de Cannes !

Si elle essayait d'analyser ce qu'elle éprouvait tandis que le train l'emportait, c'était de la rage plus que de la douleur et ce sleeping tellement semblable à celui où elle avait voyagé un mois et demi plus tôt n'arrangeait rien. Dieu, qu'elle avait été stupide ! Refuser cette passion qu'on lui offrait, ce mariage qui aurait fait d'elle une grande dame européenne et cela pour un mari qui n'avait même plus l'air de tenir beaucoup à elle ! Pouvait-on rien imaginer de plus ridicule ? Aujourd'hui elle éprouverait peut-être quelques remords mais aucun regret et elle aurait vécu dans les bras de Jean les plus belles heures de sa vie. Or, il ne lui restait plus en fait de perspective qu'à rentrer discrètement à Philadelphie ou bien à s'installer en France dans un coin agréable pour y attendre que le temps passe... Une idée triste à pleurer mais cette fois elle n'en avait plus envie ayant sans doute épuisé toutes ses réserves de larmes.

La chaleur de l'alcool et le bercement du train joints à la fatigue d'une journée peu ordinaire finirent par l'endormir. Ce fut le serveur qui la réveilla en lui apportant son dîner. Pierre Bault l'accompagnait :

– Pardonnez-moi, Mrs Carrington, mais lorsque vous aurez soupé, accepterez-vous de passer quelques instants dans le couloir afin de me permettre de faire votre lit ?

– Bien entendu.

Il allait sortir quand elle le retint.

– S'il vous plaît, monsieur Bault, fit-elle avec une douceur toute nouvelle, pouvez-vous me dire qui est dans ce train ?

– Personne dont vous puissiez redouter la présence, madame. A cette époque, rares sont les voyageurs appartenant au Tout-Paris. C'est l'époque des villes d'eaux et des plages. Nous avons quelques étrangers néanmoins. Ah si ! j'allais oublier : le comte Robert de Montesquiou est dans la voiture suivante.

– Et... savez-vous où il va ?

– Comme vous-même : à Cannes. Je crois qu'il y a des parents.

– Je vous remercie.

– Bon appétit, Mrs Carrington. A tout à l'heure. Vous n'aurez qu'à sonner.

En fait Alexandra n'avait plus très faim. Elle aimait bien Montesquiou qui était un fort agréable compagnon mais dans l'état d'esprit où elle se trouvait elle n'avait aucune envie de le rencontrer. Elle craignait son esprit vif et pénétrant et elle ne se voyait pas en train de lui expliquer sa situation actuelle.

Elle but néanmoins son consommé et attaqua la sole qu'elle avait choisie. Le tout était délicieux. Elle n'y trouva pourtant guère de goût. Son esprit préoccupé refusait de se laisser détourner par le péché de gourmandise et elle avala ensuite une superbe pêche Melba comme si c'eût été un médicament. C'est tout juste si elle ne fit pas la grimace. Par contre, elle apprécia à sa juste valeur la demi-bouteille de champagne qu'on lui avait servie.

Tandis que le conducteur préparait sa couchette pour la nuit elle resta sagement dans le couloir, vide à cette heure où tout le monde était au wagon-restaurant. Le crépuscule enveloppait la campagne déjà assoupie dans la douceur de cette nuit d'été. Quand le train ralentissait, elle pouvait apercevoir un peu de la vie vespérale de cette France profonde qui, très certainement, lui serait toujours étrangère, sans que cela eût, au fond, beaucoup d'importance. Elle put voir sur les pas de porte les paysans prendre le frais, assis sur une chaise, en causant avec leurs voisins ou en suivant les volutes de fumée d'une pipe. L'été, la rue ou la cour de la ferme remplaçaient pour la veillée le manteau accueillant de la grande cheminée. Seul le décor changeait ; les personnages restaient les mêmes... C'était pour l'œil de la voyageuse comme les images d'un livre ouvert devant ses yeux distraits et elle ne s'y attachait pas vraiment.

Quand elle put regagner son compartiment, elle ferma sa porte mais ne se coucha pas. Il était trop tôt pour dormir et, comme elle n'avait pas davantage envie de lire, elle tira les rideaux afin de dégager la fenêtre et baissa les lumières de façon à pouvoir contempler encore la chute du jour et la montée de la nuit. La France qui s'était emparée de tante Amity venait de se refermer sur elle comme un piège.

Le temps et la nuit coulèrent sur elle sans qu'elle fît le plus petit mouvement. Elle restait là, les yeux grands ouverts, laissant vagabonder une pensée qui allait elle aussi en s'assombrissant. Elle regrettait à présent l'impulsion infantile qui l'avait jetée dans ce train à la recherche d'une compréhension, d'une présence amie. Il eût été si simple de s'enfermer au Ritz et de n'en plus bouger jusqu'au retour des Rivaud. Seulement voilà, elle découvrait qu'en face d'une douleur, elle se comportait comme un animal atteint d'une flèche qui s'élance à travers bois, à l'aveuglette, pour faire tomber la pointe, cause de sa souffrance. Tout simplement parce qu'à vingt-deux ans, on est encore bien jeune et surtout parce qu'elle n'avait jamais su ce que c'était qu'avoir vraiment mal. Même les heures terribles vécues à Pékin gardaient un parfum d'aventure.

Quand le train s'arrêta en gare de Dijon, elle était tellement repliée sur elle-même qu'elle n'y prit pas garde. C'est seulement lorsqu'il redémarra qu'elle tourna la tête et vit défiler une pancarte au nom de la capitale bourguignonne. La présence de Montesquiou dans le Méditerranée-Express l'obsédait : avec lui c'était toute la vie mondaine de Paris qui allait lui retomber sur le dos en gare de Cannes et cette idée-là lui devenait peu à peu insupportable. Ainsi d'ailleurs que les mensonges qu'il allait bien falloir accumuler sur la tête innocente de Mlle Mathilde.

Que faire alors ? Descendre à Marseille qu'elle ne connaissait pas pour y errer sans but ou bien reprendre encore un train remontant sur Paris ? Le digne Olivier Dabescat finirait par la prendre pour une folle si ce n'était déjà fait...

Elle ralluma, jeta au miroir mural un regard offensé. Elle avait dû pleurer sans même s'en apercevoir et son reflet n'avait rien de flatteur... Et puis, soudain, elle pensa que l'on approchait de Beaune, cette jolie ville dont elle gardait un si chaud souvenir grâce à cet étonnant Hôtel-Dieu complètement hors du temps. Elle revit les hautes cornettes médiévales, les silhouettes d'un bleu si doux, la grande cour et son vieux puits qui évoquaient si bien les lointains d'un tableau flamand, les grandes salles et le jardin fleuri. Là aussi, on l'avait invitée à revenir et personne n'aurait l'idée de l'y chercher. C'était l'assurance absolue de quelques jours de paix totale.

Soudain très calme, elle remit son cache-poussière, fixa soigneusement son chapeau dont elle baissa la voilette, rassembla ses bagages à main puis s'assit pour attendre que le train ralentisse.

Baissant sa vitre, elle guetta l'apparition des lumières de la gare et quand elles lui parurent assez proches, elle se leva et tira avec décision le signal d'alarme, après quoi elle sortit dans le couloir pour se trouver nez à nez avec Pierre Bault :

– Encore ? s'écria-t-il à la fois stupéfait et indigné. C'est la seconde fois que vous arrêtez ce train à Beaune, je voudrais bien savoir pourquoi.

– Mais parce que j'ai gardé le meilleur souvenir de mon premier séjour et, tout à coup, je n'ai plus eu du tout envie d'aller à Cannes. Vous voudrez bien être assez aimable pour porter cette valise et ce sac sur le quai.

– Mais enfin, est-ce que vous vous rendez compte de ce que vous faites ? Si vous vouliez aller à Beaune, vous pouviez prendre un autre train ?

– Ce n'était pas mon idée au départ. J'ai changé d'avis, voilà tout ! Mais, je vous en prie, ne vous dérangez pas davantage : je sais comment cela se passe : je vais payer ce qu'il faut et vous pourrez repartir dans une minute.

Le conducteur ne fut pas dupe du sourire aimable qu'elle lui adressait ni du ton léger. En dépit de la voilette il remarquait bien l'altération de ce visage. Il ne pouvait lui-même que se résigner.

Dans le grincement de ses freins, le Méditerranée-

Express venait de stopper au quai avec autant d'exactitude que si l'étape eût été prévue. Pierre Bault ouvrit la portière et vit accourir le chef de gare dont l'honnête visage s'illumina en reconnaissant son Américaine du mois de juin :

– Vous nous revenez, madame ? Mais quel plaisir !...

– Faites un peu attention à ce que vous dites ! protesta Bault. Un employé des Chemins de Fer n'a pas pour rôle d'encourager les voyageurs à en perturber les parcours.

– Madame n'est pas une voyageuse ordinaire. Notre petite ville va éprouver une grande joie à la revoir...

Il s'empressait, aidait la jeune femme à descendre avec une courtoisie très talons-rouges, s'emparait de ses bagages sous l'œil incrédule du conducteur, du chef de train arrivé à son tour sur les lieux du crime et d'un ou deux passagers que la curiosité faisait sortir de leurs compartiments. Un homme d'équipe fut hélé pour servir de porteur puis, offrant son bras à Mrs Carrington, le bon M. Bouju, heureux comme un roi, la ramena triomphalement dans son bureau.

– Qu'est-ce qui lui prend ? grogna le chef de train. Il est devenu fou ?

– Je ne crois pas, fit Pierre Bault en prenant le parti d'en rire. Voyez-vous, j'ai déjà constaté à diverses reprises le grand effet que cette jeune dame produit sur les hommes. Et puis... il s'agit d'une Américaine : cela dit tout !

– Ah, si c'est une Américaine !... Vous m'en direz tant ! Ces gens-là sont tous des excentriques.

Et le train repartit peu après tandis qu'à la gare tout recommençait comme la première fois : Bouju alla réveiller le patron de la buvette et lui fit atteler sa charrette pour conduire Alexandra à l'hôtel de la Poste et de l'Arbre d'or où elle retrouva la chambre d'antan avec son gros édredon rouge et où elle passa la nuit dans une entière tranquillité d'esprit. Demain, elle irait demander asile à ce vieil Hôtel-Dieu, dernier rescapé d'un monde disparu et qui lui semblait assez fort pour les protéger, elle et cette faiblesse toute nouvelle où elle se trouvait réduite.

De son côté Mme Brenet, l'aubergiste, s'était montrée ravie de retrouver cette cliente hors du commun et elle espérait que, cette fois, son séjour serait plus long. Aussi fut-elle très déçue quand, revenant d'une « visite » qu'elle souhaitait faire en ville, la belle Américaine demanda sa note et fit ses adieux : elle allait résider pendant quelque temps chez des amis.

En bonne fille d'Ève et surtout pas vraiment convaincue par ces « amis » que l'on allait rejoindre en faisant arrêter un express et qui ne prenaient même pas la peine d'envoyer une voiture pour chercher leur invitée, Mme Brenet lança l'un de ses marmitons sur la trace de son étrange cliente en lui recommandant d'agir avec discrétion et d'éviter de se faire voir.

Le gamin avait de l'astuce à revendre et réussit pleinement dans sa mission. Il n'alla pas loin d'ailleurs car une petite demi-heure plus tard il était de retour.

– Eh bien ? fit sa patronne. Sais-tu où elle est allée ?

– Oui. Même que c'était pas difficile. L'est allée à l'Hôtel-Dieu. Je l'ai vue entrer avec ses bagages et je ne l'ai pas vue ressortir.

Mme Brenet s'attendait à tout sauf à celle-là et, par la suite, elle passa de longues heures à se demander ce que cette belle dame riche et élégante pouvait bien aller faire chez les bonnes sœurs. La seule réponse valable qu'elle trouva à une si mystérieuse conduite fut que sa jeune cliente souffrait d'une maladie que seules les dames de Beaune, pour qui elle éprouvait respect et révérence, pouvaient soigner. Et comme c'était une brave femme pourvue d'un cœur compatissant, elle hébergea aussitôt Alexandra dans ses prières afin que le Seigneur la prît en pitié et lui rendît la santé. Après quoi elle n'y pensa plus.

A Paris, cependant, Antoine n'arrivait pas à se débarrasser d'une inquiétude. Il aimait bien Alexandra et quelque chose lui disait que tout n'allait pas au mieux pour elle. Un départ pour la Côte d'Azur n'aurait rien eu d'extraordinaire s'il n'avait suivi d'aussi près une arrivée en provenance de Vienne puisqu'il existait des trains reliant directement la capitale autrichienne à la Riviera française. Il fallait qu'il se soit passé quelque chose. Mais quoi ? La réception du Ritz n'ayant enregistré aucune communication téléphonique – sauf les nombreux appels d'Alexandra elle-même chez les Rivaud – il ne pouvait s'agir que d'une lettre. Mais de qui ?

– Cela pourrait aussi être un caprice soudain, avança le commissaire Langevin. Moi je vois les choses différemment : sa tante n'étant pas encore rentrée, Mrs Carrington a peut-être pensé que l'attente lui paraîtrait moins longue chez Mlle Rivaud. Si elle est partie pour Cannes elle a dû descendre chez elle... ou encore à l'hôtel du Parc mais cela m'étonnerait. La maison de Mlle Mathilde a beaucoup de charme et je sais que notre amie s'y plaît.

– Dans ce cas vous avez sans doute raison et je suis stupide de me tourmenter. Au fond cela lui ressemblerait assez : elle est coutumière des coups de tête et supporte mal quelque entrave que ce soit à sa volonté ou à son caprice.

Le visage perpétuellement las du policier s'éclaira d'un demi-sourire :

– Ne soyez pas critique à présent ! Le mieux est de nous assurer de son arrivée : un coup de téléphone à l'hôtel du Parc, un autre chez Mlle Mathilde et nous serons fixés. Ainsi nous pourrons annoncer à notre amie que ses émeraudes sont retrouvées.

– Mais pas son médaillon ni l'assassin du pauvre Moineau.

– Nous avons une piste. Un peintre qui a son atelier dans la rue a remarqué un Asiatique vêtu à l'européenne et coiffé d'un chapeau qui déambulait rue Campagne-Première. Il a été frappé par son visage et sur une impulsion, il l'a arrêté pour lui demander s'il voulait bien poser pour lui mais l'homme l'a repoussé et il est parti en courant.

– Ce n'est intéressant que si votre peintre est assez observateur et habile pour faire un vague croquis. Encore que je n'y croie guère : les Chinois donnent l'impression de se ressembler tous...

– Je le lui ai demandé. Il m'a promis de faire de son mieux et de me l'apporter s'il arrivait à un résultat satisfaisant. Je vais commencer par téléphoner et, comme l'attente est assez longue, venez me revoir demain...

Antoine n'eut pas à patienter si longtemps. Le soir même, Langevin lui téléphonait : personne – et pour cause ! – n'avait vu Mrs Carrington à Cannes ni à l'hôtel du Parc ni chez Mlle Rivaud qui d'ailleurs demandait qu'on la tienne au courant.

– Venez tout de même demain matin, ajouta le policier. Notre peintre doit m'apporter le résultat de ses efforts. Ce serait une chance invraisemblable que vous ayez déjà vu le lascar mais, parmi mes relations, vous êtes la seule personne ayant vécu en Chine.

– Commissaire! soupira le peintre. Est-ce que vous connaissez le nombre exact des Chinois à ce jour ?

– Non et je ne veux pas le savoir. Faites un effort et venez demain !

– Si ça peut vous faire plaisir...

Les bureaux de la Police judiciaire, quai des Orfèvres, n'avaient rien de séduisant : des meubles en bois blanc, des classeurs en carton vert foncé avec des poignées en laiton, des portemanteaux en bois recourbé, des planchers que l'on cirait de temps en temps, des poêles en fonte noire et de la poussière sur le tout. Celui du commissaire principal Langevin se distinguait néanmoins par un bureau couvert de cuir vert fleurant bon la cire fraîche et par un bouquet de marguerites dans un pot de barbotine couleur de laitue. En outre l'odeur de la fumée qui y flottait était celle d'un bon tabac anglais.

Pour une fois, Langevin arborait une mine réjouie :

– J'ai des nouvelles! claironna-t-il. Notre belle Américaine a renouvelé son exploit du mois de juin en tirant la sonnette d'alarme pour descendre du train à Beaune.

– Je sais! soupira Antoine en se laissant tomber dans un fauteuil à la moleskine fatiguée.

– Comment avez-vous pu apprendre ça ?

– Pas compliqué! J'ai un vieil ami conducteur d'un wagon-lit sur le Méditerranée-Express que je suis allé voir hier soir et, par chance, Mrs Carrington voyageait dans sa voiture. Comme c'est la deuxième fois qu'elle lui fait le coup, il commence à être habitué. Par contre, ce qu'il n'arrive pas à comprendre, c'est pourquoi Beaune et pourquoi avec son train ? Je ne vous cache pas que j'ai bien l'intention d'éclaircir ce petit mystère.

– Que comptez-vous faire ?

– Ce soir je coucherai à Dijon et demain je prendrai une voiture pour me rendre à Beaune. La ville n'est pas grande, Dieu merci, et une femme comme Alexandra ne passe pas inaperçue... Vous avez le dessin ?

Pour toute réponse, Langevin tira d'un tiroir une feuille de papier Canson qu'il tendit à son visiteur. Celui-ci considéra attentivement l'étroit visage que l'artiste avait reproduit de son mieux sous le bord gondolé d'un chapeau de feutre et plus il le regardait, plus l'impression de déjà-vu s'ancrait dans son esprit. Et, soudain, sa mémoire lui inspira un geste : tirant un crayon de sa poche, il cacha du pouce le bord du chapeau puis édifia au-dessus un haut chignon d'où partait un piquet d'autruche noir.

– Je peux au moins vous dire une chose : votre meurtrier n'est pas un homme mais une femme...

– Une femme ?... Vous rêvez ?

– Sûrement pas ! Je l'ai vue à l'Opéra, un soir où j'accompagnais Mrs Carrington au début de son séjour. Elle portait une toilette de grand couturier très élégante et de beaux bijoux... et déjà il m'avait semblé la connaître sans parvenir à mettre de l'ordre dans mes souvenirs.

– Mrs Carrington l'a-t-elle vue elle aussi ?

– Oui, mais sans y attacher d'importance... Au fait, je me souviens que, ce soir-là, elle portait le médaillon sur une robe de mousseline assortie à sa couleur bien particulière.

Les deux hommes laissèrent le silence retomber entre eux un instant. Langevin jouait avec un crayon qu'il tapotait sur le cuir de son sous-main. Antoine scrutait le dessin comme s'il cherchait à en extraire un secret.

– Si je comprends bien, soupira le commissaire, ce n'est pas dans les bas-fonds qu'il faut chercher comme j'en avais l'intention mais dans les hôtels de luxe ?

– L'un n'empêche pas l'autre mais cette créature doit être habile et je jurerais bien qu'elle habite une maison particulière ou un appartement. Si seulement je pouvais me rappeler où je l'ai vue ! Vous n'avez qu'un exemplaire de ce portrait ?

– Bien sûr, mais je peux essayer de le faire copier.

– Inutile ! Donnez-moi une feuille de papier et ce crayon que vous malmenez. Je dois être capable de faire ça moi-même.

Un moment plus tard, il quittait le quai des Orfèvres avec, dans sa poche, le dessin qu'il venait de reproduire. Une idée lui était venue tandis qu'il travaillait mais il ne voulait pas en faire part au policier. D'ailleurs il fallait qu'il l'approfondisse et, pour cela, il avait besoin de tranquillité. Le train qui l'emmènerait en Bourgogne ferait l'affaire. Ensuite et une fois Alexandra retrouvée, il pourrait interroger son ami Blanchard qui avait vécu en Chine beaucoup plus longtemps que lui et qui, peut-être, réveillerait ses souvenirs mais il voulait le voir seul à seul. Diriger la police sur lui et sa charmante épouse serait une mauvaise action car la paix de leur ménage avait été chèrement acquise.

Une fois à Beaune, Antoine n'eut pas beaucoup de peine à retrouver Alexandra. En gare de Lyon, avant de prendre son train, il put bavarder quelques instants avec son ami Pierre Bault qui lui confirma les renseignements du commissaire mais en y ajoutant un petit plus :

– Je ne sais pas pourquoi elle a fait cela mais ce que je peux vous dire c'est qu'elle était très malheureuse.

– Et dans le train elle n'a rencontré personne ?

– Personne sinon moi et le serveur qui lui a porté son dîner : elle ne voulait pas aller au wagon-restaurant.

– Aucune explication quand elle a tiré le signal d'alarme ?

– Aucune. Elle avait envie de revoir Beaune.

– C'est un peu mince. Il faudra tout de même faire avec.

Néanmoins ce fut plus facile qu'il ne le pensait. L'excellent Bouju auquel il se présenta comme un parent de la jeune femme le dirigea sur l'hôtel de la Poste et de l'Arbre d'or où Mme Brenet avec beaucoup d'hélas, de soupirs et d'apitoiement sur cette « belle jeune femme à qui l'on aurait acheté sa santé » finit par lui indiquer l'Hôtel-Dieu mais seulement après qu'il eut retenu une chambre pour la nuit.

Lorsque sœur Marie-Gabrielle lui apprit qu'elle avait un visiteur, Alexandra, sans laisser à la religieuse le temps d'aller au bout de sa phrase, commença par refuser de le voir mais quand on lui dit qu'il s'annonçait sous le simple nom de Tony, elle éprouva une grande joie : enfin un ami, un vrai !

– Où est-il ?

– Dans la cour. Il a refusé le parloir en disant que lorsqu'on a la chance de contempler un pareil décor, ce serait un crime de ne pas en profiter. Il vous attend assis sur un muret de la galerie.

– Je le reconnais bien là. C'est un peintre, vous savez ?

Enveloppant sa tête et ses épaules d'une grande écharpe de soie blanche, Alexandra courut rejoindre son visiteur qui, entendant un bruit de pas précipités, se leva juste à temps pour la recevoir dans ses bras et l'empêcher de tomber : son pied venait de buter sur l'un des gros pavés dont elle ne s'était pas méfiée :

– Tony ! soupira-t-elle, quelle joie de vous voir ! Mais comment êtes-vous ici ?

– C'est à vous qu'il faudrait poser la question, Alexandra. Qu'est-ce que vous faites dans un couvent « papiste », vous une hérétique ?

– Vous avez de ces mots ! La Mère Supérieure a les idées plus larges que vous : pour elle il n'y a ici que des malades...

– Et vous êtes malade ? demanda-t-il tout de suite inquiet

– De l'esprit, oui... du cœur aussi peut-être. Je... je ne savais plus où aller... Je me suis soudain retrouvée tellement seule, tellement perdue...

– Comment cela perdue ? Pourquoi ne retournez-vous pas chez vous, à New York ?

– Parce que je n'ai plus de chez-moi à New York... parce que mon mari est en train de préparer notre divorce... Oh, tenez ! Lisez !

D'une poche de sa robe elle tira la dernière lettre de Jonathan dans laquelle se trouvait toujours l'article de Lorrain, fourra le tout dans la main d'Antoine et éclata en sanglots si désespérés qu'il remit de quelques secondes sa lecture et, passant un bras autour des épaules de la jeune femme, la conduisit doucement jusqu'au muret sur lequel il la fit asseoir, s'installa près d'elle et la garda contre lui pour la laisser pleurer. Pendant ce temps, de sa main libre il dépliait les feuillets et parcourait rapidement le désastreux courrier avec des sentiments variant, dans l'ordre, de la surprise à l'indignation puis à la colère : il n'avait jamais imaginé qu'un attorney général pût être à ce point stupide et crédule pour décider de divorcer sur la simple lecture d'un vilain petit papier où d'ailleurs il n'y avait que des initiales. Et comme il n'était pas homme à garder pour lui ce qu'il pensait, il le déclara sans ambages :

– J'espère ne pas vous faire pleurer davantage,

Alexandra, mais ou bien votre mari est fou ou bien il ne vous a jamais aimée. Si c'est là toute la confiance qu'il vous accorde, pourquoi diable vous a-t-il laissée venir seule en Europe? Une femme comme vous? C'était jouer avec le feu.

– Je vous l'ai déjà expliqué, Tony. Au dernier moment il a dû renoncer à partir et moi je tenais tellement à ce voyage!... Oh, mon Dieu, si j'avais su! Ces vacances auront été un beau gâchis! ajouta-t-elle les yeux dans son mouchoir.

– Vous n'allez pas recommencer à pleurer? Il y a mieux à faire... par exemple me raconter toute l'histoire de ce « gâchis » si... toutefois je vous inspire assez d'amitié pour me la confier?

Elle ne répondit pas tout de suite, regarda Antoine avec un petit sourire triste puis, se penchant vivement, posa un baiser rapide sur sa joue.

– Voilà une bonne réponse! soupira le peintre plus ému qu'il ne voulait l'admettre. A présent j'écoute!

– Je ne sais par où commencer...

– Par le début du roman, bien sûr, car je devine que c'en est un dont je n'ai lu que la première page : j'en suis resté à un flirt entre une femme ravissante mais un peu trop seule et une sorte de... prince charmant possédant tout ce qui pouvait lui plaire et sans doute un ardent désir de la conquérir. Au fait, où donc aviez-vous rencontré le duc de Fontsommes? La première fois que je vous ai vus ensemble j'ai eu l'impression que vous vous connaissiez déjà?

– Vous voyez bien que vous n'avez même pas lu la première page...

Et elle lui raconta tout avec une grande simplicité et une entière franchise, sans chercher à embellir son propre rôle ni sans rien cacher des sentiments si troubles qui avaient été les siens. A cet ami qu'elle savait sûr, elle avoua à quel point elle avait été tentée de s'abandonner puis ses regrets de ne l'avoir pas fait et enfin l'humiliation de la dernière nuit vénitienne où, venue pour se donner, elle avait été repoussée. Antoine l'écoutait, navré de cette souffrance qu'il devinait sous les paroles. Sa belle Alexandra si sûre d'elle – et même un peu agaçante – qui croyait pouvoir approcher les flammes du désir et de l'amour sans risquer de s'y brûler, dans quel état cette Europe dont elle rêvait la laissait-elle ! Il allait falloir la remettre debout. Et vite !

– Vous voyez, soupira-t-elle enfin, que je n'ai guère de raisons d'être fière de moi. Je me croyais si forte et...

– Vous êtes trop jeune pour être vraiment forte. Et puis il faut dire que vous n'avez pas eu beaucoup de chance mais ne perdez pas courage ! Ou bien votre mari est complètement stupide, ou bien il va comprendre rapidement son erreur en apprennant que sa sœur veut épouser un homme qui, comme par hasard, est duc et dont le nom commence par F.

– Il pensera à une simple coïncidence, voilà tout !

– Eh bien, je plains les malheureux accusés qui lui tombent sous la main... Une chose est certaine : vous avez quelque part une ennemie fort désireuse de briser votre ménage mais on ne divorce pas à cause d'un torchon.

– Chez nous, si. Vous ne nous connaissez pas assez, Tony. En Amérique la morale doit être sauvegardée à tout prix surtout lorsqu'il s'agit de personnages haut placés dans les fonctions de l'État. L'ombre d'un scandale ne peut leur être tolérée et leurs épouses sont bien entendu soumises à une rigueur identique.

– Même dans notre Europe corrompue la vieille histoire de la femme de César est toujours d'actualité. Ma chère enfant, votre époux, quoi qu'il en soit, n'a pas raison et il va certainement s'en rendre compte assez vite d'autant que l'affaire du mariage de sa sœur va lui changer les idées.

– Il sera furieux. Le manque de parole de Délia le blessera certainement et plus encore cette union avec un aristocrate. Il n'a jamais – moi non plus d'ailleurs – admis cette folie qui pousse nos femmes vers les titres et les couronnes achetés à prix d'or. Je sais, ce n'est pas le cas cette fois, mais je serais étonnée que Jonathan pardonne jamais à sa sœur. D'autant qu'elle devra changer de religion.

– « Heureux les miséricordieux car ils obtiendront miséricorde ! » marmotta Antoine. On dirait que les Béatitudes ne sont pas le livre de chevet du juge Carrington. Ce que je ne comprends pas c'est que vous vous laissiez condamner ainsi sans combattre. Cela ne vous ressemble pas.

– Vous voulez que je me défende contre un homme qui m'a rejetée à cause d'un chiffon de papier ? Ne vous y trompez pas, Tony ! Dans cette affaire ce n'est pas lui l'offensé, mais moi. Quand j'avais besoin de son aide je l'ai appelé et au lieu de venir, il m'a envoyé une lettre... inadmissible, d'une dureté et d'un autoritarisme insupportables. A présent, il me chasse pour ainsi dire de ma maison sans même chercher à savoir ce que j'avais à dire. Qu'est-ce qu'il espère ? Que je vais rentrer l'oreille basse pour implorer sa clémence ?

– N'exagérons rien ! Il pense que vous avez rencontré le grand amour et il vous rend votre liberté. Cela pourrait dénoter une certaine grandeur d'âme... Voulez-vous me permettre une question ?

– Laquelle ?

– Quels sont vos sentiments pour lui ?

– Je ne sais pas, avoua la jeune femme après un moment de réflexion. En vérité je suis incapable de vous répondre.

– Laissez-moi vous aider. Éprouvez-vous du chagrin à l'idée d'être séparée de lui à tout jamais, de ne plus le revoir ?

Alexandra baissa la tête et une dernière larme se perdit dans la soie blanche qui enveloppait son buste :

– Je voudrais le secouer, le battre, le griffer, gronda-t-elle entre ses dents puis, plus bas : Vous avez raison : j'ai de la peine. J'étais heureuse auprès de lui... ou du moins je le croyais.

– Avant de découvrir les orages de la passion ? Je ne suis pas certain que vous soyez faite pour le bruit et la fureur. Mais rares sont ceux qui, en ce bas monde, n'y sont jamais confrontés. Cela devait vous arriver un jour en dépit d'une beauté qui vous fait souveraine... Alexandra, vous allez revenir à Paris avec moi !

– Non, Tony ! Pas maintenant.

– Vous ne pouvez rester ici éternellement... d'autant que les lois antireligieuses de ce cher M. Combes risquent de chasser les dames de Beaune de leur maison-Dieu...

– Je sais. La Mère Supérieure le craint bien qu'elles ne soient pas enseignantes... Cependant je voudrais rester encore un peu ici. Je m'y sens en paix.

– La paix viendra après la bataille. D'ailleurs il faut que vous rentriez à Paris ! Si toutefois vous souhaitez récupérer les émeraudes qu'on vous a volées. Je les ai identifiées mais Langevin ne les rendra qu'à vous.

– Et le pendentif ? L'a-t-il aussi retrouvé ? demanda Alexandra avec un cri de joie.

– Non. C'est même à cause de lui que l'on a assassiné votre voleur...

– Assassiné ?

– Oui. C'était un vieil ami à moi et l'autre jour, en allant le voir chez lui, j'ai trouvé le commissaire Langevin auprès de son cadavre au milieu d'un appartement saccagé. Tous les autres bijoux qu'il possédait étaient étalés sur son lit éventré, tous sauf le médaillon. Par contre, on avait écrit le nom de Ts'eu-hi en caractères chinois sur sa poitrine. Le meurtrier ou plutôt la meurtrière a agi en son nom.

– Ce serait une femme ? Comment le savez-vous ?

Antoine, alors, raconta l'épisode du peintre et comment celui-ci avait réussi à en tracer un portrait approximatif.

– J'ai reconnu tout de suite cette femme que nous avions rencontrée à l'Opéra et qui vous avait laissé une impression pénible.

– En effet mais, vous le savez, tout visage asiatique m'est désagréable. Vous êtes certain que c'était elle ?

– Voyez plutôt !

Il tira de sa poche la feuille de papier où il avait recopié le dessin et la mit entre les mains d'Alexandra mais, à peine eut-elle jeté un coup d'œil qu'elle devint très pâle et dut s'appuyer au pilier de bois près duquel elle était assise.

– Mon Dieu !... fit-elle seulement.

Comprenant qu'elle était en train de s'évanouir, Antoine se pencha sur elle et lui appliqua sur les joues quelques claques pas trop appuyées.

– Eh bien, Alexandra, eh bien ! On dirait que je vous ai montré un fantôme ?

Preuve patente que la communauté s'intéressait à leurs faits et gestes, sœur Marie-Gabrielle accourait déjà avec des sels d'ammoniaque et un cordial. Heureusement, le malaise était léger et la jeune femme fut vite ranimée. Elle sourit à la petite nonne et lui pressa la main :

– Cela va mieux. Merci, ma sœur !... Antoine, continua-t-elle en se tournant vers lui, comment n'avez-vous pas reconnu ce démon, cette Pivoine qui m'avait livrée au prince Tuan ?

– Vous en êtes certaine ? En ce cas comment ne l'avez-vous pas identifiée vous-même au théâtre ?

– Elle était tellement différente ! Le costume occidental, je pense, la coiffure et aussi le maquillage mais là, à visage nu, le doute n'est pas possible. Ce qui m'étonne, d'ailleurs, c'est de ne pas avoir été attaquée moi-même puisque, ce soir-là, je portais le lotus ?

– Ce genre d'entreprise n'est guère facile en France. Les Chinois qui séjournent ici font plutôt patte de velours pour ne pas compromettre leurs missions diplomatiques destinées à les aider à assimiler le modernisme. Ils sont surveillés et d'ailleurs peu nombreux et ils se tiennent tranquilles car le peuple ne les aime pas et ne verrait aucun inconvénient à en lyncher un ou deux le cas échéant. En ce qui vous concerne vous êtes toujours très entourée. Quant au Ritz il est très protégé étant donné la qualité des gens qui y descendent...

– Admettons ! Cela ne change rien au fait qu'un homme a été tué et que cette affreuse créature n'a pas hésité à frapper en plein Paris ?

– Aussi faut-il que vous rentriez avec moi, plaida Antoine. Pour avoir réussi à savoir que Moineau détenait le lotus, cette femme doit être le diable et si je vous ai trouvée elle peut en faire autant. Cette maison, si vénérable soit-elle, n'a rien d'une forteresse. Vous y êtes loin de tout et Langevin n'a pas les moyens de vous y protéger.

– Mais enfin, Antoine, soyez raisonnable ! Elle a ce

qu'elle cherchait à présent. Pourquoi donc s'en prendrait-elle à moi ?

– Vous ne connaissez rien à l'âme chinoise. L'homme qui vous a donné ce bijou était le seul que T'seu-hi ait jamais aimé et vous aviez su attirer plus que son désir : crime d'autant plus impardonnable que le prince est mort à présent. Mais vous êtes bien sûre de votre mémoire ? Il s'agit bien de cette Pivoine ?

– Absolument. Il n'y a pas tellement longtemps qu'elle ne hante plus mes cauchemars.

– Alors il faut rentrer à Paris au plus vite. La voiture que j'ai louée va nous ramener à Dijon d'où je téléphonerai au commissaire Langevin pour lui dire ce que nous savons et lui demander d'aller prévenir mon ami Édouard Blanchard. Si cette ancienne « Lanterne Rouge » a commencé de tuer elle s'en prendra très certainement à Mme Blanchard, je veux dire Orchidée, son ancienne compagne qui, elle aussi, a trahi la maîtresse vénérée. Allez vous préparer, je vous emmène !

– Mais je vous ai dit...

– Ne discutez pas, Alexandra ! A présent que je sais qui est la meurtrière, je ne vous laisserai pas derrière moi...

Matée, la jeune femme obéit et s'en alla faire ses adieux aux religieuses et rassembler ses bagages. Au ton et au regard d'Antoine, elle comprenait qu'en cas de refus il était tout à fait capable de la charger sur son dos comme un simple sac de farine et de l'emporter sans lui donner même le temps de prendre un mouchoir.

Un moment plus tard elle roulait à ses côtés en direction de Dijon puis, plus tard encore, de Paris où ils arrivèrent aux environs de minuit. La bonne Mme Brenet devait attendre longtemps ce client si aimable qui lui avait promis de revenir dîner. Elle en conçut, de ce jour, une sorte de méfiance envers les dames de l'Hôtel-Dieu qu'elle n'hésitait plus à accuser de concurrence déloyale...

Le commissaire Langevin, l'air plus las que jamais et les mains au fond des poches de son patelot mastic, vint accueillir les voyageurs en gare de Lyon et put donner à Antoine toutes assurances touchant la sécurité de sa compagne. Mrs Carrington serait surveillée discrètement jour et nuit où qu'elle aille. Quant à M. et Mme Blanchard, il ne les avait pas trouvés : ils profitaient de l'été pour faire un grand voyage au Canada et aux États-Unis. On ne les attendait pas avant fin octobre. Il serait temps de les prévenir à leur retour si la police n'avait pas réussi à mettre la main sur la vénéneuse Pivoine.

– Ce qui pourrait bien ne pas tarder, conclut-il avec satisfaction, et cela grâce à l'appui de la presse. Dès demain, les journaux de Paris et même de province vont reproduire en première page le dessin que nous avons.

– Je suis prête à offrir une récompense à qui la fera prendre, dit Alexandra. Cette femme est pire qu'un serpent à sonnette et il ne faut pas qu'elle continue à tuer...

– Je ne suis pas d'accord, fit Langevin. Cela nous vaudrait une avalanche d'informations au milieu desquelles nous aurions bien du mal à démêler la vérité. Croyez-moi, les Français ont pas mal de défauts mais ils sont tout à fait capables de se dévouer pour la justice... et sans contrepartie.

Au Ritz, le retour nocturne et inopiné de Mrs Carrington ne troubla personne : la maison était de trop haute qualité pour se permettre de bouger seulement un sourcil devant les allées et venues peu orthodoxes d'une cliente comme Mrs Carrington et celle-ci retrouva son bel appartement fleuri de frais après avoir partagé avec ses deux amis le champagne de bienvenue qu'Olivier Dabescat, toujours grand seigneur, tint à leur offrir dans un petit salon tandis que Langevin lui faisait quelques recommandations instantes. Néanmoins, lorsque tout le monde se fut retiré, il ne résista pas à l'envie de faire connaître son sentiment au chef sommelier.

– M. Forain a dit un jour du salon de Mme la duchesse de Rohan qui reçoit tant de gens disparates que c'était la rue avec un toit dessus. Je me demande si notre maison n'est pas en train de prendre modèle sur elle. Des policiers en civil ici ! Chapeaux melons et chaussures à clous ! Je crois que je les préférerais en uniforme ! De quoi est-ce que le hall va avoir l'air ainsi habité ?

Le maître des illustres caves se mit à rire :

– Commandez un supplément de plantes vertes ! Vous les cacherez derrière. Il ne vous restera plus qu'à les arroser...

CHAPITRE XIII

LA FIN DU VOYAGE

Quand le lendemain, tard dans la matinée, Alexandra sonna pour son petit déjeuner, elle vit Mme Rivaud pénétrer dans sa chambre à la suite du plateau. Du coup, elle jaillit de son lit pour sauter au cou de cette visiteuse qui lui avait tellement manqué.

– Tante Amity ! soupira-t-elle. Pourquoi m'avez-vous abandonnée ? Depuis votre départ je n'ai fait que des bêtises...

Les deux femmes s'embrassèrent avec une vraie tendresse. Puis l'ancienne miss Forbes tendit un peignoir à sa nièce et ordonna à la femme de chambre de déposer le plateau dans le salon puis de lui apporter à elle-même un grand pot de café et des croissants :

– Le café de ma cuisinière n'est qu'une infâme lavasse et je n'ai pas encore eu le temps de lui apprendre à le faire. Ici, au moins, je vais pouvoir déjeuner sans risquer ma vie.

– Quand donc êtes-vous rentrés ?

– Cette nuit et, ce matin, à l'aurore nous trouvions votre ami Tony, débordant d'excuses, pratiquement assis sur le paillasson. Il en a été bien puni : on lui a offert du café !

Alexandra regarda sa tante avec admiration : elle

débordait visiblement de joie de vivre et sa mine, sous une plantation de marguerites en velours, était admirable :

– Inutile de demander si vous êtes heureuse ? soupira la jeune femme. Vous rayonnez positivement ! Oncle Nicolas va bien ?

– Très bien ! Il m'a chargée de toutes ses affections en regrettant beaucoup de ne pas avoir le temps de venir vous embrasser. Mais il avait un train à prendre.

– Un train ? souffla Alexandra abasourdie. Déjà ?

L'heureuse épouse éclata de rire et saisit la cafetière pour se resservir :

– Rassurez-vous, il ne quittait pas le domicile conjugal ! Simplement une lettre d'affaires ennuyeuse l'attendait dans son courrier. Il est parti pour Bordeaux...

– Décidément, nous faisons beaucoup fonctionner les chemins de fer dans la famille !... Au fait, que vous a appris Tony ?

– Des précisions intéressantes. Il m'a dit surtout que vous ne vouliez plus retourner chez vous. Ne cherchez pas la lettre de cet imbécile de Jonathan, il me l'a pratiquement récitée par cœur. Cet homme a une mémoire étonnante !

– Alors vous savez tout. Et... vous rentreriez, vous, dans de telles conditions ?

– Oui... Ne fût-ce que pour casser un parapluie sur la tête obtuse de mon époux afin qu'il ait vraiment quelque chose à me reprocher. Et c'est ce que vous allez faire dès que Nicolas aura mis de l'ordre à ses problèmes. Nous partirons avec vous comme nous l'avions décidé.

– Vous ne me comprenez pas, tante Amity ! Je suis... profondément offensée... je suis...

– Cruellement blessée à la fois dans votre orgueil et dans votre cœur ? fit Mme Rivaud avec beaucoup de douceur. Selon moi Délia fait une énorme folie. Peter Osborne n'avait rien de bien excitant mais c'était un mari de tout repos tandis qu'un pareil Don Juan!... De toute façon, ce sera amusant de voir l'effet produit sur Jonathan par cette grande nouvelle!... Après cela vous divorcerez tout à votre aise! Mais pas en restant tapie ici comme une coupable : au grand jour, sur la place publique, au son des trompettes et de préférence en boutique!

– Je ne veux pas ruiner la carrière de Jonathan. Il ne le mérite pas...

– Nous allons avoir tout le temps d'en débattre en privé. Car naturellement vous venez habiter chez nous. C'est complètement ridicule de continuer à payer les yeux de la tête un appartement que vous n'habitez jamais...

– Si Tony vous a dit tant de choses, il a dû aussi vous apprendre...

– Que la police vous surveille comme le précieux trésor que vous êtes? Qu'à cela ne tienne! Dans son immense cuisine, quai Voltaire, Ursule sera enchantée d'avoir un auditoire. D'ailleurs ne craignez rien : son café est détestable mais sa cuisine excellente.

– Et que vais-je faire de tout cela? demanda Alexandra en montrant du geste ses acquisitions qui encombraient le salon.

– Les confier à un transporteur qui les emballera et les convoiera au Havre où ils attendront votre départ dans un dépôt.

– Tante Amity! Je n'ai plus de maison à New York. Jonathan a dû la mettre en vente...

– Vous en avez toujours une à Philadelphie! Je vous donne la mienne si vous le souhaitez...

– Ce que je souhaite, c'est demeurer près de vous...

je veux dire pas trop loin. Avez-vous acheté une maison en Touraine comme vous le souhaitiez ?

– Oui. Une vieille et exquise demeure près d'Amboise. Je l'adore et elle devrait vous plaire.

– Eh bien j'en achèterai une dans le voisinage et je vieillirai doucement auprès de vous et d'oncle Nicolas.

– Ne dites pas de sottises ! A vingt-deux ans on ne s'enterre pas à la campagne. Et puis vous aimez trop l'Amérique... Je vous jure bien que nous allons vous y ramener, Nicolas et moi. En attendant venez donc faire connaissance avec le quai Voltaire et le café d'Ursule !

Si la direction du Ritz fut satisfaite de récupérer enfin un appartement qu'elle aurait pu louer cent fois à des clients que sa cave et son restaurant auraient intéressés bien davantage, elle eut l'élégance de n'en rien marquer. Au déjeuner qu'elle prit avec sa tante pendant qu'on déménageait ses achats et que les femmes de chambre remplissaient ses grandes malles, Alexandra reçut, avec le champagne de l'adieu, les vœux d'une maison qui espérait bien la revoir souvent dans les temps à venir. Quant à Mme Rivaud, Olivier Dabescat tint à lui offrir personnellement une bouteille de ce vieux porto qu'elle aimait tant :

– Ce n'est pas juste, dit Alexandra en riant. L'oncle Nicolas a tout de même dû chasser Mr Jefferson de votre cœur ?

– Mais pas de mon esprit. Il sera toujours pour moi la plus parfaite incarnation des États-Unis... en outre ce porto est vraiment le meilleur que j'aie jamais bu. Je suis certaine que Nicolas l'aimera beaucoup...

Tante Amity fit à sa nièce les honneurs de son « home » parisien avec une légitime fierté. La maison, jadis propriété du marquis de Villette, avait vu mourir Voltaire ainsi que l'attestait la grande plaque de marbre de la façade. Depuis des années M. Rivaud y louait les deux premiers étages qui, avec un escalier intérieur, composaient un grand appartement fort agréable mais un peu trop vaste pour un homme seul et deux serviteurs. Après la mort de son fils et de la première Mme Rivaud, Nicolas avait souvent songé à déménager sans jamais parvenir à s'y résoudre : le charme de cette vieille demeure et la vue que l'on avait, de ses fenêtres à balustres, sur la Seine, les nobles bâtiments du Louvre et le pavillon de Marsan en étaient la cause. L'entrée en scène d'Amity Forbes vint à point nommé le convaincre de continuer à habiter l'une des plus agréables maisons de Paris. Néanmoins, comme il était un homme plein de tact et de délicatesse, il fit refaire pendant son voyage de noces les pièces qui n'étaient pas classées monuments historiques, c'est-à-dire les chambres, les salles de bains, l'office et la cuisine. Les deux salons conservèrent intacts leurs boiseries dorées, leurs plafonds peints et leurs précieux parquets que réchauffaient d'anciens tapis aux teintes adoucies.

Tout entière tendue de toile de Jouy à décor bleu Nattier, la chambre qui accueillit Alexandra l'enchanta. Ses meubles Directoire laqués gris et bleu avaient la simplicité et l'élégance qu'elle aimait. Un énorme bouquet de dahlias multicolores emplissait une jardinière basse, en tôle verte, posée devant la cheminée sans feu. Et que la vue sur les marronniers du quai et la Seine où passaient lentement les péniches était donc jolie ! Tout de suite la jeune femme s'y plut au point de souhaiter égoïstement que M. Rivaud s'attarde encore un peu dans les délices bordelaises...

Durant quelques jours, elle y mena la vie la plus reposante qui soit, servie dévotieusement par Ursule et son époux Firmin conquis tous deux par son beau sourire. Elle ne sortait guère, même en voiture, car il aurait fallu emmener MM. Dupin et Dubois, les deux policiers commis à la garde de Mrs Carrington et qui s'épanouissaient doucement dans la cuisine, semblables à deux tournesols dirigés vers l'astre nourricier qui leur dispensait si généreusement petits plats fins et vins de qualité. En échange, Dupin qui avait séjourné en Italie dans sa jeunesse apprit à Ursule la manière de faire un café convenable. Et puis quand celle-ci et Firmin n'avaient plus rien à faire on s'installait autour de la table de cuisine pour de rudes affrontements à la manille. La nuit, l'un d'eux dormait sur un lit de camp devant la porte d'Alexandra pendant que l'autre veillait à l'étage inférieur.

Le commissaire Langevin passait vers le soir et acceptait souvent le dîner que lui offrait Mme Rivaud. Dîner auquel participait aussi Antoine qui, pour distraire son amie autant que pour l'amour de l'art, avait entrepris de faire son portrait. Ainsi, la vie s'écoulait assez doucement dans un Paris qui flânait tranquillement dans la chaleur du mois d'août. Seuls, les journaux faisaient preuve d'une grande activité d'abord à cause des IIIe Jeux Olympiques qui allaient s'ouvrir à Saint Louis, aux États-Unis, le 29 de ce mois. On déplorait que la participation des athlètes fût moins importante qu'aux derniers Jeux de Paris mais, en fait, on se passionnait davantage pour la récente fermeture des écoles religieuses en France et pour la défaite de la flotte russe devant Port-Arthur. Le Japon triomphait au moment même où l'achèvement du Transsibérien pouvait permettre un meilleur approvisionnement des troupes du Tzar. Quant à ce que l'on appelait « l'affaire de la rue Campagne-Première », après la publication du portrait approximatif de la meurtrière qui avait soulevé un intense intérêt et couvert le bureau du préfet d'un abondant courrier, elle ne tenait plus que quelques lignes dans les colonnes de la presse.

Les affaires de l'oncle Nicolas devaient présenter quelques aspérités car son absence se prolongeait. Il téléphonait de temps en temps et son épouse l'encourageait avec beaucoup de gentillesse, lui donnait des nouvelles de la maison et le suppliait de ne pas se tourmenter pour elle : mieux valait en finir une bonne fois afin de pouvoir partir pour les États-Unis l'esprit tranquille.

Que sa tante s'acclimatât si bien en France étonnait tout de même un peu Alexandra :

– Et votre maison que vous aimiez tant, votre jardin, vos chevaux et vos chiens ? Les oubliez-vous ?

– Pas du tout et je vous accorde qu'il m'arrive d'y penser avec quelque nostalgie mais nous avons décidé de passer à Philadelphie environ quatre mois par an. En outre, j'ai l'intention d'embarquer pour la France mes chevaux préférés et bien entendu mes chiens. Ils seront très heureux en Touraine. Le temps y est doux et l'herbe superbe. Je crois que vous comprendrez quand vous verrez notre manoir. Il est seulement dommage que je ne puisse vous y emmener en ce moment à cause de votre sécurité.

Ladite sécurité commençait à peser sur Alexandra bien qu'elle trouvât un certain plaisir à s'engourdir dans un bien-être feutré, douillet et lénifiant. Même sa douleur d'amour se fondait dans une sorte de bienveillante torpeur et se faisait moins cruelle. Délia, Fontsommes et les vapeurs délicieusement vénéneuses de la lagune se fondaient, disparaissaient pour laisser tout le devant de la scène au regret de ce qu'elle avait perdu.

Et, le soir, quand elle procédait à sa toilette devant un miroir ancien qui avait reflété – du moins le prétendait-on ! – le doux visage d'une créole promise à la couronne impériale, elle évoquait ces soirs de New York où, au retour d'une fête, d'un bal ou d'un dîner, Jonathan venait s'asseoir près de la table surchargée de riens précieux pour la regarder ôter ses bijoux et l'aider à dénouer ses cheveux. En dépit de son *self-control* il semblait tellement épris de sa beauté ! Apparemment, il ne s'attachait à rien d'autre et le vieil adage : « Loin des yeux loin du cœur » s'appliquait parfaitement à lui. Une autre beauté était passée par là et voilà tout ! Il ne restait rien du grand amour de Jonathan sinon l'âcre odeur du tabac refroidi... A présent, il allait falloir se reconstruire une vie mais où ? Comment ? Et dans quel but ? Autour d'elle, Alexandra ne voyait que ruines et se demandait parfois si le mieux ne serait pas de s'y ensevelir... de changer totalement d'existence pour un temps et, puisque sa fortune le lui permettait, pourquoi ne pas acheter elle aussi un manoir tourangeau ? Quand elle le reverrait, elle en parlerait au marquis de Modène : il savait donner les meilleurs conseils du monde...

Et puis, un beau matin, le commissaire Langevin, un petit sourire au coin des lèvres – signe chez lui d'une joie débordante –, vint relever ses hommes et apprendre à Alexandra qu'elle pouvait profiter tranquillement de ses derniers jours à Paris : la dangereuse Pivoine avait été arrêtée la veille à l'hôtel Majestic grâce à l'œil vif d'un groom particulièrement physionomiste et, de surcroît, lecteur passionné d'affaires policières.

Ce ne fut pas sans un vif regret que MM. Dupin et Dubois firent leurs adieux à Ursule, Firmin et à ce qui avait été la plus agréable des tâches mais ils se consolèrent un peu en s'entendant dire qu'ils seraient toujours les bienvenus pour un bon repas ou une partie de cartes lorsqu'ils en auraient le loisir.

De son côté, tante Amity avait reçu de son époux un coup de téléphone pleinement satisfaisant : M. Rivaud serait chez lui le surlendemain et conseillait à sa femme d'activer ses préparatifs ; la *Lorraine* appareillerait au Havre le 3 septembre et leurs passages à tous trois étaient retenus.

– Cela vous laisse une dernière semaine à Paris, dit Mme Rivaud à sa nièce. A quoi voulez-vous l'occuper ?

– Vous êtes vraiment certaine que je vais partir avec vous ?

– Naturellement. Nous n'allons pas encore ergoter là-dessus. Je vous ai expliqué que vous deviez faire face. Au Grand Siècle je vous aurais dit que votre « gloire » l'exige ce qui, après tout, n'est pas une si mauvaise formule car vous portiez fièrement une belle auréole lorsque nous avons quitté New York : elle doit demeurer intacte...

– Soyez tranquille ! soupira la jeune femme, je m'embarquerai avec vous... Quant à ce que je vais faire ? Me promener dans ce Paris qu'au fond je connais peu, visiter encore quelques boutiques. Et puis je voudrais dire au revoir à Dolly d'Orignac...

– Vous n'avez guère le temps de descendre en Périgord et pour ce que j'en sais les gens pourvus de châteaux n'en reviennent pas avant le mois d'octobre à cause des chasses.

– Eh bien, je me contenterai de laisser ma carte chez elle et chez quelques personnes dont je garde le meilleur souvenir. Ma « gloire », comme vous dites, exige que je me conforme aux usages du monde et que je prenne congé dans les formes...

Si elle trouvait très réconfortant de savoir son ennemie sous les verrous, Alexandra n'en tirait pas toute la satisfaction escomptée. Son médaillon n'avait pas été retrouvé quand on avait fouillé les affaires de cette femme et elle en éprouvait de la peine, une peine uniquement superstitieuse d'ailleurs : sa vie faisait naufrage depuis qu'on le lui avait volé et il lui était désagréable d'affronter sans ce talisman les épreuves et les difficultés qui l'attendaient en Amérique.

– Moi qui me croyais un esprit fort, une grande intellectuelle, pensa-t-elle tout en rangeant ses bijoux pour le voyage, voilà que je me retrouve fétichiste comme une vieille squaw iroquoise ! Je me demande ce qu'en dirait Jonathan...

Elle avait pensé tout haut et tressailli aux trois syllabes du nom de son mari. Naguère, avant d'avoir mis entre eux la largeur d'un océan, elle l'associait souvent aux idées qui lui passaient par la tête mais, depuis leur brouille, c'était la première fois que revenaient à son esprit les petits mots familiers et elle en éprouva du mécontentement. Ce n'était vraiment plus le moment d'accorder de l'importance à ce que pouvait dire ou faire le juge Carrington...

Refermant la mallette de cuir, elle l'enferma dans un placard, mit un chapeau assorti au léger tailleur de petit drap champagne qu'elle portait sur un corsage de valenciennes mousseuse, tira soigneusement sur ses mains des gants à crispins en chevreau glacé et se disposa à sortir mais passa auparavant par le petit salon où Mme Rivaud travaillait à l'important courrier qu'elle entretenait avec une foule de gens. Tante Amity leva à la fois le nez et la plume.

– Pourquoi ne m'avez-vous pas dit que vous comptiez aller faire une promenade ? reprocha-t-elle. J'aurais remis ce fatras à plus tard.

– Je suis une grande fille, tante Amity, et pendant le déjeuner je n'y pensais pas. Et puis, il fait si beau que j'ai eu envie de profiter un peu de ma liberté toute neuve... sans vous déranger pour autant!

– Je peux comprendre ça mais sonnez Firmin et demandez la voiture!

– Surtout pas! Cela gâcherait mon plaisir et vous savez combien j'aime marcher. Je vais aller jusqu'au magasin du Bon Marché pour acheter quelques babioles et, de là, je pousserai jusque chez Dolly afin de déposer une carte avec quelques mots d'adieu. D'ailleurs, il se peut qu'elle soit rentrée d'après ce que son maître d'hôtel m'a dit hier au téléphone...

– Alors bonne promenade mais ne vous attardez pas trop! Je ne suis pas encore débarrassée de cette fichue manie de me faire de la bile à votre sujet pour un oui ou pour un non.

Sans répondre, Alexandra embrassa la chère femme et quitta la maison. Le temps plus frais que ces derniers jours était fort agréable et Mrs Carrington respira avec délices le vent d'ouest qui apportait avec lui des odeurs de campagne et jusqu'à une légère senteur marine. Des mouettes volaient au-dessus de la Seine que la promeneuse suivit jusqu'à la rue du Bac où elle s'engagea d'un pas de flânerie s'arrêtant ici ou là pour examiner une vitrine d'antiquaire.

Arrivée au grand magasin où le faubourg Saint-Germain se fournissait tout en déplorant « l'affreuse charpente métallique », œuvre de Gustave Eiffel, elle acheta quelques paires de gants, de charmants tabliers brodés pour ses femmes de chambre new-yorkaises et quelques paires de draps qu'elle fit livrer avant d'aller admirer la galerie de tableaux, orgueil du Bon Marché, qui exposait quelques toiles dans un décor somptueusement doré du plus pur style Napoléon II.

C'était amusant de jouer à la Parisienne anonyme et afin de prolonger ce plaisir, elle gagna le salon de thé pour s'y offrir une tasse d'un odorant Darjeeeling et effacer grâce à lui la légère fatigue qu'elle ressentait. Puis, revigorée, elle se dirigea d'un pas vif vers la rue Saint-Guillaume. Il était un peu plus de cinq heures, le meilleur moment pour trouver chez elle Mme d'Orignac.

Espoir vite déçu. Non seulement « Madame la marquise » n'était pas rentrée, lui expliqua le portier, mais on ne la reverrait pas avant au moins trois semaines. En effet, elle venait d'être victime d'une chute de cheval, heureusement pas trop grave mais qui la retiendrait au château plus longtemps que prévu. Du coup, Mrs Carrington renonça à déposer une carte qui allait attendre indéfiniment et décida d'écrire le soir même à son amie.

Quittant l'hôtel, elle fit quelques pas puis se sentit un peu lasse et chercha des yeux une voiture de place. Or, justement, un fiacre qui venait sans doute de déposer un client, quittait le bord du trottoir et s'approchait. Elle leva la main pour l'appeler :

– Conduisez-moi quai Voltaire, dit-elle, au numéro... Elle n'eut pas le temps d'en dire davantage. Le cocher qui avait sauté vivement à bas de son siège et ouvert la portière la hissait à l'intérieur plutôt qu'il ne l'aidait à monter. En même temps deux mains venues de nulle part lui appliquaient un tampon sur le visage. Elle voulut crier, n'en inhala que mieux l'odeur écœurante du chloroforme et sombra bientôt dans l'inconscience sans avoir seulement compris ce qui lui arrivait...

La courte rue était déserte et si quelqu'un vit ce qui se passait, il n'eut pas le temps de se manifester.

L'homme rejoignait son siège en voltige, claqua du fouet et la voiture s'éloigna...

Lorsque Alexandra ouvrit les yeux elle se crut victime d'un cauchemar et les referma aussitôt mais elle avait affreusement mal à la tête, la bouche pâteuse et une vague nausée. Elle découvrit aussi qu'on lui avait lié les mains derrière le dos et qu'elle était couchée sur le côté sur une surface dure. Un clapotis d'eau lui fit soulever de nouveau les paupières et elle vit qu'elle se trouvait dans un endroit obscur, à peine éclairé par une sorte de pot à feu placé un peu plus loin et donnant une lumière juste suffisante pour qu'elle distinguât deux hommes pourvus de figures franchement patibulaires et qui, accroupis auprès d'elle, la surveillaient :

– Dirait qu'elle s'réveille ! grogna l'un.

– Preuve qu'elle a d'l'idée ! Ça lui évite quelques bonnes claques sur son joli museau... Va chercher la patronne !

La prisonnière voulut se redresser mais elle en fut incapable : les liens qui lui serraient les poignets coupaient sa circulation et lui faisaient un mal affreux.

– Où sommes-nous ? demanda-t-elle d'une voix dont la fermeté lui fit plaisir. Et qu'est-ce que je fais ici ?

– Ça, tu vas l'savoir bientôt, ma caille... Quant à où on est, ça t'regarde pas.

Sentant le sol bouger sous elle, la jeune femme en conclut qu'elle devait être dans la cale d'un long bateau, peut-être une péniche car elle n'en voyait pas le bout qui se perdait dans les ténèbres. Elle eut aussi juste le temps d'apercevoir les dernières marches d'un escalier avant qu'elles ne disparussent sous le bas d'une robe de satin écarlate. Un instant plus tard, le vêtement tout entier était entré dans son champ de vision et son médaillon pendait dessus au bout d'une chaîne d'or.

Aussi fut-elle à peine surprise de découvrir, au-dessus du col droit brodé de soie noire, le visage de Pivoine, de Pivoine que le commissaire Langevin se vantait d'avoir arrêtée. Par contre, elle éprouva une brusque colère qui lui fit oublier ses souffrances à la pensée qu'elle se trouvait ignominieusement couchée aux pieds de cette horrible femme. Elle n'avait aucune idée de son apparence alors que l'autre semblait sortir d'un paravent de laque : sur ses cheveux soigneusement lissés, elle portait la coiffure des dames mandchoues ornée de fleurs et de bijoux qui encadrait harmonieusement son visage maquillé avec soin.

– Je vous croyais sous les verrous, attaqua Mrs Carrington. Apparemment, ils n'étaient guère solides ?

– Ils l'étaient d'autant moins que je n'ai jamais été arrêtée. Celle que l'on a prise à l'hôtel Majestic n'est que ma suivante, habillée de mes vêtements et habilement grimée. Quand ces stupides agents de police s'apercevront de leur erreur, je serai loin mais auparavant, j'ai un compte à régler avec toi...

– Un compte ? Est-ce que vous n'intervertissez pas les rôles ? Si compte il y avait, il me semble que ce serait à moi d'en réclamer le paiement ? A Pékin, vous m'avez livrée à la plus horrible des morts...

– Et tu lui as échappé ! C'est donc bien moi qui ai été frustrée...moi et la divine Ts'eu-hi, ma maîtresse.

– Soit ! Admettons !... Que comptez-vous faire alors ? Me tuer ?

– J'en ai longtemps caressé l'idée mais il me semble qu'à présent il y a mieux à faire puisque, grâce aux dieux bienveillants, le lotus de jade est désormais en ma possession.

– Mieux ? Je n'ai qu'une vie à vous offrir alors cela veut dire quoi ce « mieux » ?

– Tu comprendras quand tu rentreras chez toi, en Amérique, si toutefois tu y arrives un jour. La vengeance de ma souveraine a accompli son œuvre sur ta maison et ton époux.

Un frisson glacé courut le long du dos d'Alexandra mais elle refusa de se laisser impressionner :

– Vous mentez ! Si quelque chose était arrivé là-bas, j'en aurais été avertie.

– Tu crois ? En ce cas, c'est que ton cœur est singulièrement dur ou bien que tu ne te soucies guère de l'homme qui t'a donné son nom. J'avoue que cette circonstance m'a compliqué la tâche... Quoi qu'il en soit, je te réserve la surprise... à condition, bien sûr, que tu vives jusque-là mais... auparavant, il te reste à subir le châtiment que tu as mérité en volant le cœur du bienaimé de Ts'eu-hi.

– Je n'ai rien volé du tout ! C'est vous qui, au prix d'un meurtre, avez dérobé ce médaillon dont j'ignorais, lorsque je l'ai acheté dans une boutique de « curios », qu'il eût tant de prix pour votre impératrice.

Entre ses longues paupières resserrées, le regard de Pivoine n'était plus qu'une mince lame d'obsidienne brillante :

– Tu mens encore ! Le prince que tu avais envoûté te l'a donné et tu vas payer pour ça ! Détachez-la, vous deux, et déshabillez-la !

Les deux séides de la Mandchoue étaient particulièrement vigoureux. Ils arrachèrent les vêtements de la jeune femme plus qu'ils ne les lui enlevèrent et, en dépit d'une défense qui fit grand honneur à son courage, Mrs Carrington se retrouva bientôt entièrement nue et agenouillée aux pieds de la femme dans l'eau pourrissante qui croupissait au fond du bateau. L'un des hommes la maintenait tandis que l'autre appuyait férocement sur sa nuque pour ployer sa tête. Haletante et les oreilles pleines d'orage, elle entendit la voix de Pivoine qui lui sembla venue des entrailles mêmes de la terre.

– Je te laisse la vie mais il faut que tu saches bien qu'en dépit de ton arrogance, tu feras désormais partie du bétail de Ts'eu-hi, la plus misérable de ses esclaves puisque le lotus que tu as volé va être imprimé dans ta chair afin que nul ne l'ignore si tu oses retourner un jour au milieu des tiens...

Avant que la prisonnière ait pu seulement articuler un mot, un chiffon était poussé entre ses mâchoires puis elle sentit une chaleur qui approchait sa peau nue et, enfin, l'atroce brûlure du fer rouge appliqué sur l'une de ses omoplates. Le chiffon étouffa son hurlement. A demi asphyxiée et tétanisée par sa chair torturée, Alexandra perdit à nouveau connaissance.

Quand elle revint à elle, la cale était obscure et il n'y avait plus personne. La Mandchoue et ses hommes avaient disparu comme un mauvais rêve mais la brûlure lancinante de son épaule était là pour convaincre Alexandra qu'elle n'avait pas rêvé. On lui avait ôté son bâillon et délié les mains mais on n'avait pas pris la peine de la rhabiller et elle gisait nue dans une flaque d'eau sale... Elle fit un effort pour se relever sur ses mains et ses genoux et, ce faisant, toucha un amas de tissus mouillés. Frissonnante de froid et d'horreur, elle réussit à retrouver ses dessous et à s'en revêtir non sans ressentir une douleur plus cruelle mais il fallait à tout prix sortir de là. Renonçant au corset, elle passa sa jupe qu'elle ne put fermer, son corsage déchiré et enfin sa longue veste mais tout cela était trempé, ce qui ne lui simplifia pas la tâche. Elle abandonna aussi ses bas de soie, trop heureuse de retrouver ses deux escarpins.

Aucun bruit ne se faisait entendre dans cette obscurité à peine troublée par un faible rayon de lune glissant entre deux planches disjointes sinon, beaucoup trop proche, le couinement d'un rat qui la secoua de terreur et la galvanisa. A tâtons, elle chercha l'escalier et entreprit de le gravir à grand-peine. Ses jambes tremblantes ne lui accordaient qu'un faible secours et tout son corps lui faisait mal. Néanmoins, elle parvint en haut de ce calvaire et repoussant une porte à moitié arrachée, déboucha enfin sur le pont d'une vieille péniche amarrée sur ce qui était très certainement la Seine.

Il devait être fort tard car rien ne bougeait sur l'une et l'autre des berges. D'ailleurs, celle à laquelle une planche branlante reliait la péniche ne montrait qu'un mur au-dessus duquel apparaissaient des croix : un cimetière. Un peu plus loin, un pont enjambait le fleuve, ponctué de quelques réverbères et comme, pour cette femme perdue, la lumière représentait sa seule chance de survie, elle se mit en marche dans cette direction, suivant un chemin de halage et butant parfois sur l'herbe des talus.

Quand enfin, et presque à bout de forces, elle atteignit le pont, il lui parut un immense désert gris bien qu'il ne fût pas si large que cela. Alors, ne sachant de quel côté se diriger, s'il fallait traverser ou tourner le dos, elle se laissa tomber sous le premier bec de gaz et se mit à sangloter avec le seul espoir qu'au lever du jour quelqu'un viendrait... C'est là que la trouvèrent une heure plus tard deux sergents de ville à bicyclette qui, naturellement, découvrant cette femme trempée écroulée là, pensèrent qu'elle venait de tomber à l'eau, s'en était sortie par miracle et l'abreuvèrent de questions. Mais incapable de leur répondre, de leur expliquer son aventure, craignant en outre qu'ils ne la comprennent pas à cause de cette forte odeur de vin et de tabac refroidi qui émanait d'eux, elle se contenta de dire et de répéter encore et encore qu'elle voulait voir le commissaire principal Langevin... et rien d'autre.

Cette obstination finit par avoir raison de leur curiosité :

– On va l'emmener au poste, dit l'un d'eux. Et puis là on verra ce qu'il faut faire...

La sagesse s'exprimait par sa bouche. Trop heureuse d'avoir trouvé de l'aide, Alexandra fut juchée sur le cadre d'un des vélos, celui du plus vigoureux des deux agents, et c'est dans cet appareil qu'elle fit son entrée, sur le coup d'une heure du matin, au poste de Levallois-Perret où, une heure plus tard, Langevin venait la récupérer pour la ramener enfin, à moitié morte, au quai Voltaire dans la maison sens dessus dessous.

Une véritable crise de nerfs la secoua au moment où elle tombait dans les bras de tante Amity affolée. Elle criait et répétait sans cesse qu'il lui fallait rentrer tout de suite à New York parce qu'il était arrivé malheur à Jonathan... Un moment plus tard, lavée, pansée et réchauffée par une tisane brûlante à laquelle le médecin qui habitait le troisième étage ajouta un cachet de véronal, Alexandra trouva au creux de son lit l'oubli des heures affreuses qu'elle venait de vivre.

Pour sa part, le commissaire Langevin s'était contenté de ramener la victime de la Mandchoue et d'avaler d'un trait le verre de cognac servi par Firmin sans pour autant se calmer d'ailleurs. Jamais on ne l'avait vu dans une fureur pareille.

– Tout ce qui est arrivé est ma faute! J'étais tellement certain de tenir cette garce que j'ai rendu sa liberté à Mrs Carrington. J'aurais dû la faire garder jusqu'à son départ...

Aucune des assurances que Mme Rivaud lui prodiguait ne réussit à le calmer : entre lui et la meurtrière du père Moineau le combat non seulement n'était pas fini mais ne faisait que commencer...

Lorsque Alexandra sortit enfin du profond sommeil où l'avait plongée la drogue, elle eut la surprise de trouver à son chevet tante Amity et Antoine ainsi que M. Rivaud retour du Bordelais, et ce fut pour lui qu'elle trouva un faible sourire :

– Oncle Nicolas ! soupira-t-elle, vous nous avez beaucoup manqué... vous n'êtes pas trop fatigué ?

– Moi ? Pas du tout... mais c'est gentil de vous en soucier.

– Ce n'est pas gentil, c'est de l'égoïsme ! Il faut que nous partions tout de suite pour l'Amérique. Je veux rentrer chez moi, vous entendez ? Il le faut ! Mon pauvre mari est peut-être mort.

– Mais... où avez-vous pris une chose pareille ?

A mots hachés, entrecoupés et en tremblant de tous ses membres parce qu'elle revivait l'heure abominable vécue dans la péniche, elle raconta ce que la Mandchoue lui avait appris.

– Raisonnez un instant, ma petite ! dit tante Amity en prenant ses mains dans les siennes. La dernière lettre de Jonathan n'est pas si vieille ! Et il semblait en bon état...

– Il y aura bientôt un mois. Vous vous rendez compte ? Un mois ? Cette misérable femme a eu tout le temps de perpétrer sa vengeance. Je vous en supplie, retenez-moi un passage sur le premier bateau et s'il vous est impossible de m'accompagner, je ne vous en voudrai pas.

– Je partirai avec vous, dit Antoine. Vous ne ferez pas ce voyage seule.

– Allons, fit l'oncle Nicolas en riant, que l'on se calme. Si vous voulez nous accompagner, mon cher Laurens, vous serez le bienvenu mais tout est déjà arrangé. Nous embarquons dans deux jours sur la *Lorraine* où nos passages sont retenus. Mais vous sentirez-vous assez forte, Alexandra ?

– Soyez tranquille ! soupira la jeune femme en se laissant aller sur ses oreillers. Je partirais ce soir même si c'était possible... mais je vous remercie de tout mon cœur. Vous aussi, Tony. C'est bon d'avoir un ami tel que vous.

– J'irai vous voir plus tard en ce cas, pour vous offrir votre portrait que j'achèverai de mémoire.

– Vous me connaissez si bien ?

– Oui... je crois qu'en effet je vous connais très bien à présent et je vous souhaite de tout mon cœur d'être heureuse.

Se penchant brusquement, il posa un baiser sur le front de la jeune femme et quitta la chambre sans se retourner...

Tandis que M. Rivaud courait après lui pour l'escorter jusqu'à la porte, Alexandra retournait dans son esprit les derniers mots du peintre. Être heureuse ? Cela lui serait-il encore possible ?... Sûrement pas s'il était arrivé malheur à Jonathan ! A l'angoisse qu'elle éprouvait, elle mesurait, dépouillée de toutes les mesquineries de l'orgueil, la profondeur du sentiment qui l'attachait encore à son mari. Elle avait souffert – elle souffrait encore d'avoir perdu Fontsommes – mais elle savait à présent qu'il n'y aurait plus de bonheur possible sans Jonathan... Elle le revoyait assis près du miroir de sa chambre dans la lumière douce des lampes voilées de soie, l'enveloppant de son regard souriant et maniant les objets charmants et futiles qui encombraient la table de toilette juponnée de dentelles. Il y avait de la fierté et de l'amour dans ce regard. Pourtant, lorsqu'il venait partager son lit, Jonathan faisait preuve d'une retenue qu'elle jugeait alors normale étant donné son âge et son tempérament plutôt froid. Cela ne la gênait pas, bien au contraire : n'éprouvant pas de grandes sensations au moment de l'étreinte elle lui était plutôt reconnaissante de se comporter en gentleman et de ne pas l'accabler sous des démonstrations hors de saison mais maintenant elle se demandait comment les choses se seraient passées s'il avait brûlé de cette passion qu'elle avait repoussée chez le duc. Une phrase de la dernière lettre lui revint pour la tourmenter : « Vous m'impressionniez, voilà le mot, écrivait Carrington, et dans nos instants d'intimité je me sentais gauche et comme paralysé... » et cette phrase l'accablait. A la lumière de ce qu'elle venait de vivre, Alexandra mesura mieux le malentendu installé entre eux et qu'elle croyait effacer en moissonnant les hommages masculins, en accumulant les flirts et en prenant un plaisir cruel à rejeter ceux qui osaient l'approcher de trop près...

La douleur cuisante de son épaule blessée la ramena à la pénible réalité. En admettant qu'il soit encore en vie et qu'aucune autre femme ne se soit glissée auprès de lui, comment Jonathan accepterait-il que sa beauté dont il avait été si fier fût avilie à ce point ? Marquée ! La Mandchoue l'avait marquée comme une pièce de bétail dans un ranch !

Soudain dévorée par l'envie de constater l'ampleur du dommage, elle se leva, alla dans la salle de bains où se trouvait un grand miroir à trois faces, fit glisser sa chemise de nuit jusqu'à la taille et voulut défaire le pansement qui enveloppait son épaule, n'y parvint pas, s'énerva et chercha des ciseaux pour couper la bande maintenue par du sparadrap. Tante Amity arriva heureusement à cet instant précis et lui enleva prestement l'outil des mains :

– Hé là ! Que prétendez-vous faire ?

– C'est l'évidence même ! Je veux voir !

– Rien ne presse ! Ce pansement est une œuvre d'art et ce serait un crime de le démolir. Quand le docteur viendra le refaire, il sera bien temps ! De toute façon la brûlure est trop fraîche pour que ce soit beau mais elle guérira...

– Cela ne guérira jamais. Je vais garder une cicatrice qui ne s'effacera pas...

Voyant des larmes jaillir des grands yeux noirs, tante Amity commença par rattacher la chemise de nuit puis prit doucement sa nièce dans ses bras pour qu'elle pût pleurer à son aise :

– Vous n'aurez qu'à considérer cela comme une blessure de guerre ! Évidemment, vous ne pourrez plus vous décolleter jusqu'aux aisselles mais vous pourrez encore montrer vos épaules... Plus modérément.

– Vous dites cela pour me consoler. Tout le dos me brûle !

– C'est normal mais la plaie causée par le fer est grande comme cela, fit Mme Rivaud en formant un cercle avec son pouce et son index. Avec de la patience et du cold-cream vous parviendrez à la dissimuler en grande partie...

– Sauf à un mari ! soupira Alexandra. Quel est l'homme qui pourrait accepter cette flétrissure ? Pas Jonathan, en tout cas !

– Ma chère enfant, à chaque jour suffit sa peine

mais si vous songez déjà à vos décolletés c'est que votre âme est moins atteinte que je ne le craignais. A présent retournez donc vous coucher et ne songez qu'à prendre des forces afin d'affronter l'Atlantique en toute sérénité...

– Si seulement il n'y avait que l'Atlantique! soupira la jeune femme en essuyant une dernière larme. Ce qui m'inquiète le plus c'est ce qui m'attend au-delà.

L'immense hangar à claire-voie qui recouvrait, au Havre, le quai d'embarquement de la Compagnie générale transatlantique – la French Line pour les Américains – grouillait de monde et de bagages que des porteurs convoyaient vers le paquebot relié à la terre par deux passerelles. La longue coque noire de la *Lorraine* en partance engrangeait ses passagers et son fret comme un coureur engloutit de la nourriture avant de s'élancer pour un long parcours. Ses deux cheminées crachaient une fumée qui se dissolvait dans le ciel gris qu'elle fonçait à peine. Le temps n'était pas beau. L'été qui avait été si chaud et si ensoleillé venait de se retirer brusquement laissant place à un petit crachin encore tiède mais qui poussait plutôt à la mélancolie. Du haut de sa passerelle, le commandant Maurras surveillait l'embarquement.

Il en descendit néanmoins pour offrir une souriante bienvenue au trio Carrington-Rivaud.

– C'est une joie, mesdames, de vous accueillir à mon bord! dit-il en s'inclinant sur la main d'Alexandra puis sur celle d'Amity. J'ajouterai mes félicitations et mes vœux de bonheur pour M. et Mme Rivaud. Je suis infiniment heureux de voir en vous, madame, une nouvelle compatriote de qualité! J'espère que, demain soir, vous accepterez d'être mes invités afin que nous puissions boire ensemble à ce nouveau lien d'amitié que vous venez de tisser entre les États-Unis et la France...

– Ce sera avec plaisir, commandant, dit Nicolas. Merci infiniment de nous recevoir avec cette amitié. Aurons-nous une bonne traversée ?

– Je l'espère. Il ne faut pas se laisser impressionner par ce ciel gris et cette petite pluie. La mer est calme... et je veux croire qu'elle le restera.

Alexandra retrouva avec satisfaction sa cabine du voyage aller. D'autant plus qu'elle était à nouveau pleine des fleurs qui symbolisaient les vœux de bon voyage d'Antoine Laurens, du marquis de Modène rentré juste à temps pour dîner la veille avec ses amis, de Robert de Montesquiou et même du commissaire Langevin. Elle retrouva aussi Annie qui était déjà sa femme de chambre au premier voyage, sorte d'ange domestique sachant à merveille donner à sa passagère le maximum de calme et de confort.

Pour permettre à leur nièce de se reposer plus tôt, M. et Mme Rivaud firent savoir que l'on prendrait ce premier repas dans le petit salon commun à eux et à Alexandra. Cet arrangement convenait parfaitement à la jeune femme qui put s'y présenter vêtue d'une agréable robe d'intérieur en soie rose pâle agrémentée pour la circonstance de colliers et de bracelets de perles.

Le menu composé par l'oncle Nicolas fit défiler du caviar, des œufs brouillés aux queues d'écrevisses, du sauté de veau aux truffes et une succulente bombe glacée. Le tout arrosé d'un bon champagne millésimé fut délicieux et aussi gai que le permettaient les inquiétudes d'Alexandra, un peu allégées tout de même par la satisfaction de se savoir en route pour New York, rien n'étant pire que l'incertitude en ce bas monde.

Elle se sentait même un grain d'optimisme, entièrement factice d'ailleurs et dû aux seules bulles d'un vin de fête quand elle embrassa ses hôtes et leur souhaita une bonne nuit.

– J'espère que je vais réussir à dormir, soupira-t-elle. Pour la première fois depuis... ma blessure de guerre, je n'en souffre pas.

– Moi je suis certaine que vous aurez un doux sommeil, dit tante Amity. De toute façon, dites-vous que nous sommes là pour vous aider chaque fois que le besoin s'en fera sentir. Venez, Nicolas! Rentrons chez nous!

Alexandra les regarda franchir le seuil de leur chambre en se tenant par la main comme de jeunes amoureux et pensa qu'il arrivait à Dieu de bien faire son travail. Puis, s'apercevant qu'il restait dans son verre quelques gouttes de champagne, elle les vida avant de se diriger vers sa propre cabine dont elle ouvrit la porte d'un mouvement machinal.

La pièce était éclairée par une seule lampe encastrée au chevet du lit dont Annie avait fait la couverture et sur lequel sa chemise de nuit – linon céruléen et dentelles de Venise – était étalée mais la coiffeuse était dans l'ombre et, du seuil, Alexandra alluma les torchères placées de part et d'autre du miroir. C'est alors qu'elle vit un homme assis près de la glace, le dos au mur, un homme dont les longues jambes s'avançaient jusqu'au milieu de la cabine, un homme qui se leva au bruit léger de la porte.

– Bonsoir, ma chérie, dit Jonathan Carrington. Me permettez-vous de rester un moment auprès de vous, ce soir ?

Alexandra étouffa un cri et se retint à la cloison tendue de soie corail. Son cœur cognait dans sa poitrine et ses yeux se brouillaient. Elle ouvrit la bouche, sans réussir à sortir aucun son. Une véritable terreur s'empara d'elle avec la certitude que son mari lui revenait du royaume des morts.

– Jonathan ! souffla-t-elle, ce n'est pas vous ?... Cela ne peut pas être vous ?

Elle vacillait sur ses jambes et serait tombée s'il ne s'était précipité pour la retenir et, ensuite, l'étendre doucement sur le lit

– C'est pourtant bien moi... moi qui ai tant de pardons à vous demander.

– Incroyable !... Comment pouvez-vous être ici ?

– Le plus simplement du monde. Voilà trois jours que je vous attends au Havre, dans un hôtel. Ensuite le commandant de ce navire a eu l'amabilité de participer à la petite comédie que lui demandait un homme de bien.

– Un homme de bien ? fit Alexandra qui comprenait de moins en moins. Et qui donc ?

– Vous ne vous en doutez pas un peu ? Votre nouvel oncle, voyons ! Cet excellent M. Rivaud qui est venu me chercher.

– Impossible ! Il s'occupait de ses affaires en Bordelais.

– Non. Il était à New York et même il m'a poursuivi jusqu'au fond du Connecticut.

– En ce cas, comment pouvait-il faire pour téléphoner à tante Amity au moins deux fois la semaine ? Le téléphone ne traverse pas les mers.

– Aussi n'était-ce pas lui qui était au bout du fil mais l'un de vos amis, un peintre, je crois ? Lui et votre tante avaient pris toutes leurs dispositions pour que vous n'ayez aucun soupçon.

Il parlait doucement et sa voix profonde engourdissait la jeune femme qui se croyait vraiment le jouet d'un rêve. Et, soudain, Alexandra comprit ce qui lui donnait cette impression d'irréel : un bandeau noir couvrait l'œil droit de son époux, ajoutant à ce beau visage un rien sévère une note dramatique pas tout à fait sans charme. A ce moment elle crut entendre le rire cruel de la Mandchoue et, du coup, émergea de ses brumes dans lesquelles le champagne était peut-être un peu pour quelque chose :

– Votre œil, Jonathan ! Que lui est-il arrivé ?

– Je l'ai perdu, fit-il avec désinvolture. Heureusement il m'en reste un pour contempler votre beauté, ma chérie. Il faudra vous habituer à un mari borgne.

– Je vous en supplie : dites-moi ce qui s'est passé !

– Une espèce de drame. Je venais tout juste de rentrer du Mexique lorsqu'un incendie a éclaté chez nous. Je dormais profondément quand j'ai été réveillé par trois hommes qui s'étaient introduits dans ma chambre. En dépit de leurs masques j'ai vu que c'étaient des Asiatiques... Ils venaient de fouiller votre chambre et prétendaient m'enlever pour me faire dire où se trouvait ce bijou que vous aimez tant... votre lotus. Je me suis défendu de mon mieux et d'ailleurs nos serviteurs sont accourus à la rescousse. Nous nous sommes battus et j'ai été blessé. Mes agresseurs se sont enfuis mais avant de les suivre, j'ai voulu sauver du désastre ce portrait de jeune fille par Gainsborough que vous aimez tant... et là je me suis cassé une jambe. Ce qui était tout à fait inutile, ajouta-t-il avec un petit sourire en coin, parce que les pompiers sont arrivés à ce moment-là... et que rien n'a brûlé chez vous. Chez moi non plus d'ailleurs : je me suis retrouvé dans mon lit avec le Dr Stone à mon chevet...

L'horreur, l'indignation redressèrent Alexandra :

– Pourquoi n'ai-je pas été prévenue ? Je serais revenue immédiatement.

– Justement je ne le voulais à aucun prix. J'ai donné à la police toutes les informations dont j'étais capable mais j'ai exigé que la presse ignore la vérité. Cela sert quelquefois d'être attorney général... Les journaux n'ont fait mention que d'un incendie « sans gravité ».

– Mais enfin pourquoi ne vouliez-vous pas que je revienne ? Ma place était auprès de vous.

– Et j'espère bien que vous la garderez encore longtems, mais il faut que vous compreniez : de toute évidence, ces gens comptaient sur votre retour et tant que ces bandits n'étaient pas pris, je ne voulais pas que vous rentriez parce que vous auriez été en danger.

Elle prit la main de son mari et y posa sa joue :

– Mon pauvre Jonathan !... Et moi qui vous accusais de tous les péchés !... Mais aussi pourquoi m'avoir écrit cette lettre tellement comminatoire ?

– Pour la même raison... et parce que je vous connais à fond. Vous détestez que l'on vous fasse sentir une quelconque autorité et j'étais certain que vous entreriez en rébellion. Me confierez-vous comment vous avez réagi en la recevant ?

– J'ai décidé de faire comme si je ne l'avais pas reçue, ce qui m'évitait de répondre, et je suis partie pour la Côte d'Azur rejoindre tante Amity.

Carrington se mit à rire :

– Vous voyez bien ! J'étais sûr que cela marcherait... Comprenez-moi, Alexandra, outre les craintes que j'éprouvais pour vous, je tremblais d'horreur à l'idée du spectacle que vous auriez découvert en rentrant prématurément : un vieil époux assis dans une petite voiture, à demi défiguré, une espèce de déchet... un vieillard. Et puis, peu après, quelqu'un m'a montré... ce que vous savez...

– Qui a fait cela ? Je veux que vous me le disiez !

– Une femme jalouse, bien sûr, mais cela ne vous avancera guère de savoir son nom...

– Peut-être mais j'insiste. Qui a voulu nous détruire ?

– Si vous y tenez !... Il s'agit de lady Ann Wolsey, une jeune veuve née en Amérique dont, si mes renseignements sont bons, vous avez séduit le *boy friend.* Nous nous sommes rencontrés à un bridge chez le maire...

Le temps d'un éclair, Alexandra revit la jolie blonde qui occupait si fort Jean de Fontsommes chez les d'Orignac.

– C'est insensé ! fit-elle. Je la connais à peine !

– Sans doute mais vous n'en étiez pas moins son ennemie. Je sais bien que vous êtes encore très jeune, néanmoins il vous faudra apprendre que les femmes sont redoutables entre elles. Le procédé était infâme mais il m'a tout de même fait beaucoup de mal.

– Aviez-vous donc si peu confiance en moi ?

– La confiance ? Belle chose lorsque l'on est tout près l'un de l'autre mais à une telle distance ! Comprendrez-vous ce que j'ai souffert ? Aimer une femme, l'idolâtrer et l'imaginer dans les bras d'un autre alors que l'on ose à peine se glisser dans son lit ! Et surtout lorsque l'on a conscience d'une très grande différence d'âge... C'est insupportable !

Alexandra se leva et il y eut un silence. Adossée à l'une des cloisons qui semblaient animées d'une vie intérieure, elle resta un long moment à scruter le beau visage de son époux, son masque à la fois fier et viril que le funèbre bandeau ne déparait pas, bien au contraire ! Il lui apportait quelque chose d'exotique, une nuance à la fois subtile et troublante.

– Dans votre dernière lettre, vous écriviez que je vous faisais peur, murmura-t-elle. Je n'ai pas compris.

Jonathan eut l'un de ses rares et d'autant plus charmants sourires :

– Cela tient à votre jeunesse ! Au soir de nos noces, j'ai tenu dans mes bras une jeune vierge pure... et froide que j'ai été incapable d'animer. Plus la beauté de son corps se révélait et plus je me sentais pauvre... et désarmé. J'aurais voulu m'agenouiller, me prosterner, inventer des caresses sublimes et j'osais à peine vous toucher.

– Quelle folie ! N'avons-nous pas... couché ensemble ?

– Oui, fit-il avec amertume. J'ai trouvé assez de force pour vous faire femme... mais je l'ai fait avec tant de maladresse !... J'ignorais qu'une trop grande beauté peut foudroyer un homme et je me suis montré un bien piètre mari.

Lentement, Alexandra revint vers lui et lui prit les mains :

– Voulez-vous répondre à une question, Jonathan, une seule ?

– Oui, si c'est possible.

– Je le crois. M'aimez-vous ?

– Quelle question !

– Je l'ai mal posée : comment m'aimez-vous ?

– Comme un imbécile !... non, ne le prenez pas en mal mais comment puis-je vous faire partager les délires de mes nuits solitaires ? Savez-vous ce que je pensais quand, le soir, je vous regardais ôter vos bagues, vos bracelets, vos colliers et dénouer vos cheveux ? Je luttais contre moi-même pour ne pas me jeter sur vous, arracher votre robe et vous soumettre sur le tapis de votre chambre mais je craignais tellement de vous faire peur ! Vous m'auriez pris pour un fou !...

Alexandra se mit à rire :

– Je vous aurais pris pour un amant... un peu fou peut-être mais je crois bien que c'est ce que désirent toutes les femmes. Comme vous le dites, j'étais trop jeune lors de notre mariage. Moi aussi j'avais peur. On m'avait dit que je devais me soumettre à toutes les exigences de mon époux... même les plus étranges, et c'est ce que j'ai fait, en regrettant toutefois que le mariage n'eût pas plus... d'envolée. Ce n'était tout de même pas la première fois que vous faisiez l'amour, Jonathan ?

– Avec une vierge, si ! Et vous étiez la plus belle de toutes.

– Nous pourrions essayer de recommencer ?

Il vint contre elle et elle le sentit frémir. D'un geste hésitant, il posa les mains sur ses épaules mais elle eut alors un gémissement de douleur qui l'écarta aussitôt.

– Pardonnez-moi ! fit-il tout de suite affolé. J'ai oublié ce que vous avez souffert aux mains de cette horrible femme et je vous ai fait mal...

– Vous savez cela aussi ? murmura Alexandra atterrée.

– Bien sûr ! Tandis que ce navire appareillait, je buvais un verre au bar en compagnie de cet oncle étrange que je me suis découvert. Vous n'imaginez pas ce que l'on peut apprendre le temps d'un whisky !

– C'est à moi d'avoir honte à présent, murmura-t-elle les larmes aux yeux. La Mandchoue m'a marquée... comme du bétail. Comment pourriez-vous accepter cela ?

– Beaucoup mieux que vous ne l'acceptez vous-même car la cruauté des femmes est sans limites. Montrez-moi cette... blessure, ma chérie !

– Quoi ! Vous voulez ?...

Il se rapprocha d'elle, entoura sa taille de ses bras et enfouit son visage contre le cou de la jeune femme qu'il parcourut de baisers.

– Je veux vous déshabiller moi-même, mon amour, comme j'aurais dû le faire au soir de notre mariage. Et je vous promets que je ferai très attention...

Un moment plus tard la cabine, à peine éclairée par la roseur d'une veilleuse s'emplissait de gémissements heureux. Le vent s'était levé et la *Lorraine* atteignait le grand large. La longue houle balançait le navire transatlantique mais aussi le lit dévasté où Alexandra apprenait que son corps, ainsi qu'on le lui avait dit bien souvent, était véritablement fait pour l'amour...

Durant toute la traversée, on ne revit pas les Carrington...

Quelques jours avant Noël, dans l'église de la Madeleine fleurie et illuminée, le duc de Fontsommes épousait miss Cordélia Hopkins. Leur mariage, qui fut l'événement de l'hiver, rassembla une bonne partie de l'aristocratie européenne et pas mal de notabilités américaines. On déplora, bien sûr, l'absence du frère de la mariée mais Jonathan Carrington venait d'être nommé juge à la Cour suprême des États-Unis. Lui et sa jeune femme achevaient leur installation dans l'une des plus belles demeures de Washington et l'on murmurait même qu'Alexandra arborait cette intéressante pâleur qui annonce un « heureux » événement.

Les mauvaises langues qui espéraient bagarres et scandale en furent pour leur courte honte : les Carrington n'étaient pas là mais ils s'étaient fait représenter par M. et Mme Nicolas Rivaud et par la rivière de diamants qu'ils offraient à la jeune duchesse avec toute leur affection. Il n'y avait aucune raison de se montrer plus royaliste que le roi : Peter Osborne, le fiancé si lestement éconduit, n'avait pas attendu huit jours pour offrir sa main, sa fortune et son yacht à une jeune nihiliste russe, blonde comme un champ de blé, qu'il avait ramassée dans Broadway un soir de cuite et qu'il initiait depuis aux charmes du capitalisme.

Au lendemain du mariage de Délia, le marquis de Modène reçut un petit vélin azuré portant seulement quelques mots : « Le bonheur existe. Vous aviez raison... » C'était signé : Alexandra.

Les yeux clos, le vieux gentilhomme respira longuement le rectangle de carton mince où s'attardait l'âme d'un parfum. Puis il y posa ses lèvres et, enfin craquant une allumette, il y mit le feu et le regarda se réduire en cendres dans une coupe d'onyx.

Un instant, il resta devant son miroir dont il se détourna en haussant les épaules, puis il prit dans un vase un gardénia blanc qu'il glissa à la boutonnière de son habit et enfin rejoignit sa voiture après avoir reçu de son valet son chapeau, sa cape et ses gants.

– Dois-je attendre monsieur le marquis ? demanda respectueusement le serviteur.

– Non, Gustave. Allez vous coucher ! Je rentrerai sans doute fort tard...

Ce soir-là, en effet, Modène dînait chez la comtesse de Montebello, l'une des plus jolies femmes de Paris, mais il savait déjà qu'ensuite il irait passer un moment chez Maxim's. Pour essayer d'oublier celle qu'il appelait sa belle Américaine, il voulait autour de lui tout ce que Paris comptait de filles superbes et de gaieté même un peu factice.

Il pensait qu'à son âge c'était vraiment trop bête ! Mais comment expliquer à un cœur qu'il n'a plus vingt ans ?

TABLE

Cet ouvrage a été réalisé par la
SOCIÉTÉ NOUVELLE FIRMIN-DIDOT
Mesnil-sur-l'Estrée
pour le compte de France Loisirs
123, boulevard de Grenelle, Paris
en février 1992

Imprimé en France
Dépôt légal :janvier 1992
N° d'édition : 20738 - N° d'impression : 20012